U0506836

红苹果
例外

韩少功中篇小说自选集

四川文艺出版社

图书在版编目（CIP）数据

红苹果例外／韩少功著. 一成都：四川文艺出版社，
2015. 10

ISBN 978-7-5411-4213-0

Ⅰ. ①红… Ⅱ. ①韩… Ⅲ. ①中篇小说-小说集-中
国-当代 Ⅳ. ①I247.5

中国版本图书馆 CIP 数据核字（2015）第 240416 号

HONGPINGGUO LIWAI

红苹果例外

韩少功　著

责任编辑　邓永勤
封面设计　叶　茂
内文设计　史小燕
责任校对　韩　华
责任印制　唐　茵

出版发行　四川文艺出版社（成都市槐树街 2 号）
网　　址　www.scwys.com
电　　话　028-86259285（发行部）　　028-86259303（编辑部）
传　　真　028-86259306

邮购地址　成都市槐树街 2 号四川文艺出版社邮购部　610031
排　　版　四川胜翔数码印务设计有限公司
印　　刷　成都东江印务有限公司
成品尺寸　140mm×203mm　1/32
印　　张　11.75　　　　　　字　　数　270 千
版　　次　2016 年 10 月第一版　　印　　次　2016 年 10 月第一次印刷
书　　号　ISBN 978-7-5411-4213-0
定　　价　42.00 元

贯穿本书的幽默与戏谑，竟成为这些弱势者与可怜虫抵抗命运与人为凌虐的最佳方式，此为这部中篇小说集之一大可观。

前言

韩少功

　　在我的各种作品选集中，这一套三本有所不同，是按照文体来分类选编的，比如小说分为"玄幻体""卡通体""缺略体""散焦体"等，散文随笔分为"叙说体""戏说体""演说体""论说体"等。诸如此类，无非是力图把读者眼光更多地引向文学的表现形式。

　　所谓形式，包括文体、结构、语言风格等多种元素。作为一种文字艺术，文学之所以区别于新闻、理论、文案、调查报告，当然不在于文学能传达内容——哪种文字不能传达内容呢？——而在于文学具有形式感不断变化的巨大空间，长于特别的形式能量。一如前辈说的：不在于"写什么"，而在于"怎么写"。

　　重视"怎么写"，并不意味着奇巧淫技和花拳绣腿，不是以炫技为能事。有力量的形式其实是"有意味的形式（克莱夫·贝尔语）"，是有理由的，有根据的，从某种角度上来说，都是有隐形内容的，即由特定的内容沉淀、分泌、酿化、转换而来，以实现"写什么"与"怎么写"的有机统一。二胡就不合适表现

1

《命运交响曲》。芭蕾就不合适表现《水浒传》。只有外行才以为形式万能并且可以任由你我来随心所欲。同样道理，在文学领域，创造形式与释放内容几乎是同一个过程。哪些故事适合于"玄幻"或"卡通"，哪些思绪适合于"叙说"或"戏说"，差不多都是响应材料本身的某种预约，缘于写作过程中不断的揣摩和尝试，以求达到文字功效的最大化。

从远古神话，到现代主义众多流派，文学的表现形式一直在变化，而且将来还会变化下去，不会有一个终期。能否在这一过程中添砖加瓦，是我特别重要的兴奋点。虽不能至，心向往之。

2016 年 9 月

以谑制虐的抵抗

何致和

第一次看到韩少功的名字，是在 1988 年台北出版的《生命中不能承受之轻》的封面上。我说"看到"而非"注意"，是因为当时这本书在台湾红透半边天，米兰·昆德拉在一夕之间成为倍受崇拜与膜拜的东欧耀眼作家。在这样的热度底下，在书封上名列译者字段的韩少功，虽很认真诚恳地为此书中文译本写了一篇前言，但当时尚在读大学的我还没有能力，无法在昆德拉的光环之下，注意到韩少功这个名字。

当然我也可以大言不惭，甩开心虚，说我早在 1988 那年就知道韩少功是个能写能译的好手，知道他必然成为中国文坛上的重要人物。但这样一来，就会掩埋掉那段对我来说颇值得怀念的"注意"韩少功经过。

那是 1997 年，台湾首度出版韩少功的小说《马桥词典》，并且在年底同时被中时《开卷》与联合报《读书人》遴选为十大好书。不过，早在此书获奖前的某个秋夜，我的好友——已故小说家袁哲生，便捧着这本书来到我泡茶的和室。那时他眼中闪着兴奋的光彩，对我大谈《马桥词典》的好处，而我记得过去他只有在讲到沈从文与汪曾祺时，才会像这样激动忘形，口沫横飞，夸到连脏话都说出来了。他特别翻开《老表》那篇，要我看看韩少功怎么写那个从江西回马桥探亲的人，尤其是他与已改嫁的前妻分别的那一幕：

走那天下着小雨，他走在前面，他原来的婆娘跟在后面，相隔约十来步，大概是送他一程。他们只有一把伞，拿在女人手里，却没有撑开。过一条沟的时候，他拉了女人一把，很快又分隔十来步远，一前一后冒着霏霏雨雾中往前走。

没有撑开的伞，拉了一把又马上分开的动作，短短几句话，看似不声不响，却把男女之间的旧情写得淋漓尽致，张力十足。拜袁哲生之赐，我注意到了韩少功这位作家，自此变成书迷，甚至暗地期许自己也能做到像他一样的能写善译。

韩少功的小说，平心而论，无论是结构笔法、叙事的功力火候、情节的精彩性与思想的深度，都不亚于在台湾火红的莫言、余华与苏童等作家。我甚至敢说，在那些年少时代曾历经"文化大革命"下乡劳动，而后把此段经验化为写作养分的众多大陆作家中，韩少功的作品可能是最细腻与精致的。可惜的是，台湾读者对韩少功的接受度，始终无法与上述那几位小说家相比。韩少功在台湾只出版过《马桥词典》（1997）、《暗示》

（2003）与《爸爸爸》（2005）三部作品，可是却换过三间出版社，尝尽每个作家所最不乐意见到的作品漂流滋味。

有评者点出韩少功的小说"不是为读的人而写，而是为懂的人而写"，大有怪其排斥普通读者的意味。这句话固然有三分道理，但若我们翻开韩少功当年写在《生命中不能承受之轻》中文版的前言，便可发现他早在创作生涯初期，就已意识到了与文学作品紧紧缠绕的"媚俗"问题。"媚俗是敌手也是我们自己"，"反对媚俗又无法根除媚俗"……媚俗与否的矛盾，看似永远在韩少功的小说里打转，但眼尖的读者大概早已发现，正是这种与媚俗问题正面相迎的态度，才使得韩少功的小说比起他人更具有雅俗共赏的特质。说他排斥普通读者，严格说来只是一种主观评价，在声称其作品不够亲近读者的背后，可能带有对所谓"普通读者"阅读鉴赏力的严重低估。

关于作者与读者之间的距离远近，再怎么说也总是见仁见智，脱离不了主观思维。不过这本新出版的韩少功中篇小说选集《红苹果例外》，倒是可让过去对韩少功存有疏离感的读者，有一个很好的重新接近的机会。中篇小说受到长篇与短篇小说左右夹击，似乎是个不容易被注意到的文类，但我们可别忘了，有不少杰作都是在这样的篇幅中完成的：海明威的《老人与海》、史坦贝克的《人与鼠》、阿城的《棋王》、张爱玲的《金锁记》……在台湾，中篇小说的发展并不算蓬勃，可是对岸的大陆却颇为兴盛。我们所熟悉的那些作家，包括莫言、王安忆、贾平凹、苏童、余华……几乎都出过好几本中篇小说集。这种介于长短篇之间，字数不多不少的小说空间，具有不少说故事上的优势与好处。它不像短篇小说那样在简短铺陈后便导入冲突，冲突过后便戛然而止急着收尾。它也没有长篇小说那种繁复结构，不会有太多记不住的人物、好几条叙事线路和层层纠缠的情节。中篇小说就是这样，作者可以好整以暇，不疾不徐，娓娓道出一个简单的复杂故事。在我看来，中篇小说无须负载大河小说的那种严肃使命，因此特别适合用来书写那些属于生活的、微细的，而情节上又有好几个转折的凡人小事。

韩少功的中篇小说正是如此。本书共收录韩少功的五个中篇小说（现内地版收录六篇），除了首篇《红苹果例外》，其余皆是他十年之内的作品。在这五个故事中，不见什么高贵的人物，主角大致可分为两类，一类是在小城市里日子混得不怎么如意的低层白领阶层，另一类则是乡下地方不具知识教育水平却怀有奇才奇遇的农民村夫。对于前者，韩少功以第一人称叙事观点潜入他们的身体，透过他们的双眼和思想，贴近观看社会与群体中的各种奇形怪状。对于后者，韩少功则采用第三人称的写法，不侵入主人翁的内心世界，只以旁观者的身份，站在一定的距离之外，记录描述那些乡民的生活和言行。

这样的叙事观点选择颇符合韩少功对城市与乡村的态度。他是城市人，每年却有一半的时间待在乡下。对他来说，城市和乡村人民的思维方式与逻辑观念是完全不同的。特别是在语言的使用上，农民之间的日常对谈，在他听来就像一场脱口秀。譬如说一个人懒，他们不会用"懒"这个字，而会说："他从不知道家里的锄头、粪桶在哪，成天搬起屁股到处坐。"韩少功特别喜欢农民这神来一笔的"搬起屁股"，觉得这种语法充满味道与迷人的氛围。或许是出于这样的体悟与长期的观察，韩少功小说里的对白特别有味，尤其是以第三人称描写的乡野人物，个个充满了土味与地气，颇值得阅者细细玩味赏读。

韩少功写过不少中篇小说，而编者或作者选择把这五篇作品辑成一册，显然是别有用心的。以虚构的马桥为原乡固然仍是韩少功写作上绵绵不断的养分来源，城乡村里中那些贩夫走卒之流也还是他小说舞台上的主要聚焦对象，但这五个中篇小说更让人惊艳的，是它们一致呈现出幽默的特质。用幽默形容可能还太含蓄，应该说这几篇作品彻头彻尾充满戏谑的元素，一个接着一个，从小说开场串联到最后，见不到任何冷场之处。

常见人用"谑而不虐"夸赞那些写得好玩，又不至于过分逾矩的作品。但对韩少功的这几篇小说，特别是《山歌天上来》与《赶马的老三》，我倒想说他根本是"以谑制虐"。这里的虐字不作逾矩解，而是凌虐、苛虐。韩少功的故事里都有个受到欺虐的角色，表面上看来，他们是弱势人物，而欺凌他们的是具有知识、力量与实权的那一方，两者之间的权力地位关系永远无法相提并论。但这些弱势人物自有其抵抗之道，无论遭受何种变故压力，他们那副事不关己、我行我素、永远处于状况之外的模样，虽惹出不少笑料，却也让那些压迫他们的人无可奈何，有时还被反将一军，甚至得对这些朴实到近乎天真的小人物求饶道歉。

这部分的情节韩少功写来特别精彩好看，表面上逞尽戏谑讽刺之能事，但聪明的读者一定知道，真正被戏谑的可不是那些到处闹笑话的乡巴佬，而是那些握有权力，自以为精明又有文化素养的可笑人物。贯穿本书的幽默与戏谑，竟成为这些弱势者与可怜虫抵抗命运与人为凌虐的最佳方式，此为这部中篇小说集之一大可观。

目录

红苹果例外

一

阿中来电话，邀我去一趟鹿湖。

我从没去过鹿湖，只知道阿中在那里买下一片橘林，雇了十几个四川佬在那里种果树。阿中说他要去那里解决一点土地纠纷，需要拉我这个报社记者去助威。更重要的是，果园附近有一个湖，一个很大的湖，我们可以在那里游泳、划船、钓鱼、打野鸭子，找美丽村姑们对歌——想怎么腐败都行。这个计划不能说不动人。

去鹿湖有八十来公里，我们可以搭乘公交车去。阿中说什么也不同意，定要开车来接我，让我第二天等着就行。

我这天上午一等就是两个多小时，把一本介绍历史的小画册从汉代看到元代，他还没有来。他在汉代打来一个电话，说他的奔驰被人家借走了，只有一部桑塔纳，实在有点丑，对不起对不起。他在唐代又打来一个电话，说他觉得桑塔纳还是不行，马上去借一部凌志，要我再等一等，千万不要着急。他在元代又打来一个电话，说凌志一上路就与人家的车撞了，真他妈窝火，他刚才差一点就同别人打起来了。最后，他在光绪登基的鼓乐声中大汗淋漓地敲开了我的房门。

他穿越血淋淋的中国史之后，带来的只是一部脏兮兮的出租车，车门晃晃的怎么也关不严实，坐垫的皮革也裂了道口子。他非常惭愧地搓手："对不起，今天真是委屈武哥了。"

"我说了，坐公交车就行。"

"我不就是想要撑撑壳子么？你得满足一下我的虚荣心吧？"

"撞得厉不厉害？"

"不要紧，莫说是一部汽车，就是撞它一架飞机又怎么样？阿中什么本事也没有，钱有的是！"他朝车后狠狠瞪了一眼，气咻咻地扎着袖口，"我车都不要了，招个的士就来了。随他们警吊子怎么办。"

出租车司机被这话吓了一跳，把阿中看了又看。

后来我才知道，他耽误这两个多小时，是很有道理的。

二

因为耽误了时间，我们出城时肚子有点饿，只得吃点东西再走。我本来想在路边的小摊上吃一碗面，阿中说什么也不同意，说我们是什么人？国家栋梁，跨世纪的人才，改革开放的中流砥柱，怎么能这样对自己的身体不负责任？

他硬把我拉进了路边的皇家酒楼。

我得介绍一下酒楼此时的情况。我们走进大门时：门左边已有一桌东北人，正在粗声大气地猜拳行令，把东北虎的豪壮狠狠地吼出来。门右边一桌是三男一女。一个胖子耷拉着盖耳长发，盯着桌面无精打采，好像一个爱逃学的学生在被迫听数学课，盘子里不是美味佳肴，而是一道道枯燥难题，正考验着他的坚强。"明天再说。""明天再说。"他总是这样嘟囔，不知道是何意思。另两个男人正在说笑，其中一个戴眼镜的小个子，小白脸、卷头发、眉眼清秀如大学新生，冷冷地看我一眼。

小白脸逼迫身边那个艳妆女孩喝啤酒，每喝一杯，就拍给她一张钞票。女孩忙不迭地把钞票抓在手里，塞进长丝袜的袜沿里。

"开瓶！满上！"

"不要了不要了，我要醉了。"

"醉了还认得钱？"

"怕你们输不起。"

"放心，老子卖了老婆也要陪你喝到底。"

……

他们说起了一件关于星期天的事，话语里有一些我听不懂的词。"瓜子"、"洗头"、"开荷花"、"撕扇子"等等。但我突然一阵恶心，似乎听出了这些话的罪恶意味。我想起前不久阿中说到的一桩凶案。前后情节我记不太清楚，印象中只剩下一个人的死：那人躺在垃圾场，额头上有一个洞，流出的血已经干枯发黑，全身只剩下一条短裤，大概其他衣物、手表什么的已被拾垃圾的人剥去。可怜那曾经被父母百般爱怜过抚摸过的肌肤，现在与破罐头盒废报纸烂果皮共存，把苍蝇喂养得又肥又大晶莹闪亮，不时一哄而散粉碎了热烘烘的阳光。

从他们的对话联想到凶杀案，这种思路似乎有些奇怪。

邻桌又发出哄笑。哗啦——不知谁撞倒了一张椅子，一只提包落地时抖开，一件黑亮亮的东西从包里滑出，滑到我的脚跟前。

枪。

我吓了一跳，与阿中会意地对视了一眼。

我们不敢说话。幸好东北虎那一桌的猜拳行令此时进入高潮，吸引了餐馆里人们的注意力，包括刚进门的一些食客，没有什么人在意我们的紧张。

小白脸从邻桌走过来，弯腰拾起手枪，偷偷别到他的身后。他四下张望了几眼，目光最后投向了我，似乎一眼看得很深，已经看清我脑子里刚才的垃圾场。

他笑了笑："你认得白沙村的三龙？"

我摇摇头。

"你们是万哥的人？"

我还是摇摇头。

他看了阿中一眼："对不起，借个火。"

阿中递上火柴。

对方点燃烟，把火柴放回桌面。但他的手缩回去以后，桌上除了火柴盒，还有三根寸长的铁钉，呈扇形展开。

"谢谢。"他回到那一桌，与其他两个男人起身离去。

"臭驴子！"阿中拾起那三根铁钉，"这就是他们的封口令，你懂不懂？妈妈的，这一套也玩到老子头上来了。老子可不是吃素的，别说几个烂仔，就是来一两个团正规军又怎么样？老子也有人，要坦克有坦克，要军舰有军舰，说不定哪天还买个

4

原子弹，陪着你们玩吧……"

我没工夫听阿中吹牛，只注意到门外有汽车仓皇发动的声音。

三

我还是给公安局打了个电话，举报了那三个人的车牌号。那是一辆黑色的蓝鸟牌轿车，车牌号尾数是 8808，车后还贴着一条矿泉水的广告。

电话那头的声音无精打采，而且一再追问我是谁，住在什么地方，在什么单位供职，身份证号码是多少，还问我为什么记不住自己的身份证号码，看来对方已认定我比蓝鸟牌更值得警觉。我心里虚虚的，很难解释清楚自己是谁，也不知道怎样才能让对方明白三根铁钉的恶毒程度。

电话突然断了。

回头一看，是刚才那个陪酒女孩斜靠着收银台，一手压住了电话机的叉簧。"你点什么眼药？"她白了我一眼，翻出的眼白特别大。

"你没见那伙人带着枪？还能是什么好人？"

"我同你说，"她朝门外努努嘴，"你最好不要在这里找麻烦。晓得他们是什么人吗？"

"什么人？"

"这年头，门口过条狗，最好也莫得罪。"

"怪不得罪犯越来越多，都是你们惯的。"

女孩冷冷一笑："你不犯罪，品德高尚，遵纪守法。但你管我吃管我喝？一个月的流水四五万，一给小费就是一张老人头，你给得起？"

"他们这样有钱，就更值得怀疑了。"

"莴笋！神经病！"她不管我怎样目瞪口呆，一把抢过话筒，自己开始拨号了，"张老板么？今天怎么不来？……吃过饭了？不行不行，吃了也要来么，再吃点么，这么久不照顾我的生意，你好坏哟……"她冲着话筒噘嘴，还扭腰，还跺脚，像是要把万种风情硬塞到话筒里去一般。

我没法同那只抹了红指甲油的手抢电话，气咻咻地回到座位。

阿中笑了笑，对我的举报不以为然，说喝酒就喝酒，还想关怀五大洲四大洋啊？公安局都是他妈的粮食局，只会吃饭。你要是说这里有坏人，他们就耳朵背。你要是说这里发行原始股，他们就窜得比老鼠还快。

我们又空了一个酒瓶。不知什么时候，陪酒女孩又游转到我们桌前，给我们倒酒，出示几个打火机："防风打火机，进口的，来一个？"

"你长得这么难看，让我怎么有兴趣买？"阿中脸上已经笑出了流氓活动。

"你把颈根洗干净一点，我就白送你。"

阿中睁大眼："厉害，厉害，嘴巴像刀子一样，开口就像吃了铳药。凭你这母老虎的样子，还能把业务工作搞上去？"

"你不要，有的是人要。"

"倒也是，国有资产现在都严重流失到国外。"

"哥哥出个好价钱，我就让你看看爱国主义。"

"好呵，我最欣赏爱国热情。这样吧，你先给我猜个谜语：五百个男人——打一体育用品。你猜出来了，我就买你五十个打火机。这个价钱不错吧?"阿中一喝酒就喜欢炫耀知识，但他的知识不是荤谜语就是荤笑话，让我作陪的都很没面子。

女子没有猜谜，却不小心掉了一个打火机，当的一声落在地上。她去拾打火机时，偷偷扯了一下我的裤脚，压低声音说："快走快走，要不就吃亏了。"

我没听明白。

她的头发冒出复杂的香水味："他们就要来报复了。"

"他们"是谁？为什么报复？是报复我刚才的一个电话吗？

她显然不愿多说，把打火机拾在手里，伸直腰杆哈哈大笑："你们这些臭莴笋，想在我这里白揩油啊？连一杯人头马都请不起，谈什么谈？一边去!"

她简直是个天才的演员，好像我们这里刚才没有什么秘密，只有声色场所见多不怪的生意。她从桌上取来一张纸巾擦擦手，撇了撇嘴："回家泡你老婆吧!"

高跟皮鞋橐橐橐地扬长而去。

四

当时门外有汽车的刹车声，吓得我差点跳了起来。门开了，倒不是那带枪的三个男人，而是一个陌生的工人往店里搬啤酒罐。

我出了身冷汗。其实，我一直感到有看不见的眼睛在盯着我，感到某种危险就在我身边，陪酒女孩的警告只是证实了这一点。

我早就应该离开这个餐馆。当时我浑然不觉，阿中把酒往我的杯里倒了一点，我又往他的杯里倒一点，他又往我的杯里倒一点，我又往他的杯里倒一点。百威牌啤酒滴滴洒洒，还是他多我少。他说你这个家伙就是不男子汉，就是酒风不正。

我在大祸临头之下还没话找话。为了旅行的愉快，我得讲点阿中爱听的，比方说名人逸闻，比方说足球黑幕，比方说男人变性和瞎子骗钱。记得我还说到一位老同学，他是个小有名气的作家，被老婆截获了他一大堆婚外恋的情书。他老婆并不生气情书之多（已经见多不怪了），而是痛恨那些情书措辞完全一样，差不多成了复印件。老婆说你这样没文化不丢了我的人吗（她嫁的好歹是一个作家吧）？阿中一听，果然笑得大力展示他那一口参差不齐的老鼠牙，还让我瞥见熏黑了的牙龈内壁。

当时我没有发现他的笑声空洞可疑，也没注意到他上厕所的时间那样长。

我仔细回忆一下，还能想起危险到来之前的其他种种，它们本应该引起我警觉的。比方有一个老头发作心脏病，被家人扶走了。有一条狗突然闯进餐厅，人们好容易才把它赶出去了。内厅里几桌婚宴也出现骚动，新郎与一个人发生争论——对方是一个提着提琴匣子的大汉，大胡子，脑后悬一小辫，下身是发白的牛仔裤，似乎是个什么流浪艺术家。他们居然在争论哲学问题，什么存在，什么时间，什么斯坦和斯基，真是让我惊讶万分：他们怎么不大像争论而像是生硬地对台词呢？怎么有一搭没一搭的断断续续？大胡子似乎没占到上风，气得脸上红一块白一块，宣布这里人人都能理解妓女，就是不愿理解哲学，因此他决不同这里的人碰杯，然后砰的一声掷杯于桌，拂袖而去，带走了提琴匣子。

照理说，他罢席就罢席，冲走就冲走，不干我什么事，奇怪的是，在做完这一切的时候，他朝我盯一眼，似乎已知道我的处境，要看我如何虎口脱险。

感谢陪酒女孩的警告，我总算及时离开了那里，一头冲入了门外明亮的大街。街上有熙熙攘攘的人流，有川流不息的汽车，有五光十色的广告牌，当然也就有一种什么都不曾发生而且永远不会发生什么的日常感。但我刚出店门就发现，街对面人群里掠过一个眼熟的人影——刚才那个邻桌的大胖子。我迅速朝右边看去，发现刚才那戴眼镜的小白脸也出现在远处，守在黑色蓝鸟牌汽车旁，眼睛朝我这边打望。

"坏了，坏了，"我对阿中低声说，"我们被盯上了。"

"你是说刚才那几个鸟人？还真有这么回事？"

"就是他们。有一个就在街对面。你别朝那边看，别看。"

我拉拉阿中的衣袖，让他也同我一样，假装看路边的杂货摊，尽量装出若无其事的样子，以便麻痹对手和争取时间："怎么办？怎么办？"

阿中也急了："妈妈的，今天顶上了。这样吧，我们化整为零，你去百货公司，找一个后门进公园，在旱冰场售票处等我。我去找个公共电话，要廖鳌带点人来。"

他是指我们在武警的一个朋友——那人曾夸口，他的兵就是我们的兵。

"你千万注意呵。这些人肯定手黑。"

"放心吧,你机灵点,多保重!"

我与阿中匆匆分手。

我用余光控制眼角那些可疑的人影,搜寻街上更多可疑的人影,脚步却暗暗加快速度,恨不得插翅腾飞,赶快飞入哪个安全的洞穴。恼人的是,我越是想快,就越快不了,一次次撞翻前面的男人或女人,不但无法提速,还遭人愤愤地责骂。吭的一声,附近一个小贩把手中两把钢刀碰响,"不锈钢刀半买半送哇——"这不是他们动手的信号吧?我魂飞魄散,满身大汗,再次撞出女人的惊叫,疯一般冲进商场大门。但我随后在商场内接连扑了两个空,没有发现阿中说的什么后门。慌乱中我撞入一间库房,又被两个老工人模样的人给轰了出来。我走投无路只好往楼上跑,还刚到楼道拐弯处,一件意想不到的事情就发生了。我不敢相信这件事情是真的,不敢相信这件事情就发生在眼前。事情是这样的:我当时从楼道朝下扫一眼,虽没看见追踪的枪匪,但发现了阿中,一个十分奇怪的阿中。他不是要去打电话么?不是要去呼叫武警朋友么?不,他根本没有去,而是一路尾随着我。在我回头看见他的时候,他正隐在一个大柱后面做几个奇怪的动作——朝大门外摆摆头,又指了指楼上,显然是指示我逃跑的方向。

他给谁做这些动作?

他为什么做这些动作?

我两眼一黑,脑子里轰的一炸,惊愕得怎么用力也没法迈出步子。我突然发现,阿中竟是他们一伙的!与我交往了这么多年的老友，在要命的时刻竟把我卖了！

我这才恍然大悟：那双一直在暗中盯着我的眼睛，其实就是阿中的眼睛——那双隐在微笑之后深不见底的小眯眼。

五

我狗急跳墙，鼓足勇气朝楼下跳去。事后想起来也奇怪：我从来都是体育考试不及格，杀只鸡破条鱼也是笨手笨脚的。我是怎么从二楼跳窗下来而且没有折胳膊断腿的呢？怎么成了一个呼呼呼的飞人？

我听到了身后啪啪两声，声音不大，像开了两瓶啤酒。很久以后我才想起那是开枪，是对准我开枪。要不是我命大，恐怕身上早被掏出了两个洞。

有一只手抓住了我的肩，被我奋力甩掉。有撕裂布料的声音，当然也出自我的身上。那只手又揪住我衣角的时候，我纵身一跃，跳下一个高坡，昏天黑地间撞入一片咣咣当当的声响。我手忙脚乱爬起来，发现自己落入一个垃圾场。我的脖子被一根瓜藤缠着，眼角上粘着油乎乎的锡铂纸，两只脚都踩着空罐头盒。

高坡下有一条水沟，沟那边有一些模模糊糊的人影，正冲着我大喊："抓坏人！抓坏人！他就在这里！"我朝右边一看，看到不远处的一个建筑工地，有一片使人放心的草绿色军服。军人就是正义，是全社会扬善惩恶的希望。我没命地投奔过去，快跑到工地的时候，见几个军人也跑步迎来，像前来接应突出重围的战友。我没料到的是，他们一上来不由分说先把我来了个双手反剪，三拳两脚就让我跪倒在地，差点扭得我身上骨折和脱臼。这些乳毛未脱的青瓜头，白戴了帽徽领章，白吃了大米饭，一个个热情洋溢斗志昂扬在我身上一试擒敌身手。没什么地方好抓了，他们就揪我的头发或者衣领，根本不听我申诉，根本不相信眼下是什么好人受难，哪怕我用肠子肺叶来一齐大叫也不管用。他们只相信枪声，只相信证件——小白脸赶来时，不知掏出一个什么本本给他们看了一下，他们就眉开眼笑，争相与小白脸握手，还不熟练地行军礼，谦虚地露出微笑。

阿中也赶来了，向他们出示了三根铁钉，说了些什么，他们就更加同仇敌忾。其中一位还跑步找来一根麻索，把我紧紧地捆起来。

"看你不老实！"他狠踢了我一脚。

我一跛一跛地被押回坡上。围观的人头更为拥挤。大概有水果摊子挤翻了，橘子苹果梨子栗子什么的满地滚。

"他们是贼喊捉贼！他们是犯罪团伙！你们不要相信他们的话……"我顿足大叫，"你们救救我！"

没有人响应我的呼吁，没有人相信我，反而有一张张兴奋的脸，还有围观者们欢呼胜利的一阵热烈掌声。这真是叫天不应，叫地不灵，黑白颠倒暗无天日啦。行人们只是纷纷打听着我的案情，看看我这个逃犯的模样，当然还看看阿中举在手里的三根铁钉。

"救命——"

我没把这句话喊完，就被堵上了嘴。

六

我的眼睛也被蒙上布条。

重新见到光明时，大概是一个多小时之后，我跌跌撞撞被推下汽车，进入了一扇黑森森的门，通过一条窄窄的楼道，来到一间码了各种货箱的大库房。这是在什么地方？我听到附近有密集的狗叫，心想可能是到了农村吧。又听到有汽车奔驰的声音，心想这里可能离公路不远。我闻到了一股浓烈的豆酱味，还看见墙上一张计划生育的宣传画，有一个小女孩在画面上手摇花束朝我奔来。

我在黑暗中没法记住汽车拐了多少个弯，每个弯又拐了多大角度，只是从行车的时间来看，从汽车颠簸的程度来看，我可能到了远郊的一个地方。

眼前出现一个人，小平头，黑夹克，蒜头鼻子，满脸酒刺，嘴巴有事没事都半张着，就要流出涎水的那模样。我定定神，发现这是阿中，人面兽心的家伙。

"狗杂种，你为什么这样歹毒？"

他嘿嘿笑了一下，用袖口抹着脸上的汗："对不起了，真是对不起了。兄弟今天实在没有办法，祸是你自己惹下的。"

"你早就是他们一伙的吧？"

"你看出来了？"

"我同你昨日无冤今日无仇，你为什么要害我？"

"武哥，这就是你呆了。你想呵，你是好人，他们是坏人。

这世上的道理就是宁可得罪君子，不可得罪小人。你连这一点都不懂？"

"你就不怕公安局以后算账？"

"你去告呵，告吧。我同那些警吊子练得多了。"

"你这个王八蛋，你良心狗咬了吗？你还是个人吗？想当初，老子为你找房子，为你找生意，我差不多倾其所有给你父亲治病。我瞎了眼呵！"

"我记着你老人家的恩呵。我哪会忘了呢？你说得对，你没有什么对不起我。你他妈太对得起我了。你有人缘，交际广，德才兼备，乐于助人，才华横溢，又有文凭又有职称，还差点官运亨通飞黄腾达。你活得美滋滋的做梦都笑出声，是不是？"

"什么意思？"

"呸！就是这个意思。你我从小学同学到中学同学，都是一餐三碗饭，胯里四两肉，凭什么你人模狗样居高临下？想上大学就上大学，想评职称就评职称，想有个好爹妈就有个好爹妈，你把好事都占了，到头来还摆出臭架子，不把老子的钱放在眼里。请你吃顿饭都千难万难呵，你妈妈的也欺人太甚了吧？你们这些家伙压得老子吐不过气来，让我永远没有出头之日，压得老子天天做噩梦。你们这些臭鳖杀人不见血呵？"他激动得双手颤抖，突然从腰间拔出一把短刀，凉凉地顶住我的脖子。

我现在突然明白了什么，冷气从脚跟升起来直灌脑门顶。

我其实更不明白了。

大概没有得到命令，他还不敢随便动手，停一停，把刀收回。不知为什么，他眼下没有多少胜利感，倒显得比我还要愤

14

怒和委屈，全身哆嗦着，往嘴里塞了一支烟，好一阵没有点着火，火柴划断了好几根。到最后，他突然咳嗽，还捂住脸哭了，一边哭一边抽自己两耳光："我他妈从来就是人渣！我他妈就是贱！我他妈连小组长都没当过一回呵……"他尖声地猫叫一声，在脸上胡乱抹泪，冲出门去，大概是去了厕所。

我从未见过他这样激动，感到非常眼生，怎么看也不像。他是阿中吗？是那个经常打电话来没正经话的阿中吗？是那个得意扬扬到处请客埋单的小老板吗？他不会是另外一个通过整容和模仿来仿冒阿中的人吧？仿冒得如此惟妙惟肖炉火纯青，以至于连我都看不出破绽。也许我只能从一些细节——比如阿中抽烟时总是用火柴而不用打火机，总是把过滤嘴摘掉——才能抓住蛛丝马迹，揭穿一个仿冒者的伪装。

但刚才这家伙确实是用火柴点烟，也确实摘掉了过滤嘴。不一会儿，一个小马仔还送来一瓶矿泉水，咚咚咚灌进我口里——这当然也像是阿中所为。他已经翻脸不认人，但看在老同学的分上，用一瓶水割清以前的交情。

"黄瓜皮，你出来——"我大喊他以前的绰号。

没有人回答我。

"黄瓜皮，你记住，你是个小人……"

七

我看着窗外的一角蓝天，那已经不再属于我了的自由和辽阔，那一个我可能马上就要告别的美丽世界。

我从来不知道阿中的深仇大恨，这是我的愚蠢。我得罪过他么？最得罪他的也就是那次在老练家，我们为一个字抬杠。我说"械斗"的"械"字是读 xiè，不是读 jiè。我说他读错了。他不认账，当着女朋友的面尤其不认账。我们一直争得其他人的棋都下不成了，纷纷上前来劝解。

　　最后只得用字典来裁判。我当过八年编辑和记者，当然是我胜。阿中红着脸去看电视，后来一个星期没有同我说话。

　　我不相信这一个字就可以结仇。也许，真正的原因是阿中说的那样，我太看不起他的钱了，太装作看不起他的钱了。我不仅一次次谢绝他为我买电视机或者录像机，甚至不愿吃他的饭。这当然也怪我的胃，怪我的口味太窄。自从我的肚皮率先进入中年——悄悄隆起来之后，在医生的警告之下，我只能适应豆腐、青菜、辣椒、萝卜等诸多清高食品，没享过什么富贵却有富贵腻了的模样，谁想招待我谁头痛。但这并不意味着我不爱吃。每次陪阿中之类的朋友豪宴，我宣布进馆子真是俗，宣布自己还是怀念野菜和红薯，甚至对一切有钱人的财富之累深表同情。这当然有些夸张。但我习惯于回绝阿中的宴请，对他埋单的魄力和能力视而不见，使他在我面前根本神气不起来。

　　这对于他确实有些残忍。阿中是一种群居兽，不能没有朋友，尤其不能没有朋友陪着他去见另外一些朋友。但他既玩不了象棋，也玩不了钢琴，更谈不了电影和文学，一张嘴就像个农村贫困地区的小学留级生。他声称自己最喜欢卡夫卡，一读卡夫卡就会热泪盈眶，但自从他有一次把老卡说成日本电视剧的作者以后，就成了大家永远的笑柄。这样，他只能请吃饭，不能不请吃饭。只有在餐桌上，他才有几分活气，才可以仗着酒量吆三喝四，对朋友们拍肩膀、摸脑袋、揪屁股，嘴里不干不净，指责你的皮鞋或者你的舅舅，到最后用信用卡诱发大家的几句感谢。这就可以理解，为了培养我的食欲，他可以不厌其烦地在电话里讨论餐馆的选择，讨论菜肴的选择，直到我动心为止。为了打消我拒绝的借口，他可以无限扩大服务范围，答应帮你拉煤气罐，帮你去火车站接客人，帮你刷墙和擦地，帮你去医院给病人送饭……他做牛做马做孙子都可以，只要你答应腾出时间去吃饭。

他有时候甚至不得不采取欺诈手段，比方说他失恋的痛苦要向我们倾诉，或者说他手上有几盒绝妙的外国电影录像带要面交给朋友，可一旦把我们骗进餐馆，他就高兴得哼哼唱唱的，对失恋含糊其词，也没带来什么录像带。

他故作惊讶地说：哎呀忘了！

到后来，朋友们都可以用拒绝赴宴来胁迫他，逼他做出各种让步——比方承认自己十五岁还尿床，承认自己偷看过女澡堂，向大家保证不再崇拜港台三流歌星，如此等等。为了大家以后能够继续赏光，他嘴里尽管妈妈的妈妈的，可还是一次次就范。

有一次，他喝多了，一腔酸物喷在地上，喷着眼泪鼻涕大哭："我他妈的只会赌博，一看书就要打瞌睡，一点艺术细胞也没有。我晓得你们这些王八蛋看不起我，根本没把我黄瓜皮当朋友。我是条穷得只有钱的蠢卵哇……"他躺到桌子下去了，孩子般呜呜地哭。有人把他送上出租车，让他回家。不料过了好一阵，出租车又把他送回来。司机说，在城里转了好几圈，他还找不到家，只好把他送回来。他却一个劲地叫司机为舅舅，要舅舅送他到公安局去自首。

满堂爆出哄笑。

我倒觉得他有些可怜。那一天是我送他回家的。那一天我在给他洗脸的时候，谎称我最重要的朋友就是他。我的虚伪肯定被他一眼看穿并且怀恨在心。

八

我后来才知道她也难逃魔掌。她鬼使神差地给我通风报信，没料到阿中是他们一伙的，决不容她漏网。

她就是那个陪酒女孩，名叫铁子。我后来知道，她是个来自农村的打工妹，兄弟姐妹分别叫金子、银子、铜子……差不多是开了个五金铺，填一张化学元素周期表。据她自己说，她在皇家酒楼是付过"保护费"的。

当时我被几个军人轻易擒获，被反扭双手押向汽车，一颗颗豆大的汗珠往下掉。周围的人全都兴高采烈，后排的观众为了看清楚罪犯，还鹅一样把颈根升起来。有一个老头肯定被枪匪们买通了，指着我大骂："就是他！就是这个小杂种！抢了我的钱包，不杀不足以平民愤！"

我看见她也被捆绑着押向汽车，但她一直在挣扎着大喊："他们是假公安，证件和车牌都是假的，你们不能让他们抓人……"

但她显然也错估了形势，包括错估了年轻军人的判断力。在几个军人还在面面相觑的一刻，两个黑影早已向她扑过去。

她在人群中一晃就不见了。人群中只有打手们扬起的拳头和巴掌，只有一个女人零碎的惨叫声四处飞溅。有个军人见此情景有些不忍，想上前拦阻，阿中便向他解释："那个臭娘们也是在逃犯，至少偷了人家八个娃娃！"

"人贩子呵！"军人们居然就这样相信了，走了。

围观者们当然更气愤了，一次次喊打的声浪冲她而去。尤其是两个女人，大概想起了自己的娃娃，撅着大屁股上前，去揪她的头发。

她后来也被带来库房，是被人揪着头发一路拖进来的，脸上有泥污和血迹，高跟鞋在门槛处被绊掉了一只，两脚在地下乱踢狂蹬。她的旗袍被撕破，露出一块白白的肩膀和一根乳罩带子。

"臭流氓！"她破口大骂，"你们打吧！你们今天不打死我就不是人养的！洪疤子你听见没有？"

"你怕我们不敢打？……"一个疤脸马仔带着几个打手上前，又是一阵拳打脚踢，简直把她当成一只练拳脚的沙袋。

她不再动弹了。有人拿来一盆水，泼在她头上。

"臭婊子，到了这里还嘴硬，吃了豹子胆啦？"

"这家伙找死，先花了她的盘子！"

"挑了她的脚筋，看她还往哪里跑。"

"脱了她再说，给哥们儿擦擦炮。"

"哈哈哈——"

我呼吸变得粗重，再也忍不住了："你们欺侮一个女的算什么本事？"

打手们把目光一齐投向我，其中那个疤脸说："呵嗬，不要我们欺侮她，是要我们来欺侮你吧？看你这熊样，尿都吓出来了。"

他们看着我的裤裆，发出一阵哄笑。

我这才感到裤裆里有点凉，但已顾不上羞耻："你们放了她吧。这事同她没有关系。电话是我打的，她当时还不让我打。"

"放过她容易，"疤脸擦擦手，"你给她顶罪？"

"怎么顶？"我小心试探。

"你叫我一声爸，我就少打她一下。"

"那没问题，别说叫爸，我喊你爷爷，可以吧？"

"这孙子还孝顺！"疤脸笑着与同伴们交换一个眼色，大笑一阵，"你跪着给老子叩一百个头，老子就不挑她的脚筋。"疤脸又有了新主意。

"一言为定？"

"当然一言为定。"

我把这事当真，要求他们立誓为约。叩头有什么要紧？就凭着女孩刚才仗义相救的一幕，我就算把脑袋砸成个烂西瓜，也是理所应当。

正在这时，我听见窗外响了两枪。打手们脸色大变，一齐跑出门去了。我心中暗喜：是不是警察来营救了？是不是他们内部有麻烦了？……可等了很久，窗外又恢复了平静，什么好事也没发生，只有一个马仔送来两个盒饭和两瓶矿泉水，还让我松绑上了趟厕所。我问他外边发生了什么事，他根本不说。

我借上厕所之机观察了一下周围情况，发现库房门外有一条阴暗走道，通向六七扇门，都是紧闭的。这有点难办。想想吧，即便我有办法解脱绳子，还有办法逃出库房，但下一步往哪里逃？这六七扇紧闭的门，哪一扇是通向出口，而哪一扇是通向枪匪？……他们把门都关上，还用报纸糊掉了两个窗子，显然是不让我们看得更多。

在铁子吃完饭之前，他们没有捆绑她。我挣扎着挪到她身边，见她躺在地上轻轻呻吟，不免心生怜惜。我俯身吹出长气，吹走她脸上的一只蚊子。

她眼里流出了泪水，哼一声就轻轻叫一声娘。

"小妹，对不起，我连累你了……"

她哭得更凶："就是你这个莴笋，神经病，打什么鬼电话？管什么闲事？你不知道到处都有他们的眼线？……"

"我不知道，真是对不起。"

"我家里还有妈妈、爸爸、弟弟，全都靠着我哩。我怎么办？怎么办呵？我的存折也被他们抢走了呵……"

"别着急，我们慢慢想办法。"

她看了我一眼，哇的一声扑过来，紧紧搂住我："我怕。"

我的手被反绑，没法抱住她，只感到她胸脯紧紧压住我，瘦弱的身体挂在我脖子上，一阵阵剧烈地起伏，把我压得有点喘不过气来。我感到了她的心跳。她也肯定感到了我的心跳。我安慰她："你不要怕，我们还有希望。家里人找不到我，一定会报案的。警察现在可能正在寻找我们……"

"来不及啦。他们杀人就像捏死一只蚂蚁。"

"如果命该如此，那也就认了。我在这里，我陪着你……"其实我同样害怕，但我眼下必须使心跳稳定下来，强劲起来，给她一种力量。我忍不住把脸靠过去，贴在她的脸上，用这种别扭的接触代替握手、拍肩、一拳捶在胸口等安慰的方式。我感觉到她的发丝撩动，感觉到我们的泪水流到了一起，咸咸的，还有点苦。

我其实自己想找一个依靠，哪怕找一个根本无法依靠的人。

九

我竖起双耳，屏气凝神，但一直没听到大队伍嘈杂的脚步声，没听到警车由远而近的尖锐笛声，没听到警队指挥员通常在电喇叭里发出命令的声音……就是说，我等呵等，没有等到任何希望。

我与铁子只能依靠自己，尝试逃跑的可能。她在我的鼓动之下，借上厕所的机会，偷来一小块碎玻璃，在夜里割断了捆她的绳子，也解开了绑我的绳子。她解绳子的时候吓得手直抖，好几次停下来，捂着胸口大喘粗气，说她怕，好怕，太怕啦，我们还是认命吧，直到我气得大骂她蠢猪婆不知死活，直到我拿脚狠狠地踹她，她才战战兢兢继续解下去。

绳子既然已经解开，就没有回头路了。她再一次听我教导，使劲地点头，大概也明白了这一点。快天亮的时候，我们等来了看守人最困的一段，以一张钢筋防盗窗做工具，偷偷撬开库房的门——这需要我们两人抬着防盗网协同操作，就像扛着两棵大树当筷子，实在是工程浩大，费了近半个小时，累得我们满头大汗。但我们找不到合适的工具，不能不这样以繁代简。

要命的是，她实在太笨了，总是不得要领，在最需要一齐下力撬门的时候，她竟然丢下了手里的巨型筷子，用袖口来给我抹汗。

"你猪呵？"我差一点骂出高声。

"我怎么了？怎么了？"

"这是擦汗的时候吗？"

"哦，对不起，我不知道……"

"用力，再用力！"

她哆哆嗦嗦更不知道如何用力了。

我额上的汗也更加汹涌。还好，天不绝人，我们总算撬开了门，总算溜下了楼道，甚至借一棵小树翻过楼房外的一道砖墙——线路都是铁子白天暗中侦察过的。不料她关键时刻再次添乱，跳墙时竟伤了脚，大概是骨折或者脱臼，一跛一跛根本走不动。我差一点急得喊天，只好背上她朝前探步。但这时狗叫起来了，楼房里电灯亮了，打手们朝着窗外大喊大叫，包括阿中的声音都清晰可闻……我已经开始绝望。

"别管我了，你……"她在我耳边急急地说。

"那不行，我不能把你丢下。"

"蠢呵？跑一个是一个。"

"要死就死在一起。"

"看不出你还很义道。"

这样一说，我就只能继续义道下去。

其实，我也明白，只要有一个逃出去，就可以去报警，就使枪匪们有所顾忌，另一个也才有得救的可能。但那一刻我似乎义道得很晕，反而把她搂得更紧。

"臭莴笋，臭莴笋！你聋了？你蠢呵？……"她在后面使劲地打我，扯我的头发，直到扑通一声摔倒在地。打手们追上来，几道强光照射着我们。

我睁不开眼睛，只是长长叹出一口气，等待他们的发落。他们会重新捆绑我，重新给我蒙眼或者往嘴里塞布团，甚至用一支手枪顶住我的太阳穴：一、二、三——他们如果害怕夜长梦多，不是不可能随时下毒手的。奇怪的是，我久久没有听到动静，甚至发现在场的人都有些手足无措。不知什么时候，我听到一个人说："导演，没胶片了，算了吧？"

这句话令人费解。

接下来，我听到了一声哨声，听上去也怪怪的。

更不可思议的是，我听到有人鼓掌。

掌声中，周围的人都笑起来，一张张脸上绽开了花。疤脸汉子丢掉手里的木棍，伸手来与我握一把手，又同铁子握一把手，还帮我们拍打身上的灰。阿中哈哈大笑，指指我的鼻子，捂住自己的肚子一次次下蹲，笑得要满地打滚的样子。在一辆汽车强烈的车灯光柱里，一个披着军大衣的人提着电喇叭走来，对阿中高兴地说："OK，非常好，非常好！尤其是刚才这一场追逃戏，比我预想的要好得多。可惜破门那一段没机位……"他看了我一眼，发现我还在目瞪口呆，便过来握住我的手，"对不起，让你受惊了。我来自我介绍一下吧，我是导演，叫孙建平……"

我觉得他面熟。事后我才知道，我确实见过他，就是皇家酒楼里婚宴上的那个新郎，当然是伪装的新郎。

"是这样，"他递给我一张名片，"我们正在拍摄一部实验性电影，片名叫《风季》，完全是原型主义的探索。"

"你们这是怎么回事？"我已经气得七窍生烟。

"别生气，别生气，听我慢慢给你解释。这样说吧，《罗马十一点》你看过？那是意大利片，新闻纪录手法。我们这个更进一步，主角多用原型，拍摄全用实景，不少情节随机发展，多机位全程偷拍。有些人，就像你吧，根本不知道自己入戏，这样表演就更加自然，是不是？"

"你是说，你是说，这一切……都是拍电影。"

"是呵是呵，拍电影，最新潮的电影。"他不无得意地一笑。

我几乎要哭了："阿中你这个臭杂种，你……你他娘的跟我玩这一套？"我扑上去抓住阿中就打，打得他两手招架，连连讨饶，躲到孙导演的身后。"武哥，武哥，你听我说，我看你平时对电影感兴趣，所以一番好意让你来玩一票。其实我同他们都说好了，对你不要真打，也不让你饿着，天地良心……"

要不是几个人阻拦，我非把阿中这家伙一口吞下去不可。算下来，整整二十多个小时，我一直蒙在鼓里，成了一个可笑的牵线木偶，任他们这些人算计着和玩弄着。我算是白怕了，白气了，白伤心了，白义道了，还白白尿了两次裤子。要是我一慌神做出不得体的什么事，岂不是也会被他们拍个正着？"我操你大爷——"

我差不多哭了，一连骂了几十句粗口，骂出了世界上最恶毒、最下流、最不堪入耳的话，骂遍了眼前所有微笑的恶棍。哭骂声中我当然也有一丝庆幸，事情还好，只是虚惊一场和噩梦一场，我一条小命还在，还可以走路，可以吃饭，可以逛街，可以蹬自行车上班——要知道，身陷囹圄的时候，即使是平时最为令人厌恶的上班，包括在那个愚蠢编辑部主任手下的上班，对我来说也是无比幸福的回忆和向往，我没料到这一辈子还可以大张旗鼓有声有色地上班。

"你不要怪黄总，他只是赞助人之一。情节提纲都是我的设计。"孙导演给我披上一件大衣，递给我擦脸的纸巾。

"你……你……你们这不是胡闹吗？"

"艺术么，总得别出心裁不是？这是我有生以来最兴奋的创意。你虽然受了点惊吓，回头一想，不觉得也是一次奇妙的体验？"

"你怎不拿你老爹老娘来体验？"我没好气地顶回去。

"我们充分考虑了你的条件，这一段戏，非你莫属。"他用一大堆恭维话补偿我，吹嘘我的鼻型、身高以及正义感，正是他的艺术创作所需。至于他们事先无法向我交底，有不当和不敬之处，还望我海涵。他又说拍这种片子特别累，特别费钱，特别有风险，光是十几个机位的隐藏和移动，光是长时间的耐心等待和各机位的灵机应变，就比拍战争场面还困难百倍……他大概想夸张他们的苦处，以抵消我的一些怨气。

我们走在返回楼房的路上。导演顺便让我见见他手下的人。我走到灌木丛后，看见了藏在灌木丛后面的摄影机，还有总摄影师。我又走到一辆面包车前，看见了架在窗口的另一台摄影机。车前两个披着大衣的青年，正在收拾电线什么的，冲我笑了笑。孙导对他们吆喝："喂喂，快收场，动作快点，听见没有？小刘你磨蹭什么？还想在这里喂蚊子呵？"

"小刘"就是那个戴眼镜的小白脸，几次同我过不去的王八蛋，曾在大街上把我往死里踢。我一见他就冒火，冲上去一把揪住他的胸口，突然发现他一脸微笑，才迷迷惑惑地稳住手。

我得记住：电影。

他放下手里的一个木箱，拍拍我的肩以示和解，还塞来一张名片："你能不能谈一谈自己的感受？"

我怒气冲冲地说："没什么感受。"

"好几家报纸约我写拍摄花絮，你一定要配合呵。这也是你出名的机会。"

"你站远点，站远点。跟你说，我这个人脑子有毛病，一走神就还会打人。"

他吓得连忙退了一步："好好，我们等下再谈，等下再谈。"

孙导笑着说："你这种情况叫幻觉滞后。有些职业演员也这样，一入戏就出不来了，好一段时间还会有幻觉。今天幸好是让你演你自己，要是让你演毛主席，那还得了？"

他们都冲着我哈哈大笑。

十

天大亮了，我们等摄影师补了几个空镜头，准备离开拍摄现场——我现在看得很清楚，这是一片旧厂区，附近有商店、饭店、加油站以及旧宿舍楼。有一个宠物店，冒出密集的狗吠声——难怪我刚来的时候还猜想这里是乡村。

有一个老太婆来找孙导，拍打手里一张断了腿的板凳："你是领导吧？你看看，被你们踩成这样，至少也要再加十块钱吧？十块不行就五块，五块！"

孙导不耐烦地喊：“黄主任，这是怎么回事？”

一个人应声而来，把老太婆连连往后推：“去去去，没有没有，一分钱也没有。一切都只能按合同办事。”

此人可能是剧务主任吧？

另一个人又来找他，点头哈腰，满脸媚笑。我惊讶的是，这人留着大胡子，脑后有一条小辫，也是我在皇家酒楼见过的。不就是那个大谈哲学的流浪艺术家么？为何眼下活出这个熊样？我听了好一阵，才明白他是个临时受雇的演员，但领走一条领带就不归还，说是丢失了。剧务主任不相信，他便掏出钥匙，把提琴匣子打开来以供检查。匣子里果然没有领带，但也没有琴，只有一堆神功元气袋。他想拿三个神功元气袋抵了领带，但主任说什么也不同意，紧紧揪着他的胸口：“你少来这一套，你这号混混我见多了。”

两人为了一条领带揪来扯去，引来一些闲人围观。尽管有两个大汉维持秩序，但围观者还是挤倒了两筐水果，散乱的苹果、梨子、柿子、香蕉一类滚落在地——我后来才知道，除了苹果最便宜，用的是真品，其他都是塑料制品或蜡制品，是可以多次使用的道具，正如用马粪纸做的电话机和用泡沫塑料做的大石块，怎么也摔不烂。

我踢了一块大石头，果然有空落落的响声。

我看见很多人在吃苹果，还看见铁子也咬着苹果走向一辆大巴，大概也是饿极了。她头发还有些蓬乱，披一件军大衣，但脸上的假血还没完全褪干净，红花花的印痕一直延至脖子，还沾满领口。

“你吓着了吧?”她朝我笑了笑。

“你没吓着?”

“没吓着，只是被气着了。”

“怎么回事?”

“他们还真在我身上乱摸……合同上哪有这一条?”她噘着嘴,“给片酬也抠门。他们给你多少?”

“我不懂这些规矩。”

“我也不大懂。不过演这种戏，拳打脚踢的，邋里邋遢的，至少也不能像打发要饭的吧？我妈都没有这样打过我。我的手，哎哟哟——”她一抬手就痛得五官挤成了一团。

“手怎么了?”

“可能骨折了。”她的手终于举到空中，倒也没有什么事。但又发现了另一只手的痛点,“这里，是这里，哎哟。”

她眼睛眨出泪花，终于恨恨地咬牙:“跳那么高的墙，要人跳的，玩杂技一样。要是我真摔个缺胳膊少腿怎么办？摔个脑震荡怎么办？早知道这样，给我一座金山我也不演。我们在学校里学表演，从没演过这么乱的戏。”

“你是学生?”我大吃一惊。

“是呵。”

我后来才知道，她是一个艺术学校的学生，被孙导挑来扮演陪酒女，专门配合我演对手戏。

“他们要是不报销医药费，我就扣他们这个。”她偷偷向我亮出一把手枪，调皮地一笑，又把枪藏入提包，走了。我这才发现，她两条腿好好的，跳墙时的骨折或者脱臼，逼着我一路背着跑，确实是演戏。

　　我有点茫然，觉得她不能就这么走，不能就这样与我分手。怎么说呢？戏不是结束了吗？但不到一小时前我们还患难与共，不到两小时以前我们还生死相依，不到三小时以前我们还相濡以沫，这样一个在我身上体温犹在的女人，怎么说走就走了？这一走可能就是各自东西，再也不会见面了。

　　"喂。"我大喊了一声。

　　她回过头来，眨眨眼："还有什么事？"

　　"你叫什么名字？"

　　"你不知道吗？我叫铁子。"

　　"你叫铁子？"

　　"是呵，我叫铁子。"

　　"我……我们也算有缘分吧？"

　　"当然，我们配合得还算不错吧？"

　　"我得谢谢你的勇敢仗义……"

　　她愣了一下，突然大笑："这不是演戏么？"

　　"你早就知道是演戏？"我有点失望。

　　"他们只交代个大概，其余的由我见机行事。不过，我还是很佩服你，比一般演员强多了，从一开始就戏赶戏，吓得我差点都不敢演。你那些朋友也演得很不错。"她可能把所有参演者都当成了我朋友。

　　"我想知道，要是在生活中碰到这种事，你会不会那样做？"

　　"你问这个干什么？"

　　"对不起，我就是想知道，有点好奇。"

她脸上飞过一抹红润:"我……可能不敢。"

我突然无端生气了:"胡说,你也会那样做的,是不是?你以为这只是戏呵?你想想,我们打也挨了,苦也受了,说不定还受伤了,怎么哨子一吹就子虚乌有?"

"你说这事不算演戏?"她似乎不明白。

"不,至少我不是在演戏。"

"反正我是在演,没什么……"

"你也不全是演。"

"你怎么知道?"

"我感觉得到。"

她翻出很大的眼白:"不全是就不全是吧,那又怎么样?"

我高兴了:"那你就跟我走。"

"哪里去?"

"我先带你去医院,检查一下你的手。"

"我要桂花姐姐陪我去的。"她东张西望,样子像找人。

"我知道这附近的医院在哪里。"

"我……还不认识你。你是谁呵?"

"这是什么话?都这样了,你怎么还不认识我?"

我不由分说拉着她就走。她开始大喊:"放开,放开我,我不要你陪!你脑子有病吧?你掐得我好痛,知道不?我根本不认识你……"她喊是喊,挣扎归挣扎,但用力渐渐软弱,到最后挤上公共汽车的时候,在拥挤的乘客中,她还在无力地把我推搡。

车上乘客看见她脸上似血的红油彩,看见我凶神恶煞的模样,吓得纷纷躲闪。有一个老汉直摇头:"现在的年轻人呵……"

十一

她运气不大好，虽然一直想当演艺明星，但自从在《风季》中上过角色以后，就再也没有得到上台和上镜的机会，别说演技让人失望，一口可怕的普通话也总是吓坏了导演。她在艺校毕业后也找不到合适的工作，最后经我出面介绍，才在我们报社的幼儿园当上阿姨，成天教娃娃们大灰狼和小白兔什么的。

她胆子其实很小，完全没有演戏时的那种浪荡和生猛——这也是她求职的重要障碍。有一个公司老总曾聘她当秘书，但她一看见两个编织袋里满满的钞票，就吓得全身哆嗦，丢了编织袋就跑，哭哭泣泣地回家，说什么也不干了。"我就是怕钱，那么多钱！"她的话让我莫名其妙也无可奈何。我后来曾教她开汽车，以便她去公交公司应聘。但她学了两个月还是笨拙无比，即使开车在空空荡荡的大道上也满头大汗，一见到前面几百米开外有个小黑影冒头就面无人色，双手丢开方向盘大叫："有人！"接下来是，"怎么办？"

她以为自己是在月球或火星上开车么？一见到人就没魂了么？我好容易帮她刹住了车，好容易逼她把蜗牛般的汽车再开过了有人影的地方，她停车时却没法撒手了，两只手紧锁在方向盘上，需要别人一节一节扳直手指骨节，才能使她的两手从方向盘上卸下来。这就是说，她全身几乎已经抽筋，已经僵固如铁。

我没教会她开汽车，甚至没教会她骑自行车，但使她成了我的孩子他妈。这是后话。事后阿中一说起这事，满脸都是嫉妒和悲愤，说亏了亏了，白白放走了一个纯真少女。早知如此，当初在皇家酒楼就该同我换角色，他情愿挨打也不能放过如此艳福。

"她连自行车都不会骑！"我的意思是他不必过于懊丧。

"不会骑好呵。要是她会开轰炸机，你敢要？"

阿中还是我的好兄弟，还经常请我吃饭，包括一起去皇家酒楼。这地方最对铁子的心思。她对其他地方没兴趣，但皇家酒楼是一定要去的。我猜想她很怀念那次上戏，想想当初自己的浓妆艳抹和粗话连篇，说不定有点暗暗开心。"臭莴笋"，她一想到这样的台词就笑。

我恰好相反，最不愿意带她去皇家酒楼，总是找个理由把她拴在家里。那地方有什么好？不就是一个贼窝么？一想到自己的女人曾在那里陪酒，同一些不三不四的男人周旋，每喝掉一杯就把一张钞票塞进长丝袜的袜沿——即便我知道那是演戏，心里也不太舒坦。而且那鬼地方对于我来说，总是有一种挥之不去的布景感，似真非真，似幻非幻。坐在那里，一声与我毫不相干的吆喝，有时都会让我张皇。我会怀疑又要冒出一个操着电喇叭的家伙，宣布眼前的一切都是剧情，于是现实遽然大变，人们面目全非，连我身边的铁子也站起来去卸装，突然变成一个我无法辨认的陌生人。

我有时候稍微多喝了几口，会感叹这些布景太真实了。汽车一辆辆驶来，一点也看不出破绽。仿古式宫灯一盏盏亮了，一点也看不出破绽。一种种佳肴端上桌来，还真有色香味，真能吃。大门口站着一列挂着红绸绶带为灾区募捐的男女学生，还真像那么回事。连小贩叫卖的报纸以及报上的股市升温或非洲战争的消息，还有什么省长检查物价的消息，也都以当天的日期和真切可闻的油墨气味让人没法生疑。剧务部门能做到这一步，真不容易呵。

可以想象，我心神不宁恍恍惚惚，不可能不做出一些荒唐事。前不久，我在皇家酒楼又碰上了那个总是提着提琴匣子的大胡子。他穿着一件破旧的呢大衣，发出浑厚的男低音，眼里闪烁着幽暗光泽，像经历过十分痛苦的漂泊，刚从遥远的草原或海岛归来。当时他陪着两个男人吃饭，手搭在一个小姑娘肩上。他们断断续续的声音我听不太清楚，一会儿是现代哲学，一会儿是灯箱广告，说来说去，又像对现代哲学和灯箱广告都词不达意，欲言又止，只留下满脸忧郁。大胡子一次次埋下头去，背脊被小姑娘用同情的目光抚摸。

我觉得那位小姑娘表演得颇有分寸，浑身都是戏，一看就知道是那种爱吃零食的校园诗人。在英雄吹响金色号角的地方，总会有这一类女志愿军挺身而出，热爱着我们历尽艰辛的英雄。

剧情还在继续推进。大胡子哼完一段俄国歌曲，突然发现了我，走过来郑重地握手，还来了一把男子汉之间的深沉拥抱。他向小姑娘介绍我，称我是报社名记者，诗还写得很不错（我从未写过诗），是他的老朋友（我这是第二次见他），与他曾在一部电影里成功搭档云云。他看见桌上的照相机，问我能不能给他们来一张。我说很不巧，照相机里面的电脑出问题了。他拿起照相机看看，说："你今天真是运气，碰上我了。我刚好有一个哥们儿就是干这个的，给你换一个配件，就我一句话。"

"不不，不用麻烦你。"

"这是什么话？不相信我么？"

"哪里的话。"

"你以为我这点小事也办不成？"他沉下脸，上身略略后靠，把我当成一个位置不佳的台球仔细度量。

剧情到了这一步该怎么办？总不能太不给他面子吧？他不是枪匪，我总不能像上次那样大失风度狼狈逃走吧？我及时地微笑了，选定了体面的台词和形体，眼睁睁地看着他把尼康照相机塞进了挎包。

他搂着小姑娘出门而去。

阿中从卫生间回来，对照相机在桌上的消失不免疑惑。听我说明去向，他大叫："水鬼！那是个大水鬼！"

"你说什么？"

"那家伙至少有八个名字，二十种身份，从来没有一句真话。你看我理都不理他。你这个二百五，居然把相机交给他。你为何不去给街上的人一个个发奖金？"

"他不是一直在谈着哲学吗？"

"你傻呵？什么年头了？以为哲学是良民证？"

同行的两位朋友也急了，说他们刚才怎么看怎么不对，本以为那家伙是我的熟人，但发现他根本不了解我，还把我当成什么诗人。

阿中愤愤地咬牙："老子要废他一条腿！"

我这才觉得，大家脸上的激昂和愤怒是值得重视的。我带了什么东西来？对了，是带了照相机。我的照相机现在给了谁？对了，给了那个大胡子。我为什么要给？可怜我连他的名字都不知道，以后到哪里去找他？……我终于吓出了一身冷汗。

我从座位上一跃而去，大步扑向门外，发现大胡子早已不见踪影。但我不甘心，总觉得大胡子应该没有走远，应该在什么东西的后面。我像只无头苍蝇到处乱窜，发现任何东西确实都有后面，都有后面的东西，比如餐厅的后面就有厨房。我向厨房走去，发现厨房后面是灯光昏暗的停车坪。我向停车坪走去，发现停车坪后面有一片园林，还有晾晒在铁丝上的一条条白色桌布。我穿过白色桌布，发现桌布后面有一间小房子。我走到小房子门前，推门一看，发现里面是柴油发电机，还有一个从椅子上弹起失声尖叫的青年。如果我爬过小房子的屋顶再往后面走，前面就是栅栏那边的喧嚣大街了。直到这时，我才发现这里不是后台，更没有摄影、导演、灯光以及剧务部门。

就是说，这里根本不是剧场，也不是电影景区。

我回头试着给军区一招待所打电话，孙导就住在那里，该知道演员们的住处。阿中夺过电话说："你发梦癫呵？他早就出国了，你找他的魂？"

见我沮丧地放下电话，两位服务小姐来问清情况，也为我着急了一把。她们说那个大胡子是有名的老赖，一身的酸菜味，光在这个店里就不下十次地赖账，老板一看见他就脸大。你们不知道么？

我的酒这才醒了七八分。

十二

阿中带着手下人，花了整整一个星期，总算在某个小饭馆把那个骗子找到了，让我十分感动。不过我赶去以后还是没能要回照相机。大胡子说他被小偷割包了，照相机没有了，他自己的三千块钱也没有了。不过他从来不亏朋友，很义气地赔了我十个神功元气袋。

我没法证明他说的不是真话。

我气得两餐没吃饭，因为那台照相机是铁子她姐送的，而且铁子最喜欢千姿百态地用它来照相，她肯定万分心疼。

没想到她倒安慰我："旧的不去，新的不来。丢了就丢了，多大的事？"

"对不起，我一定给你再买一台。"

"算了吧，攒点钱买奶粉尿布吧。"

她是指孩子将要出生。

她不久果然一胎给我生了两个男孩，一个六斤，一个七斤半。当孩子学会了叫"爸爸"并且争着试验这个词的魔力的时候，我感到了幸福。准确地说，我感到一种鼻子和耳朵都越长越蠢的幸福——我有一天睡醒的时候，确实感觉到身体各个部件的智商状态，还有这种状态的提升或下降。

我常常一觉睡醒之后，不知道眼前的幸福是否真实。我爬下床，在房里走来走去，担心突然听到一声长哨，又碰到一个操电喇叭的家伙。我忍不住检查冰柜里的食品，检查衣柜和书柜后面的暗处，检查阁楼上那一切可疑的角落。我忍不住看看床下，又猛地掀开窗帘看看窗外，看这些地方是否隐藏着可恶的摄影机。我检查铁子的衣物以及她的提包，甚至检查孩子胯下最隐秘之处，看是否印有"××摄制组 NO××"之类的公物标记。我还检查过她带回来的每一张钞票，把它们一张张对着灯光照，看它们是不是道具，是否都有水印暗图并且纹路清晰。

我假装去借电工刀或者小锤子，去敲过几位邻居的家门，其实是想看看那里是否有可疑的人。我没有发现什么，只发现老金家有两个乡下人打扮的汉子，正在大口吞吸面条，说是他家乡下来的亲戚。我把他们的两个大网袋看了又看，还好，不像是摄制组的用品。

我把草地和大树也一一检查。如果我有足够长的手臂，可能还会把太阳拿来割一刀，看它是不是个可以剥皮的假货。

我总算发现了一件可疑之物，是铁子藏在衣柜里的一个小红本，某卫生专科学校的学生证。上面明明是她的照片，名字却叫"白云"。我联想到她平时对当归、白芍、荆芥、柴胡、天麻之类的用途确实知道不少，联想到她一上街就喜欢窜小药店看看，不得不怀疑她确实受过某种专业训练，进而再怀疑到她的真正身份。她也许不是铁子，只是一直在扮演着铁子的另一个女人？

当我理直气壮出示这一铁证时，她竟然哈哈笑了。她说白云么，是同学给她起的艺名，学生证也是花钱请人伪造的——当时她和几个艺校同学找不到工作，想去私营医院当护士，就每人买了个假证件。她说这个本本虽然可笑，留着倒也好玩。

我紧紧地盯住她，看她的脸上是否有过一丝慌乱或者躲闪，从而判断她的话里有多少真实。

"你老看着我做什么？"她有点不自然了，要我把胶鞋脱下来，她好拿去洗。

"你脸上……怎么这样红？"

"我脸上红么?"

"你在家里也化妆?"

"我什么时候化了妆?"

"我怎么觉得你像是化了妆?"

我情不自禁地用一根手指去戳她的脸。她啪的一下打掉我的手:"你才化了妆哩。神经病。"

"你真的不是白云?"

"好吧,我是,我就是,那又怎么样?快换鞋呵你。"

"你为什么一直要瞒着我呢?我们好歹也夫妻两年多了,你有什么不可以说的?"

她愣了一下,把我的鞋猛掷出去,突然捂面哭了起来:"你怎么这样不相信人呵?"

我有点歉意,给她削了一个苹果。

很久以来,我在果品中只愿意吃苹果,上果品店也只买苹果。自从那次见识过剧务部门租来的一些道具,我对很多水果总是疑虑重重。货架上那些五彩纷呈的橘子梨子桃子什么的,在我看来总像是蜡制品或者塑料制品。我清楚地记得,当时只有苹果可以拿来真吃。铁子为此经常笑话我,说我一朝被蛇咬,三年怕草绳。

这时阿中来电话了,问我愿不愿意明天同他去鹿湖。

1994 年 12 月

---

* 最初发表于 1995 年《芙蓉》杂志,后收入小说集《北门口预言》。

暂行条例

一

商店里已经在出售塑料手铐，据说这种塑料手铐既可当玩具，又给父母们管教孩子提供了方便。这件事足以证明玩具业隐患太多，成立玩具管理局十分重要。为了保护孩子们的身心健康反对手铐，反对今后可能出现的玩具老虎凳和玩具绞刑架，当然得重视玩具的管理，当然得有一个局。就是说，得有一个患高血压或慢性支气管炎的局长，有一些擅长在菜市场讨价还价的副局长们和科长们，有一栋伸出许多铁皮烟筒的保温办公大楼，有湿淋淋的拖把和公共厕所以及保温杯废纸篓若干。如果没有这些，我们对Z市数十万儿童的成长——Z市的未来，总有点不太放心。我们简直无法知道，我们吃饭看电视打听物价挤上公共汽车之类的活动是否后继有人。

因此，玩管局局长以及广大机关干部在读报纸时，颇为理直气壮。

他们朝南一看，一定看见了不远处又出现了一栋楼，一个挂了牌子并且叫"局"的东西。当远近的工间操铃声一齐响起，那楼里也蜂拥出黑压压的一片人影，伸手踢腿弯腰折颈，也很勤勤恳恳谦虚谨慎，并有人经常对自己的肥腰发点小脾气。那无疑意味着天赋人权、机会均等，不独这边的人才有做工间操的资格。

那是什么东西？——许多人眨眨眼，同时停止了谈论冰票澡票煤气票以及某科长最近的升迁。

语言管理局。——有人回答。

有一位疑惑地说：怎么我昨天还没有看见它？

另一位着急地说：是呵，昨天我也没见！

还有一位愤怒地说：别说昨天，我今天上午还没有看见呢，真是岂有此理！

他们放开亮眼，盯着这突然冒出来的大家伙，感慨世事变化速度之快，快得让人无法理解无法忍受，简直是岁月里隐着什么阴谋。刚才看报纸时的好兴致，全莫名其妙地烟消云散。不知是谁打了个大喷嚏。一位科长被喷嚏弄得很恼火，忍不住恶狠狠地把身边同事盯了一眼，一拳重重砸在窗台上：我明天下午非去做理疗不可！

其实他们不必对工间操权利被人分享这一事感到不满和不安。摆到桌面上来谈，某种本位主义情绪应该注意克服，国家发展大局应该得到充分顾全。玩具管理工作重要，语言管理工作就不重要？就不需要一个局吗？让我们来认真思索一下吧，就像影视片里经常出现的那些风衣男士，那些作家或学者，皱起眉头，阴沉着脸，夹一两本精装书，在秋叶飘零的广场散步并对远处的芸芸众生放出饱学深思的目光，然后咬咬嘴唇，发出有腹腔共鸣的气声喟叹，好像已历尽人世沧桑刚从遥远的冤狱或边塞归来——对，我们正需要这样来思索一下。于是我们就会明白：语管局同样肩负重大使命。

现代社会已经是信息社会啦，而语言是一种最基本最重要的信息载体。以言达意以言表情以言明志，这都是基本常识。党政军民学，东西南北中，谁的存在和发展可以离得开语言？我们还可以引经据典以古鉴今，像某些散文家和评论家那样，动笔先从《尚书》《汉书》《史记》乃至《清稗类抄》等典籍中抄出一两条，让你懂得学海无涯和文章千古事。比方说，我们可以提到春秋时代的纵横家，如何能言善辩，或使骨肉成仇敌，或化干戈为玉帛，一张嘴力敌千军万马，由此可见言可兴邦言可误国，切切不能小视。进而我们可作升华性论证：Z市欲达到城市管理之最高水准，能离得开语言的现代化和文明化吗？像以前那样把语管工作交给教育局，势必是用一般教育工作来"冲击语管、排斥语管、取代语管"，如同教育局曾经冲击排斥取代幼教工作而现在幼教局又差点冲击排斥取代了玩具管理工作——很多机关干部曾经这样抱怨。

事实证明，这样掉以轻心是危害无穷的。举个例子来说吧……算了，我们不必在这里啰唆。语管局备有录像资料片若干，该局的M局长眼下正请外市来访客人看片。我们如果看了这部片子，自然能对语管工作产生更高层次的认识。那么，请入座，请入座。喂喂，把大灯暗掉，现在就开始吧。

啪——屏幕灼灼闪亮了。一曲电子琴音乐被挤压得奇形怪状伤痕累累，好容易才挣扎着冲出来舒展身骨，标志着放相机的转速恢复了正常。屏幕上顿时出现了海涛扑岸，航天机升腾，激光束飞旋闪耀，超短裙女郎正在喧嚣街市中健步疾行。忽而又是金字塔，忽而又是古河纤夫，现代气息与历史纵深感交织横陈。屏幕上又由小至大推出黑体大字幕："语言——社会的神经，时代的经纬，发展的工具！"如是三番令人肃然。片刻后，音乐渐渐弱，一位仪态万方楚楚动人的女解说员手拈话筒从右边入画。她提出的问题颇有阔大的宇宙境界，正像一些空灵派诗人的诗篇：

朋友，您想过吗？在这样的语言环境里，人类将向何处去？

随着她纤纤玉手的摆示，熟悉的Z市街景一幕幕展现：在一个大宾馆服务台内，女值班员大织毛衣，对一位漂亮女宾挑眉撇嘴，恶声恶气，令女宾面生愠色杏眼圆睁。画外音说明：就是这个宾馆，前不久曾因为语言粗俗而激怒了客人，使一个外国银行代表团夹着皮包愤然离去。于是一项两个亿的投资计划在本市未能实现，三环路的立交桥工程一再推迟！镜头一跳，又切入某工厂火灾现场，只见满目焦土，断壁残垣，丝丝缕缕的青烟从瓦砾间飘出，一部汽车竟被高温熔成了废铁一团，轮廓难辨，一个锅炉竟被气浪冲得倒栽在百米之外的喷水池里，惨不忍睹。画外音沉痛起来，沉痛得好像对亡魂的深切悼念正压在解说员颤抖的声带。她沉痛地说：一次争吵和辱骂，一次烦闷之下的违禁抽烟，就导致了这次油库的爆炸。一言致祸的现实教训，可谓触目惊心，发人深省！

……

这个片子已经放过多次了，因此每次女解说员都抹了口红穿着蝙蝠衫来此沉痛。于是来访客人们也都沉痛起来，纷纷把盒装橘子汁吸得很慢，不敢弄出吱吱吱的声响对沉痛的气氛有所亵渎。

一个说：真是深有启发！

另一个就紧接着说：就是，就是，很有启发！

又一个说：创立语管局的经验，我们一定要学回去。

大家都说：对对，一定要学回去！

一个说：你看看，事实最说明问题，一炸就是几百万，啧啧。

另一个再次紧跟着说：嗯啦，几百万，都是国家和人民的财富呵，怎不令人心痛！

他们又是抚膝又是搓手，争先恐后地把沙发挤压得吱吱呀呀响，显示这次出访没有辜负旅差伙食补贴及畅游海滨风景区的各种款待。M局长微微一笑，抬起柔软的小手，把客人们引向餐厅去共进工作午餐。在餐厅里，客人们又认识了更多来作陪的主人。于是大家照例互相客气不肯率先坐下。坐下之后又照例互相打听年龄、老家所在何处以及老家有哪些名优土产食品。他们在谈年龄时豪气大增颇不谦让，不由分说地执意贬低对方的年龄——你怎么会有五十岁？不会不会。你这么年轻有为，怎么能同我比老？笑话笑话，你是××年的吧？什么？是××年的？那还是比我小三岁嘛。我当然有五十四了，进五十三那也就算五十四嘛，女算实，男算虚，五十四一点都不假……他们在谈家乡时也有点横蛮，决不接受和顺从对方对自己家乡的称赞——我看还是你的老家好，冬天也不冷。樱花岩我去过的。普陀寺更是天下著名佛门道场，了不得，了不得。你们那里的干贝和对虾真是味道太鲜美了，现在还多吧？唉，我们这里的菜系是不行的，光有个名气。你出三百块钱一桌，厨师办不出来，没什么可吃。哼！……

他们顽强地唇枪舌剑，把对方的年龄贬得一塌糊涂又把对方的家乡吹捧得无比美妙，好像完成了这个程序，才能心安理得地欢乐大笑，才能心安理得地举起筷子指向最先端上桌的冷菜大拼盘。

请！

请请！

二

外地客人们深入 Z 市考察。其实，要是他们早一点来，这里的语管声势就更能给他们启发，更能让他们抚膝搓手心潮澎湃。

大约一个月前，语管局的建立使社会为之震动。街市上突然增添了新气象，出现了许多骇然横空而过的大幅标语，把两旁街楼挤压出来的窄窄天空，绑成一截截的似乎十分紧实绝难动弹。这些标语有黑体字、花体字、扁体字、草体字；有红的、绿的、黄的、蓝的、黑的；有纸标语、布标语、化纤标语、木制标语、霓虹灯标语——M 局长向客人们就这样详细介绍，觉得自己忘了一两点什么，还要身旁的秘书帮着提示——比方不要漏提了灯箱标语和电子牌标语。

这些标语上写着：全民动员，大打一场语言管理的突击仗！横下一条心，管住一张嘴，坚决消灭胡言乱语和粗言秽语！一人语言美，全家都光荣；一人嘴巴臭，全家都难受！国家兴亡，匹夫有责；社会安危，口舌有责！公民，神圣的责任在召唤，请您和我们一起为推进全市的语言水准而共同奋斗！……这些高高在上的大字，给人一种振奋心绪的感觉，谁看了都深受感染，情不自禁地想挺胸缩腹，想抓住个什么人说几句美好语言似的。

许多退休工人被动员组织起来，戴上红袖章，举着三角小红旗，腰挂喇叭筒，在街上的人流中勾头勾脑地出没，溜溜转的眼睛无时不盯住来来往往的嘴巴。有时你与妻子在货柜前选购一件毛衣，或在影院广告下商议是否看场电影，你可能感到有什么不对劲。你下意识地回头，会发现在你的肩后照例晃动着三角小红旗——就像它执意要与你形影不离——大蒜味或烟垢味几乎暖暖地烫到你脸上，显示着有人对你嘴巴的关心。不过他们绝不会有什么失礼举动，只是把你的嘴巴盯一眼，便若无其事地走开。

小朋友们也被动员组织上了街，脸蛋被胭脂抹得鲜红。他们在街角空阔处东张西望，被奔来跑去的老师拖着呆呆地往这里一站或往那里一站，不时遵令脱下一件什么衣不时又遵令穿上一件什么衣，不时被老师远远的眼色训斥不时又被老师远远的眼色鼓动。待到哨子吹响，他们齐刷刷地露出笑脸，挥舞着鲜花欢呼雀跃，以示语言管理宣传正式开始。节目已经报过了，第一个是《老奶奶夸语管》。于是，四位小老太婆弯腰驼背，硬膝碎步，从场左鱼贯而出，随着音乐过门把额发一抹把双膝一拍，大做穿针引线动作，童身老态得到了巧妙的结合，然后两两相视并唱出旧调新词：

张大娘，我问你：

你可知道好消息？

全市动员抓语管，

利国利民利自己。

哎嘿哎嘿哟——

利国利民利自己。

……

　　这边的歌声掌声此起彼落，对面的街角又出现了一排桌子，男女干部正满面春风免费分发小册子《Z市语言管理暂行条例》，并附有标准语言磁带目录。很多市民，或是出于对语管的热心，或是误以为凡小册子都对儿女们面临着的升学考试大有助益，都争着把颈脖和手臂尽力伸长一寸或两寸。有一个人显然还有更大的误会，大喊着：我要两斤，我要两斤！前面的不准插队！

　　一个打着三角小红旗的老头被挤得偏偏欲倒，但他仍没放弃维护秩序的职责：喂，那个剃光头的，听见没有？不准拿两份！听见没有？不准拿两份！哎哟我的帽子……那个剃光头的，剃光头的！

　　谁也没去体贴他的愤慨，尤其是有位扛着摄像机的青年，对小老头的脚一直挂住了电源线十分恼火——在这乱糟糟的地方来拍头条新闻，真是活见鬼呵。他恨助手们为什么还没把起落架送到。

　　尽管有些乱，但市民们毕竟发现，世界已经变了，变啦，变得令人鼓舞。

　　变化来得如此神速。如果你现在走上公共汽车，无论是否拥挤都很难听到骂声。售票员一律笑容可掬：公民您好。欢迎您来乘坐我们的汽车，我们向您学习向您致敬。让我们怀着共同的革命目标，以新时代的高速度在通向未来的光明大道上快乐奔驰。请问您到什么地方去？……然后挑起票夹准备撕票。你当然马上明白：这是《公交服务人员语言通则》已经实行了。

要是你走进商场，情况也不同以往。你很难再看到售货员凑在一堆嘻嘻哈哈，梳头发或是练习舞步或是看血淋淋的武侠传奇。柜台那边的俊男美女一律向你点头致意，笑驻唇角，眼波流盼，脉脉含情：公民您好。您工作一天辛苦了，为我市的建设和管理做出了宝贵的贡献，我谨代表本店全体员工向您表示衷心的感谢。本店为您准备了各种价廉物美的商品，愿我们的商品能成为友情的媒介，连接千万颗火热的心。请问您要买什么？……然后一摆手请您光顾货架。不用说，这是《商贸服务人员语言通则》也开始实行了。

在这种情况下，你能不微笑吗？能不大讲美好语言吗？你还好意思愤世嫉俗指天骂地怒气冲冲？还好意思斤斤计较个人利益？还好意思在街上偷窥女人的胸部，或者抱怨你姨父的电报三天后才送达你的信箱？

如果你感到微笑过多，面部肌肉有些酸痛紧张，那也不打紧，商店里已有百花牌面肌松弛霜出售，可以帮助你去掉面部疲劳。而且市议会已经有议员提出了反对把礼节庸俗化，建议用点头来代替不必要的微笑，还有不必要的奉承和赞美。

吵架的事果然少了，斗殴乃至犯罪的发生率也大为降低。随着语言的美好化，出现了市场繁荣购销两旺家庭和睦夫妻恩爱学风端正铁路畅通举重再破纪录电冰箱质量大幅度提高废品回收工作迈出了新步伐……这都是语管局提供的材料，在报纸上得到陆续报道。我们必须知道，报纸这东西很重要。M局长和他的下属每天都看报，甚至大部分时间内在边喝茶水边看报。那些报纸从一版到八版或十二版，从外事要闻到体育消息到气象预报，可以说是他们生命的主体部分，使他们的一页页日历变成了生活，变成了履历表上丰富而光荣的记录。请想一想，他们为什么要吃早饭？为什么要吃中饭？为什么要吃晚饭？为什么星期一吃了星期二又要吃？为什么还要领薪水而且做五禽戏打太极拳？为什么要经常参加政治学习和道德座谈？不就是为了看报和继续看报吗？他们为看报看报看报付出了极大的牺牲，心当逸反而劳，体当劳反而逸，于是春去秋来地看出了神经官能症高血压坐骨神经痛慢性支气管炎痔疮乃至肝癌，这真是十分悲壮的历程。但他们都有乐观主义，每到年终清除废品时，他们望着将要送去废品站的一车车尘封旧报，并没有一番割肠割肚的唏嘘伤感。

M局长缓缓搁下手中一张报纸，沉思了片刻说：我今天说两个意思……

他有这个习惯，无论是开大会开小会还是找下属个别谈谈话，也无论他的讲话将是一分钟或七八个小时，他总是举起两个指头申明，他只讲两个意思。

他说：我今天说两个意思。第一，轰轰烈烈不难，重要的是扎扎实实。工作不能浮在表面上，下一步要狠抓落实。

政工科科长说：对，打开局面只是第一步，更重要的是第二步，第三步，第四步，坚决把语管搞上去，就是要抓住不放一抓到底。

青教科科长说：抓而不紧等于不抓，紧而不抓等于不紧，抓紧就是既抓又紧，以紧促抓，抓中促紧。

宣传科科长提出了一个尖锐的新问题：是要抓紧，但不能老一套地去抓，要有新点子新路子，常抓常新。

M局长表示首肯和激赏：就是，形势变化很大呵。得注意新情况新问题新挑战。我这几天老在想，要真正把语管搞上去，恐怕首先要把干部素质搞上去，对不对？

政工科科长深受启发：局长这个观点很深刻很及时很有战略眼光，一说就说到了点子上，一说就说到了关键环节。

人事科科长老成地补充：没有好的素质怎么能抓好工作？要抓好工作怎么能没有好的素质？素质和工作的关系，是辩证的关系，就是说既对立又统一。这个指导思想我们一定要明确。

宣传科科长觉得还有必要进一步补充：明确就是不能含糊。而且不光领导明确，所有的干部都要明确。不是一时的明确，是永远的明确。

青教科科长从另一个角度展开了引申和强调：从另一方面来说，明确了指导思想就有了根本保障，不然全面落实就成了一句空话。你想落实，怎么落实？

他咄咄逼人的目光扫视其他科长，似乎他正在舌战群儒，盯着一个个顽固而可耻的敌手。

局长不动声色地暗暗审断各种观点，小心捕捉大家的思路，然后决定自己怎样来把握会议的方向。作为一个领导者，他知道很重要的一门艺术就是首先不要和盘托出自己的看法，而要引导大家开动脑筋，创造性地独立思考。既要抓工作，又要出人才，他觉得自己对这些年轻下属负有极大的引导责任。

他抹了抹嘴巴，字斟句酌地接下去说：这个问题，大家还可以议一议、想一想。议和想的目的，是要提高思想，统一思想，活跃思想，端正思想，这样才能扎扎实实地干。

政工科科长领悟能力颇强：扎实二字最重要。规划要扎实，办点要扎实，全面铺开也要扎实。

宣传科科长做深入阐述：扎实就是要说实话办实事，要踏实切实务实不搞花架子，特别要警惕形式主义和教条主义。

青教科科长又有了他的独特看法：依我看，扎实主要体现在基层工作上。基层就是基础基石基点，是我们一切工作的落脚点。我强烈要求把我们今年工作的重点转到基层去。抓出一个过硬的基层！

局长及时地表态：我赞成，把重点转到基层去。当然这只是我个人的意见。

政工科科长也不失时机地独特起来：我也赞成。我还建议，我们要领导下基层，思想下基层，政策下基层，物资和财力下基层，全力把基层工作抓好。

局长兴奋地插话：抓出一种实干的精神，抓出一种求实的态度，抓出一种实实在在的成果，我们就能把工作全面展开！

于是大家都纷纷摩拳擦掌，说全面展开全面展开全面展开。

这种气势无疑使人感动和振奋，大家喝水时更加大张旗鼓，喝得嘀嘀嘀嘀地响。有人情之所动，忍不住脱下帽子挠头，或者脱下鞋子抠脚。有人则心态舒畅地吞云吐雾，抽得烟屁股瘪瘪尖尖的几乎不含烟丝，显出抽烟者的技法纯熟和心狠手辣。天气很热，空调机不知哪个螺丝松了，有块铁片子嘀嘀嗒嗒地响，制冷效果也不大好。

会议紧张地继续下去。因为要讨论的事情太多，与会者都抽不出时间回家吃晚饭和看电视，每人只能到机关餐厅买两块煎饼，加上一杯茶水，额上和颈根的青筋暴暴的，一口口艰难下咽。这当然令人怀念香酥鸡炒大虾焖团鱼以及烧豆腐。会开到晚上十二点还是没有完，整个大楼都隐入了黑暗，只有这间会议室灯火通明。

M局长见部下的眼睛均已熬得红红的干干的，哈欠打得要死要活，朱颜凋落面如土色，只好说暂时休会，星期天和星期一晚上接着开。干部嘛，就是这样，工作一压头就没有什么假日概念，谁叫我们是人民公仆呢？谁叫我们承担着这样神圣的责任呢？当官不为民做主，不如回家卖红薯。站在这个位置上，谁都别想再过舒坦日子。

与会者回家少不了又受一次亲属的埋怨和咒骂。M局长的那个小外孙，已经学会了揪外公的头发和给客人燃火点烟，本来期待假日里随外公去公园坐碰碰船，现在居然又一次被外公出卖，自然恨得又哭又闹。他咬紧牙关，拿起塑料小宝剑在外公的后颈嚓——嚓——嚓，手起剑落，欲砍下那颗光秃秃的脑袋以报仇雪恨。

M局长咯咯咯地尖笑着，显出了为开会而视死如归的气魄。他虽然浓眉大眼，却如女人般温和柔弱，真是好脾气。

三

社会上总有些刁顽之徒害群之马，阻碍着文明社会的进步，因此语管局陆续发布的各种语言《通则》，落实起来不能光靠宣传教育，还得有适当的强制性措施。

语言监察总署（简称语监署）便应运而生，获得执法授权。语监署配有语言警察×大队××中队共××××名官兵——这些机密数字是不可随便泄露的。他们一律大盖帽，加上天蓝色呢制服及武装带，以区别于法警刑警税警交警商警卫警等其他警种的制服。语警的制服特别好看，穿上它去出席某些公众仪式，或者把小朋友们带到公园里讲点惊险故事，都有很好的视觉效果。有几家报刊曾争着拍摄女性语警的彩照作为刊物封面，献给妇女节以兼顾内容健康和形式美，从而使刊物销量大增，不在话下。

语警的装备也较优良。经过多种技术合作，电子定向声波遥测仪已经诞生。这种机器可遥测三百米以内任何方向的一切悄声碎语，包括官话闲话情话黑话笑话昏话私房话，哪怕你躲在被子里咕咕哝哝骂你老子死抓存折不放手，也能被它遥测出来。还有一种"禁语膏"，一贴上嘴就将双唇紧紧胶合，血肉相连一般，哪怕火烧刀割都难以去掉，非语监署的特制脱膏剂而莫能奏效。比这更厉害的是HP－401喷剂，用喷枪嗞的一下将其喷入你的喉管，你就一个月内声带发炎，没法发声，既不能骂人，不能求饶，不能奉承，不能哼哼哈哈谈天气，也不能给儿子做课外辅导讲解一百只山羊怎么四下分。这些装备的发明当然十分不易,耗费了某些科研人员的心血。那些研制人员想必都戴着近视眼镜穿着白大褂,夹着图纸走路时嘴里自言自语,不小心脑袋撞上了电线杆,回到斗室家中又是生火又是淘米又是为妻子夹菜,碰到很多异性追求者总是品格高尚,扶着她们的肩膀走上林荫小道说出些人生道理,到夜晚则冷水洗脸捶捶腰背再在灯下伏案大写论文——我们的小说家常常这样来描写歌颂他们——一些可歌可泣的爱国知识分子。

当然,根据《语言管理暂行条例》,语警不能随便使用警械警具,只有对那些屡教不改者才可以强制惩戒——禁语一日至三月不等。而且这种惩戒经有关部门慎重鉴定,于人体无害,合乎人道主义精神。

总有碰到麻烦的时候。这一日,从乡下来了一位老大爷。想到日子越过越红火,他今天特别高兴,决计进城买一个大蛋糕带回去给孩子他娘尝尝。他一路上把城里的新鲜事看得很高兴,双脚把广场重重地踏了又踏,说这么宽敞的水泥坪真好晒红薯丝呵。

他乐滋滋地摸烟荷包,发现衣袋已经空空洞洞了,急得脸面突然硬下来变黑——贼!有贼!

有些行人立即过来关切询问。还有人努力回忆,提供情况,说刚才老大爷在看科普宣传窗时,有个小胡子青年在他身边挤挤靠靠十分可疑。

有人劝老人赶快去报警。老人连连说是,可就是没动身,原地转了一个圈,跺着脚先来了一通好骂:好小子你瞎了眼呵,偷你大爷的钱,去给你爷娘买棺材呵!

凑巧，这些粗话正好被电子语测仪捕捉到旋即警车声呜呜呜响得十分尖锐，撕裂着城市的喧闹繁华。一辆摩托由远而近戛然刹住，上面跳下来一名大盖帽，抢步来到老大爷面前，先恭恭敬敬地抬手致礼：公民，刚才是您骂人吗？

老大爷一见大盖帽，就如见到了亲人和救星，拖住对方的衣袖指指点点：贼！

语警宽容地笑笑，说：对不起，刚才您已经违反了语管条例，尽管您是高龄老人，但我还是得遗憾地代表语管局通知您，下次不可再犯。

老人弄不明白了：犯什么？不是我犯，是我被人家犯了。我那一百四十二元钱全被人家犯去啦！

语警碰上这倔老头，只得耐心解释：谢谢您对治安的关心，但我们是语言警察，不管盗窃问题，只打击胡乱粗秽。至于……

老人气得胡子翘了起来：新鲜！我走南闯北，也没见过这号怪事。你当我是乡下佬？以为我好哄？呸，你这光吃饱饭的混蛋，这事你到底管不管？

语警脸红了：您又在骂人。我得再次正告您，语言是个重要的问题，为了您的身心健康及社会公共利益，您必须遵守暂行规定……

老人震怒了：不管就莫挡路！

老人甩手就走，但肩膀被语警有力的大手抓住。对方告诉他，因为骂人，他在离开之前还必须在这里学一遍《规定》。

老人觉得这事实在好笑，拍拍胸口说：骂人？呸，老子还想打人呢。老子这么大的年纪了，革命几十年，开会领奖也不是一两回。平时在村里，对不装像的后生，莫说是骂，一个耳光刷过去，你不服也得服。哼！

语警见老人实在无法说服，万般无奈，痛心疾首，只得根据条例极其礼貌地举起 HP－401 喷枪，吩咐他张开嘴巴。老人吓了一跳，不知这是什么玩意儿，心想莫非眼下的人心如此歹毒，动不动就要开枪杀人？他机警地猛吸一口气，站稳脚跟大喝一声，一杆粗粗的竹烟管打下去，先下手为强。

青年语警猝不及防，眼睛忽然翻白，摇摇晃晃终于倒了下去，久久不省人事。

结果可想而知。其他语警赶到现场时，老人早已不知去向。语监总署接到报告，立刻下令封锁整个街区，全力搜捕袭警凶犯。车辆都被迫停开，行人在语警的指挥下排成长队，一一到临时检查站出示证件，对着一种音频检测仪的话筒说几句话，骂一句"偷你大爷的钱，去给你爷娘买棺材呵"——只有当仪器鉴别出这声音与犯罪嫌疑人的声音不同，被检查者方可获准离开这个街区。

检测速度当然不是很快，碰上有些喝多了酒的抽多了烟的刚睡醒的，碰上一些紧张得有些口吃的，要测出他们真实的声音实在不易。为了防止有人作假，不容易也得干，检测人员越是困难越向前。

交警出现了，指挥棒在检测站的桌子上咚咚敲着：乱弹琴，快点快点，你没看见街上都堵成什么样了！

语警方面回答：对不起，请你注意《警务人员用语通则》，相信你不至于知法犯法执法犯法。

交警方面更为恼怒：屁话！你们没事找事，阻塞交通扰乱秩序，小心我们把你们扣起来！

他们争吵起来。双方都有大盖帽，都气势雄壮。一方扬起红白两色的指挥棒，一方则端起乳白色的 HP－401 喷枪，互不示弱相持不下，尖利逼人的目光一束束在撞击在格杀在扭打。刹那间围观者一层加一层，熙熙攘攘如潮如海。市民觉得好久未听见吵架了，今天听起来特别新鲜，忽而盯着这一张嘴，忽而盯着那一张嘴，大家都等待着新的辱骂脱口而出。有些人听得兴奋无比，似乎比对骂者还要激愤，总是咬紧牙关，不时跃跃欲试卷着袖子吞下一口恶气。整个大街被堵塞得更加厉害。汽车一辆辆拼接成长蛇阵，很不耐烦地此起彼伏响着喇叭。最忙的还是那些小贩，立刻见机行事摆摊设点，出售油煎包子茶盐鸡蛋经济快餐葵花子以及冰棒。有的更有远见，在这里挂起招牌，出租照相机小孩玩具雨鞋雨伞或者代办住宿登记。有的则借机在此开办收费短训班，教授外语裁缝美术或文学创作，据说文学短训班学员的作品还可优先在某内部刊物发表。他们争夺黄金地盘，大喊大叫，又各自派出年轻女郎，满面春风主动出击，大力推销揽客。

一个杂技班子也在这里拉开了场子。人头圈中一个中年汉子赤裸上身，一拳一拳把自己的胸脯打得咚咚响，那胸脯泛起红潮，令人又担心又惊叹。汉子绕场走了一周之后，又开始拿起一把钢刀往自己肚子上砍——银光一闪，圆鼓鼓的肚子竟然分毫未损豪壮如初。好些人凑过头去把那肚子看了又看。

日头由东到西。很多人揩擦盐汗，坐立不安，虽然消受了油煎包子茶盐鸡蛋经济快餐葵花子以及冰棒，但发现前面的堵塞仍无松动，便心急如焚忍不住要骂人。他们骂语管局他妈妈的他奶奶的，骂交通堵得大家都尿急和便秘，骂油煎包子一咬开肉馅全是面粉疙瘩纯粹骗钱。他们许久没骂人了，这一骂起来开始还有点拗口，不过很快就感觉自然了，越骂越痛快，越骂越顺口，甚至说话不带点咸味的前缀和后缀，就实在味同嚼蜡。后来听说，他们这一片骂声太猛烈太恶俗太密集，使电子语测仪都紧张运转，最后啪的一声全部失灵。

不知什么时候，天空中出现了哒哒哒的直升机，有些人以为那又是在拍电视新闻，并不在意。一会儿，远处又出现了喧哗声浪，很多人惊慌地从那边奔逃过来，但还是没有引起足够的注意，直到有些人突然觉得自己的嘴巴被紧紧捂住，两臂也被什么人死死扭住，这才感到有点不对头。他们尽力扭动脑袋，终于发现身后语警如林，视野里竟是一片天蓝色制服——完了，大扫荡开始了！

他们都被贴上了禁语膏。

尚未受罚的违规者赶紧逃跑，但四下看看，哪里逃得出去？天蓝色制服无处不在，不知是从哪里突然冒出来的，已经把住所有的要道和制高点。制服所到之处，有的举手投降，有的抱头面壁，有的躺在地上装死，有的嘴顶黑膏，眼睛瞪大两臂乱晃，又蹦又跳却不再发出声音。

人们这才记起天网恢恢这个成语。

这当中，有几个青年耍小聪明，想躲进商场大楼，寻找后门或厕所什么的。但他们很快发现，每栋大楼的门口都立着一个手持三角小红旗的老人。那三角小红旗似乎有一种神奇的威力，使青壮汉子们也目之胆寒，不战自溃地又轰的一声退了回来，成了一群无头的蚂蚁到处乱窜。

"不自由，毋宁死！"

"不在沉默中爆发，就在沉默中灭亡！"

"公民们，同胞们，后退就是灭路一条，我们去同他们拼了！"

有人在发出这样的大喊，显而易见，个别野心家和阴谋家正在利用这种形势，有组织有预谋有纲领地煽动民乱。一些不明真相的群众果然上当受骗，自觉或不自觉地参与了涉语犯罪。他们不仅猖狂地大声骂娘，直接挑衅神圣的语管法规，而且开始砸橱窗玻璃，抢夺商店货品，点火焚烧摩托和汽车。有些人虽然嘴顶膏药，但还能用双手回击，开始向大盖帽猛掷油煎包子和汽水瓶。只是有个包子没打中语警，却打中了一位小贩。小贩东张西望不知是谁打的，骂几句完事，继续数他的钞票。

形势到了这一步，直升机一遍遍广播紧急指令，其他警种陆续赶到现场，支援语警们防暴平乱。一个个钢化玻璃盾牌迅即被分发并投入使用，列成长排如铜墙铁壁，缓缓地向前推进。阳光下，偶有盾牌灼灼一闪，白光十分刺眼。盾牌后的各色警种都缩头弓腰，第二排贴紧第一排的，而第三排贴紧第二排的……紧紧实实的制服方阵，踏过废纸屑汽水瓶和葵花子壳，正步步逼近暴徒势不可当。而远处，高压水龙头也被迫投入了战斗。帘状的水雾悠悠摇摆，如银白色的舌头时长时短，追舔着溃逃的胡言乱语粗言秽语者。啪的一声，是第一颗催泪瓦斯弹射出了，呛人的烟雾立刻在大街上弥漫。

人们纷纷躲开烟雾。突然变得空阔的一段大街上，只有一个胖男孩摇摇摆摆冲着天空哇哇哭喊：爸爸，我要红气球，我要红气球……

头顶上，一只红气球扶摇直上，在蓝天中飘得孤零零的。

直升机突然又从一栋大楼后冒出，机上开始广播紧急通告：没有违禁的市民，请你们双手抱头，站到街左边去。你们不要乱跑，不要拥挤，不要听信谣言。语警人员不会伤害你们不会伤害你们不会伤害你们……

混乱一直持续到第二天。

四

一举贴出了四千多块禁语膏，狠狠打击了语言歪风。但M局长对这个数字有些顾虑：是不是打击面过宽了一点？市长的脸色已经很不好看，加上交警刑警卫警商警等方面都啧有烦言，指责语警粗暴执法，激起民乱，得不偿失，已经使M局长倍感压力。

据说有的青年教师被贴了一膏，便无法开课。有的售货员被贴了一膏，便无法营业。火葬场也有职工受到禁语惩戒，殡葬业务受到影响。死尸在停尸间列成长队，又曲曲折折延伸到门外，家属哭得哀思高潮已过，于是谈起了天气和工作顶替和住房对换。追悼会的来宾们也乘机结识新朋友，连连握手连连惊喜，把一场悲剧变成了庸俗闹剧。

还有些则纯属冤假错案，是一些语警工作粗疏或贪赃枉法假公济私而造成的。较典型的有两例，现简要摘录如下：

一是某电工正处于热恋时期，因此他天天高唱流行歌曲并爱好文学。他有一情敌，就是语警××中队的某某。那某某博得女方父母的欢心，还经常以权谋私，用电子语测仪来遥测电工与女友的情话，及时向女方父母做出汇报。姑娘常遭父母责备，心情郁闷，终于大病卧床。电工含着眼泪自制了汽油燃烧瓶，上书要求惩办奸细凶手，发誓为保卫爱情要把官司一直打到最高法院。

还有一位是某商店的店主，自称父亲也是业余语监员，也戴过红袖章打过三角小红旗，而且他家里多年来语风纯正，哪怕听粗话也面红耳赤，这有左邻右舍可以做证。可是他开业以来总是被某某语警找麻烦。语警虽没有商警或税警手里的封条，可喷枪一举同样令人恐惧惶惶。那语警进门来，不是带了烟没带打火机，就是带了打火机忘了带烟，还摸着高档摩托微笑，说他非常想买可惜钱没凑够。店主听出了话外音，只能暗暗叫苦，因为他小本经营，送个香烟打火机倒不打紧，要把高档摩托来个大折价却实在有点心痛。于是有一日语警沉下脸来了，说店主多次对顾客恶声恶气，粗语连篇，是可闻孰不可闻，今天非公事公办不可……到现在，那店主口贴膏药已逾两月，生意大受损失，实在是冤情似海。

这一类投诉信充塞了语管局的收发室。邮递员每天扛来两大包，渐渐累得有点不高兴，最后要语管局自己派小车每天去邮局领取。他说不来，果然就没有再来。

人们觉得邮递员不送邮件，有点奇怪。不知有人去邮局反映了情况没有，也不知反映之后的结果如何，反正过了一段时间，收发室的人还是只得自己去邮局取。又过了一段时间，人们对这种状况完全习惯了，见收发室里没有人，就会说：哦，到邮局去了。

一堆堆投诉信取回来，在收发室里积成了山。局长看到这种情况，决定成立来信处理科和错案甄别科。甄别科就设在办公楼的第五层。办公室不够用，于是走廊里都塞满了文件柜。还有的柜子放不下，只好塞进男厕所占上一角。女同志去取文件，自然得预先连连咳嗽并羞羞答答地低着脑袋。据说，随着语管工作量进一步加大，科室还要增加，干部还要扩编，办公室将更加拥挤，女厕所里也得放柜子。女同志都为将来何处藏身的问题深深担忧。

每天上班铃响，大部分人都准时或提前到达，因为他们全都知道，给领导的印象全靠上班前后十分钟。这时候一定要露面，露面又不要干私事，一定要勤勤恳恳地扫地或打开水，见到领导时最好还有点腼腆木讷，好像做这些好事实在太平常，不值得被领导拍肩膀。领导对下级一般都很温和，温和得更像一个领导，比方说也来帮着扫地，还问问青年男女是否有了对象。

M局长体质弱又经常牙痛，不常来扫地，但他经常为此下罪己诏：我这个人没得用，快完蛋了，来了也只能帮倒忙，还是享享你们的福算了。

这种罪己诏既能轻松气氛，又让人感动。

说这话的时候，他还常常从口袋里摸出几颗糖果，犒劳正在扫地的人。

待领导离开，大家才开始办公。办公一般来说都很紧张，有的翻报纸，有的拆私信，有的算餐票和钞票，有的去理发室或小卖部，有的谈起幼托问题或者说昨夜的电视连续剧实在没意思。

这时候，可能有一位负责业务学习的科长来通知大家，说根据局里的安排，其他部门已学习了好几天，而我们还缺课不少，过几天就要进行业务知识考试，谁也逃不掉。你们看着办吧。于是大家就纷纷找出学习资料进行研读，互相打听某《通则》第四十三条是什么以及"语言是人生的斗争工具"这句话该如何解释。

处理各种公务是十分慎重的。比方说要起草一个复文，向某位议员解释为什么语警不能兼管交通事务。秘书已经拟了一个草稿。副科长看了颇为不满，认为一定要加上三个副词，改变两个标点。科长拿不准，将草稿交全科集体讨论。大家没解决副词和标点的问题，倒对"坚决不行"与"绝对不行"哪个词组更合适，展开了更激烈的争执，闹得脸红脖子粗险些动了意气。好不容易，大家求同存异勉强通过了第四修订稿，由科长交给了某副局长。但某副局长又认为该稿理论深度不够，写下长段批语，将其退回秘书科再修改。到最后，M局长认为第六稿太啰唆，大加删减，尽力压缩，几乎恢复了第一稿，还谦虚地将其批下来，请有关科室的同志们传阅，再提出建设性意见，并附信嘱大家读几篇好散文努力实现文字的精练。秘书科如果不是被其他事搅局，几乎无法结束这个修改过程。

修订稿作废得太多，废纸篓很快就满了，只能把成堆成堆的废纸拿出去烧掉。有人不小心，没把纸烧透就放水冲洗，结果纸团塞住了厕所的下水道，造成水漫走廊。黑水流出了一个漩涡，还漂送着纸灰屑。为这事，这一群文弱书生又忙了很久。有人说要用火钳，有人说要找竹条，有人则说应该挖开地砖，换上新管子。大家又翻书又画图弄出很多方案，最后还是派人去请水管工。但水管工爱理不理，消息传来又激起大家的愤恨。

转眼间已是中午了，水管还没通，但有人传来消息说下午要分发补助性食品，有牛肉有鸡肉有鱼有糖还有水果，价格都很优惠，谁要谁就来登记。大家都兴奋，有人借食品袋或是借锅子借汤盆，有的则从文件柜里取出大竹篮显得早有准备。大家说说笑笑夸机关温暖如春，当然少不了还要细细打听食物的价钱和质量。听说行政科准备在牛肉里面掺冬笋，大家又把行政科科长的秃头攻击了一番。

电话铃声不断。有的电话是来谈公务，但更多的电话是来找干事N。N年轻貌美，常在各种会议上抛头露面，当记录员或者联络员，所以人称"会议西施"。她认识众多首长、模范市民、文艺界名人及外国专家，又能拿到各种来路神秘的戏票和舞票，衣袋里一掏就是红红绿绿。据说还有一位著名剧作家总是邀她跳舞，向她赠送自己的著作，并想介绍她加入美学学会。她似乎衣袋里全装着天真，一掏出来就可以用，对谁都能提几个带孩子气的问题。比方说，七乘以八等于五十六吗？你怎么这样会算呵？新疆在中国的西北部呵，我还以为它在南边呢。你怎么不玩布娃娃呢？我就是喜欢玩布娃娃……诸如此类。但她有时候可以老练地同司机说说耗油量和电路板，让人吓一大跳。首长们都把她当布娃娃，一个懂得耗油量和电路板的布娃娃，喜欢摸摸她的头，开一开玩笑，有时谈人事安排机密大事也不避忌她那戴着耳环的小耳朵。正因为这一点，希望晋升的人对她都客气三分，一听说她想考大学，不少人就忙着向她提供资料并主动分担她的工作，顺便问她买不买皮鞋。

找她的电话大多来自男性，所以她抓起话筒后脸上常有淡淡的羞涩。通话可能有五分钟，十分钟，或者二三十分钟，可能有关外婆，也可能有关电影和旅游。最后她可能显得有点不高兴，眼睛瞟着电话机旁的同事对话筒大声说：……你不要讲了，不要讲了！

在她说不要讲了不要讲了但继续讲着的时候，办公楼外面开始聚集一些人。其中有些人是能说话的，有些人嘴顶膏药只能打手势，还有些人被喷过药水，因此只能张开口嗷嗷叫却吐不出一个字。这些闹事者希望引起楼里人的注意，便拍掌跺脚，吐痰撒尿，甚至敲锣打鼓。有些小孩以为这里是街头演出，疯劲十足地来此围观，在大人们的腋下或胯下钻进钻出，即使没看出什么眉目也心满意足。有个疯子也来凑热闹。他穿戴整齐，脚踏时式皮鞋，只是面抹胭脂口红有些怪异。他朝办公楼大门里喷着唾沫星子大喊：出来，出来！是好汉就出来！

旁人注意到他。他注意到这种注意，回头极亲切地一笑，摊开双手说：这地方，我来得多哩。那一次我娘以为我煮面条，其实呢，我是煮的红参，嘿嘿！

他又朝大门里瞪了一眼，对听众继续说红参：后来我把我娘接上汽车，一车开到宾馆。我娘不知是到了哪里。我说，你只管走，我带你去的是好地方。他很神秘地压低声音，再次笑了笑：你猜我给娘煮的是什么？嘿嘿，红参。骗你不算人，真是红参。

……

他那呆呆直直的目光，吓得人们不由自主往后退。连一位文学新秀，本想到这里来搜集点素材写点心理变态小说，好让那些新派编辑刮目相看，但听着听着也摸不着头脑，觉得没什么意思了。但越来越多的人向这里拥挤，使文学新秀怎么也挤不出去，踩了好几个人的脚，挤出了一身老汗，还是被疯子搂在怀里。

嘈杂声浪使大楼里的人探头探脑，窗子一扇扇打开，然后又一扇扇关上。工间操铃声响过以后，竟没有一个人出来。

其实，语管局的干部们不必太害怕闹事。因为闹事者一开始就面临着内部分裂。几个为头的家伙虽然无法张嘴说话，但还可以打手势或者写纸条，进行一轮轮激烈的谈判。这个要当总代表，那个要当总指挥。这个说对方右倾投降，那个说对方左倾冒险。这个建议总部要设八个部门，那个要求总部设十二个部门。这个说自己太忙，一定要带个女秘书，那个说自己太累，一定要享受伙食补贴和交通补贴……加上一个疯子老是拿面条与红参来搅局，再加上受害者们口舌都太不方便，整整一天折腾下来，连个领导机构也没产生，对具体请愿要求更未达成共识，甚至连民意领袖排名顺序也一直没搞定。为了争取把自己的名字排在对方之前，两个汉子已互殴得衣冠不整，脸上见血。

语管局倒是注重民意上达。来信处理科和错案甄别科的两科长前来会见闹事者。但他们有点无事可做，只是听闹事者自己争来吵去，看互殴者时斗时休，又文又武，完全插不上嘴。他们坐在椅子上，打了个长长的哈欠，差一点睡着了。

五

M局长早上一醒来，就觉得牙齿特别的痛。他翻报纸时发现所有的舆论一夜之间都与他的牙齿较劲，对语管局的务实亲民措施只字不提，对工作中一些鸡毛蒜皮的瑕疵倒是添油加醋。《新潮报》石破天惊发表社论，攻击语管局的办事效率低下和职业道德败坏，进而追究领导责任。《晨报》则刊载市民来信，"强烈要求区分粗言秽语与方言土语的政策界限"。《健康周报》发表记者述评：《口吃者无罪》。《妇女论坛》则公布了十四名少女的座谈纪要，强烈要求有关当局废止利少弊多的"洁语化"运动，保护正当的情场私密性谈话。抨击最激烈的是电视三台，那位女主持人居然显出了少有的严峻，在汽车轮胎和保胎丸的大广告之后，居然采用了设问句式——照这样下去，人们不禁要问，语管局是否还有存在的必要？宪法保障的言论自由是否化为乌有？

刚上班，M局长还接到了一些大学生打来的电话，声称他们的话剧演出受到语警的无理干涉，原因仅仅是台词中有所谓不规范的语言，有反派角色的一两句粗痞话。他们强烈要求语管局尊重艺术规律，对此事严肃处理，否则闹起了学潮勿谓言之不预也！

M局长冒着冷汗，怀疑以前是否给这些新闻单位送的电影票太少，送宴会请帖太少，眼下竟遭到他们的恶意报复。当然，他更怀疑是内部出了家贼——有人想把自己搞臭于是给人家提供炮弹并煽动青年。他知道，有几位副局长早就怀着让局长提前退休的理想，还有秘书科的T秘书常有奇谈怪论，常以社会良心自居，一直与领导过不去。局长是有丰富社会阅历的人，岂无识妖之法眼？他深知像T这样的人在每个社会都为数不少。他们大多能耍耍笔杆写点臭文章，但赚了稿费以后还是喜欢长发破衫，拍胸脯自诩贫民。开会时他们睡觉，不开会时他们多嘴，有时崇拜哲学痛骂武侠小说，有时吹捧武侠小说鄙弃哲学，反正怎么说都是夸夸其谈。他们以攻击政府阴暗面为乐又常常随地吐痰，喜欢在海边和历史名人墓前捏着下巴留影，好像自己壮志未酬宏图未展。这样的人语言粗俗，当然最恨语管机关。问题是，关键的问题是：这样的沽名卖直之徒骗骗天真女孩还可以，怎么也骗过了新闻媒体？还进一步骗过了上级首长和广大民众？

M立即梳头洗脸，整装去拜见市长。他办事谨慎周密，总是比约定时间提早半小时到达，而且不坐小车，怕的是车子在路上抛锚。

从市府回来，他立即检查工作，发现办公楼里确实有两处下水管道不通，而且走道里到处是烟头。他暗想市长虽有点偏听偏信，大体上还是英明的。

他带着一身疲乏立即召集大会，并破例向秘书要了一根香烟，不时放在鼻子前嗅一嗅。他站起来伸出两个指头说：今天，我讲两个意思……

他提出局里的思想和作风必须彻底整顿，强调大家必须科学语管，公正语管，文明语管，协作语管。为了肃清语管队伍内部的害群之马，他宣布立即建立整顿办公室……太不像话了，太不像话了！我这个人缺点很多，最大的缺点就是对有些人太软弱，太忍让，简直是姑息养奸啦。同志们！但这次我下了最大的决心，市长也下了最大的决心——他把市长的话扩大三倍音量说出来，震得窗子哆哆嗦嗦，所有听众的汗珠都一齐停止流动——这一次，我们要横下一条心，挥泪斩马谡!

于是副局长发言也说：挥泪斩马谡!

秘书长发言也说：挥泪斩马谡!

科长们发言也说：挥泪斩马谡!

层层表态，大家都很激昂。机关全面整顿就在一片杀声中开始，有点令人心惊肉跳。有人幸灾乐祸地把行政科科长的头看了又看，好像他那颗秃头已十分危险。

根据局长的提议，语管工作还得加强科学性。大楼门前便多了两块招牌——"语言管理学会"和《语言管理》学术丛刊编辑部"。应该说，机关的学术气氛很快就浓郁起来了，连局长和副局长的办公桌上也出现了英文书或者日文书，大家一谈到"语言"，还经常使用国际上更通行的 language 一类。学会的首届年会也开得十分隆重。年会会址选在海滨宾馆，依山傍水，风光宜人，客人们推窗可远望蓝色大海里点点白帆，听到海鸥声哇哇哇连绵不断。

发出了很多请柬，大多数受邀者没有来，当然是对语管意义认识不足或是故意摆摆臭架子。几天来，小轿车还是接来了一位位德高望重的老学者，A 老 B 老 C 老 D 老等等扶着拐杖，互相寒暄互相点头。急救室、小便盆、氧气袋、轮椅以及特大号字体的文件资料都已经为他们准备妥当。他们看到这些很高兴，便去洗澡。洗前取下助听器、眼镜、假牙、假发之类，好像整个身体都可以一个个部件地拆卸，连咳嗽声也可拆卸分解，断断续续的有很多障碍和梗塞，不具流畅连贯的美感。他们在餐桌前谈兴很浓，谈了好些死人的事，比方说：你最近看见过某某吗？他死了？可惜呀。某某也死了，你不知道吗？可惜呀。听说某某某患了冠心病，恐怕日子也不会多了。可惜呀。某某暂时还不会死。如此等等。

　　中学者少学者乘大旅行车也陆续到达。他们器宇轩昂，有的头发皮鞋油光发亮，有的全身香味扑鼻，有的刚理过发，头发边沿还透出一圈青色光辉。他们见面时互相捶一捶胸脯，或者拍一拍肩膀，骂一声"你这个家伙"，深厚情谊不言自明。其中有一些很注意敬老，没忘记去拜见"老师"和"师母"，对新认识的老人便谦恭施礼，说"我中学时就读过您的大作"，或者说"我是读着您的书长大的"。但他们一转背，就专找同辈人嘀嘀咕咕，互相串门，相邀密谈。据说他们先打听伙食标准，打听会议是否安排了舞会和内部电影，然后提醒某些没有经验的朋友千万别把论文提交出去，顶多只能交个提纲。因为有些"老家伙"江郎才尽现在最喜欢剽窃别人的观点和材料，虽为君子但不得不防。转而他们又对未来的理事会选举非常关切，纷纷挥着拳头表示，称学会老化的问题再也不能继续下去，这次非把"老家伙"都选下去不可，"代沟"是客观存在我们也毫无办法……他们大概串门太多，又经常讨论要事，所以总是丢包——不知自己的提包忘在哪间房里。于是他们饭前饭后总是忙着招手，找自己的朋友：喂喂，我的包在你房里没有？嘿，真是活见鬼啦！

　　为了体现各方面的代表性，学会还邀请了一些来自基层的业余语监员。这些老倌子大嫂子一般文化水平都不太高，一到这儿，犹豫了许多不知是否该把红袖章戴上。很多人抽着廉价纸烟，对文化人们去小卖部买磁带买书刊都十分不解，只是小声打听窗式空调机和浴室里的蛇形龙头该如何使用。他们晚上上床早，早上也起床早，除了经常吆喝"吃饭去吃饭去"以外，便闲得无聊却又不动声色，顶多研究一下宾馆的花草或者窗上的螺丝帽，显得自己也有研究兴趣。他们中的个别人较有见识，常对高层文化人们横一眼：你怕那些眼镜鬼蛮有狠？天下文章一大抄。知道么？抄！

大会总算开始。小 N 当然最忙，一条红裙子闪进闪出，与老学者中学者少学者都能谈笑几句，还得注意热水瓶和茶叶，注意给录音机换换磁带。她与他人谈话时忽而扭起眉头，忽而哈哈大笑，有时被人神秘地叫到门外，听取有关多弄一张电影票的请求。她对来弄票的男人都很热心，表示她尽力想办法，实在不行的话她就自己放弃。

M 局长的开幕词已经致过了，开始坐下来听学者们的发言。为了表示谦恭，他的臀部落下去时与座面接触得很轻很轻，也很稳很稳。他手捏水笔，越记越感到难记，越记越感到科学确实可敬，庆幸自己刚才以"南郭先生滥竽充数"自轻自贱。

学者们大多谈得深奥，学术价值显然极高。有的把外国人的名字念得抑扬顿挫很像外文，如"康斯坦尼"的"康"字必定音位极高，而"坦"字必然拖出长音，先向上扬去，再下滑猛收。有时又冒出一句叽叽咕咕的洋文且不作译解，似乎是无意间随口溜出，外语已被下意识运用。有时还打住话头蹙眉疾首，脑子里苦苦搜寻某个概念的表述方法，最后才来抱怨本国文字中的这个概念实在不够精当。有的虽不太讲外文，但也不是等闲之辈。旁征博引，学通古今，几乎句句话都能注出出处。哪怕引一句"语言是很重要的"这句话，也注明是引自某某出版社某某年版本某卷某页，其治学严谨的风范和皓首穷经的功力，令M局长不敢吱声。

这些人在演讲中常常背诵三两句古诗，使讲话的人文内涵更加丰厚，肃穆基调上又添活泼韵味，而且古诗总是信手拈来，背得十分流畅，背诵者决不看稿纸，好像学富五车已对稿子不屑一顾。

坐在局长身旁的一位鬑发青年学者，冷冷地发出一声哼，让局长好生奇怪：莫非后生可畏，这位学界新秀还有更加高深的奇招异法？

局长又觉得冷汗在背上沁出。

果然，轮到鬑发新秀登台了。他一登台就甩动长发，燃火大口抽烟，显得有点不规不矩来者不善。他摘掉茶色蛤蟆镜，手撑讲桌，目光平伸，盯着会堂上空滑来滑去的两只燕子，好半天不吭声，像在深沉注视人类的下一个世纪。待人群中有了叽叽咕咕的碎语，他才开口谈起了燕子——从燕子向往自由天地，谈到学术自由的必要，符合先言他物再及本意的比兴手法，果然是潇洒随意别具一格。人们这时候才注意到他根本没带稿纸。这一发现使下面某些中老年学者面色不悦。但新秀对此胸有成竹并不在乎。他谈了古埃及文化拿破仑帝国本市的城市雕塑及刚才会前广播里的一支交响曲，然后说刚才A老提到的D老的一个观点其实C老在致G老的一封信中已有所触及，而自己在与F、J的私下交谈中对那个观点曾表示赞许。一句话顺溜溜地左捎右带，把七八个人的心里都说得舒舒服服——有人气色缓和地开始挖耳。

但他决不庸俗吹捧，表示青年人要勇敢探索和挑战，有时在前辈面前斗胆直言乃至胡说八道也纯属正常。吾爱吾师，吾更爱真理。不是吗？于是他又点燃一支烟，谈起语言的准确性明晰性生动性俭省性，谈起时代感民族感历史感真实感文化感流动感升华感空间感辐射感宏观感先锋感，谈起大和弦对位原理与语言内应力的非线性函数关系，谈起语言密度的情绪效应和吸收方言过程中的熵增加绝对趋向，谈起广义相对论和原始图腾在哲学上的意义对于信息工程的定量分析和蝶形数学模型来说确实是十分紧迫的课题，学界对这方面的探索应给予充分的注意而不要打一些无谓的口舌官司。当然，他最后的话头又落在燕子身上。

燕子——他扬起手在空中狠狠地一挥。不过这只刚才只是向往自由的燕子，现在从他口里飞出已成为一只"带着时空永恒之谜的语言之燕"。

他稳稳地收回目光，沉吟着将烟头在烟灰缸里细细地揉灭，如同钢琴家曲终之后仍沉迷于音乐圣境，许久许久还难以返归现实。听众也都觉得大厅中余音绕梁，好半天才知演讲已经结束，于是掌声四起。尤其是 N 小姐眼中透出崇拜，不时地用喷香小手帕揪一下自己翘翘的鼻子。

掌声还算热烈，但 M 局长注意到台下不少人在交头接耳，脸上有不以为然又宽容大度的神情：年轻人嘛，这个……嘿嘿……

M 局长悟出自己刚才不必那样目瞪口呆。

会议就这样一天天开下去。你说一通，我说一通，他又说一通，这就是地地道道的开会毫无疑义。每天开会上午三个小时下午两个半小时，安排得并不紧张。会议期间还插了些学习性节目，比如观神庙观夜市观山山水水什么的。大家观赏一棵千年古榕树。老学者说"不错"中学者说"不错"少学者也是说"不错"。于是开始拍照，先集体后个人再邀同乡或同学巧立名目。有人记起一位老诗人，忙去把他拖扯过来压在榕树下就座，等摄影师咔嚓再来一张。

老诗人被 M 局长鼓励，无可奈何，只是抹抹嘴巴即兴赋诗一首：

平生有幸逢盛会，

语言学家来开会。

二百三十八男女，

都到海滨来开会。

写毕，老朋友都说好诗好诗，上前握手祝贺。M 局长也极懂诗，抢上前去抓住那只瘦手努力一握，久久不放。

会议的伙食当然也基本上保证了科研的需要。虽说按市府规定只能四菜一汤，但往往是一碟三样一菜变三菜，还是丰富多彩。精米精面不易消化，一身营养陡增的皮肉有微微发热的感觉，似乎难以包容体内正在积累和膨胀的惬意舒适。为了防止胃口减弱和增肥，大家都增加了饭后的散步运动。另一措施经有长期会议经验的人介绍，就是大量喝茶。因此每逢会议间休息，突起的喧哗声中大家挤出门，脚跟脚排队进入厕所，一片嚓嚓声尿池里的槽道阻塞黄潮猛涨怎么也流不赢，而且人人动作敏捷匆匆扣好裤子又去开会。

M局长也喝茶太多，常常感到内急，但这一天遇到小小的不幸。他去了两个公共厕所，发现那里都太拥挤，便去小卖部旁边的另一单座厕所。不料刚到门前，巧遇莅临大会指导的那位老诗人兼老学者。

M局长愣了一下，赶忙退让到一边去，说你先请你先请。

对方也满面春风，说你先请你先请。

局长说：你不要客气，彼此彼此。

对方说：彼此彼此，你不要客气。

局长说：谁先进都一样，都一样。

对方说：谁先进都一样，都一样。

两人相持了十来分钟。最后当然还是老诗人客气不如从命，接受了局长对科学的敬意。但他不愧为语言专家，进门时还开了一句玩笑，说伯也执殳为王前驱，哈哈哈哈。

局长在门外等了良久，见门一直没有松动，只听见门内偶有断断续续的哼哼声，只好回头去找大厕所。不料他刚返回大厅，就被很多面孔团团围住。

首先发话的是一张黄脸，戴着鸭舌帽，嘴角咬得铁紧铁紧起了个肉疙瘩。他不记得已给过了M局长一张名片，现在又递过来一张，然后冷冷地质问：请问局长，这到底是学术团体还是行政机关？为什么把那么多科长也塞进理事会？

M说：这个这个……

对方又说：我参加了二三十个学会，决不会在乎在这里当一个什么理事。问题是我从来没有看见过这样可悲的官学不分……

他还没说完，就被一只手扒开去了。一位大白脸取而代之地凑过来，首先冲着局长不由分说地一笑，然后指着手中一页理事会名单问：请问 M 局长，这是个全市性的学会，到底算什么级别？

局长斩钉截铁：局级，当然是相当局级！

对方显得有了信心：那么作为领导机构的理事会，其成员是否都相当于局级干部？至少也是副局级吧？

M 觉得不太好回答了：唔唔，个人级别嘛，当然……这件事我们……还得与上级人事部门协商……

对方恳求：如果有了最后的结果，希望你们一定要下个文件，明确规定一下，免得下面含含糊糊。你要知道，眼下不尊重知识与人才的情况还十分严重。

这时，远处又嚷嚷起来。一个大胖子在那边不顾 N 的劝说，手舞足蹈，冲向这边。M 知道这是怎么回事，因为他早被那大胖子缠过多回。那大胖子不过是要来发点理事脾气，说当选名单中他的名字被错印了一个字，非更正重印不可，否则他就要以一个大学教授的身份提出强烈抗议。

M 局长趁大家都去看热闹，偷偷溜走。但他刚要进厕所门，又被另一伙人迎面拦住。那是几位大嫂，业余语监员。她们好像有什么话要说，但谁也不肯出头说。你推我，我推你，有一位把另一位狠狠揪了一把，于是都嘻嘻哈哈大笑退了好几步，弄得 M 局长有点尴尬，不知自己是该追逼上去还是该守在原地。终于，她们忍住笑。其中一位红着脸进言：局长哎，有个事要问一下，我们……有那个没有呵……那个呵。

什么那个？

局长不理解。她们急了，由刚才的不说变成了眼下的都抢着说：就是文凭呀。这次培训班学习的文凭呀。听说，有些文化人赚大钱，他们有什么了不起？不就是有张文凭吗？我们这次出来学习半个月，总得给我们一个什么吧？

见局长没有表态，她们说得更七嘴八舌了。有的说街道工作最难搞了，你们说话一张嘴，我们办事跑断腿。有的说我这次连毛衣都没打，学得脑袋都大，理应得到犒劳才对。还有的说住宾馆谁稀罕？这次来参加学习，耽误了好多正事，我家里那个死鬼平时连饭也煮不好的……不知道什么事好笑，她们又你戳我，我揪你，又爆出一阵野野的大笑。

M局长已经脸色发白，见她们笑，只得赔笑一下；见她们说，只得继续聆听下去。他拿出当局长二十多年的全部技巧来对付各方人士，又是拍肩又是拉手又是整理对方的衣领，还问伙食如何，问苹果吃了没有，问旅游照片是否拍得成功，或是突然严肃地指出：你的发言太精彩了一定要上简报；或是微笑着抵赖：我也坚决反对唯文凭论，但国家的用人政策如此我有什么办法？最后，他还表示这次会议很有收获，这样的会一定要多开，而且欢迎诸位以后常来语管局做客，要是门卫不让你们进，你们就打电话直接找我，这没有问题……说这些话的时候，他特别和蔼可亲，好像他多年来总是习惯于同老农在田头话家常，或者对清洁工人嘘寒问暖。

整整一天就是这样过去了。他好容易逃脱纠缠，才记起自己的生理任务。但一踏上那湿漉漉并印了很多黑花脚印的瓷砖地，他觉得氨气太刺激简直熏得眼皮都睁不开，又感到头晕耳鸣，恶心欲吐，怎么也没法小便。

大会医疗室对他给予了诊断。大夫说他可能是憋尿太久，已造成了尿道中毒感染。

局长只得提早离会。

六

M局长在疗养院待了一个月，体重有所增加，病情有所缓解，还用铅笔在文件上画了好些圈圈点点杠杠，并初步学会了打网球和听交响乐。牌技也大有提高，他能一边谈形势确实大好一边把对手的底分稳稳地抠过来。

但他觉得住在这里并不特别舒服。比方说他爱好清淡甜食，受不了辣椒，向餐厅管理员提过好几次。每次对方都点头表示明白，可一到开餐时，送来的又是红炸炸的辣椒。那电风扇也很怪，你开四挡它就是一挡，你开一挡它就是四挡。他叫院里派人来修一下。果真来了一个电工，倒腾一番，但他走后那电扇索性不转了，端庄而安详。

同房的一个矮老头也令M不满。那老头一到晚上就怪声怪气打呼噜，打法十分不标准，好像带了点方言味道。他白天总在枕头边清理和收拣着什么，或在屋角的煤油炉边一个劲吹烟，拿两大瓣屁股冲着M。M回忆起来，好像整整半个月没见过那老头的脸了——莫非是个没有脸的人？

他决定出院回家。这天他叫来小车，一路进城，发现两旁的高楼越来越多，黄的白的红的蓝的，灿烂得不像是真的，倒像一些儿童的积木。树木的叶子绿得鲜亮，显得很厚很硬，在阳光下熠熠闪亮，也不像是真的而像是蜡制品。一排排商业广告在车窗外闪过，上面的画都十分现代派，人被画成几何体，画成剥了皮的青蛙。有一个大大的女人头像正盯着行人，眼圈描得太粗黑，使人想起了熊猫。这熊猫正高举一只皮靴。

他发现街市上几乎没有天蓝色大盖帽——真是，真是，这些执法者都到哪里去了？如何都不坚守岗位？

他暗生疑心，想了想，骂出一句粗话，想考验一下语监工作的效率。

不出所料，不管他怎样骂，哪怕骂到了祖宗八代，也没有什么动静。后窗里一直没有出现语监总署的警车，亦无哇哇哇的警报声。

太涣散了，太涣散啦！他红了脸。要你们文明执法，不是要你们放纵不管么，怎么工作上总是跑极端？

小司机似乎没听懂，愣了一下，良久才轻轻哦了一声，笑着说：局长，你老人家的用语也该换换了。什么是"涣散"呵？现在都叫"活泼"。

M局长堕入了云里雾里：谁规定的？

没有谁规定，但大家都这么说。

涣散是涣散，活泼是活泼，两个意思完全不一样。我是吃语言学这碗饭的，连这个都不知道？

局长，我也是这么想的，但他们都笑我二百五。

司机解释了好一阵，才让局长得知：他住院的这一段时间里，语管工作又大大深入了一步。大概是根据专家建议，用美好语言促进人际关系良化，因此各种刺激性的词语都受到限制。比方在大学里，想指斥某学生读书不踏实，人们只能深意莫测地笑一笑，然后说："他嘛，聪明还是很聪明的。"要是某教授的口碑是"书读得不错"，那无异于承认他的才情广受怀疑，在大家眼里不过是冬烘学究呆头呆脑毫无创见。在机关里也是一样，你不宜说某某人刚愎自用，而只能说他"魄力还是很大的"。你也不宜说某人四面溜光和光同尘，只能说："他嘛，当然啰，怎么说呢？对人缘关系非常注意。"你更不能说某某首长不通业务尸位素餐，充其量也只能说："他很努力也很忙碌，有他的特点和长处，不过要是让他换个地方干干，肯定更能施展他的领导才干嘿嘿哈哈请问你的看法是……"不用说，这种语言的革新，确实使很多单位增添了祥和太平的气象。根据这些成效，据说有关方面又建议，今后应从严检查一切出版物，从严修订词典，将一切贬义词统统铲除。这件事已在报上展开了热烈和广泛的讨论。

一席话，让 M 觉得胜读十年书。这时光线一暗，小车嘎的一声停住了。

M 问：为什么不走了？

司机也不吭声，钻出车去，径直去车后取自己的香蕉和啤酒，只给局长一个背影。M 怎么也记不起对方的脸相来了，仿佛那也是一个没有脸的人。

M 把目光探出窗外，光线暗是由于有一栋大楼堵在窗前。

他的目光从大门一直延伸到楼顶，仰得帽子都差点落地，颈后一轮轮皮肉挤压得很痛。他简直不敢相信自己的眼睛，怎么自己只是治了一下尿道中毒感染，这办公楼就这么高大了？

他看了一下大楼前的招牌，发现语言管理的"局"已经变成了"总局"。一个"总"字使他的牙痛又发，嘴巴歪歪地大张，嘶嘶地哈气。难怪同事们这一段在电话里都吞吞吐吐，也难怪市长秘书一直嘱他安心养病——原来是杯酒释兵权呵，原来是背着他做了这么大的手脚啊！

他气冲冲步入大楼，发现走廊里更拥挤，不光塞着很多文件柜，还塞了不少旧沙发旧桌子简易床以及折叠椅。有些沙发向前翻倒，做出了低头下跪接受批判的架势。不知从哪里冒出来的文件包，垒得一大堆一大堆的，散发着霉味和尘土气息。

几乎每一层都这样拥挤。在每个楼道拐弯的显眼处，他还瞥见许多陌生的白底红字标牌：商业语言局卫生区、农村语言局卫生区、干部语言局卫生区、错案甄别局卫生区、行政局卫生区、秘书局卫生区、整顿局卫生区、业务培训部卫生区、机关子弟教育办公室卫生区，如此等等。以前的那些科室，现在全都以局自居，奉公克己地管理着某一地段的灰尘和纸屑，让老局长看得心惊肉跳。他又迎面撞见了很多陌生的面孔，或是夹着卷宗上楼，或是提着皮包下楼，与他匆匆擦肩而过，似乎都是他的新同事。装修工人们穿插其中，其中有一些搬抬办公桌，从这间房抬到那间房，或是从那间房抬到这间房，抬出乒乒乓乓的声响和腾腾飞扬的灰雾。有时一张桌子卡在门框里，人们就吆喝着："一、二、三！嘿——"

他总算看见了一些老部下，奇怪的是，那些人既没前来欠身握手，也没上来接下提包，似乎已不太认识他。M自觉修养还不错，忍住火气，不同小人一般见识，还上前拍了拍前政工科科长的肩，像往常那样满脸微笑：忙呵？要搬家么？要不要我这个老头子来帮个倒忙？

　　前科长没回头，只是指了指楼上：上访的请上楼，接待局在第五层。

　　M局长还想开玩笑：是呵，我老头子正是来上访，告你昨天打老婆哩。

　　旁边一位女干事立刻插进来喝问：你是哪个单位的？怎么这样对廖局长说话？

　　M吃了一惊：怎么？他……也成了局长？

　　大概是听得话音耳熟，前科长回头审度了一下M：是老局长呵。对不起，在下不才，进步很慢，不过是上了个小小台阶，为人民多做些工作嘛。你这是……

　　我病好了，来上班呵！

　　哦，对对，你还是局长，还应该上班的。前科长回头对女士吩咐，快，把老局长带到他的办公室去。

　　以前的"您"改成了现在的"你"，以前的亲力亲为变成了现在的指手画脚，M震怒得恨不能一口咬下对方的鼻子。

　　他只得气咻咻地去找自己的办公室。不料他的办公室安排在很僻静处，门口也没有语警站岗，外间也没有秘书侍候。打开房门一看，里面略有些混乱，很多文件都堆放在地上，窗帘也显得有些陈旧，新式空调机倒是装上了，但他用遥控器按了按，没按出什么动静，可能是遥控器有了问题。N小姐倒是在这里打电话，着一身黑色套衫裙，幽幽泛出一轮轮毫光，还顶着一个十分险峻的塔式发型。她坐在窗台前晃着两条长腿，又是扭眉头又是拍膝盖：……你不要说了不要说了——我这是办公时间，你知道么？讨厌！

小丫头肯定又在煲电话粥，M局长照例装作没看见。

对方瞥一瞥他，竟没认出来，随便地冲着他挥挥手：喂喂，不是要你修抽屉，是下水道又被塞住了。你们维修队的人怎么回事呵，叫也叫不动……

老局长刚才怎么也打不开自己的抽屉，现在更觉得这番话混账透顶，忍不住恶声恶气地说：是不是要我修马桶？

她瞪大眼：什么意思？

他冷笑一声：我不是来修马桶的？

昔日的会议西施眼里透出迷惑与茫然回忆，总算认出了老领导，一拍手，甜蜜小嘴惊喜地张开：哎呀呀，你不是老局长吗？实在对不起，你长得这么胖，完全变了个人，我一下没有认出来，该死该死……

M还是气呼呼的：乱弹琴，乱弹琴，机关里怎么这样乱？

N说：谁说不是呢？我接手副局长才几天，真把我累趴啦。一下是下水道堵了，一下是电灯不亮了，忙得我头发也没时间做。你这是……抽屉打不开？

他已经扭断了钥匙，恨不得把整个桌子扔出窗外：我要办公，我要办公！

她耸了耸浑圆的双肩，很同情地凝神思索：对，是得有张好桌子。不过你的事不由我分管,这事恐怕你还得去找 T。

局长觉得这更不可思议,为什么要去找 T 而且怎么应该去找 T?莫非那毛头小子也摇身一变官运亨通?

N 解释:那倒没有。

就是嘛,M 局长恨恨地说,随便从街上抓个人来当官,也比 T 可靠一万倍。他清楚地记得,在他手下当秘书那一段,T 曾违反规定私用电炉煮面条,曾把臭袜子塞进文件柜,曾在办公时间关起门来聚众打扑克,实在是劣迹斑斑臭名昭著。如果让这样的人篡夺权位,国将何以国?世界将何以世界?

M 局长与 T 秘书见面在秘书局的一间小办公室。奇怪的是,T 眼下虽没打扑克,但居然大大方方地修理着皮鞋,碎皮子断线头摊满一桌,胶水味十分刺鼻。大概突然悟出了一种修补的妙法,他乐得连连搔脑袋。M 看着看着更生气:这哪像个机关呢?差不多也是个菜市场吧?修皮鞋的都来了,是不是还要在这里炸油饼打爆米花?

还好,T 没装出不认识老领导的鸟样,两只手在桌面上急急地一抹,把乱七八糟的玩意儿全抹入抽屉,脸上有一丝惊慌神色。他赶快掏出一支香烟敬献领导。

M 没好气地推开烟:我的办公桌在哪里?听说……你是管桌子的?

T 愣了一下:不,我什么都管。

M 冷笑了:那你负责全面工作啰?

T 点点头:差……差不多吧。

M 忍不住放声大笑:你要是做个梦,或者上台唱出戏,说

84

你当上了王公大臣，那我还是相信的。年轻人，不要好高骛远志大才疏，知道么？我对你没有什么成见，只是恨铁不成钢，一直想真心地帮助你。

谢谢，谢谢。对方怯怯地点头说：局长，你的事我登记下来了。最迟明天吧，木工就来为你修理桌子。

老局长又说：年轻人哪年轻人，老毛病要改啦。我早就同你说过，你总是不注意卫生，下笔不注意标点符号，与同事也处不好关系。长此以往，你还要不要前途？嗯？作为你的老上级，我一直把你当儿子看待，但是……

对方又点点头，用更加微弱的声音说：老局长，你要是这个月打算工作，那就暂时……打打苍蝇……

你说什么？

不好意思，我是说……打苍蝇……

你以为我还有工夫同你开玩笑？

老局长，我也……没有开玩笑。其实，我根本不想管这些事。没办法呵。我的皮鞋还没修好，老婆就要生孩子了，不知道胎位正不正……

老局长终于忍无可忍，脸憋出了猪肝色，一回到局里就大大违犯语管条例：你神经病呵——臭王八羔子！

七

时代在飞快地发展，各种新生事物总是令人目不暇接眼花缭乱。T秘书没法向老局长说清的事情，人们只能以后慢慢地让他明白。

事情是这样的：在他住院的这一段时间里，语管工作越来越繁重，语管局只好顺应形势扩大为语管总局。在上级领导部门的直接关怀和领导下，机关里一大批新生力量走上了新的领导岗位。于是大楼升高扩建，办公场所重新布局，在财政预算还跟不上的情况下，连走廊厕所的空间也再次被巧妙地规划利用。小卧车不够用，更成了一大难题。既然一时无法大量增购车辆，领导们只好挤一挤，将就将就，艰苦奋斗，节俭办事，比如在汽车里增设一些帆布小马扎和小板凳。

更为麻烦的是，大会堂已不适应形势发展的需要。领导们开会时总得上主席台吧？可主席台本就不够大，加上一些领导年迈体弱，上主席台时须由护士搀扶，一人需要两人甚至三人的位置，常把台上挤得密密麻麻水泄不通。台下人经常错把护士看作首长——这些误会当然算不了什么，但碰到天气闷热，湿度温度高，折腾得老弱们中暑休克就影响不好了，折腾出尿毒症脑溢血直肠癌一类就影响更不好了。考虑到这一点，大会堂不但安装了空调，而且开会时都要架起一排强力电风扇，对着主席台猛吹，吹得那些首长须发奋张面色惨白并且坚强不屈。

现在，有资格上台的领导越来越多，主席台必须扩大容量。行政局方面只好请来泥木工人，嘿哟嘿哟地干，拆除台下前十几排的座位，填以沙石，打桩砌墙，筑出一个主席台的延伸部分。

可以想见，随着领导职数不断增多，主席台也不断向前延伸，大会堂的土建工程也几乎夜以继日无法停止。打桩机、搅拌机、切割机以及钻孔机轰轰隆隆吱吱嘎嘎响彻长夜，照明灯如同小太阳照亮工地，餐厅还给夜班工人送来绿豆汤和烤面包。

到最后，机关里官多兵少，头重脚轻，大多干部都成了领导，当上了总局长或副总局长，局长或副局长，还有享受局级领导待遇的各种委员、专员、顾问、督导员以及监察员，只剩少数几人没有及时提拔，开会时应该坐在台下。要是碰到这些人出勤在外应付公差，有时候甚至只有 T 秘书一个坐在台下——他是管文秘的，外勤机会不多。这当然使会场情形更为不堪，形成了"广大领导"对"个别群众"的领导。到这时候，工程规划者不免犯了难：照这样改建下去，几乎整个会堂都成了主席台，所谓台下就只剩一个深坑。想想看，当一个人或几个人坐在坑里，台上人只能够看见坑里一撮黑发或几撮黑发，那样的会场，成何体统？

局领导办公会议研究了一下，觉得办事不必太机械。与其把大会堂改建得不伦不类，还不如把它改回原样，让少数几个群众上台，而下面变成主席台。这样双方不但有视线交流，台下领导万一打瞌睡流涎水，也不大显眼。这不是极巧妙的灵活变通吗？

于是就这样办。

T 秘书以往逃会的记录最多，似乎屁股上长了刺，总是坐不安，而且不逃会就不显得超凡脱俗，就活活愧对古代雅士的仙风道骨。但现在他常常高居台上，有点孤家寡人的味道，众目睽睽之下无法逃会，不能不心情沮丧，有点无精打采。但他受到一大片目光的仰视，对上司逐一俯瞰，终于心态渐好。他高高跷起一只脚，或高举起一只手，借着大窗子透来的光线，冲着台下毫不在乎地剪指甲。一钩钩指甲弹飞出去，成弧形下落，不知落在哪里。指甲剪得不耐烦了，他还可以咚咚咚地拍着桌子，胡乱地发一通臭脾气：我们群众强烈要求把浴室里的水龙头修好！

或者是：群众就是喜欢三担牛屎六筻箕，不喜欢开长会！

诸如此类。

群众是神圣的，而群众只剩他一个人，他确实就是群众，确实全权代表群众，于是首长们对他都得谦让三分。关于水龙头的建议一经提出，台下一片黑压压的上司不得不慎重考虑，争着往本子上记录，互相点头深有感慨地说，提得好，提得好。

领导们都要求多多工作，于是多出许多会议，更多出许多文件，从这个局传到那个局，又从那个局送到这个局。签批单上的各种批示多达数百条，总是很难有个统一说法。T秘书拿着文件找总局长，说折腾这么久还没个结果，实在不太像话。

总局长也觉头痛，想了想，只好授权T秘书：算了，你自己去把关拍板。你得明白，这种事情你不做，难道还要麻烦领导不成？

T秘书近来喜欢修补皮鞋，从父亲那里接下祖传绝活，是修鞋界冉冉升起的一颗新星，兴趣完全不在工作上。他对把关拍板这一类事非常厌烦。厌烦一旦逐日加深，还带来了他态度的粗暴。比方说他经常大笔一挥，把首长们的批示统统枪毙，甚至批上一句"胡说八道"，如此大不敬之罪竟无人追究。这一天，听说总局仅有的一辆进口高档轿车，领导们都要坐，实在不好安排。要说级别嘛，这些领导都够格。要说年龄资历嘛，这些领导也都不相上下。但一辆小轿车总不能当公共大巴吧？T秘书听着听着来了气，大喝一声：

别争了，我坐！

秘书局长吓得不敢吭声。

消息传开，上司们都愤愤不满，说小小秘书怎么可以有这种待遇？没王法啦？翻了天啦？但仔细一想，首长们平起平坐，都挤上汽车实在不太现实。让它作为群众专车，恐怕还是合适的解决办法，至少可减少领导班子的不和吧。

从高档汽车开始，后来还有了群众专用电梯、群众专用食堂、群众专用别墅、群众专用健身房……一切稀罕的设施都归少数群众受用，尤其是由T秘书来定夺。物以稀为贵，语管总局的群众眼下确实神气活现。

每天早上，首长们都匆匆吃完饭，提早五分钟或十分钟上班，在健身房门前一心一意等待。好半天，T秘书身着短裤背心护膝护腕从里面出来，浑身汗水油光闪亮，揉指甩腿做各种放松动作，或是兴头上突然对墙壁猛击几拳。他终于筋疲力尽，喝几口水，然后环视正等待分配一天工作的各位上级，脸上有不耐烦的表情。他掏出一大沓会议通知或请柬分发出去，让这个去参加什么会，让那个去参加什么会，让另一些人参加视察或检查。看他们欢天喜地离去，再来打发剩下的人。他说对不起啦，既然官多兵少，官就得当兵用，于是他让分管餐厅的上司去采买鲜菜，让分管澡堂的上司去检修水龙头，让分管家属的上司去家属区送煤饼，让分管桌椅的上司去刷油漆。

看到还有没事可干的人，他可能会轻慢地挥挥手：去，给我找些废皮子来。

片刻之后，果然有很多废皮子被找来，供他修补皮鞋。

大部分上司身体欠佳，也很讲究体面，都想坐汽车出去开会，不想去刷油漆什么的。有人曾起草一个文件，想订出一个轮流出席会议的制度，可是因为照例有太多不同意见而只能搁置。他们只得另想办法，就是极力搞好与Ｔ秘书的关系。听说Ｔ要做爸爸了，他们就拼命往他办公室里送当归鸡蛋红枣巧克力速溶奶粉。知道Ｔ有修补皮鞋的嗜好，他们四处为他寻找破皮鞋，实在找不着就想法把自己的鞋戳几个洞，或者在Ｔ的面前大谈修鞋的技术和动态，把市内某些著名修鞋匠贬得一无是处……有时谈得Ｔ高兴了，Ｔ也真的到衣袋里去摸一摸，摸出一张会议通知作为奖赏，派车的时候也手下略有人情。

上司们这种对Ｔ的讨好甚至到了过分的程度。这一天，机关收到某医药公司寄来的新产品狐臭灵小广告，还有精印的文字介绍，说这种狐臭灵为苹果香型清新柔和香味持久不信的话一嗅便知。大家如同平常收到了一张好戏票，一本艺术年历，一张宴会请柬，首先想到的当然是Ｔ。有人把狐臭灵放到鼻子前凑了一下，鼓足劲眼睛向上睃去，深深吸了一鼻子气，说确实是香。这立刻招致很多人的怒目，那意思是：放肆！Ｔ秘书还没有嗅过，你怎么胆敢这样？

他们都抢着要给Ｔ秘书送去，在Ｔ的面前显示忠诚。为这事，他们争夺得奋不顾身差点动起了拳脚。最后，竟有七八个人一齐去送狐臭灵，找到Ｔ以后谁也不甘落后地齐声说：请您嗅一下吧。嗅吧，嗅吧。

T秘书已经要睡觉了，对医药新产品也从不感兴趣，但碍着他们的一片爱戴之情，只好公事公办地把狐臭灵往鼻尖上贴了一下，说确实还可以。

他们也就心满意足，觉得尊卑秩序终于得到维护。接下去，再按职位高低一个个轮流嗅起来。

T秘书临别时还略加训诫：以后有事到办公室谈，明白么？

当然，当然。他们都频频点头。

个人感情不能代替组织原则，明白么？你们的心意我领了，但关键是你们要把自己的工作做好，懂不懂？

懂的，懂的。他们都争相欠身。

T秘书把门咣的一声关了。

离开T秘书家，几个局级领导大为光火：呸，什么东西？也同我们耍官腔？你不就是个小小秘书么？算哪一盘菜呵？今天也人五人六的了？老子参加工作的时候你还穿开裆裤呢，老子当科长的时候你还给我提包呢……他们骂归骂，但人在屋檐下，不得不低头，下次见到T秘书的时候还是满脸笑容。

当然也有些清正之士，对机关里慢慢出现的这股吹吹拍拍之风痛心疾首。M局长就是其中一个。他决不去T秘书家里拜访，做腼腆木讷忠诚态，只是成天闷不吭声，埋头干自己的事。一杆苍蝇拍打烂了，又去换一杆。他也决不去研究办公大楼里乒乒乓乓的搬桌子声音为什么日长月久——那些人爱怎么忙就去怎么忙吧。他M也有可忙的。他戴上袖套和口罩，在大楼内外轻手轻脚地游转，不发出一点点声音。看见有苍蝇在什么地方停落，就弯腰屈膝，憋住气息，从害虫后面偷偷向前探步，刹那间全身如箭发时的弓颤弦响，手起拍落做一次惊天动地的打杀。他戴上老花眼镜，将蝇尸用竹签子一戳，挑到小玻璃瓶里去。看见里面密集的红眼绿腹黑翅已填满半瓶，摇一摇，油然生出微笑。

拍累了，他就挺直腰，坐下来歇一会儿，很惬意地看一看阳光和蓝天，感受着岁月的充实。

在他的目光所及之处，有一只断了线的红气球飘飘忽忽地小了，更小了，已成了一个极微弱的红点。你必须睁大眼睛盯住它，只要一眨眼，就满目茫茫再也寻不到了。

不知是哪个小孩丢失了它。

八

M局长当然也端着保温杯，参加过很多机关会议。不过近来会议气氛不大好，总是充满着火爆爆的争吵：

——你工作不错，可是魄力太大，自信心太强，大家早就有感觉啦。

——就算我魄力大，但哪像你干什么都稳稳重重？一天到晚没听见你咳嗽，谁知道你心里有什么深思熟虑？

——算了吧，若要人不知，除非己莫为。我早就知道你对我十分关心爱护！

——你以为我是傻子？我早知道你对我要求严格一片苦心！

——记住吧，我会感谢你的，你这个个性突出思想活跃的家伙！

……

这类吵闹对 M 来说已算不上莫名其妙，他已经善于翻译这些话中的关键词，弄懂它们的真实含义。

——激动什么？要降职，现在也轮不上你。

——凭资历，凭能力，凭我这白头发，我哪点比你差？为什么你能降我就不能降！

——我们强烈要求公平用人量才是降，谁降谁不降，文凭作参考！

——你别把唾沫溅在我脸上。我只是想弄明白一下，不降我，是不是组织上对我有什么看法？这个问题要弄清楚，要水落石出。

——不降我还能降你么？你的生活浪漫问题还没组织结论吧？

——请各位想想，现在是什么时代了，还能搞论资排辈么？

——没那么便宜，这次不给我降职机会，我就一定要告状，哪怕告到中央！

——不要忘了，上次四角三分钱的问题是个原则问题，在选人用人的时候一定要统筹考虑！

——人贵有自知之明吧？你凭什么这样敢说敢干？

——我们强烈反对私人友情过于深厚！

……讨论到了这一步，就开始进入比较实质性的阶段，即进入人事任免的敏感议题，进入谁能幸运降级的白热化机会争夺。不过七嘴八舌之下，谁也听不清谁。什么论条件大家都比例什么你这样爱我我不怕反对大男子主义没那么便宜形势大好我原来就只是个干事难道理发也算活泼抬桌子都要用劲小心电炉小心你这是什么意思禁止抽烟去找医生看看走走走你敢动手这就不莫吵了大丈夫敢说敢做……然后又有咣当嘣咚的声音，大概是椅子倒了，暖水瓶倒了。

嘎嘎喳喳的争吵声终于趋于平静。人们一看，是T秘书沉着脸进入会场了，照例要给会议做最终裁示了。有人从他手里接过一张纸，高声宣读一项群众的决议案：

一、总局所有干部都得以国家利益为重，以改革大局为重，个人服从组织，能下能上，能官能民，不能随意弃官丢权，不得私心膨胀向上伸手要求降职、免职、撤职。

二、不得越级降职、突击降职、随意降职，更不能在降职问题上搞裙带风关系网，要严格标准认真审查，降人唯贤，反对降人唯亲。所降人员中有不合格者，一经发现应严肃处理，及时将其提拔使用。

三、学历文凭应是降职标准中很重要的一条，但又不要搞唯文凭论。要注意把那些有真才实学并有丰富实际工作经验的人员，大胆而及时地降下来，充分发挥他们的作用。

四、四十五岁以上的人员不得降为科级，五十岁以上的人员不得降为副局级，五十五岁以上的人员不得降为局级。六十岁以上的人员一般做退休处理而不考虑降职，但务必安排好他们的生活。

五、身体状况不能胜任工作者不在降职范围内，但为了减少降职工作的阻力，可考虑让他们保留原职但同时享受降职待遇。

六、年轻干部被降职前应该有两年以上的高层机关工作经历。各级应有培养年轻干部的计划，创造条件把他们提高到高层机关中去锻炼，锻炼好了再降。

七、各级降职人选应反复征求群众（主要是 T 秘书）的意见，并报群众和上级主管部门批准。

……

宣读完毕，响起了一片掌声和欢呼声。有人说，还是群众想得周到，群众果然是真正的英雄呵。有人说，要不是群众明确政策严肃纪律并且深入调查，以后的人事安排还不知要乱成什么样呢。还有人觉得新决议满足了自己的合理要求，带来了新生活的美好希望，便买来爆竹礼花以示庆贺。

办公大楼外一时间噼里啪啦呼呼哐哐嚓嚓叭叭叭喇哩哐呀呼——朵朵礼花在夜空中灿烂地开放。在火光的映照之下，很多人激动得泪花闪烁，甚至泣不成声地互相拥抱，完全无法用语言表达他们对祖国的无限感激和无限忠诚。

1986 年 5 月

* 原题为《火宅》，最初发表于 1986 年《芙蓉》，已译成韩文，后收入小说集《诱惑》。

爸爸爸

一

他生下来时，闭着眼睛睡了两天两夜，不吃不喝，一个死人相，把亲人们吓坏了，直到第三天才哇地哭出一声来。

能在地上爬来爬去的时候，他就被寨子里的人逗来逗去，学着怎样做人。很快学会了两句话，一是"爸爸"，二是"×妈妈"。后一句粗野，但出自儿童，并无实在意义，完全可以把它当作一个符号，比方当作"×吗吗"也是可以的。

三五年过去了，七八年也过去了，他还是只能说这两句话，而且眼目无神，行动呆滞，畸形的脑袋倒很大，像个倒竖的青皮葫芦，以脑袋自居，装着些古怪的物质。吃饱了的时候，他嘴角沾着一两粒残饭，胸前油水光光一片，摇摇晃晃地四处访问，见人不分男女老幼，亲切地喊一声"爸爸"。要是你大笑，他也很开心。要是你生气，冲他瞪一眼，他也深谙其意，朝你头顶上的某个位置眼皮一眯，翻上一个慢腾腾的白眼，咕噜一声"×吗吗"，掉头颠颠地跑开去。

他眯眼皮是很费力的，似乎要靠胸腹和颈脖的充分准备，运上一口长气，才能翻上一个白眼。掉头也是很费力的，软软的颈脖上，脑袋像个胡椒碾锤摇来晃去，须甩出一个很大的弧度，才能稳稳地旋到位。他跑起路来更费力，深一脚浅一脚找不到重心，靠整个上身尽量前倾，才能划开步子，靠目光扛着眉毛尽量往上顶，才能看清方向。他一步步跨度很大，像赛跑冲线的动作在屏幕上慢速放映。

都需要一个名字，上红帖或墓碑，于是他就成了"丙崽"。

丙崽有很多"爸爸"，却没见过真正的爸爸。据说父亲不满意婆娘的丑陋，不满意她生下了这么个孽障，觉得自己很没面子，很早就贩鸦片出山，再也没有回来。有人说他已经被土匪裁了，有人说他还在岳州开豆腐坊，有人则说他拈花惹草，把几个钱都嫖光了，某某曾亲眼看见他在辰州街上讨饭。他是否存在，说不清楚，成了个不太重要的谜。

丙崽他娘种菜喂鸡，还是个接生婆。常有些妇女上门来，在她耳边叽叽咕咕一阵，然后她带上剪刀什么的，跟着来人交头接耳地出门去。那把剪刀剪鞋样，剪酸菜，剪指甲，也剪出山寨一代人，一个未来。她剪下了不少活脱脱的生命，自己身上落下的这团肉却长不成个人样。她遍访草医，求神拜佛，对着木头人或泥巴人磕头，还是没有使儿子学会第三句话。有人悄悄传说，多年前她在灶房里码柴，曾打死一只蜘蛛。那蜘蛛绿眼赤身，有瓦罐大，织的网如一匹布，拿到火塘里一烧，气味臭满一山三日不绝。那当然是蜘蛛精了。冒犯神明，现世报应，有什么奇怪的呢？

不知她听说过这些没有，反正她发过一次疯病，被人灌了一嘴大粪,病好了,还胖了些,胖得像个禾场滚子,腰间一轮轮肉往下垂。只是像儿子一样,间或也翻一个白眼。

母子住在寨口边一栋木屋里,同别的人家一样,木屋在雨打日晒之下微微发黑,木柱木梁都毫无必要地粗大厚重——这里的树反正不值钱。门前有引水竹管,有猪屎狗粪,有经常晾晒着的红红绿绿的小孩衣裤以及被褥,上面荷叶般的尿痕当然是丙崽的成果。丙崽呢,在门前戳蚯蚓,搓鸡粪,抓泥巴,玩腻了,就挂着鼻涕打望人影。碰到一些后生倒树归来或上山去"赶肉"——就是去打野猪,他被那些红扑扑的脸所感动,会友好地喊一声"爸爸——"

哄然大笑。

被他眼睛盯住了的后生,往往会红着脸气呼呼地上来,骂几句粗话,对他晃一晃拳头。要不,干脆在他的葫芦脑袋上敲一丁公。

有时,后生们也互相逗耍。某个后生笑嘻嘻地拉住他,指着另一位开始教唆:"喊爸爸,快喊爸爸。"见他犹疑,或许还会塞一把红薯片子或炒板栗。当他照办之后,照例会有一阵旁人的开心大笑,照例会有丁公或耳光落在他头上。如果他愤怒地回敬一句"×吗吗",昏天黑地中,头上就火辣辣的更痛了。

两句话似乎是有不同意义的,可对于他来说,效果都一样。

他会哭,哇的一声哭出来。

妈妈赶过来,横眉瞪眼地把他拉走,有时还拍着巴掌,拍着大腿,蓬头散发地破口大骂。如果骂一句,在胯里抹一下,据说就更能增强语言的恶毒。"黑天良的,遭瘟病的,要砍脑壳的！渠是一个宝崽，你们欺侮一个宝崽，几多毒辣呀。老天爷你长眼呀，你视呀，要不是吾，这些家伙何事会从娘肚子里拱出来？他们吃谷米，还没长成个人样，就烂肝烂肺，欺侮吾娘崽呀……"

"视"是"看"的意思。"渠"是"他"的意思。"吾"是"我"的意思。"宝崽"是"呆子"的意思。她是山外嫁进来的，口音古怪，有点好笑和费解。但只要她不咒"背时鸟"——据说这是绝后的意思，后生们一般不会怎么计较，笑一阵，散开去。

骂着，哭着，哭着又骂着，日子还热闹，似乎还值得边抱怨边过下去。后生们在门前来来往往，一个个冒出胡桩和皱纹，背也慢慢弯了，直到又一批挂鼻涕的奶崽长成门长树大的后生。只有丙崽凝固不动，长来长去还是只有背篓高，永远穿着开裆的红花裤。母亲说他只有"十三岁"，说了好几年，但他的脸相明显见老，额上叠着不少抬头纹。

夜晚，母亲常常关起门来，把他稳在火塘边，坐在自己的膝下，膝抵膝地对他喃喃说话。说的词语，说的腔调，说话时悠悠然摇晃着竹椅的模样，都像其他母亲对待自己的孩子："你这个奶崽，往后有什么用呵？你不听话，你教不变，吃饭吃得多，穿衣最费布，又不学好样。养你还不如养条狗，狗还可以守屋。养你还不如养头猪，猪还可以杀肉呢。呵呵呵，你这个奶崽，有什么用啊，睚眦大的用也没有，长了个鸡鸡，往后哪个媳妇愿意上门？……"

丙崽望着这个颇像妈妈的妈妈，望着那死鱼般眼睛里的光辉，觉得这些嗡嗡的声音一点儿也不新鲜，舔舔嘴唇，兴冲冲地顶撞:"×吗吗。"

母亲也习惯了，不计较，还是悠悠然地前后摇着身子，把竹椅摇得吱呀呀地响。

"你收了亲以后，还记得娘么？"

"×吗吗。"

"你生了娃崽以后，还记得娘么？"

"×吗吗。"

"你当了官发了财，会把娘当狗屎嫌吧？"

"×吗吗。"

"一张嘴只晓得骂人，好厉害咧。"

丙崽娘笑了，笑得眼小脖子粗。对于她来说，这种关起门来的对话，是一种谁也无权夺去的亲情享受。

二

寨子落在大山里和白云上，人们常常出门就一脚踏进云里。你一走，前面的云就退，后面的云就跟，白茫茫云海总是不远不近地团团围着你，留给你脚下一块永远也走不完的小孤岛，托你浮游。

小岛上并不寂寞。有时可见树上一些铁甲子鸟，黑如焦炭，小如拇指，叫得特别焦脆和洪亮，有金属的共鸣声。它们好像从远古一直活到现在，从没变什么样。有时还可见白云上飘来一片硕大的黑影，像打开了的两页书，粗看是鹰，细看是蝶，粗看是黑灰色的，细看才发现黑翅上有绿色、黄色、橘红色等复杂的纹路斑点，隐隐约约，似有非有，如同不能理解的文字。

行人对这些看也不看，毫无兴趣，只是认真地赶路。要是觉得迷路了，赶紧撒尿，赶紧骂娘，据说这是对付"岔路鬼"的办法。

点点滴滴一泡热尿，落入白云中去了。云下面发生了一些什么事情，似与寨里的人没有多大关系。秦时设过郡，汉时也设过郡，到明代"改土归流"……这都是听一些进山来的牛皮商和鸦片贩子说的。说就说了，山里却一切依旧，吃饭还是靠自己种粮。官家人连千家坪都不常涉足，从没到山里来过。

种粮是实在的，蛇虫瘴疟也是实在的。山中多蛇，蛇粗如水桶，蛇细如竹筷，常在路边草丛嗖嗖地一闪，对某个牛皮商的满心喜悦抽上黑黑的一鞭。据说蛇好淫，即便被装入笼子里，见到妖娆妇女，还会在笼中上下顿跌，躁动不已，几近气绝。取蛇胆也不易，据说击蛇头则胆入尾，击蛇尾则胆入头，耽搁久了，蛇胆化水，也就没用了。人们的办法是把草扎成妇人形，涂饰彩粉，引淫蛇抱缠游戏之，再割其胸取胆，那色胆包天的家伙在这一过程中竟陶陶然毫无感觉。还有一种挑生虫，春夏两季多见，人一旦染上虫毒，就会眼珠青黄，十指发黑，嚼生豆不腥，含黄连不苦，吃鱼会腹生活鱼，吃鸡会腹生活鸡。在这种情况下，解毒办法就是赶快杀一头白牛，让患者喝下生牛血，对满盆牛血学三声公鸡叫。

至于满山密密的林木，同大家当然更有关系了。大雪封山时，寄命一塘火。大木无须砍断，从门外直接插入火塘，一截截烧完便算完事。以至这里的火塘都直接对着大门，可减少劈柴的劳累。有一种楠木,长得很直,质地紧密,祛虫防蚁,有微香,长至几丈或十几丈才撑开枝叶。古代常有采官进山,催调徭役倒伐这种树,去给州府做宫室的楹栋,支撑官僚们生前的威风。山民们则喜欢用它打造舟船,远远行至辰州、岳州,乃至江浙,由那些"下边人"拆船取材,移作他用,琢磨成花窗或妆匣。下边人把这种树木称为香楠。

人们出山当然有危险。木船或木排循溪水下行,遇到急流险滩,稍不留神就会船毁排散,尸骨不存。这是第一条。碰上祭谷神的,可能取了你的人头。碰上剪径的,可能钩了你的车船,剐了你的钱财。这是第二条。还有些妇人,用公鸡血掺和几种毒虫,干制成粉,藏于指甲缝中,趁你不留意时往你茶杯中轻轻一弹,令你饮茶之后暴死于途。这叫"放蛊"。据说放蛊者由此而益寿延年,至少也要攒下一些留给来世的阴寿。当然是害怕蛊祸,此地的青壮后生一般不会轻易远行,远行也不敢随便饮水,实在干渴难忍,视潭中或井中有活鱼游动,才敢前去捧喝两口。

有一次,两个汉子身上衣单,去一个石洞避风雨,摸索到洞里,发现那里有一大堆骷髅,石壁上还有刀砍出来的一些花纹,如鸟兽,如地图,似蝌蚪文,全不可解。谁知道这是怎么回事?谁知道这是不是一次放蛊的后果?

加上大岭深坑,山路崎岖,大树实在不易外运,于是长了也是白长,派不上多大用场,雄姿英发地长起来,又在阳光雨露下默默老死山中。枝叶腐烂,年年厚积,若有人软软地踏上去,腐积层就冒出几注黑汁和一些水泡,冒出阴湿浓烈的酸臭,浸染着一代代山猪和野豹的嚎叫。这些叫声总是凄厉而悠长。

村村寨寨所以都变黑了。

这些村寨不知来自何处。有的说来自陕西，有的说来自广西，说不太清楚。他们的语言和山下的千家坪的就很不相同。比如把"说"说成"话"，把"站立"说成"倚"，把"睡觉"说成"卧"，把近指的"他"与远指的"渠"严格区分，颇有点古风。人际称呼也特别古怪，好像是很讲究大团结，故意混淆远近和亲疏，于是父亲被称为"叔叔"，叔叔被称作"爹爹"，姐姐成了"哥哥"，嫂嫂成了"姐姐"，如此等等。"爸爸"一词，还是人们从千家坪带进山来的，暂时算不上流行。所以，按照这里的老规矩，丙崽家那个离家远走杳无音信的人，应该是丙崽的"叔叔"。

这当然与他没太大关系。叫爹爹也好，叫叔叔也罢，丙崽反正从未见过那人。就像山寨里有些孩子一样，丙崽无须认识父亲，甚至不必从父姓。如果不是母亲吐露往事，他们可能永远不知自己的骨血与哪一个汉子有关。

但人们还是有认祖归宗的强烈冲动。对祖先较为详细的解释，是古歌里唱的。山里太阳落得早，夜晚长得无聊，大家就懒懒散散地串门，唱歌，摆古，说农事，说匪患，打瞌睡，毫无目的也行。坐得最多的地方，当然是那些灶台和茶柜都被山猪油抹得清清亮亮的殷实人家。壁上有时点着山猪油灯壳子，发出淡蓝色的光，幽幽可怖。有时人们还往铁丝编成的灯篮里添块松膏，待松膏烧得噼啪一炸，铜色火光煌煌一闪，灯篮就睡意浓浓地抽搐几下。火塘里的青烟冒出来，冬天可用来取暖，夏天可用来驱蚊。栋梁壁顶都被烟火熏得黑如焦炭，浑然黑色中看不清什么线条和界线，只有一股清冽的烟味戳鼻。要是火烧得太旺，气流上冲，梁上一根根灰线子不断摇晃，点点烟屑从天而降，翻舞飞腾，最后飘到人们的头上、肩上或者膝头上，不被人们注意。

德龙最会唱歌，包括唱古歌。他没有胡子，眉毛也淡，平时极风流，妇女们一提起他就含笑切齿咒骂。他天生的娘娘腔，嗓音尖而细，憋住鼻腔一起调，一句句像刀子在你脑门顶里剜着，刮着，挤着，让你一身皮肉发紧。大家紧惯了，还紧出了满心的佩服：德龙的喉咙真是个喉咙呵！

他揣着一条敲掉了毒牙的青蛇，跨进门来，嬉皮笑脸，被大家取笑一番以后，不劳多劝就会盯住木梁，捏捏喉头，认真地开唱：

辰州县里好多房？
好多柱来好多梁？
鸡公岭上好多鸟？
好多窝来好多毛？

这类"十八扯"相当于开场白或定场诗，是些不打紧的铺垫。唱得气顺了，身子热了，眼里有邪邪的光亮进出，风流情歌就开始登场：

思郎猛哎，

行路思来睡也思,

行路思郎留半路,

睡也思郎留半床。

　　德龙风流,最愿意唱风流歌,每次都唱得女人们面红耳赤
地躲避,唱得主妇用棒槌打他出门。当然,如果寨里有红白喜
事,或是逢年过节祈神祭祖,那么照老规矩,大家就得表情肃
然地唱"简",即唱历史,唱死去的人。歌手一个个展开接力唱,
可以一唱数日不停,从祖父唱到曾祖父,从曾祖父唱到太祖父,
一直唱到远古的姜凉。姜凉是我们的祖先,但姜凉没有府方生
得早。府方又没有火牛生得早。火牛又没有优耐生得早。优耐
是他爹妈生的,谁生下优耐他爹呢?那就是刑天——也许就是
晋人陶潜诗中那个"猛志固常在"的刑天吧?刑天刚生下来的时
候,天像白泥,地像黑泥,叠在一起,连老鼠也住不下。他举
起斧头奋力大砍,天地才得以分开。可是他用劲用得太猛啦,
把自己的头也砍掉了,于是以后成了个无头鬼,只能以乳头为
眼,以肚脐为嘴,长得很难看的。但幸亏有了这个无头鬼,他
挥舞着大斧,向上敲了三年,天才升上去;向下敲了三年,地
才降下来。这才有了世界。
　　刑天的后代怎么来到这里呢?——那是很早以前,很早很
早以前,很早很早很早以前,五支奶和六支祖住在东海边上,
发现子孙渐渐多了,家族渐渐大了,到处都住满了人,没有晒
席大一块空地。怎么办呢?五家嫂共一个春房,六家姑共一担
水桶,这怎么活下去呵?于是,在凤凰的提议下,大家带上犁

耙，坐上枫木船和楠木船，向西山迁移。他们以凤凰为前导，找到了黄泱泱的金水河，金子再贵也是淘得尽的。他们找到了白花花的银水河，银子再贵也是挖得完的。他们最后才找到了青幽幽的稻米江。稻米江，稻米江，有稻米才能养育子孙。于是大家唱着笑着来了。

> 奶奶离东方兮队伍长，
> 公公离东方兮队伍长。
> 走走又走走兮高山头，
> 回头看家乡兮白云后。
> 行行又行行兮天坳口，
> 奶奶和公公兮真难受。
> 抬头望西方兮万重山，
> 越走路越远兮哪是头？

据说，曾经有个史官到过千家坪，说他们唱的根本不是事实。那人说，刑天是争夺帝位时被黄帝砍头的。此地彭、李、麻、莫四大姓，原来住在云梦泽一带，也不是什么"东海边"。后因黄帝与炎帝大战，难民才沿着五溪向西南方向逃亡，进了夷蛮山地。奇怪的是，这些难民居然忘记了战争，古歌里没有一点战争逼迫的影子。

鸡头寨的人不相信史官，更相信他们的德龙——尽管对德龙的淡眉毛看不上眼。眉淡如水，完全是孤贫之相。

德龙唱了十几年，带着那条小青蛇出山去了。

他似乎就是丙崽的父亲。

三

丙崽对陌生人最感兴趣。碰上匠人或商贩进寨，他都会迎上去大喊一声"爸爸"，吓得对方惊慌不已。

碰到这种情况，丙崽娘半是害羞，半是得意，对儿子又原谅又责怪地呵斥："你乱喊什么？要死呵？"

呵斥完了，她眉开眼笑。

窑匠来了，丙崽也要跟着上窑去看，但窑匠说老规矩不容。传说烧窑是三国时的诸葛亮南征时路过这里教给山民们的，所以现在窑匠动土，先要挂一太极图顶礼膜拜。点火也极有讲究，须焚香燃炮在先，南北两处点火在后，窑匠念念有词地轻摇鹅毛扇——诸葛亮不就是用的鹅毛扇吗？

女人和小孩不能上窑，后生去担泥坯也得禁恶言秽语。这些规矩，使大家对窑匠颇感神秘。歇工时，后生就围着他，请他抽烟，恭敬地讨教技艺，顺便也打听点山外的事。这其中，最为客气的可能要数石仁，他一见窑匠就喊"哥"喊"叔"，第二句就热情问候"我嫂"、"我婶"——指窑匠的女人。有时候对方反应不过来，不知道他是扯上了谁。三言两语说亲热了，石仁还会盛情邀请窑匠到他家去吃肉饭，吃粑粑，去"卧夜"。

石仁对窑匠最讨好，但一再讨好的同时也经常添乱，不是把堆码的窑坯撞垮了，就是把桶模踩烂了，把弓线拉断了，气得窑匠大骂他"圆手板"和"花脚乌龟"，后来干脆不准他上窑来——权当他是另一个丙崽。

这使他多少有些沮丧和落寞。他外号仁宝，是个老后生，虽至今没有婚娶，但自认为是人才，常与外来的客人攀攀关系。无所事事的时候，他溜进林子里，偷看女崽们笑笑闹闹地溪边洗澡，被那些白色影子弄得快快活活地心痛。但他眼睛不好，看不大清楚，作为补偿，就常常去看小女崽撒尿，看母狗母猪母牛的某个部位。有一次，他用木棍对一头母牛进行探究，被丙崽娘看见了。这婆娘爱拨弄是非，回头就找这个嘀咕几句，找那个嘀咕几句，眉头跳跳的，见仁宝来了才镇定自若地走开。后来仁宝上山挖个笋子，刮点松膏，或是到牛栏房去加点草料，也总看见那婆娘探头探脑，装作在寻草药什么的，死鱼般的眼睛充满信心地往这边瞥一瞥，瞥得仁宝心里发毛。

仁宝没理由发作，骂了阵无名娘，还是不解恨，只好在丙崽身上出气，一见到他，注意到周围没什么旁人，就狠狠地在他脸上扇耳光。

小老头被打惯了，经得打，嘴巴歪歪地扯了几下，没有痛苦的表情。

石仁再来几下，直到手指有些痛。

"×吗吗，×吗吗……"小老头这才感到形势不妙，稳稳地逃跑。

仁宝追上去，捏紧他的后颈皮，逼着他给自己磕了几个响头，直到他额上有几颗陷进皮肉的沙粒。

他哇哇哭起来。但哭没有用，等那婆娘来了，他一张哑巴嘴说不清谁是凶手，只能眼睛翻成全白，额上青筋一根根暴出来，愤怒地揪自己的头发，咬自己的手指，朝着天大喊大叫，疯了一样。

丙崽娘在他身上找了找，没发现什么伤痕！"哭，哭死呵？走不稳，要出来野，摔痛了，怪哪个？"

丙崽气绝，把自己的指头咬出血来。

就这样，仁宝报复了一次又一次，婆娘欠下的债，让小崽子加倍偿还，他自己躲在远处暗笑。不过，丙崽后来也多了心眼。有一次再次惨遭欺凌，待母亲赶过来，他居然止住哭泣，手指地上的一个脚印："×吗吗。"那是一个皮鞋底印迹，让丙崽娘一看就真相大白。"好你个仁宝臭肠子哎，你鼻子里长蛆，你耳朵里流脓，你眼睛里生霉长毛呵？你欺侮我不成，就来欺侮一个蠢崽，你枯脷心毒脷心不得好死呀——"她一把鼻涕一把泪，拉着丙崽去寻找凶手，"贼娘养的你出来，你出来！老娘今天把丙崽带来了，你不拿刀子杀了他，老娘就同你没完！你不拿锤子锤瘪他，老娘就一头撞死在你面前……"

这一夜，据说仁宝吓得没敢回家。

不过，后来仁宝同她并没有结仇，一见到她还"婶娘"前"婶娘"后的喊得特别甜。帮她家舂个米，修个桶，找窑匠讨点废砖瓦，都是挽起袖子轰轰烈烈地干。摘了几个南瓜或几个苞谷，也忙着给她家送去。有人说，他是同丙崽娘打过一架，但打着打着就搂到一起去了，搂着搂着就撕裤子了——这件事就发生在他们去千家坪告官的路上，就发生在林子里，不知是真是假。还有人说，当时丙崽"×吗吗×吗吗"地骑到仁宝的头上揪打，反而被他娘一巴掌扇开，被赶到一边去，也不知是真是假。

反正结果有点蹊跷。看见仁宝有时给呆子一把杨梅或者红薯片，妇女们免不了更多指指点点：真的吗？不会吧？诸如此类。

丙崽对红薯片并不领情，一把掷回给仁宝。"×吗吗。"

"你疯呵？好吃的。"

"×吗吗！"

"我×你妈妈呢。"

丙崽一口浓痰吐到仁宝的身上。

妇女们大笑：仁宝伢子，这下知道了吧？要×吗吗还不容易呵……她们没说完，差点笑得气岔，羞得仁宝一脸涨红夺路而逃。大概是受到笑声的鼓舞，丙崽左右看看，更加猖狂起来，把自己拉的屎抓了个满手，偏斜着脑袋，睐出一个白眼，继续追击仁宝，一路"×吗吗×吗吗×吗吗"，竟把一条汉子追得满山跑。

仁宝跑下山去了。直到半个多月以后，他才重新出现在人们眼前。他头发剪短了，胡桩刮光了，还带回了一些新鲜玩意儿，一个玻璃瓶子，一盏破马灯，一条能长能短的松紧带子，一张旧报纸和一张不知是何人的小照片。他踏着一双更不合脚的旧皮鞋壳子，在石板路上嘎嘎咯咯地响，很有新时代气象。"你好！"他逢人便招呼，招呼的方式很怪异，让大家听不大懂。你什么好呢？又没生病，能不好么？

仁宝的父亲仲满是个裁缝，看见菜园里杂草深得可以藏一头猪，气不打一处来，对儿子脚下的皮鞋最感到戳眼："畜生！死到哪里去了？有本事就莫回来！"

"你以为我想回来？我一进门就恓心冲。"

"你还想跑？看老子不剁了你的脚！"

"剁就要剁死，老子好投胎到千家坪去。"

"到千家坪，吃金子屙银子是吧？"

"千家坪的王先生穿皮鞋，鞋底还钉了铁掌子，走起来当当地响，你视过？"

仲满没见过什么钉铁掌的皮鞋，不便吭声，停了片刻才说："皮鞋子上不得坡，下不得河，不透气，穿起来脚臭，有什么稀奇？"

"铁掌子，我是说铁掌子。"

"只有骡马才钉掌子，你不做人，想做畜生？"

仁宝觉得父亲侮辱了自己的同志，十分恼怒，狠狠地报复了一句："辣椒秧子都干死了，晓得么？"

叭——裁缝一只鞋摔过来，正打中仁宝的脑袋。他不允许儿子如此不遵孝道。

"哼！"

仁宝怕第二只鞋子，但坚强地不去摸脑袋，冲冲地走进楼上自己的房间，继续戳他的旧马灯罩子。

听说他挨了打，后生们去问他，他总是否认，并且严肃地岔开话题："这鬼地方，太保守了，太落后了，不是人活的地方。"

后生们不明白"保守"是什么意思，更不明白玻璃瓶子和马灯罩子有何用途，于是新名词就更有价值，能说新名词的仁宝也更可敬。人们常见他愤世嫉俗，对什么也看不顺眼，又见他忙忙碌碌，很有把握地在家里研究着什么。有时研究对联，有时研究松紧带子，有时研究烧石灰窑。有一回，还神秘地告诉后生们：他在千家坪学会了挖煤，现在他要在山里挖出金子来。金子！黄灿灿的金子哩！

他真的提着山锄，在山里转了好几天。有几个想沾光的后生，偷偷地跟着看，看了几天，发现他并没有真正动手。

对付同伴们的疑惑，他宽容地笑一笑，然后拍拍对方的肩，贴心地做些勉励："就要开始了，听说没有？上面来人了，已经到了千家坪，真的。"

或者说："就要开始啦，真的，明天就会落雪，秧都靠不住。"说完回头望一望什么，似乎总有个无形的人在跟着他。

有时甚至干脆只有一句："你等着吧，可能就在明天。"

这些话赫赫有威，使同伴们好奇和崇敬，但大家不解其中深意，仍是一头雾水。要开始，当然好，要开始什么呢？要怎么开始呢？是要开始烧石灰窑，还是要开始挖金子，还是像他曾经说过的那样——下山去做上门女婿？不过众人觉得他踏着皮鞋壳子，总有沉思的表情，想必有深谋远虑。邀伴去干犁田、倒树或者砍茅草这一类庸俗的事，不敢叫他了。

仁宝从此渐渐有了老相，人瘦毛长一脸黑。他两眼更加眯，没看清人的时候，一脸戳戳的怒气。看清了，就可能迅速地堆出微笑。尤其是对待一些不凡人士：窑匠、木匠、界（锯）匠、商贩、读书人、阴阳先生等等，他总是顺着对方的言语，及时表示出惊讶、愤慨、惋惜、欢喜，乃至悲天悯人的庄严。随着他一个劲地点头，后颈上一点黑壳也有张有弛。当然，奉承一阵以后，他也会巧妙地暗示自己到过千家坪，见识过那里的官道和酒楼。有时他还从衣袋摸出一块纸片，谦虚谨慎地考一考外来人，看对方能否记得瓦岗寨的一条好汉到六条好汉，能否懂一点对联的平仄。

这一天，寨子里照例祭谷神，男女老少都聚集在祠堂。仁宝大不以为然，不过受父亲鞋底的威胁，还是不得不去应付一下。只是他脸上一直充满冷笑。可笑呵，年年祭谷神，也没祭出个好年成，有什么意思？不就是落后么？他见过千家坪的人作阳春，那才叫真正的作家，所谓作田的专家。哪像这鬼地方，一年只一道犁，甚至不犁不耙，不开水圳也不铲田埂，更不打粪凼，只是见草就烧一把火，还想田里结谷？再说就算田里结了谷，与他的雄图大志有何关系？他看到大家在香火前翘起屁股下拜，更觉得气愤和鄙夷。为什么不行帽檐礼？什么年月了，怎么就不能文明和进步？他在千家坪见过帽檐礼的，那才叫振奋人心！

他自信地对身边一个后生说："会开始的。"

"开始？"后生不解地点点头。

"你要相信我的话。"

"相信，当然相信。"

他觉得对方并非知音，没什么意思。于是目光往左边的女人们投过去。有个媳妇，晃着耳环，不停地用衣袖擦着汗珠。跪下去时没注意，侧边的裤缝胀开了，露出了里面的白肉。仁宝眯着眼睛，看不太清楚，不过这已经足够，可以让他发挥想象，似乎目光已像一条蛇，从那窄窄的缝里钻了进去，曲曲折折转了好几个弯，上下奔蹿，恢恢乎游刃有余。他在脑子里已经开始亲热那位女人的肩膀、膝盖，乃至脚上每个趾头，甚至舌尖有了点酸味和咸味……直到啪的一声，他感觉脑门顶遭到重重一击才猛醒过来。回头一看，是丙崽娘两只冒火的大圆眼："你娘的×，借走老娘的板凳，还不还回来？"

"我……什么时候借过板凳？"

"你还装蒜？就不记得了？"丙崽娘又一只鞋子举起来了。

四

女人们白天爱串人家，偷偷地沿着屋檐溜进东家或西家，凑在火塘边叽叽咕咕，茶水喝干了几吊壶，尿桶里涨了好几寸，直说得个个面色发白，汗毛倒竖，才拿起竹篮或捣衣的木槌，罢休而去。

一般来说，她们谈得最多的是婚嫁之事。比如说，哪个男人暗取了哪个女子的一根头发，念上七十二遍"花咒"，就把那女子迷住了。又比如说，哪个女子未婚先孕，用大凉的蓝靛打胎，居然打出了一个满身长毛的猴子，如此等等。有时候，她们也讨论一些不祥之兆：某家的鸡叫起来像鸭；腊月里居然没下一场雪；还有丙崽娘去岭那边接生带回的消息，说鸡尾寨的三阿公坐在屋里被一条大蜈蚣咬死，死了两天还没有人知道，结果有只脚被老鼠吃去一半——这些事端是不是有些不吉？

但后来又有人说，三阿公并没有死，前两天还看见他在坡上扳笋子。这样一说，三阿公又变得恍恍惚惚，有无都成为一个问题了。

像要印证这些兆头，后来一阵倒春寒，下了一阵冰雹，田里大部分禾苗都冻成了黑水，只剩下稀稀拉拉几根，像没有拔尽的鸡毛。几天后暴热，田里又多虫，稻谷都长成了草。粮食立刻就成了焦心的话题。家家都觉得奶崽太多，太能吃，又觉得米桶太浅，一舀就见底。有人开始借谷，一借就有了连锁反应，不管桶里有谷没谷的，都踊跃地借，大张旗鼓地借，以示自己也会盘算别人。丙崽娘也借得要死要活的，其实她这几年大模大样地积德，义务照看祠堂，偷偷省下了不少猫粮。祠堂里不能没有猫，不然老鼠啃了族谱和牌位怎么办？搅了祖宗的安宁怎么办？养猫也不能没有猫粮。丙崽娘每年从公田收成里分得两担谷，每天拿瓦罐盛半罐饭，吱吱喝喝从一些门户前经过，说是去送猫食，其实一进祠堂就自己吃了。只可怜那只饿猫，只吃点糠粉野菜，饿得皮包骨，成天蚊子一样尖叫。

靠这只老猫，娘崽两个居然混过了春荒。大家似乎知道这个中机巧，有人在她背后指指点点。她横眉横眼，装作没听见就是。

一直借到寨子里人心惶惶，女人们又开始谈起杀人祭谷神。丙崽娘有点兴高采烈，积极投入了这场对谷神的议论。得闲的时候，就带上针线鞋底，拉上丙崽，矮胖的身子左一顿，右一顿，屁股磨进一家家高大的门槛。对一些没听说过谷神的女崽，她谆谆教导：这可是个老规矩呐。不杀人是不能祭谷神的，要杀人就要杀个男的，选头发最密的杀，肉块都分给狗吃。杀到哪一家，就叫哪一家"吃天粮"……说得女子睁大眼睛，脸色发白，相互挤靠得越来越紧，她又笑起来，神秘地压低声音："你屋里不会吃天粮的，放心。你男人头发胡子都稀么……不过，也不蛮稀。"或者说："你屋里不会吃天粮的，放心。你竹哥太瘦了，没有几斤肉，不过……也不蛮瘦。嗯啦。"

她圆睁双眼，把一户户女人都安慰得心惊肉跳之后，才弯着一个指头，把碗里的茶叶扒起来，嚼得吱吱响，严肃认真地告别："吾去视一下。"

"视一下"有很含混的意思，包括我去打听一下，我去说说情，有我做主，或者是我去看看我的鸡埘什么的，都通。但在女人们的恐慌中，这种含混也很温暖，似乎也值得寄予希望。

实在是割野葱去了。

然后是看鸡埘去了。

鸡埘那边就是仁宝父子的家。丙崽娘看完鸡埘，总是朝那边望一眼。这一眼的意思也很模糊，似乎是招呼，似乎是警惕，似乎是窥探隐私，似乎是不示弱地挑战：看你能把我怎么样？每天都这样偷偷地望几眼，叫仲裁缝心里猫抓似的。

仲裁缝恨女人，尤恨丙崽他娘，那个圆不圆瘪不瘪的家伙。说起来，她还算他的弟媳，又与他为邻，两家地坪相连树荫相接，要是拆了墙壁，大家会发现对方也不过是吃饭、睡觉、训儿子，没什么两样。但越接近就越看得清楚，看出些不一样来。丙崽娘常常挑起一竹篙女人的衣裤，显眼地晒在地坪里，正冲着裁缝的大门，使他一出门就觉得晦气，这不是有辱斯文么？她还经常在地坪里摊晒一些胞衣，作为大补佳药拿去吃，或卖钱。那些婆娘们腹中落下的肉囊，有血腥气，在晒席上翻来滚去的，晒出一条条皱纹，恰似一个个鬼魂，令人须发倒竖。

不过，这一切都不如她那眼光可恶。似乎是心不在焉地瞅一眼，有毫无理由的理由，有毫不关心的关心，像投来一条无形的毒蛇。堂堂仲满的儿子就是被这样的毒蛇缠住，乱了辈分，毁了伦常，闹出一些恶浊不堪的闲言，岂不是往他仲满耳朵里灌脓？

"妖怪！"

有一天，仲裁缝在大门口怒骂。

地坪里没有他人，只有丙崽娘。她架起一条腿，撕剥脚皮，哼了一声，吐出一口痰，又恨恨剥下两大块茧皮。

就这样交了恶。

但仲裁缝从来不对丙崽做手脚。有一回，小老头怯怯地来到他家门口，研究了一下他脸上的麻子，吐了两个痰泡，把一团绿色鼻涕抹在布料上。裁缝忍无可忍，但还是没有恶语，只是横了一眼，旋即把布料塞进灶口，烧了。

避女人与小子，乃有君子之风。仲裁缝算不算君子，不好说。但他从不与女人交道，从不同后生笑闹，在寨子里是个颇有"话分"的长者。话分在这里也是一个含糊概念，初到这里来的人许久还弄不明白。似乎有钱，有一门技术，有一把胡须，有一个很出息的儿子或女婿，就有了所谓话分。后生们都以毕生精力来争取话分。

有话分，就意味着有人来听你说话。仲裁缝粗通文墨，自婆娘早死之后，孤独度日，晴耕雨读，翻破了几本六叔留下来的线装书，知道不少似真似假的旧事。晋公子重耳、吕洞宾、马伏波，还有他最为崇拜的贤相诸葛亮，都常在他嘴中出入。尤其是坐在火塘边的时候，他把竹烟管喝得嗬嗬地响，慢条斯理说一句，停半天再说一句，三个字一顿，五个字一断，间或夹上一声"哎"，久久没有下文，目光茫茫然，不像是在同听者说话，而是在同死去的先人禅对。后生们望着他脸上几颗冷峻的阴麻子，不敢催促他。

"汽车算个卵。"他说，"卧龙先生，造了木牛流马，逢山过山，逢水过水。只怪后人太蠢，就失传了。"

他还说："先人一个个身高八尺，力敌千钧，日行三百。哪像现在，生出那号小杂种，茄子不是茄子，豆角不是豆角。"

大家知道他是说丙崽。

"先人真有那么高大？"有个后生表示怀疑，"上次我们挖坟砖，挖出来的骨头同我们的差不多，没长到哪里去呵。"

"晓得什么！"仲满哼了一声，"人死了，骨头就缩了。"

"那年千家坪唱戏，诸葛亮还是个矮子。"

"书真戏假，戏台上的事能信么？"

他越这样崇敬古人，越觉得日子不顺心。摇着蒲扇，还是感到闷，鼻尖上直冒汗——呸，妖怪，先前哪有这么热呢？那时候六月天的夜里也要盖被子呵。他觉得椅子也很不合意，吱吱呀呀叫得很阴险——妖怪，如今的手艺也真是哄鬼呵，哪像先前一张椅子，从出嫁坐到做外婆，还是紧紧实实的。想来想去，觉得没有了卧龙先生，这世道恐怕是要败了，这鸡头寨怕是要绝人了。

眼下，听人们都在议论天灾，议论杀人祭谷神，听得让人烦。他坐在家里不知要如何才好。好像出了点问题，仔细思量，才知是自己肚子饿。近来很少有人接他去做衣，即使接他去做上门工，主家的饭食也越来越稀软——此事最不可容忍。人是铁，饭是钢么，人吃饭怎么成了猪吃潲？如果米饭不是粒粒如铁沙，他情愿不摸筷子。当然，更让他寒心的是，今天是什么日子？是他五十岁大寿。想想看，寿星佬居然饿着，这日子还能过？

"仁拐子！"他叫喊。

没有人回答。

"仁拐子，要舂米啦！"

他又喊了一声，上楼去找找，还是没有找到米，只有半箩瘪壳谷，充其量只能拿来喂喂鸡。还有去年攒下来一担苞谷和几十个南瓜，竟然也不翼而飞。他往儿子的房间看看，发现那铺盖上全是灰土，还有老鼠屎，看来很久没有人睡过，使他不免吃了一惊。

他明白了什么，一句话也没说，只是啪啪两下，狠抽自己的耳光："家门不幸，家门不幸呵。老子前世作了什么孽？……"

他看见墙边几个大瓦坛子，很久没有装酸菜了，倒立在那里，像几个囚犯受着大刑，永远倒栽在那里。他还看见一具棺木，不知是仁宝为谁准备的，横霸中央，不可一世。有一只老鼠钻出棺材，在墙根一晃即逝，更让他明白了什么。妖怪！对了，就是这个妖怪——他梦见过的，这家伙眼红足赤，抹了胭脂一般，拱手而立，眼睛滴溜溜地转，还同情地冲他一笑。这不就是古书上说的红眼媚鼠吗？不就是德龙家那妖婆附体的精怪吗?仁拐子一定是被它媚住的,是被它勾了魂魄的。

仲裁缝气喘吁吁,下楼找到铁尺,回头找媚鼠算账。一铁尺打过去,咣地破了个坛子,老鼠尾巴又缩进壁缝去了。他跑到另一房间,撬破一个木柜,捅烂两只簸箕,还是没有成功捕杀。他咚咚咚地窜到楼下,对可疑之处一律给予惊天动地的检查。一瞬间,碗钵烂了,吊壶也倒了,桌椅板凳都苦苦地跪倒或趴下,尘灰到处飞扬。当他引火大烧鼠洞的时候,一不小心,黑油油的帐子又接上火,燎起热爆爆的一片金黄色光亮。

幸亏老黑狗前来相助,媚鼠总算被他找到,被他戳死,六只肉溜溜的乳鼠也被他斩首,拿到火塘中烧出了一股奇臭。他听见地坪中有脚步声,回过头,没看见儿子,只有丙崽娘蓬头散发,半掩胸襟,朝这边瞄了一眼。

大概是闻到了奇臭,不知这里发生了什么事。

他更加冒火,一咬牙,把老鼠的尸灰泡在水里,喝了下去。

他脸发黑,感到丹田之气已尽,默坐一阵之后出门而去。此时公鸡正在叫午,寨子里静得像没有人,只有两只蝴蝶在无声飞绕。对面是鸡公岭一片狰狞石壁,斑斓石纹有的像刀枪,有的像旗鼓,有的像兜鍪铠甲,有的像战马长车。还有些石脉不知含了什么东西,呈深赭色,如淋漓鲜血劈头劈脑地从山顶泻下来,一片惨烈的兵家气象。仲裁缝突然觉得,他听到了来自那里的轰隆隆声浪,听到了先人们正在对自己召唤。

路过瓜棚时,见绿叶丛中冒出一张老人的脸。

"仲爷,吃了?"

"吃了。"他淡淡一笑。

"要祭谷神了?"

"要祭的吧?"

"轮到谁的脑袋?"

"听说……摇签。"

"摇签?"

"摇到我就好了。"

"活着是没什么意思。"

"我都活过了五十,该回去了。"

"谁说不是呢?"

"省得饿肚皮,省得挑担子。"

"还省得蚊子蚂蟥咬。"

"省得日晒雨淋。"

"省得受儿孙的气。"

双方不再说话。

山上的树漫天生长。从茶子坡过去,大木就多了。有些树上扎了篾条,那都是寿木。寨里的人很小就要上山给自己看寿木,看中了,留个记号,以后每年检查一两次,直到自己最终躺进寿木做成的棺材。但仲裁缝很少进山,也一直没选过寿木,而且憎恶这一棵棵居心不良的鸟树。君子坐有坐相,站有站相,死也要有个死威,死得顶天立地,还用得着准备什么?他提着弯刀进山来,就是要选一处好风景,砍出一个尖尖的树桩,然后桩尖对准粪门,一声嘿,坐桩而死,死出个慷慨激昂。他见过这种死法。前些年马子洞的龙拐子就是一个。他咳痰,咳得不耐烦了,就昂首挺胸地坐死在桩上。后来人们发现血流满地,桩前的草皮都被他抓破，抓出了两个坑，翻出了一堆堆浮土，可见他死得惨烈、死得好，不仅上了族谱的忠烈篇，还在四乡八里传为美谈。

他选定了一棵松树，用裁缝的手，不熟练地砍削起来。

五

为什么祭谷神不用猪羊而要用人肉，为什么杀人得杀个男人，最好是须发茂密的男人……这些道理从来无人深究。

有些寨子祭谷神，喜欢杀其他寨子的人，或者去路上劫杀过往的陌生商客，但鸡头寨似乎民风朴实，从不对神明弄虚作假，要杀就杀本寨人。摇签是确定对象的公道办法，从此以后每年对死者亲属补三担公田稻谷，算是补偿和抚恤。这一次，一签摇出来，摇到了丙崽的名下，让很多男人松了口气，一致认为丙崽真是幸运：这就对了，一个活活受罪的废物，天天受嘲笑和挨耳光，死了不就是脱离苦海？今后不再折磨他娘，还能每年给他娘赚回几担口粮，岂不是无本万利的好事？

听到这消息，丙崽娘两眼翻白，当场晕了过去。几个汉子不由分说，照例放一挂鞭炮以示祝贺，把昏昏入睡的丙崽塞入一只麻袋，抬着往祠堂而去。不料只走到半道，天上劈下一个炸雷，打得几个汉子脚底发麻，晕头转向，齐刷刷倒在泥水里。他们好半天才醒过来，吓得赶快对天叩拜，及时反省自己的罪过：莫非谷神大仙嫌丙崽肉少，对这个祭品很不满意，怒冲冲给出一个警告？

这样，丙崽娘哭着闹着赶上来，把麻袋打开，把咕咕噜噜的丙崽抱回家去，汉子们也就没怎么拦阻。

重新商议，重新摇签，杀了另一个短命鬼，是后来的事。不过像很多寨子一样，鸡头寨这次祭过谷神以后还是灾厄未除，地上依然大旱，下种的秋玉米没怎么出苗，稻田里的虫子也没退去。人们更恐慌了，不仅把周边山上的野菜挖了个遍，不仅把镯子耳环都拿去换粮食，而且鬼鬼祟祟张皇失措摩拳擦掌准备炸掉鸡头峰——这是一位巫师的主意。据这位巫师一边揪鼻涕一边说，流年不利，年成不好，主要是叫鸡精在作怪。你们没看见么？鸡头峰正冲着寨子里的田土，把五谷收成都啄进肚子里去啦。

巫师抓狂时发出的大声鸡叫，给人们印象很深。

风声传出去，七里路以外的鸡尾寨立刻炸了锅。道理是这样：若斩了鸡头，鸡尾还如何出粪？没有鸡尾出粪，鸡尾寨还拿什么丰收五谷？要知道，鸡尾寨是个大寨，有几百号人口，在寨前的石头大牌坊下进进出出，全靠叫鸡精一个粪门的照顾，近年来比较富足。那寨子出了一些读书人，据说有的在新疆带兵，回乡省亲都是坐八人大轿。每逢过年，那寨子里家家宰牛，牛叫声此起彼落，牛皮商也最喜欢往那里钻。

不仅鸡头吃谷鸡尾出粪的说法，一直在暗暗流传使两寨生隙，而且鸡尾寨去年一连几胎都生女崽，还生了什么葡萄胎，也是两寨不和的原因。有人说，鸡尾寨路口的一口水井和一棵樟树，就是保佑全寨的阳根和阴穴，是寨子里发人的保障。一年前有鸡头寨的某后生路过那里，上树摸鸟蛋，弄断一根枝丫，不就伤了鸡尾寨的命根？那后生还往井里丢了一只烂草鞋，不就是闹出什么葡萄胎的根由？⋯⋯眼下，旧恨未消新仇又起，贼坏子们还要炸掉鸡头峰，也太歹毒了吧？

双方初次交手，是在两寨交界处吵了一架，还动起了手脚。鸡尾寨有人受伤，脑袋上留下一条深沟，嘴里大冒白色泡沫。鸡头寨也有人挂彩，肠子溜到肚皮外，带血带水地拖了两丈多远，被旁人捡起来，理成一小堆重新塞回肚囊。

不得了啦，不得了啦。寨子里锣声大震，人人头上都缠着白布条，家家大门上都倒挂着一条长裤，祖宗牌位前还有人们咬破手指洒下的血迹。这都是决一死战的表示。看着大人们忙着扛树木去寨前堵路设障，或是在阶前霍霍地磨刀，丙崽倒是显得很兴奋，大概把热闹当成了过年的景象。他到处喊"爸爸"，摇摇摆摆地敲着一面小铜锣，口袋里装有红薯丝，掏出来一两根，就撒落了三四根，引来两条狗跟着他转。他对仲裁缝家的老黑狗会意地一笑，又朝两棵芭蕉树哇地叫嚣了一声，看见前面有一条牛，又低压着脑袋，朝那边一顿一顿地慢跑。

几个娃崽也在路口疯玩，看见了他。

"视，宝崽来了。"

"他没有叔叔，是个野崽。"

"吾晓得，渠是蜘蛛变的。"

"根本不是，渠的妈妈是蜘蛛变的。"

"要渠磕头，好不好！"

"不，要渠吃牛屎，吃最臭最臭的！啊呀，臭死人！"

⋯⋯

丙崽朝他们敲了一下锣，舔舔鼻涕，兴奋地招呼："爸爸爸——"

"哪个是你爸爸？呸，矮下来！"

娃崽们围上去，捏他的耳朵，把他揪到一堆牛屎前，逼他跪下去，鼻尖就要顶着牛粪堆了。"张嘴，你张嘴！"他们大喊。

幸好来了一群大人，才使娃崽们停止胡闹，遗憾地一哄而散。但丙崽还在那里久久地跪着，发现周围已无人影，才爬起来朝四下看看，咕咕哝哝，阴险地把一个小娃崽的斗笠狠狠踩上几脚，再若无其事地跟上人群，去看热闹。

大人们牵来了一头牛，牛身上的泥片已被洗刷干净了，须毛清晰，屁股头的胯骨显得十分突出。湿滑的牛嘴一挪一磨，散发出来自胃里的一种草料臭。

一个汉子提着大刀走过来，把刀插在地上，脱光上衣，大碗喝酒。那刀也令丙崽感到新奇。刀被磨得锃亮，刀口一道银光，柔顺而清凉，十分诱人。有花纹的刀柄被桐油擦得黄澄澄的，看来很合手，好像就要跳到你手上来，不用你费什么气力，就会嚓嚓嚓地朝什么东西砍去。"吉辰已到，太上显灵——"随着有人一声大呼，锣鼓齐鸣，鞭炮炸响，那汉子已经喝完酒，叭的一声，砸了酒碗，拔起刀来，一跺脚，一声嘿，手起刀落，牛头就在地动山摇之间离开了牛身，像一块泥土慢慢垮下来。牛角戳地之时，牛眼还圆圆地睁着，牛颈则像一个西瓜的剖面，皮层裹着鲜鲜的红肉——没有头的牛身还稳稳站了片刻。

娃崽们吓了一跳。他们不知道，为什么当牛身最终向前扑倒的时候，大人们都会一齐欢呼起来：

"赢了!"

"我们赢了!"

"我们赢定了!"

"拍死姓罗的那些臭杂种——"

……

其实这是一种战前预测方式。据说当年马伏波将军南征，每次战斗之前都要砍牛头问凶吉，如牛向前倒，就是预示胜利，若牛向后倒，就得赶快撤兵。

人们的欢呼太响亮了，吓得丙崽上嘴唇跳了一下，咕咕哝哝。他看见有一缕红红的东西，从大人们的腿下流出来，一条赤蛇般地弯弯曲曲急窜。他蹲下去捏了捏，感到有些滑手，往衣上一抹，倒是很好看。不一会儿，他满身满脸就全是牛血。大概弄到嘴里的牛血有些腥，小老头翻了个白眼。

丙崽娘也提了个篮子来，想看看牛肉怎么分。听人家说，没人上阵的人家没有肉吃，正噘着嘴巴生气。一眼瞥见丙崽这血污污的全身，更把脸盘气大了。"你要死，要死呵？"她上前揪住小老头的嘴巴，揪得他眼皮往下扯，黑眼珠转不过来，似乎还望着祠堂那边。

"×吗吗。"

"又要老子洗，又要老子洗，你这个催命鬼要磨死我呵？还不如拿你去祭了谷神，也让老娘的手歇上几天呵。"

"×吗吗×吗吗。"

她把丙崽像提猫一样提回家去。

整整一天，丙崽没有衣穿，全身赤条条。他似乎还知道点

126

羞耻，没有出门去巡游，只是听到远处急促地敲锣，也敲几下自己的小铜锣。看见妇女们哭哭泣泣燃着香火去祠堂，他也在水沟边插上一排树枝，把一堆牛粪当作叩拜的对象。不知什么时候，他倒在地上睡了一觉。醒来时觉得寨子里特别安静，就再睡了一觉，直到斜斜的夕阳投照在他身上，把他全身抹出了一片金色。

他醒来的时候，发现自己在祠堂的大瓦盖下，嘈杂的脚步声，叫骂声，哭号声，铁器碰撞声，响在他的周围。借着闪闪烁烁的松明子，他看不清这里的全景，只见男女老幼全是头缠白布，一眼望去，密密的白点起起伏伏飘移游动。好些女人互相搀扶着，依靠着，搂抱着，哭得捶胸顿足，泪水湿了袖口和肩头。丙崽娘一屁股坐在地上，不时用袖口去擦眼睛，也把眼圈哭红了，显得一张娃娃脸很纯真了。她坐在二满家的媳妇旁，用力收缩鼻孔，捉住对方的手，用外乡口音说：“人生一世，草木一秋，去也就去了。你要往开处想，呵？你还有后，有兄弟，有爷娘。吾呢，那死鬼不知是死是活，一个丙崽也当不得正人用的，比你还苦十倍呵。”

她劝别人莫哭，自己却带头大哭，使对方更加泪水横飞。

“打冤家总是有个三长两短。早死也是死，晚死也是死。早死早投胎，说不定投个富贵人家，还强了。呵？”

对方还是哭出奇怪声调，听上去是剪刀在玻璃上划出的尖声。

大概想到了什么伤心事，丙崽娘拍着双膝更加大放悲声，哭得自己头上的白布条在胸前滑上去，又滑下来。“吾那娘老子哎，你做的好事呀。你疼大姐，疼二姐，疼三姐，就是不疼吾呀。你做的好事呀，马桶脚盆都没有哇……"

这就不知道是什么意思了。

正堂里烧了一堆柴火，噼噼啪啪炸出些火光。靠三根大树支着，一口大铁锅架在火上，冒出咕咕嘟嘟的沸腾声，还有腾腾热气冲得屋梁上的蝙蝠四处乱窜。人们闻到了肉香，但人们也知道，锅里不光有猪肉，还有人肉。按照打冤家的老规矩，对敌人必须食肉寝皮，取尸体若干，切成了一块块，与猪肉块混成一锅，最能让战士们吃出豪气与勇气。当然，猪肉油水厚一些，味道鲜一些。为了怕人们专挑猪肉，也为了避免抢食之下秩序混乱，肉块必须公平分配，由一个汉子站在木凳上，抄一杆梭镖往锅里胡乱去戳，戳到什么就是什么，戳给谁谁就得吃。这叫吃"枪头肉"。

前面已经有人吃开了。有的吃到了肺，不知是猪肺还是人肺。有的吃到了肝，不知是猪肝还是人肝。有的吃到了猪脚，倒是吃得很安心。有的吃到了人手，当下就胸口作涌，哇的一声呕吐出来。

柴火的热气一浪浪袭来，把前排人的胸脯和胯裆都烤烫了，使他们不由自主往后挪。油浸浸的那杆梭镖映着火光，油浸浸地发亮，不时从锅里带出一点汁水，就零零星星洒下三两火珠，落入身影后的暗处。一个赤膊大汉突然站起来，发疯般地大叫一声："给老子上人肉！老子就是要吃罗老八的窝心肝肺……"

几个不甘示弱的汉子也站起来：

嚼罗老八的骨头！

嚼罗老八的脚筋！

老子要拿罗老八的鸡巴伴辣椒！

……

场面有点乱。人影错杂之际，火光把人影投射在四壁和屋顶，使那些比真人放大了几倍乃至十几倍的黑影，一下被拉长，一下被缩短，忽大忽小，忽胖忽瘦，扭曲成各种形状。

"德龙家的，过来！"

叫到丙崽娘的名字了。她哭得泪眼糊糊的，还在连连拍膝："吾不要哇，吃命哇……"

"碗拿来。"

"罗老八是我接生的哇，他还喊我干娘哇……"

"德龙家的，你娘的×吃不吃？丙崽，你吃！"

丙崽穿着开裆裤，很不耐烦地被旁人推到前面，很不情愿地从旁人手里接过一个碗。他抓起碗里一块什么肺，被烫了一下，嗅了一嗅，大概觉得气味不好，翻了个白眼，连碗带肺都丢了，朝母亲怀里跑去。

"你要吃！"有人把肺块捡起来，重新放在碗里。

"你非吃不可！"很多油亮亮的大嘴都冲着他叫喊。

一位白胡子老人，对他伸出寸多长的指甲，响亮地咳了一声，激动地教诲："同仇敌忾，生死相托，既是鸡头寨的儿孙，岂有不吃之理？"

"吃！"掌竹扦的那位汉子，把碗再次塞到他怀里，于是屋顶上出现了一个无比巨大的手影。

丙崽看着屋顶上黑影，哇的一声哭了。

六

　　仁宝下山耍了几日，顺便想打打零工，交交朋友。要是机会好，找个机会做上门女婿也不错。他听说前几天有一队枪兵从千家坪过，觉得太好了。嘿，这不就是要开始了么？可枪兵过就过了，既没有往鸡头寨去改天换地，也没邀他去畅谈一下什么理想，使他相当失望。倒是有一个买炭的伙计从山里慌慌地出来，说鸡头寨与鸡尾寨行武了，还说马子溪漂下来了一具尸体，不知为什么脚朝上头朝下，泡得一张脸有砧板大，吓死人……

　　仁宝吓了一跳：还果真打起来了么？

　　他在外面人缘很广，在鸡尾寨也有一位窑匠朋友，一位铜匠朋友，一位教书匠朋友，堪称莫逆，不可伤情面的。如今打什么冤家呢？同饮一溪水，同烧一山柴，大家坐拢来喝杯酒吃碗肉不就结了？

　　仁宝回到了寨子里，发现父亲脸色苍白，重伤在床——那天他去坐桩，被一个砍柴的发现，把他救了回来，但下体的伤口一时半刻封不了疤。

　　"不是渠不孝，仲爹何事会寻绝路？"

　　"坐桩没死成，兴怕也会被气死。"

　　"崽大爷难做，没得办法呵。"

　　"你看渠个脸相，吊眉吊眼的，是个克爹的种。"

　　"他娘故得那样早，恐怕也是被克的吧？"

……

这一类话，从耳后飘来，仁宝不可能没听到。他跪在老爹的床前，抽了自己几个耳光，在地上砸出几个响头，又去借谷米给仲裁缝做了一顿干饭。见裁缝还是不理他，便毫无意义地扫了扫地，毫无意义地踩死了几只蚂蚁，毫无意义地把马灯罩子再研究了片刻，悻悻地往祠堂而去。

祠堂门前一圈人，都头缠白布条，正谈论着打冤家的事。这似乎是仁宝重建形象的好机会，只是大家都红了眼，红得仁宝也有几分激动，一开腔竟完全忘了自己回寨子来的初衷。"鸡头峰嘛，这个，当然么，是可以不炸的。请个阴阳先生来，做点关口，什么邪气都是可以破掉的是不是？"他显出知书识礼的公允，"不过话说回来，说回来。他们姓罗的明火执仗打上门来，也欺人太甚不是？小事就不要争了，不争了——"他闭着眼睛拖出长长的尾音，接着恶狠狠扫了众人一眼，"但我们要争口气，争个不受欺！"

"仁宝说得对，我们被他们欺侮太久了！"一个汉子说。

仁宝受到鼓舞，说得更为滔滔不绝："人心都是肉长的，总得讲个天地良心吧？莫说是你们，我对鸡尾寨的人怎么样？他们来了，我冲豆子茶，豆子是要多抓一把的。到时候吃饭，我油盐是要多下一些的。怎么能翻脸不认人呢？树活一张皮，人活一口气，对这样不知好歹的畜生，你还有什么道理可讲？……"

打冤家的正义性，由他以新的方式再次解说。众人如果不觉得他的道理有多新鲜，至少觉得那恶狠狠的扫视还是很感人。

他眯着眼睛看出这一点，看到自己忤逆不孝和怕死躲战的恶名几乎消除，更为兴高采烈，把衣襟嚓的一下撕开，抡起一把山锄，朝地上狠狠砸出一个洞："量小非君子，无毒不丈夫。呸！老子的命——就在今天了！"

他勇猛地扎了扎腰带，勇猛地在祠堂冲进冲出，又勇猛地上了一趟茅房，弄得众人都肃然起敬。

从这一天起，他似乎成了个预备烈士，总像要开始什么大事，在寨子内外无端地游来转去，好像在巡视哨卡，又好像在检查熬硝一类备战工作，无论看一棵树还是一块岩石，都锁着眉头目光凝重，有种出征临战之际壮士一去不复还的肃穆。转悠完了，他见人就心情沉重地嘱托后事："金哥，以后家父就拜托你了。我们从小就像嫡亲兄弟，不分彼此的。那次赶肉，要不是你，吾早就命归阴府了。你给吾的好处，吾都记得的……"

"二伯爷，腰子还阴痛么？你老要好好保重。以前很多事只怪吾没做好。吾本来要给你砍一屋柴火，但来不及了。那次帮你垫楼板，也没垫得齐整。往后的日子里，你想吃就吃点，要穿就穿点，身子骨不灵便，就莫下田了。侄儿无用，服侍你的日子不多了，这几句还是烦请你把它往心里去……"

"庆嫂子，有件事早就想找你说一说。吾以前做了好些蠢事，有对不起你的地方，你千万莫记恨。有一次我偷了你的两个菜瓜，给窑匠师傅吃了，你不晓得。现在吾想起来，扃心蒂子都是痛的。吾今日特地来说声得罪了，对不起呵。你要咒就咒，你要打就打……"

"幺姐……你……你在洗衣么？这一次实在是没办法了。你千万莫难过，千万莫伤身子。吾是个没用的人，文不得，武不得，连几丘田也做不肥。不过人生一世，总是要死的。这一点我明白。八尺男儿，报家报国，义不容辞。你话呢？好些事眼下也没法讲了。反正只要你心里还有一个石仁哥，我也就落心落意去了。你千万……硬朗点，形势总会好的。吾这就告辞了……"

他很能克制悲伤，不时缩缩鼻子。

弄得连最讨厌他的幺姐也都有些戚戚然，泪水夺眶而出："石仁，你不要这样，我以前也不是真恨你……"

"不，吾决心已定。"他低着头，望着路边一块破瓦片。

"不是说不打了吗？"

"你也相信？"他悲壮地一笑。

几天下来，大家都不知道他要干什么，不知道他马上要干什么。听见他的皮鞋子还是在石阶上响来响去，发现他还没有去赴汤蹈火。好在寨子里这一段很乱，又是鸡上屋，又是牛吃禾，又是办丧事和操武艺，众人没顾上研究这位大英雄。甚至也慢慢习惯了。要是他不忙，众人还会觉得少了点什么，有什么地方不对劲。

这一天，从鸡尾寨传来消息：对方准备告官。这样鸡头寨也得有所准备，仁宝在外面的脚路广，更得有所作为才对。不过他并没有同官府打过交道，对文书款式没有太多把握。两位老人想了想，记起仲裁缝说过的什么，对提笔的那位说："兴许，叫禀帖吧？"

仁宝想起了什么，摇摇手："不是不是，叫报告。"

"禀帖吧?"

"是报告。"

"总得有上有下,要讲点礼性。"

"要讲礼性,报告就最礼性了。"仁宝宽容地一笑,"没错的,没错的。"

"你去问你叔叔。"

"他只懂些老皇历,晓得个屁呵。"

"你读过好多书?他读过好多书?"

"现在还读什么书?下边人都看报纸了。"

"下边人打个屁也是香的?什么报告不报告,听起来太戬气了。"

"伯爷们,大哥们,听吾的,绝不会错的。昨天落了场大雨,难道老规矩还能用?我们这里也太保守了,真的。你们去千家坪视一视,既然人家都吃酱油,所以都照镜子,都穿皮鞋。你们晓不晓得?松紧带子是什么东西做的?是橡筋,这是个好东西。马灯烧的是什么东西?是汽油,也是个好东西。你们想想,还能写什么禀帖么?正因为如此,我们就要赶紧决定下来,再不能犹豫了,所以你们视吧。"

众人被他"既然"、"因为"、"所以"了一番,似懂非懂,半天没答上话来。想想昨天确实落了雨,就在他"难道"般的严正感面前,勉强同意写成"报帖"。

接下来又发生一些问题。老班子要用文言写,他主张用什么白话写;老班子主张用农历,他主张用什么公历;老班子主张在报告后面盖马蹄印,他说马蹄印太保守了,太难看了,太污浊了，只能惹外人笑话，应该以什么签名代替。他时而沉思，时而宽容，时而谦虚地点头附和——但附和之后又要"把话说回来"，介绍各种新章法和新理论，俨然一个通情达理的新党。

"仁麻拐，你耳朵里好多毛！"丙崽娘忍无可忍，突然大喊了一声，"你哪来这么多弯弯肠子？四处打锣，到处都有你，都有你这一坨狗屎！"

"婶娘……"仁宝嘿嘿一笑。

"哪个是你婶娘，呸呸呸……"丙崽娘抽了自己嘴巴一掌，眼眶一红，眼泪就流出来，"你晓得的，老娘的剪刀等着你！"

说完拉着丙崽就走。

人们不知丙崽娘为何这样悲愤，不免悄声议论起来。仁宝急了，说她是个神经病，从来就不说人话么。然后忙掏出几匹烟叶，一匹匹分送给男人们，自己一点也不剩。加上一个劲地讨好，他鸡啄米似的点头哈腰，到处拍肩膀和送笑脸，慷慨英雄之态荡然无存。事后一个汉子揪住仁宝逼问："你对德龙家的到底怎么样了？她硬是吃得下你。"仁宝捶胸顿足地说："老天在上，我能怎么样？她是我婶娘，一个禾场滚子。我就是鸡巴再骚，不怕她碾死我？"汉子上下打量仁宝一眼，还是半信半疑。

七

告官的代表从千家坪回来，说官府收是收下了报帖，但还得派人上山来查勘事实，才能最终断案。不过从办案官的脸色来看，好像是凶多吉少。且不说鸡尾寨人脉广，在官场里有关系，就是说话这一条，鸡头寨也不占上风。他们的口音别出一格，办案官听着听着就发脾气："你们说些什么话？把舌头扯直了再说好不好？"

爹妈给的舌头就是这样，还要怎么个直法？

"下次再在公堂上讲鸟语，先掌嘴三十！"办案官又说。

加上三位代表一到千家坪就水土不服，又是胸闷，又是头晕，又是呕吐拉稀，这官司看来是太不好打，也打不下去的。他们十张嘴顶不了仇家的一张嘴，这官司还能打么？难怪仲裁缝说过，先民有仇不动朝不告官，是祸是福从来都自己扛，那才是好汉。

告官叫作走"舌道"，叫作文胜。行武叫作走"牙道"，叫作武胜。到底是要用舌还是要用牙，寨子里分成两派意见，一时无法统一。有个后生突然想起了一件事，说那天杀牛以占胜败，结果并不灵。倒是丙崽当时在场咒了句"×吗吗"，像是给了个坏兆头，却灵验了……这不十分可疑吗？这一想，大家都觉得丙崽神秘。丙崽有一次从山崖上滚下来，不但没有死，还毫发未损，不是神了吗？丙崽有一次被棋盘蛇咬了一口，不但没有倒地立毙，还活蹦乱跳手舞足蹈追着蛇要打，不是更神了吗？这样一件大神物，只会说"爸爸"和"×吗吗"两句话，莫非就是泄露天机的阴阳二卦？

大家都觉得是这个理，于是连忙取来一架滑竿，就是两根竹子夹一张椅子，把丙崽抬到祠堂前。香火也即刻点燃。

"丙相公……"

"丙大爷……"

"丙仙……"

汉子们伏拜在他面前，紧紧盯住他，对他额上的抬头纹充满希望。

丙崽刚坐过滑竿，十分快活，脸上笑纹舒展，鼻涕炸了一个泡。他把停止不动的滑竿踢了一脚，发现它还是不再动，翻了个白眼。

实在不好理解。

是不是他要高兴了才会显灵？有人狠狠心，把家里珍藏很久的一块粽粑找来，贡献给鸡头寨第一大高人。丙崽这才兴奋起来，急急地掰粽粑，没抓稳，掉了一块，其实就掉在他右脚边，但他脑袋转起来不灵便，眍着眼皮居然朝左边望去。这样个吃法，是吃一半掉一半。每掉一块，他照例去找，照例找错了方向。有时也能阴差阳错，发现了前几次掉下的碎粑，他捡起来就往嘴里塞。

他拍拍巴掌，听见了麻雀叫，仰头眍了个方向不够准确的白眼。最后指定了一个方向："爸爸。"

好，终于有了结果。照事先的约定，他叫"爸爸"就意味着舌道，意味着官司还得继续打。主张用舌的一派因此欢欣鼓舞，一颗悬心总算落到实处。不过，主张牙道的一派还是犹疑，一再琢磨丙崽的其他意思。比方他手里的粽粑总是掉了一半，就没什么意味吗？嘴里吹了一个涎泡，又是什么含义？至于他的手指朝上，所指之处有祠堂一个尖尖的檐角，向上弯弯地翘起，像一只黑色老凤举翅欲飞。那不会是更重要的指点吧？

"渠是指麻雀，还是指树？"

"不，是指屋檐。"

"檐和言同音，是不是说要言和？"

"胡说，檐和炎同音，双火为炎么。他是说要用火攻。"

争了半天，天意又变得茫然难测。

不管是出于天意还是人意，这一天战端再起。鸡尾寨的人主动杀上山来。先是浓烟滚滚，大概是有人故意放火，大火顺着南风，很快就烧焦了鸡头寨的前山，直烧得鸟雀乱飞，一根根竹子炸得惊天动地，黑黑的烟灰到处降落。要不是侥幸碰上一场雨，整个寨子连同后山以及更多的山林，恐怕都得惨遭毒手。接下来，一伙满脸涂着血污的男女，据说嘴里念了刀枪不入的金刚咒，据说头上淋了祛邪避祸的狗血酒，越过大木横陈的路卡，操持刀枪哇哇哇往上冲，如同阎王殿开了大门。他们与迎战的壮丁们混成一团，又砍又劈，又戳又刺，又揍又踢，又咬又啃，经常分不清你我敌友。杀红了眼的时候，一锄头挖到自家人也是难免的。看花了眼的时候，对着一个树蔸大砍大杀也有可能。杀呵，杀呵，杀呵——杀你猪婆养的——杀你狗公觖的——在那一刻，一颗离开了身子的脑袋还在眨眼。一截离开了胳膊的手掌还在抓挠。一具没有脑袋的身子还在向前狂跑。很多人体就这样四分五裂和各行其是。

黑红色或淡红色的鲜血，迅速喷红了草坡和田土，汇入了干枯的沟渠……这一天夜里，特别安静。

活下来的人似乎被遍地鲜血吓蒙了，震呆了，已经不知道哭泣，已经没有泪水。只有竹义家的媳妇疯了，在寨子里走一路就笑一路，唱一路戏文。

一些骨瘦如柴的狗异常活跃，被空气中的血腥味刺激得呜呜乱叫，须毛奋张，两耳竖立。它们也许太饿了，纷纷挤出门缝和跳越石墙，身体拉成一条直线，向血腥味狂射而去，在草坡上或溪沟里找到尸体，撕咬着，咀嚼着，咬得骨头咯咯咯脆响。一只只狗很快就吃得肚大肥圆，打着饱嗝，眼睛红红的，在茅草中窜来窜去时闹出很大动静。它们所到之处都会有血迹。肉块也被它们叼得满处都是。有时你去灶房，无意中搬开一捆柴火，也许会发现柴弯里滚出一只陌生的手或者脚。

把人肉吃习惯以后，它们对活人也变得很有兴趣，总是心怀叵测地跟着人影。尤其是见到有人吵架，音容有些异样，它们就会盯住不放，大大方方地露出尖牙，长长的舌头活泼得像一条飘带，一片水波，等待着什么结果发生。据说竹义家的阿公有次在树下瞌睡，竟被狗误认成尸体，把他大咬了一口。

丙崽把一泡屎拉在椅子上了。

丙崽娘照例唤狗来舔："呵哩——呵哩——呵哩——"

狗来了，嗅一嗅，又舔舔舌头走了，似乎对粪便已丧失兴趣。它们刚才听到召唤，不得不来敷衍一下，只是不想在主人面前过于趾高气扬，显得它们富贵并不忘旧情。

于是寨子里屎多了，苍蝇多了，到处都臭起来。丙崽娘遇到二满家的媳妇，缩了缩鼻子："你身上怎么有股臭味?"

二满家的瞪大眼："怪事，是你身上臭。"

两人嗅了一阵，发现大家手都是臭的，袖口也都是臭的，连棒槌和竹篮也有股怪味，这才恍然大悟：原来空气早就臭了，连嘴里说出的话都像放屁。

丙崽娘一直自诩自己娘家是大户，最为干净整洁，因此她从来活得与众不同，即便时逢乱世，即便眼下差不多家家举丧，她还是贵人习惯依旧，带上草把和茶枯，把丙崽拉到水井边狠狠擦洗。但她腹中的米粮实在太少，以前吃下的胞衣也不管用，只是洗净了丙崽的屁股，裤子与椅子上的臭味却怎么也洗不掉。她喘着气，翻着白眼，两眼一黑便歪歪地倒下。

　　不知自己是怎样醒来的，是怎样摸回家的。没有被狗咬，恐怕就是万幸。她听着窗外的激情狗吠，望着蚊帐上和墙上密密麻麻的苍蝇，伤心地号啕大哭起来："吾那娘老子哎，你做的好事呀。你疼大姐，疼二姐，疼三姐，就是不疼吾呀，你怎么把吾丢到这个黄连罐里来了，一丢就是几十年哇……"

　　丙崽怯怯地看着她，试探着敲了一下小铜锣，想使她高兴。

　　她望着儿子，手心朝上推了两把鼻涕，慈祥地点头："来，坐到娘面前来。"

　　"爸爸。"儿子稳稳地坐下了。

　　"你一定不能死，你一定要活下去。伢呵，你要去找你那个砍脑壳的鬼！"

　　她咬着牙关，两眼像对对眼，黑眸子往鼻梁挤，眸子之外有一圈宽宽的眼白，让丙崽有些惊慌。

　　"×吗吗。"他轻声试了一句。

　　"你要去找你爸爸，他叫德龙，淡眉毛，细脑壳，会唱些瘟歌。"

　　"×吗吗。"

　　"你记住，他兴许在辰州，兴许在岳州，有人视过他的。"

"×吗吗。"

"你要告诉那个畜生，他害得吾娘崽好苦呵。你天天被人打，吾天天被人欺，人家哪个愿意正眼朝我们看一眼？要不是祠堂里的一份猫粮，吾娘崽早就死了。要不是你娘不要脸，把一张脸皮任人踩，吾娘崽也早就死了。你要一五一十都告诉那个畜生——"

"×吗吗。"

"你要杀了他!"

丙崽不吭声了，上嘴唇跳了跳。

"吾晓得，你听懂了，听懂了的。你是娘的好崽。"丙崽娘笑了，眼中溢出一滴泪。

她轻轻拍着丙崽，把对方哄睡了，然后挽着个菜篮，一顿一顿地上山去，大概是去采野菜。但她再也没有回来。后来有各种传说，有的说她被蛇咬死了，有的说她被鸡尾寨的人裁了，还有的说她碰上岔路鬼，迷了路，丢了魂，最后摔到山崖下……据说有人看见过她的一只鞋子挂在树上。

这些都无关紧要。寨子里已经减少很多人，再减少一个，不是什么大不了的事。只是丙崽一直在等母亲归来。太阳下山，石蛙呱呱地叫，门前小道上的脚步声渐稀，他还没有见到那张熟悉的面孔。好像有很多蚊子，咬得他全身麻麻地直炸。小老头使劲地挠着，挠出了血，愤怒起来。他要报复蚊子，便把椅子推倒，把茶水泼在床上，把柴灰灌到吊壶里。一块石头砸过去，铁锅也叭的一声裂开。他颠覆了一个世界。

一切都沉入暗夜中，门外还是没有熟悉的脚步声。只有寨子里的隐隐哭声，有邻居木楼里麻子脸裁缝断断续续的呻吟。

小老头在蚊虫的包围下睡了一觉，醒来后觉得肚子饿，跟跟跄跄地走出寨子。月亮很圆，很白，浓浓的光雾照得遍地如白昼，连对面山上每棵树和每棵草，似乎也能看得一清二楚。溪那边，哗哗响处有一片银光灼灼的流水，大片银光中有几团黑影，像捅出了几个洞，其实是雄踞水中的巨石。石蛙已经沉寂，大概它们也睡了。但远处不知何处传来的密集狗吠，像传说着什么夜里发生的大事。

丙崽咬着指头继续走。妈妈曾带着他出外接生孩子。也许妈妈现在就在那些地方，他要去找。他在月光下走着，在笼罩大地的云雾之中走着，上身微微前倾，膝盖悠悠地一晃一晃，像随时可能折断。不知过了多久，不知走了多远，他踢到了一个斗笠，又踢到了一个藤编的盾牌，空落落地响。他咕噜了几声，撒了一泡尿，把盾牌狠踩了一脚。他发现前面躺着一个人，是女的，有散乱的长发，但丙崽从来没有见过。他摇了摇她的手，打她的耳光，扯她的头发，见她总是不能醒来。他手摸女人的乳房，知道这肥大的东西可以吃，便捧着它吸了几口，不过没吸到什么滋味，只好扫兴地撒手。他发现这个女人的腹部很柔软，有弹性，便骑上去，又是后仰又是上跳，感觉自己瘦尖尖的屁股十分舒服。

"爸爸。"小老头累了，靠着肥大乳房，靠着这个很像妈妈的女人睡了。两人的脸都被月光照得如同白纸。还有耳环一闪。

八

"爸爸。"

丙崽指着祠堂的檐角傻笑。

檐角确实没有什么奇怪，像伤痕累累的一只欲飞老凤。瓦是窑匠们烧制的，用山里的树，用山里的泥，烧出这只老凤的全身羽毛。也许一片片羽毛太沉重，它就飞不起来了，只能静听山里的斑鸠、鹧鸪、画眉以及乌鸦，静听一个个早晨和夜晚，于是听出了苍苍老态。但它还是昂着头，盯住一颗星星或一朵云。它肯定还想拖起整个屋顶腾空而去，像当年引导鸡头寨的祖先们一样，飞向一个美好的地方。

两个后生从祠堂里抬着大铁锅出来，见到丙崽不禁有些奇怪。

"那不是丙崽吗？"

"渠的娘都死了，渠还没死？"

"八字贱得好，死不到渠的头上。"

"怕是阎王老子忘记了。"

"听说渠从崖上跌下来，硬是跌不死。我就不信。"

"再让他跌一次，如何？"

"这个小杂种，上次还吃粽粑。"说话者是指丙崽曾经荣任大仙，享受过特殊优待，因此气不打一处来。

"就是，我们都吞糠咽菜，渠当了官呵？还可以吃粽粑，只怕还要八道酒席？"

两个后生放下锅，大步闯上前来，先把丙崽的全身搜了一遍，没发现红薯丝也没发现苞谷粒。其中一位本就窝火，见丙崽坐瘪了他的斗笠更是火冒三丈，伸手一抹，根本没用什么气力，丙崽就像一棵草倒下了。另一位抽出尖刀顶住他的鼻尖，唾沫星飞到丙崽脸上："快，抽自己的嘴巴！你不抽，老子剥了你，煮了你！"

"敢！"

身后冒出冷冰冰的声音，两个后生回头看，是铁青的一张麻脸。

仲裁缝是最讲辈分的，伸出两个指头，剑指两个后生的鼻子："渠是你们叔爹，高了两个辈分，岂能无礼？"

后生立刻想到了自己的地位，想到仲裁缝还是丙崽的伯伯，立刻避开怒目交换了一个眼色，老老实实抬锅去。

仲裁缝向家里走去，想了想，又回转身对侄儿伸出巴掌："手！"

丙崽往后躲，翻了个白眼，不像是看他，只是看他头上的一棵树。他全身紧张得直战抖，上嘴唇跳了跳，是试图压住恐惧的勉强一笑。

他的手太冷，太瘦，太小，简直是只鸡爪。仲裁缝抓住它，如同抓住一块冰，不觉全身颤了一下。他帮丙崽抹了抹脸，赶走对方头上几只苍蝇，扣好对方两个衣扣。这件衣不知是谁做的——他从来没给亲侄儿做过衣。

"跟吾走。"

"爸爸。"

"听话。"

"爸爸。"

"谁是你爸爸?"

"×吗吗。"

"畜生!"

......

裁缝不再看他,只是牵着他,默默地走下坡。不知为什么,看着空空荡荡的寨子,裁缝突然想起自己做过的很多很多衣,长的,短的,肥的,瘦的,艳的,素的,一件件向他飘来,像一个个无头鬼,在眼前摇来晃去。包括那天他看见鸡尾寨的一具尸体,上面的衣不也是出自他一双手?——他认得那针脚,认得那裁片。想到这里,他把丙崽的小爪子抓得更紧:"不要怕,吾就是你爸。你跟吾走。"

几条狗兴冲冲地跟着他们。

山里有一种草,叫雀芋,味甘,却很毒,传说鸟触即死,兽遇则僵。仲裁缝今天已采来雀芋半篮,熬了半锅汤水。事情看来只能这样了:寨里已多日断粮,几头牛和青壮男女,要留下来做阳春,繁衍子孙,传接香火,老弱病残就不用留了吧,就不要增加负担了吧?族谱上白纸黑字,列祖列宗们不也是这样干过吗?仲裁缝经常念及自己生不逢时,无功无业,愧对先人,今天总算以一锅毒药殉了古道,也算是稍稍有了些安慰。

裁缝先把丙崽带到药锅前,摸了摸对方的头,给他灌了半碗药汤。

"爸爸。"大概觉得味道还不错,丙崽笑了。

仲裁缝拍拍丙崽的肩，也舒心地笑了，带着他走向其他人家。他们沿着一条石阶，弯弯曲曲地升高，走过路旁石块垒成的矮墙，走过路旁厚重的木柱和木梁。矮墙缝中伸出好些杂草和野花，招引着蜻蜓蝴蝶。有些家户还没有盖房，只有路边的屋基，立了些光溜溜的木柱和横梁。大梁上飘动着避邪的红纸。

　　几条狗还是跟着他们。

　　裁缝提着木桶，知道药汤应该送往哪些人家。那些人家似乎也早知约定。见到裁缝与丙崽来到门前，老人们都摆上空碗，在大门边静静等待。

　　"时辰到了？"

　　"到了。"

　　"多舀点吧。"

　　"小半碗就够。"

　　"我怕不牢靠。"

　　"你放心，放心。"

　　元贵老倌扶着拐杖上来请求："仲满，吾还想去铡把牛草。"

　　裁缝说："你去，不碍事的。"

　　老人战战抖抖地走了，铡完草，搓搓手，又战战抖抖地回来。接过大陶碗，喉头滚动了两下，就喝光了药汤。胡须上还挂着几点水珠。

　　"仲满，你坐。"

　　"不坐了。今天天气好燥热。"

　　"嗯啦，好燥热。"

　　另一位老人抱着一个瞎眼小奶崽，给仲裁缝看了看，眼里

146

旋着一圈泪："仲满，你视视，兴许要给渠换件褂子？你连的那件，渠还没上过身。"

裁缝眨了一下眼皮，表示赞同。

老人转身回屋，不一会儿，让瞎眼奶崽穿着新崭崭的褂子，还戴着发亮的长命锁。老人枯瘦的手在新布上摸着，划出嚓嚓的响声："这下就好了，这下就好了。让我孙儿到了阴间，好歹有个体面呵。"

"还是蛮合身的。"裁缝说。

"娃崽就是费衣。"

老人先给瞎眼奶崽灌了药汤，自己接着一饮而尽。

木桶已经很轻了，仲裁缝想了想，记起最后一位——玉堂爹爹，实际上是玉堂婆婆。这位老妇人总是坐在门前晒太阳，日长月久，如一座门神，已经老得莫辨男女。她指甲长长的，用无齿的牙龈艰难地勾留口水，皮肤如一件宽大的衣衫，落在骨架上。她架起的一条瘦腿，居然可以和另一条腿同时着地。任何人上前问话，她都听不见，只是漠然地望你一眼，向你展示白蒙蒙的眸子。

裁缝走到她正前面，她才感觉到身边有了人，浑浊的眼里闪耀着一丝微弱的光。她明白什么，牙龈勾一勾口水，指指裁缝，又指指自己。

裁缝知道她的意思，先向她跪下，磕了三个头，然后掰开对方的嘴巴，朝无牙的黑洞里灌下药汤。

老门神呛了两下，嘴角边挂着残汤。

在仲裁缝点燃的一挂鞭炮声中，在此起彼伏的狗吠声中，裁缝也喝下了药汤，然后抱着丙崽端坐在家门口。像其他老弱病残一样，他也面对东方。因为祖先是从那边来的，他们此刻要回到那边去了。在那里，一片云海，波涛凝结不动，被太阳光照射的一边晶莹闪亮，镶嵌着阴暗的另一边。几座山头从云海中探出头来，好像太寂寞，互相打打招呼。一只金黄色的大蝴蝶从云海中飘来，像一闪一闪的火花，飘过永远也飞不完的群山，最后飘落到鸡头寨，飘落在一头老黑牛的背上——似乎是世界上最大的一只蝴蝶。

两天之后，鸡尾寨的男人们上来了，还夹着一些女人和儿童。听说这边的人要"过山"，迁往其他地方，他们想来捡点什么有用的东西。官府的什么人也来过了。在官家人主持之下，鸡尾寨作为胜利的一方操办"洗心酒"，带来两只烤羊和两坛谷酒，让胜败两方都喝得脸红红的，互相交清人头，一起折刀为誓，表示永不报冤。

一座座木屋已经烧毁，冒出淡淡的青烟，只留下遍地焦土和一些破瓦坛，还暴露出各家各户无锅的灶台，一个个黑色的洞口。屋基窄狭得难以让人相信——人们原来就活在这样小的圈子里？酸甜苦辣的日子就交给了这样的洞穴？鸡头寨的青壮男女仍然头缠着白布条，目光黯淡，形容憔悴。他们准备上路了。一些外嫁的姑娘在这个时候也抛夫别子，回到娘家，决意跟随兄弟姊妹，今后要死要活都捆在一起。他们把犁耙、斧镰、锅盆、衣被、箱篓，都拴在牛背或马背上，错错落落形成一列长队。一个锈马灯壳子，吮吮地晃在牛屁股上。最后剩下来的十几只羊和几只狗，一声不吭地跟着主人，似乎也知道生活将重新开始。

作为临别仪式，他们在后山脚下的一排新坟前磕头三拜，各自抓一把故土，用一块布包上，揣入自己的襟怀。

在泪水一涌而出之际，他们齐声大喊"嘿哟喂"——开始唱"简"：

……他们的祖先是姜凉。姜凉没有府方生得早。府方没有火牛生得早。火牛没有优耐生得早。优耐没有刑天生得早。他们原来住在东海边，后来子孙渐渐多了，家族渐渐大了，到处住满了人，没有晒席大一块空地。怎么办呢？五家嫂共一个春房，六家姑共一担水桶。这怎么活得下去呢？没有晒席大一块空地呵，于是大家带上犁耙，在凤凰的引导下，坐上了枫木船和楠木船。

> 奶奶离东方兮队伍长，
> 公公离东方兮队伍长。
> 走走又走走兮高山头，
> 回头看家乡兮白云后。
> 行行又行行兮天坳口，
> 奶奶和公公兮真难受。
> 抬头望西方兮万重山，
> 越走路越远兮哪是头？
> ……

男女都认真地唱着，或者说是卖力地喊着。尤其是外嫁归来的女人们，更是喊得泪流满面。声音不太整齐，很干，很直，很尖厉，没有颤音和滑音，一句句粗重无比，喊得歌唱者们闭上眼，引颈塌腰，气绝了才留一个向下的小小转音，落下尾声，再连接下一句。他们喊出了满山回音，喊得巨石绝壁和茂密竹木都发出嗡嗡嗡声响，连鸡尾寨的人也在声浪中不无惊愕，只能一动不动。

一行白鹭被这种呐喊惊吓，飞出了树林，朝天边掠去。

抬头望西方兮万重山，
越走路越远兮哪是头？

还加花音，还加"嘿哟嘿"。仍然是一首描写金水河、银水河以及稻米江的歌，毫无对战争和灾害的记叙，一丝血腥气也没有。

一丝也没有。

远行人影微缩成黑点，折入青青的山谷，向更深远的深山里去了。但牛铃声和马铃声，还有关于稻米江的幸福歌唱，从无边的绿色中淡淡透出，轻轻地飘来，在冷冽的溪流上跳荡。溪水边有很多石头，其中有几块特别平整和光滑，简直晶莹如镜，显然是女人们长期捣衣的结果。这几面深色大镜摄入山间万象却永远不再吐露。也许，当草木把这一片废墟覆盖之后，野猪会常来这里嚎叫，野鸡会常来这里结窝。路经这里的猎手或客商，会发现这个山谷与其他山谷没什么不同，只是溪边那几块深色石块有点奇异，似有些来历，藏着什么秘密。

丙崽不知从什么地方冒出来了——他居然没有死，而且头上的脓疮也褪了红，净了脓，结了壳，葫芦脑袋在脖子上摇得特别灵活。他赤条条地坐在一条墙基上，用树枝搅着半个瓦坛子里的水，搅起了一道道旋转的太阳光流。他听着远方的歌声，方位不准地拍了一下巴掌，用很轻很轻的声音，咕哝着他从来不知道是什么模样的那个人：

"爸爸。"

他虽然瘦小和苍老，但脐眼足有铜钱大，令旁边几个小娃崽十分惊奇和崇拜。他们争相观看那个伟大的脐眼，友好地送给他几块石头，学着他的样，拍拍巴掌，纷纷喊起来：

"爸爸爸爸爸——"

一位妇女走过来，对另一位妇女说："这个装得溜水么？"于是，把丙崽面前那半坛子旋转的光流拿走了。

1985 年 1 月

＊最初发表于 1985 年《人民文学》杂志，后收入小说集《诱惑》，已译成英文、德文、法文、意文、西文、荷文、日文、韩文、越文等。

赶马的老三

找个四类分子来

老三出任村头，怎么看怎么不像，起码不那么知识化，比方既不会用电脑也不懂 OK 的意思。他黑头黑脑，毛头毛脑，一只裤脚长而另一只裤脚短，还经常在路边呆呆地犯晕，比如盯着一只蚂蚁、一根瓜藤、一个机修师傅拆散的拖拉机零件，一盯就是大半天，直到旁人一再大叫，他才"哦"一声，像从梦中醒过来。

"老三，你的手机响了。"

"天要下雨么？"

他又经常这样答非所问。

虽说也外出打过工，但他没学回太多文明，只学回了几句牛屎样的普通话。有一次在城里进小饭店，他开口就找女店主要"妇女"，见对方先是愕然，接着啐一声"下流"，便满脸的困惑不解："我吃饭的时候就是喜欢妇女啊。我又不是不给钱。你这个人真是！"

其实他要的不是妇女而是"腐乳"，即村里人说的毛乳或霉豆腐，只因口齿不清，才让女店主万分紧张，差一点跳起来操刀抗暴。

当上村头以后，老三的一张大嘴还是常出乱子。特别是在乡上开会，任乡长说要建设"小康社会"，他没听头也没听尾就插上一嘴："小糠社会有什么好？我看还是不如大米社会，更不如猪肉社会。社会主义搞了这么多年，怎么还要吃糠呢？"任乡长提到"唯心主义"，他不知道什么意思，居然兴冲冲发表感言："对对对，任乡长说得就是好。做人就是要凭良心，一个衾心要在胸口里端端正正地放好，严严实实地守住，不能被狗吃了。我这个人几十年来没有别的本事，就是喜欢唯心主义。"

乡长受不了这种胡言乱语，更讨厌老三造谣——当时是小组讨论，老三愤愤声讨县林业局一个刚刚案发的贪官："王眼镜要吃就多吃点，要喝就多喝点，拿那么多钱干什么？邓小平说的么，男人有钱就变坏，女子变坏就有钱……"

乡长敲敲桌子："何大万，何老三，小平同志什么时候讲过这话？哪本书上有？哪张报纸上有？"

老三注意到乡长的脸色，手对门外指了指，把责任推给门外一片青山。

"你亲耳听见了？"

"我们村的国少爷，给我发短讯……"

"国少爷？就是那个偷牌照的？什么人放屁你都信？"

"你的意思，是邓小平他没有……"

"你呀你……"

乡长觉得村干部的文化素质太成问题，只好再一次耐心宣讲，让大家知道"一忠二孝"这类口白都得改改了，更重要的是："小康"不是"小糠"，"唯心"其实是黑心和闹心，邓小平更不会说什么男人和女人——他老人家连国内外大事都管不过来，还会来编这种无聊的三句半？会后，他还把满头大汗的老三留下来，找了几本理论学习资料，比较通俗易懂的那种，让他带回家去好好读一读。又忍不住把改革形势和干部职责说了一通，把信息与流言的区别说了一通，恨不能把对方那个猪头割下来，狠狠灌上一些科学与文化，再装回他肩膀上去。"你读不读诗？"他不知道想起了什么，还随口问一句。

老三听后抹了一下嘴巴，啧啧感叹："看不出，你年纪比我轻了一轮，原来还是个四类分子。"

"你说什么？"

"我是说你好学问，装一肚子文章，了不得，了不得。"

"学问就学问，怎么扯上四类分子？"

"徐矮子就是四类分子啊，最会写对联，办书函，看风水，讲古书，没有什么字不认识的。"老三再一次兴冲冲。

乡长事后才知道，对方是指村里一个老地主，以前的阶级敌人，划入"四类分子"的那种，但那人中过秀才教过私塾，开口之乎者也，让你不得不服。

"你怎么不夸我是陈水扁呢？怎么不夸我是恐怖主义呢？"乡长没好气地大吼一声，摔门走了。

老三挠挠脑袋，明白自己再一次祸从口出。他不大明白的是，"四类分子"大多是以前的有钱人，读过书的人，难道读书有什么不好？这不是眼下最时兴的事吗？徐矮子早已不吃田租了，已死去多年了，他那顶帽子莫非还是不怎么干净？……要是在村里，他一看到报纸上难懂的语句，看到牌匾或碑刻上的繁体字，头昏眼花之际，总是习惯性地大喊一声："找个四类分子来！"

意思是找个有文化的老先生来。

看来新时代的很多东西，确实需要他认真学习了。光知道蛇如何偷蛋，鸟如何偷蜜，木匠如何凿榫，铁匠如何打链，是远远不够了。光是看看电视农业频道里的新技术也远远不够了。生活真是山外有山和天外有天啊。

这以后，他在村里是条龙，到乡上是一条虫，严防自己的嘴，在没有把握的情况下尽量不说话，以一种万能的笑脸广结善缘，算是礼多人不怪。如果有可能，他能不见官就不见官，一听到乡上通知开会就装耳聋，或是冲着手机连声喂喂喂，似乎手机没电了，或者信号不好。一见乡干部上门来，他就从后门溜出去，紧急上山砍柴或下河放钓，躲避各种危险情况。实在躲不过，被人家堵在路上了，他就往太阳穴贴两块黑膏药，再在鼻梁上拔出一道红红的瘀痕，到时候响亮地咳上两声，咳出吐清水的样子，然后笼起袖子坐在墙角，双目无神，唉声叹气，气若游丝，要多可怜就有多可怜。

任乡长觉得他的病态十分可疑："老三，你怎么开会就病？要不要我给你挂急诊，请医生？恐怕是思想病吧？"

"鼻炎……"老三笑一笑。

"争扶贫款的时候，你的鼻炎到哪里去了？我要茶园的时候，你的鼻炎到哪里去了？那时候你惊天动地，张牙舞爪打得

155

鬼死，大嘴巴吞得下一头牛。现在要你们做点贡献，你不是鼻炎就牙痛，不是血压高就是牛皮癣，连电话都不接。"

"对不起，手机坏了……"老三又笑一笑。

"想搞独立吧？台湾的民进党挂绿旗啊？"

"我哪敢挂绿旗呢？嘿嘿，乡长你有的是导弹，今天丢三个，明天甩五个，不早把我炸一个粉身碎骨？"

"你晓得就好。"

财政所所长在一旁接过话头："你说说吧，这一次，你们村能集资多少？"他是指乡政府开发旅游的集资任务摊派。

老三望望自己身后。

"你不要望后面，就是说你呢。"

老三又看看左右两边。

"你不要看旁边，就是说你们村，你们小湾村。"

老三指指自己的鼻子。

"对，说你们村。听明白了吧？要开发旅游就得修路，要修路就得集资。这个道理同你们说过一百遍了。这是为了大家好。其实我们并不想收这个钱，但应该收。"

"你们不想收？"

"你说什么？"

"你刚才说，你们不想收钱，是应该收钱？"

"对啊，应该收钱。"

"这就怪了。昨天说你们要收钱，今天又推给了什么应该。应该在哪里？怎么我没有看见他？"

台下发出一片哧哧的笑声。

财政所所长差一点气歪了嘴："你长着什么耳朵？你不明白'应该'的意思？'应该'不是一个人。'应该收钱'这句话的意思就是……"他也不知道该如何才能解说清楚。

老三仍然满脸的无辜和认真："既然不是人，那他来收什么钱？收肚子、收肠子、收骨头啊？大家的几个血汗钱，凭什么要给这个家伙？"

台下的笑声更为浩大了。乡长敲敲桌子："何大万同志，这是开干部会。你有意见就提，不要装疯卖傻。你未必连'应该'这个词的意思都不明白？"

老三继续谦虚："乡长，你是大学生。但我是个农夫子啊，读的几句书都还给老师了。不过的但是……"他一激动就情不自禁地多用虚词和滥用虚词，大概是想加强自己的文化。"我还是一心多学习，争取提高觉悟。我刚才不正在请教所长吗？我问谁收钱。他说是'应该'。这话你们都听到了吧？所以的因此，我非常想同这位应同志会个面，谈一谈，交个朋友。这有什么错呢？既然的而且，如果的可能，乡领导都说不想收钱，那么凭什么这家伙比乡领导还大？常言说得好：有理走遍天下，无理寸步难行。他姓应的有什么话不能当面说？这位所长又说，'应该'不是一个人。那就更怪了。他不是个人，未必是只狗？是堵墙？是个变形金刚？是个激光化学原子弹？……"

会场上已经笑得东倒西歪，笑出了仿鸡、仿鸭、仿蛤蟆的音响，笑出了电击、蛇咬、冠心病发作之下的动作。但老三还是文绉绉地申诉下去，时而京腔时而土语，时而虚词时而科技，只是口齿呼噜呼噜的一锅粥，不大容易听清楚。

这已经是第三次集资动员无果而终。前两次是另外几个村官叫苦，这一次是黑老三搅局，而且搅得很恶劣，让财政所所长大为冒火："你还说老三没文化，我看他一肚子坏水，是个最大的刺头，非拔了不可！"他事后对任乡长抱怨。

乡长也觉得老三说傻就傻，说刁就刁，不是一只善鸟，也早有换马之意。他亲自下村了解情况，但访过来问过去，发现可以取而代之的人选并不很多。原因是年轻人大多进城打工，高学历者当的当砖厂老板，跑的跑钢材生意，赚了个盆满钵满，连老婆孩子都接进了城，哪还愿意回到村里领这个一百八——穷困村的干部补贴就这么一耳勺。有个叫国华的复员军人倒是主动请缨，而且能写会算，见多识广，玩得了电脑上网，说得出CPI和PPI。不过此人刚偷过乡政府一台小面包车的牌照，转眼就笑嘻嘻地伸手要官，真不知道世上还有羞耻二字！

这样，乡长只好把换马之事暂时压了下来。

几代鸡由几代人赔

伸手要官的国华，外号国少爷，个头很高大，眉眼还漂亮，自认为一直壮志未酬，对农事怎么也看不入眼。他遇到热天就说太阳烤死人，不能做事；遇到寒天就说冷风吹坏人，也不能做事。早晨露水太重，当然做不得事；傍晚蚊子太多，肯定更做不得事。反正算下来有八个不能做、九个不可做、十个做不得，家里的扁担和锄头几乎与他无缘，用他爹的话来说："这个小杂种懒得屙蛆。"

158

老爹怕他真的屙蛆，曾把他送去部队锻炼，没想到他有一次诈称奶奶死了，骗了连长三千块钱，去广州找朋友玩了几天，挨了部队一个处分。复员后在省城混了些时日，有一次又诈称自己遇上车祸，骗了妹妹两千块钱，其实是打了麻将和洗了桑拿。到最后，他打电话回家，说总算遇到贵人搭救，他朋友是银行的科长，招他押送运钞车，还配了一支枪——他为此得送科长太太一条金项链，不还这个礼是不行的。老爹不知这有关银行的大事该怎么办，请同村的黑老三接电话。

老三在电话里问："真给你配了枪？"

"那还有假？"

"长枪还是短枪？"

"短枪。我当队长的，哪用什么长枪？"

"木枪还是竹枪？"

对方这就不说话了，后来也再不说金项链了。

国少爷回到村里，对老三这个堂叔很不满意，烟都不给对方敬一根："你就是把我看瘪了。这不，害得我保安队长也当不成。"

老三笑了笑："我倒是想把你看圆，但你得先把你娘的耳环还了，再把她的锅盖补上一个。"

"哼，等我以后当了百万富翁，你莫找我借钱。"

"到那一天，我就头戴尿桶去看戏。"

少爷哼了一声，扭头走了。这以后，他除了热心打野猪和抓鱼，还是不大务正业，三天两头就偷鸡，偷羊，偷瓜菜，偷汽车牌照——要不是老三去乡上求情作保，这一次案发差点让他蹲完派出所还要蹲县局。但国少爷属猪，命好，福气大，两个心软的妹妹在外面打工，总是给哥哥的卡上划一点钱，于是少爷不但有钱打麻将，还有钱玩电脑和养小狗——他牵着一条奇怪的白色长毛犬在村里游走时，经常夸耀："我这条狗只吃白糖拌鸡蛋，其他都不吃。"见旁人不怎么关切，又说，"它根本不吃饭，它连肉都不吃，嗅都懒得嗅一下。"直到说得大家都奇怪了，再大张旗鼓推介，"维西都，正宗的英国维西都，没听说过吧？它爹妈那都是听音乐、喝咖啡长大的，到了冬天还要穿鞋子、穿毛衣、睡鸭绒被窝。"

村民们都听得大惊失色。

少爷对国外情况知道得多，这个东洋，那个西洋，天下大事像是他脑子里的一册书，无论什么时候翻出来，一清二楚头头是道，足以吸引一些后生。这一天，他正在家门口同两个后生闲吹，从韩国美女说到美国导弹，再说到全国股市的全面翻红，忽听维西都大吠，顺着狗眼看去，见大路上一个陌生人急停摩托。车轮下有一只小鸡仔，已经奄奄一息。

少爷精神大振，起身迎了上去："兄弟，你今天发财啊？"

"这是你家的鸡？对不起，对不起。"对方看了他一眼，"我认赔，你开个价。"

"我怎么好开价？你自己看着办吧。"

对方赶紧掏出一张钞票给他。

"你家的票子真是大。"少爷捏了捏钞票，吹一声口哨，"知道这是什么鸡吗？知道它从哪里来吗？知道它爹叫什么名、娘是什么号吗？知道它过了多少山，过了多少河吗？知道它的时代背景、科学含量、学术价值以及神圣使命吗？……"

对方已经傻了一半。

国少爷是这样算的：良种母鸡，祖籍澳洲，国际高科技产品，眼下虽小，但吃得多，长得快，下蛋足。长大以后能下多少鸡蛋呢？少说也是两百。那么两百个蛋能变多少鸡呢？少说也有一百六七。那么的那么，每只鸡仔长大以后又能下……同你说实话吧，这只鸡就是国华同志脱贫致富奔小康的希望。看在初交的情分上，打个折扣，直接损失加间接损失就是五百吧。这个价说到哪里不是菩萨价？

陌生人脸色变白，转而变黑，支几颗板牙大叫："你抢钱啊？把我当冤大头啊？你为何不说你的鸡是下金蛋拉银屎的呢？……"

看他挂一副眼镜，戴一顶遮阳帽，背两根新款钓鱼竿，大概是教师或小老板什么的，进山来钓鱼的。但此刻他已被几个山里人牢牢地钓住了，喊天不应叫地不灵。三个后生团团围住他，扯得他衣襟斜领口歪的，就差一点拿工具来敲他的车轮和后视镜。叫声引来了更多的村民，老三也夹在其中探了探头，发现形势显然对外来人不利。有些村民不是不知道国少爷刁，但眼红那些来来去去的钓鱼者衣着光鲜，吃饱了没事干，还喝什么"营养快线"，又痛恨他们把烟盒子、饭盒子、饮料瓶子丢得水库岸边到处都是，便故意跟着起哄。

眼看着外来人差一点要哭了，老三这才咳一声，表示他有话要说。众人也都安静下来，给村头让出发言席。

"依我说，一只鸡么，确实是不一般的鸡，了不起的鸡，赔一万块也不算多。"老三首先抹了把脸。

在场人都愣住了，似乎不相信自己的耳朵，连国少爷也惊喜万分地眨巴着眼睛。

"不过的但是，赔一块钱，也不算少。"

几乎所有人都愣上加愣。刚才明明是说一万，怎么突然就少了个万字？这一个筋斗也翻得太远了吧？

国少爷尤其着急："三叔你这是什么话？"

老三对侄儿笑了笑："你想啊，他赔你一块钱，你拿去买彩票，赢了一百万，不就等于他赔了你一百万？你未必还打算退他九十九万九千九百九十九？"

"你……你怎么保证我能中头彩？"少爷口舌不大利索了。

"那你怎么保证这只鸡不发瘟？"

"我……我家的鸡……从不发瘟。"

"不会被黄野狗吃？"

"告诉你，我天天扛杆铁铳守着，专打黄野狗，专打老鹰！"

"好，要是你国少爷吃得了这个亏，守住了黄野狗和老鹰。那这五百块钱就赔得合情合理，赔得没话说。这样吧，五百块。你来签个协议：他赔你五块；他儿子赔你儿子五十块；他孙子赔你孙子四百……是好多，你等我算一算。"

"慢点，慢点，我要现钱，一次性付款，与儿孙有什么关系？"

"怎么没关系呢？"老三瞪大眼，"你刚才算了鸡生蛋，又算了蛋生鸡，一算就好几代啊。好几代的鸡，由好几代的人来赔。这个道理没错吧？未必你不是这样算的？那你是要减一代，还是要减两代？"

外来人不懂本地土语，也没跟上老三的严密逻辑，还是一脸困惑。但旁观者们已经笑起来了，笑得前仰后翻，五官一次次发生重组。国少爷脸上红一块白一块，嘴皮跳了两下，像要说什么，终究没说出来，最后一脚踢飞了小死鸡，牵着维西都走了。"老子今天一脚踩了牛屎……"他的悲号和怒吼远远传来。

外来人见他背影远去，终于恍然大悟，一把捉住老三的手："大哥，谢谢你，太谢谢你啦！来，抽烟，你抽烟。"

老三其实不想接这支烟，甚至后悔自己今天又多管了一件闲事。像他自己说过的，斗老不斗小，斗小有仇报呢。自己已年近半百，眼看着离天远离地近，前面的日子不会太多。要是把村里的后生都得罪光，自己到了闭眼的那一天靠哪些人抬上山？难道从棺材里钻出来自己爬上去？哎呀，想不得，想不得……他抽了自己一嘴巴，再一次不明白这张嘴为何说着说着就自行其是。

他重重叹了口气，走了，让感恩者一直莫名其妙。

一个人十分钟轮着咒

国少爷经常借钱的对象是戴庆生，外号庆呆子。在这个小湾村，田少山多，林产品又缺乏深加工，庆呆子开的一个锯木场就算是罕见的企业，一台大卡车也算是村里最耀眼的固定资产了。照理说，庆呆子占了这两个头彩，再加上两个身强力壮的儿子，一家人的日子过得超殷实，连鸡鸭的叫声都气足韵长。

但庆呆子也有烦恼。他婆娘茉莉成天一个野人样，坐无坐相，站无站形，已经是做外婆的人了，还经常不做饭，不烧茶，不带外孙，更不喂鸡养猪，一出去就是头上插两朵野花，大半天不见影子。儿子收工回来发现家里空锅冷灶，一次次到处找娘，发现她不是在张家看杀猪，就是在李家看裁衣，更多的时候是去了学校电教室，一边嗑瓜子一边看国少爷教娃娃们玩电子游戏。"娘哎，你当神仙不打紧，我们要吃饭啊。"儿子们总是这样说。

"饭有什么好吃？天天都吃的东西。"茉莉很不情愿地跟着儿子回家。

茉莉看多了电视和电子游戏，走路时也经常哼哼唱唱，与树影或山影展开互动，有时是打拳的动作，有时是打枪的动作，有时更像洗澡或招魂，让外人十分疑惑，还得了一个绰号："莉哈性"——就是莉疯子的意思。村里人都知道，她的疯其实是多功能。比如有人来借钱，明明只借六角，她掏出一块就一块，硬要疯疯地塞给人家。比如有人在晒谷或种菜，并没叫她帮忙，她也操起家伙前去疯疯地干上一阵。她不怎么搓麻将，但经常喊这个喊那个，喊得惊天动地，逼着女人们去牌桌边快活。有一次差不多都半夜了，她带着人串了好几家，最后到老三家捶门打户，硬把主家夫妇从床上揪起来，凑成一桌搓麻将，自己站在一旁观战，然后去灶房里烧茶水和炒豆子，只是一不留神钻到床上睡着了，发出呼呼的鼾声。

村里几乎没有哪家的床她没有睡过，而且一睡就怎么也喊不醒，撒手叉脚，歪七倒八，睡出了对角线或横切线，霸占了辽阔的床位，害得主家无论老少和男女，到后来扛不住哈欠，只能小心翼翼地钻缝隙。更重要的，每次这样睡过以后，这位四海为家的婆娘身上常有陌生的袜子或毛背心，自己的镯子或手电筒却不知去了哪里。

庆呆子只得一次次去商店买手电筒，被店主取笑："庆呆子，你们家把手电筒当饭吃啊？"

庆呆子苦着脸嘿嘿一下。

有时还冲着杂货店评点时局："新社会好是好，就是解放妇女过了头啊。"

他在婆娘面前从来不敢高声。比方说这一天，他只是多了句嘴，说菜里放多了盐，就引起莉疯子柳眉倒竖，不但夺了老公的饭碗，还不准老公的两个连襟吃下去，说既然嫌饭菜不好，你们就去上馆子，快走快走。可村里哪有什么馆子？再说这一天请来客人帮工，就是要建两间偏房。重要时刻误了工，还不是自家吃亏？

大儿子见父母吵闹不休，气得直指父亲的鼻尖："爹哎，你如何找了这么个疯子婆？真是搞得我好没面子。你当年好歹也是初中毕业，还混了个生产队长，七不找，八不找，偏偏找来一个老虎凳。你没本事，就去倒插门。再不行，就去当和尚啊。"

二儿子去给外公打电话："外公，外公，求你做点好事，赶快把你的疯子女搞回去。你要是少了米，我给你送点米来。你要是少了油，我给你送点油来。你莫让你的疯子女在这里横闹，吵得我们连饭都吃不成了。"

两个儿子对父母的婚姻都愤愤不已。

庆呆子送走了两个连襟，又接受了岳父在电话里的歉意，还是觉得郁闷，忍不住去找高人讨主意。一个漆匠，一个酒坊老板，一个小学教师，都是他小学同学，又都是同姓远亲，听这事都愤愤不平，决心为他讨回公道，于是结成一伙前来谈判。国少爷找庆呆子多次借钱，欠下了人情，也自告奋勇前来帮一把。哪知道他们一行人刚进地坪，就听到莉疯子开骂："哪来这么多是非人，想到我家来开斗争会？有屁快放！"

她一手叉腰，又出一个茶壶姿态，雌威凛凛封住大门，吓得来人全体愕然竟不知该如何谈起。

好半天，国少爷才鼓起勇气："茉莉嫂，不是要开斗争会。你老公这么会赚钱，要放到城里，恐怕二奶、三奶、四奶都有了，你可不要身在福中不知福……"

"放屁，你们都想当种猪哇？"

"我庆叔每天都是起早贪黑，有哪点对不起你？他哪有福气当种猪？当奴隶也只是个非洲奴隶。"

"我前世被他欺了，今世要还报！"

"现在新官不理旧账，你还管什么前世呢？"

"我骂我自己的老公，碍了你哪根肠子哪块肺？他成天同狐朋狗友鬼混，不骂还能成人？我岂止骂，还要打。"

国少爷急红了脸："你这是什么话？我们怎么都成了狐朋狗友？你不是心理变态吧？不是更年期综合征吧？开口就是语言暴力，坏了江湖风气。来来来，我们今天还非得同你PK一场不可……"

国少爷真是帮倒忙，扯出什么 PK，什么更年期，什么语言暴力，时髦倒是时髦，但根本不解决问题，还让莉疯子觉得特别戳耳。她杏眼圆睁，一拍大腿，操起大扫把扫鸡粪，扫得说客们在粪雨之下招架不住抱头鼠窜。走在最后的国少爷慢了一步，屁股上挨一扫把，蛤蟆镜也掉了。疯子见对方捡眼镜的狼狈样，愣了一下，捂嘴哈哈大笑起来。

邻居们面对这种大笑，没一个不摇头叹气的。大家又说起庆呆子他爹，当年不知为什么事冒火，给过儿媳一耳光，立刻被儿媳还了一耳光——这种忤逆之人可以上房揭瓦下地刨根，你十个国少爷捆在一起恐怕也不是她的对手。还 PK？你咳屁（KP）吧！

第二天上午，在国少爷家躲过一宿的庆呆子，惦记着家里的鸡和猪，更惦记未完工的两间偏房，硬着头皮去看一眼，没想到一进家门就难逃严惩。按莉疯子的说法，这家伙居然带人来家里开斗争会，是不是还想开宣判会？是不是还要开追悼会？吃里扒外的货，狼心狗肺的贼，连自己婆娘的更年期也广告四方，不剥一层皮他还真不知道痒了。于是两人又揪头发又挝脸，又抡拳头又操扁担，闹得家里桌倒椅翻鸡飞狗跳。

待国少爷叫老三前来平乱，庆呆子已气喘吁吁夺路上山了，窜得比狗还快。莉疯子则披头散发咬牙切齿在后面一路狂追。"我崽呀我崽呀——"这似乎是她最严厉的咒语。

"哪个敢拦我，我的砖头不认人！"她用手里半块砖指着老三，似乎看出了对方的来意。

老三吓得退了两步："我拦你做什么？我是来帮你的。"

"不要你帮，一边去！"

"你一个人打得下来？"

"你看吧，老娘要砸碎他的狗头！"

"你要砸，就好好地砸，莫砸个半死不活，害得大家来抬担架，送医院，端汤送水，跟着你们吃亏啊。"

莉疯子无心开玩笑，脚一跺，冲着山上大喊一声："你有种的站住——"

"我看你根本没下决心。"老三搂起一个大石块给她，"来，给你换个大的，一下就砸到位，砸他一个满园开花万紫千红！"

莉疯子正在豪气冲天的状态，不能不表现决心，不能不升级自己的恶毒，也就不得不丢了砖头，接过沉沉的大石块。但她毕竟是个妇人，搂着大石块，立刻弯了腰，追赶速度明显放慢，跌跌撞撞好一阵以后，眼看着离前面的小黑影越来越远。

老三在她身后大叫："快追呀，你没吃饭吧？你裹了小脚啊？怎么放他跑了呢？快点快点，我抄小路到前面堵住他……"

其实是抄小路上山挖笋子去了。这一天，老三在山上挖了几棵笋，查看了几处杉林的生长情况，与雇来的挖土机师傅算了算土方，又在好几家喝了茶。当然一路上也接了不少电话。先是庆呆子要求报警，老三的回答是："亏你胯裆里还有四两肉！哪有老公挨打要报警的？你不丢人，我都会丢人了！小湾村的男人，以后出去还讲得起话？不用裤子罩脑袋还出得了门？"接着是莉疯子强烈要求离婚，老三的回答是："离什么婚？两根老黄瓜藤还想移栽？我看移也移不活，你打死他算了……没打死么？那好，我明天再来帮你打。"最后还有当事人各方亲戚前来威胁或声讨，诉苦或央求，乱成一团。娘家派与婆家派势同水火，都护着自己的人。不过这也好办，老三见人讲话，见鬼打卦，不是摸顺毛，就是没正经，反正胡言乱语一通，说了些什么自己也不大知道。

他对所有人几乎都许诺明天，说明天一定来严肃处理这件事。但明天还有明天，明天的明天还有明天。老三去城里买电线了，去岳父家帮工了，去王家河放鞭炮吊丧了……每件事都理由充分无可指摘，一连好几天没露面。直到锯木场的电锯声再次响起，庆呆子家的炊烟按时升起，莉疯子甚至重新有说有笑出现在村口了，他这一天才大大地"啊"了一声，拍拍自己的脑袋，像记起了什么。

他放下手中的尿桶，隆重地穿上皮鞋和戴上手表，带着不常用的笔和本子，重重地咳两声，代表村委会去升堂办案。他来到锯木场这一家，进门后东张西望，先检查电视机、电冰箱以及电饭锅，指派莉疯子的两个儿子分头把守。

有人问："你这是什么意思？"

老三说："两公婆吵架，不摔东西有什么味？等一下好戏开场，你们只守住这几样，其他东西随他们摔，千万不要拦！"

对方问："那被子、枕头就往他们手里送吧？"

老三点点头："你这个娃，聪明！"

大家都笑了起来。

他又指派另一个后生："你去窑场里搬几个烂瓦罐来，去何漆匠家里找几个油漆桶来，那些家伙摔得又响又不值钱。"

笑声更多了，连莉疯子也翻了个白眼，一种忍笑的样子。

老三在正堂居中坐下，两边各设一张椅子，让纠纷双方相对而坐。应他的要求，一壶茶水和两只杯子也由邻居备好，拿来摆在屋中央。待一切停当，全场肃静，老三看看手表，表示时辰已到，郑重地开始发话："今天祖宗在上，领导在位，乡亲在场。鉴于戴庆生与刘茉莉两同志经常相咒，今天就请你们好好地咒，过足这个瘾。一个人咒十分钟，轮着来。好不好？这不，茶水都给你们备好了。你们口舌干了就暂停，喝足茶水以后再接着来。现在——计时开始！"

这场阵仗前所未见，镇得纠纷双方有点不自在。时间一秒秒地过去，他们或是摸鼻子，或是扯衣角，都说不出话。

"开始啊。"老三瞪大眼，又朝观众挥挥手，"你们都支起耳朵好好听。哪个想学咒人，今天就是机会。"

说得双方更不自在，特别是庆呆子连汗都出来了。

"是不是要找面鼓来，找面锣来，配上锣鼓有味一些？"

莉疯子红了脸，指了指众人，又指了指茶壶："他三叔，你看你这是……你这不是耍猴戏么？"

"你以为你们平时不是耍猴戏？是放电影？是扭秧歌？"

大家又笑了，莉疯子不知是与哪位婶子的目光相遇，想做个鬼脸，忍不住鬼脸也成了偷笑。

"严肃点！"老三瞪她一眼。

她再翻一个白眼。

老三再一次看手表，"你们都不讲？那就我来讲一句。"

"好，你讲，你讲。"

"真的要我讲？"

"当然，当然。"呆子与疯子都鸡啄米一样点头。

"请你们咒，你们不咒，老鼠肉上不得席啊？以后谁也不能咒。知道么？再咒，我就不烧茶水了，只会挑一担大粪来灌嘴巴！"

他把笔记本合上，站起来一举手："散会！"

村民们意犹未尽，似乎不大想离去。不知是谁带头鼓掌，屋内外终于响起一片掌声，吓得茉莉伸伸舌头，三脚两步往人后钻。来自婆家派或娘家派的几个助攻手，本来准备大干一场，见此情景也就兴致索然，无精打采，各自散去了。

据说锯木场这一家以后还真是平静了些，莉疯子即使有高腔，但也稀薄了好多，至少不再抢砖头追上山，不再闹着要离婚。用老三的话来说：要她打吧，她打不出个结果；要她骂吧，她骂不出个样子——还好意思来找我？

阎王的加油站在哪里

几年前，老三在路边撒过一泡尿，撒完才发现前面有一土地公公，就是杂草掩盖的几块砖瓦和几根残香。他本应该说一句"大人不计小人过"之类，或许就没事了。但他那天头顶烈日热昏了头，加上在生姜老板那里亏了钱，便在公公面前耍狗脾气："嘿，你未必还真能咬我鸡巴？"说完扬长而去。

不料几天之后，他的阴处开始生疗，痛得他满头大汗，呼天喊地好几天，连撞墙的心都有。

自那次以后，老三世界观发生变化，有点相信八字、风水以及报应，对非同一般的巨石和老树都比较恭敬。他当然也相信科学，比如相信抽水机、钻孔机、推土机、挖土机以及电视台农业频道，甚至对相关高人特别崇拜，侍候得很殷勤，但村里改建土地庙的时候，他还是偷偷捐了一份钱，不觉得这与机器时代有什么抵触。没料到这事后来遭乡上查办。任乡长追究个别村干部带头"反对科学"和"复活迷信"，摘走了这个村的一面流动红旗，气得老三虚火上升，嘴巴肿了好几天，去医院打了三次吊针，还是一个猪嘴巴。当时要不是玉和爹劝住他，说争荣誉不是打架，不能斗狠和赌气，这个猪嘴巴差一点要拱到乡上去，在乡长的小面包车上砸几团牛粪。

但老三不论世界观怎么变，还是看不起皮道士。这皮道士有什么呢？蛇也吃，猫也吃，还把自家的老鼠烧了吃，算什么人呢？明明连道士都没当出个样，还结巴，又口臭，就凭着同县里什么王主任搞好了关系，居然拿回一张介绍信，接管了莲花庵，插手佛门事，这不是鸡仔进了鸭棚么？再说庵不是寺，只能住尼姑的，阴气重的地方，一个汗毛森森汗臭烘烘的汉子戳在那里，好比男人出入女厕所，是何道理？成何体统？小湾村这些年又是虫灾又是旱情，祸根子就是这家伙乱了阴阳吧？老三还有十足的理由怀疑庵里的那尊菩萨。他记得很清楚，看得很真切，当初庆呆子那里一根老梓树，一锯裁成了两截，上一截由皮道士拿去做了菩萨，下一截由庆呆子解成木板，垫了自家的茅厕。那好，问题就在这里：同一根木头，难道只灵这一头而不灵那一头？要是皮道士的菩萨灵，那庆呆子的茅厕板子灵不灵呢？

莲花庵很小，也破败，没多少香火，闲着也是闲着，很长一段时间里没人管，现在有个人就近打理一下，当然不是什么坏事。退一万步，既然现在政府提倡男女同校，那寺庵不分也不是不可以通融。不过，皮道士占了这个码头以后，近来越活越神气，穿上一件皱巴巴黑油油的法袍，就以为自己不是挑粪的皮二结巴了，谈生说死，卜凶占吉，口水溅出几尺远，俨然一个博古通今之士。特别是自从任乡长的老娘来卜过一次儿子的前途，虽然乡长本人不一定知道，但皮道士从此就以半个国师自居，有一种官场红人的气焰，有一种干预党政大局的劲头，对谁都敢指指点点，动不动就夸口："我找任家老太说一声……"

村民们在庵前修路，他居然连茶水都不烧一壶来。村民们给庵里架电线，他连烟也不摆一包。不知从什么时候起，他收来一些旧啤酒瓶，装一点来路不明的水，就说那是圣水、仙露、太君玉液，卖到八十八块钱一瓶，优惠价也是五十八，赚得自己红光满面的，腰身肥了一圈。

人家不买，他就说："福祸由人，功罪自取，法眼在上，随意无妨。"

吓得信徒们还是只能买。

这一天，庵里出现治安事故，皮道士发现一只铜壶不见了，跑来找老三报案，说你们村干部得管管这事。老三怀疑是国少爷手脚痒，但一时没有证据，只是冷笑了一声："你的那个菩萨不管事啊？不是连乡长、县长的官帽子都能管吗？怎么连个小偷也管不住了？既不管事，天天坐在那里吃什么冤枉？"

"无上神君法力无边。可能是我前几天诵经的时候没漱口，才有这个报应，不不不不是什么别的原因。"道士一急就更为结巴。

"我不要你漱口，只要你去把供品搬到这里来，我就帮你抓偷壶贼。"

"罪过，罪过，贫道做不得这个主。"

"你那仙水价格一涨再涨，未必是无上神君做的主?"

"信众自愿的，贵一点么，恭敬呀……"

"那是，如今送礼走后门，红包也是越大越好。"

"差不多，差不多的意思……"

"二结巴，你好大的胆!"老三突然一拍桌子，"我要是你的圣祖，今天一雷把你劈死在茅坑里。你把圣祖当贪官啊?钱多多办事，钱少少办事，没钱不办事，那不就是林业局的王眼镜吗?"他是指最近案发丢官的一位知名人物。

皮道士羞得面红耳赤，夺路而去，再也不提铜壶的事。

莲花庵的圣水也从此不见了。不过，没过多久，皮道士又找到一个新的营生，与纸有点关系。这样说吧，送亡灵要烧冥宅，驱疫鬼要烧阴兵，祈神求仙要烧灵台，如此等等，都是纸制品，出自镇上一个扎匠，即皮道士的一个妹夫。大概是与时俱进，这位扎匠的产品越来越摩登，比方说阴兵不仅是纸旗、纸马、纸刀、纸枪，还有纸糊的飞机和坦克，打的是现代化战争，不怕他疫鬼不降。冥宅也不仅是纸院、纸楼、纸桌、纸椅，还有五彩纷呈的电视机、空调机、摩托车、小轿车一类——这种地府流行的好生活真是让人眼红，让人觉得生不如死，慢死不如快死，等死不如找死。

"这里最好还扎几个三陪小姐，穿皮短裙的，穿高跟鞋的。"国少爷还曾如此建议，只是被哈哈大笑的莉疯子猛踢了一脚。

"早晚要阉了你们这些货！"莉疯子又啐他一口。

皮道士没有国少爷那样轻薄，一般都能恪守纲常之礼，但也赚得盆盈钵满，在村里村外名气日盛。他的出场费越来越高，而且一台小号的"万福仙境"或者"千寿琼园"，相当于小户型低档楼盘，也起码开价三千，根本不还价。其他阴阳师来定日子或者选地方，与东家还是可以打商量的，定个不远的日子，选个较近的地方，就可以偷偷为东家减少成本。但皮道士说一不二，颇有客大欺店的味道。这一天，村里有个叫何子善的死了娘，皮道士明明知道这一家穷，但掐掐指头，打一个哈欠，竟把出殡的日子定在五天之后，吓得孝子差一点当场尿了裤子。这事也算了，村里人帮上一把，好歹把这几天的花销撑下来。但皮道士的服务项目也太多，设坛招魂，打醮驱鬼，加上冥宅一台五千八。如此算下去，子善他老娘还怎么死？还怎么上山和入土？就算上了山入了土，身后一家人的日子还过不过？

老三前去吊香，放了一挂鞭炮，接受了孝子的跪谢，还有告知亡灵的一声惊天锣响。他注意到孝家连张好椅子都没有，一只碗橱也只有三条腿，另一角由砖石垫着。热水瓶里倒出的是冷水，日历还是挂着前年的，柴灶上方该挂腊肉的地方只有几个空铁钩。他刚才带来的一桶白豆腐，看来很必要也很及时。

庆呆子在这里当提堂官，就是主持丧事的人，正指挥几个人打灶、杀猪以及搭棚子。他把老三拉到一边："不得了，不得了，十个锯木头的还不如一个裁纸的。"

老三知道对方在说什么。

对方又说："这号事乡政府又不管了？"

"他们说，现在还没有具体的条文。"

"怪事，每个月是他们领工资，又不是条文领工资，如何一办事就找条文？"

正在这时，皮道士指挥几个后生把琳琅满目的巨大冥宅抬入大门，引起一些娃娃的兴趣，似乎把冥宅当作了巨型积木。一个娃娃伸出手指："我坐这张椅子！"另一个娃娃伸出手指："我坐这张椅子！"又一个娃娃说："那张床是我的！"直到大人又来揪嘴巴又来打屁股，娃娃们才纷纷伸舌头，不再争先恐后地在冥宅里预订享受。

老三背着手，也挤在娃娃们中间绕着地府幸福生活细细看了一圈："皮师傅，以后等我伸了脚，你也要给我烧一台，让我好好过一回瘾。"

"那没问题，我给你烧三宫六院十八房，一套中式的，一套洋式的。"对方兴冲冲地说，"再给你烧个办公室，你下去了还是当干部。"

"你说当干部就当干部？"

"要是你多积点德，还可能提拔，到县里当个副局长也不是不行。"

老三观察得很仔细："当干部至少得骑个摩托吧？"

"摩托车？到时候你肯定坐汽车。"

"我还想坐飞机呢。不过飞机也好，汽车也好，摩托也好，总得加油吧？你不烧一个加油站，到时候我扛着摩托走？"

"加油？……"

"你这里也没个变电站，这些电视机、电冰箱、空调机如何开动？"

"变……"

"你至少还得烧个银行，不然你这些信用卡往哪里刷？再说，阎王那里怕是没有百货商店，你这些冥府美元也好，冥府港币也好，都只能拿去糊壁头啊？"

"难怪，"庆呆子一拍大腿，也恍然大悟了，"皮道士，上次你在我家发了十万阴兵还是无功而返。当时我就想，有刀枪，没茶饭，阴兵怕是不肯卖命啊。"

国少爷更加见多识广："光有加油站也不行。加油站的油是从哪里来的？恐怕还得有运油车和炼油厂，还得有中石化和中海油吧……"

"你们真会开玩笑，真会……嘿嘿……"皮道士脸额上冒汗，看看手表，像有什么急事，拔腿就往屋后溜。

老三料定对方没什么急事，大步追赶过去，在屋后菜园里抓住皮道士："你是要种菜还是要摘菜？走错园子了吧？"

"三哥，三哥，你莫逼我……"

"我逼你什么了？我的摩托要加油，你指个地方就是。我又没有要你出油钱。"

"那也就是……就是……意思一下么。"对方苦着一张脸。

"你说清楚，到底是好大的意思？你没有加油站，没有变电站，让各位归天之灵如何意思？二结巴，我要是工商局，就要到阎王老子那里举报。这活人么，用点假货也就算了。死者为

177

大，死者为尊，死鬼的事情还能咿呀咿吱呀？"

"哎呀呀，这些事是不能太……太认真的。"

"既然不认真，你为何要来？"

"东家请我来，我有什么办法？"对方一脸的无辜。

"这还算一句话。"

"你要吃饭，我不也要吃饭？"

"这也算得上一句话。"

老三点了点头。

这天晚上入殓，皮道士诵经时几次忘了词；颠着步子绕棺招魂时差一点摔倒；一揖三叩时多了一叩，被娃娃们数出来了；莲花步走得没有平时那样好看，更让观众们大失所望。有人在嘘声中朝他投了纸烟盒和塑料空水瓶，表达极大的不满。事后，虽然老三并不在场，道士也没敢开口说钱，接过提堂官手里的红包，是多少就认多少，夹着法袍匆匆而去。一柄法剑居然也遗落现场，被娃娃们抢着拿来玩耍。

老三其实在场，只是有点乏，坐在偏僻处听老人们唱夜歌。他觉得唱夜歌还是好，不像城里人只是鞠个躬，献枝花，丧事也太冷清了，让后人们没什么想头啊。

上门服务的合理收费

葬下老娘以后，何子善一园板栗挂了果，山上林木也进入间伐期，家境终于有所改善。放在前几年，他是村里著名的困难户，今天卖一根柱，明天卖一根梁，后天再卖一担瓦或一担砖，眼看把青砖祖屋拆卖一半，再这样下去，以后可能就得住山洞了。他平时出门，已提前有了山顶洞人的模样，一身破衣烂衫，手上扶一根棍子，头上缠一条毛巾，走在路上哎哟哟地呻吟，似乎生命已到尽头。

村里人见他可怜，每年年终都会给他评上一份补助。好心人还会把几根柴或几棵菜放在他时常经过的路口，让他拿回去。庆呆子锯木场里那一堆堆的杉树皮，也三天两头地免费给他。但也有人说，他卖了杉树皮，拿着钱去打牌，打牌的时候从不呻吟。回家时如果发现周围没有人，把棍子一扔，把头巾一扯，撸两把汗，咚咚咚走得比哪个还快——不知这种传说是否属实。

有一段时间，他想发大财，跟着邻县一个什么人到处找文物，贩银圆，买彩票，还参加了什么耶稣教。家里的责任田里草比苗深，总是成了野鸡窝和野猪窝。村里用扶贫款给他买的三头小牛，也被他赶到山上以后撒手不管，结果三头牛几成野牛，在山上找不到水，渴坏了内脏，死掉一头，另外两头也一直不长肉，最后被他吃掉了一头，卖掉了一头。人们要是数落他，他就委屈地说："我一个眯子，眼睛里少了油，哪看得住牛呢？"

"你眼睛里没油，又看得清文物？"老三没好气地说。

善眯子在这种时候总是装装耳聋。

老三知道善眯子的小肠子不少，但不忍心他真的成为山顶洞人，更觉得他一家老少几口是个事，有时候也就马虎一下，并不求个水落石出。有一次，派出所打电话来，说那个叫子善的借口贩文物，其实是伙同不法分子做庄，发行违法私彩，必须立即严加法办。老三在电话里连忙说：抓不得，抓不得的，他老娘动不动就发猪头疯，以前还上过吊，投过河，喝过农药，你们要是为这些事逼出人命，如何收得了场？这一吓，算是给派出所出了个难题，逼他们手下留情，只是把善眯子叫去训了一通。

又有一次，两个警察带一辆警车怒气冲冲下村，说有人举报善眯子偷树，这一次属于屡教不改，必须严查重办了——他老娘不是已经过世了吗？不是不能发猪头疯了吗？老三这一次拿不出劝阻理由，只好说："好好好，我换一双鞋就带你们去。"其实他借口换鞋，溜到屋后打了个电话，让村里一后生赶快开上推土机，把进山的路口给堵上。这样，等他们的警车开到那里，面对大铁疙瘩无可奈何，找不到推土机的司机，只好弃车步行。可怜两个警察平时爬山少，不一会儿就汗如雨下，东偏西倒，张开大嘴出气。手遮烈日朝前面望去，盗伐现场据说还在两个山头之上……我的天！事情到了这一步，不用老三开口，警察自己就找台阶下坡。"这样吧……"他们交代老三，"这一次人就算了，但你们村委会必须重罚，罚他一个倾家荡产！"

"你们不是要抓人么？"老三佯装不解，"快快快，你们再这样蜗牛爬门槛，他贼骨子早就跑得没影啦。"

"我们，我们，我们还有更重要的案子……"一个警察差一点要哭了，忍不住上前敬烟，有讨好和求饶的味道。

老三其实不是隐恶护短，也不是不知道依法办事的重要，只是觉得抓人不是办法，尤其善眯子万万抓不得。这臭眯子的确惹人嫌，但好歹是家里唯一的劳动力，抓了以后怎么办？你官府是执法严格了，但他一大堆娘娘崽崽以后找谁去要吃要穿？家里总得有人挑水吧？总得有人打米吧？到头来，善眯子在牢里舒舒服服白吃饭，倒是全村人来帮着他养老又养少，这样的法律糊涂不糊涂？……更重要的，老三受不了那两个警察的没大没小。看上去比老三的女儿大不了几天的家伙，见面只有一声"喂"——哪个是"喂"？姓"喂"的在哪里？百家姓上有这样的姓吗？就凭着这一条，老三也必然恶向胆边生，不让他们尝尝推土机的厉害，不让他们在烈日下脱一层皮，恐怕是说不过去的。

这一年年底，老三叫挖土机师傅转一个方向，让一条新路改道经过善眯子的林地，以便这一家今后倒树出料时省些力资，多一点收益。清账决算时，老三在算盘上打到善眯子的三千元罚款，同村会计商量了一下，觉得还是减免五百为好，免得那一窝娃娃吃不上过年肉——他那个耶稣菩萨管天管地，怕是管不了菜锅里的油腥啊。

两人来到善眯子家退钱，不料对方大大方方接过票子，凑在鼻子前数了数，一个"谢"字也没有。

"错了吧？哪止这一些？"善眯子说。

会计眼光发直："减这五百，已经是很照顾你啦。"

"五百没错，但你们至少还差我……"善眯子用指头掐着数字。

"什么钱？"

"利息啊。"

"什么利息？"

"你们减免五百，就证明这五百本该是我的。对不对？我五百块钱借给你们大半年，为何没一点利息？"

"你……开钱庄放高利贷啊？"会计差一点晕了过去。

"就算没有利息，你们来一趟又一趟，同我结丝绊经，耽误我好多工。怎么说还得算我一点误工费吧？"

老三跳起来咬牙切齿："善眯子呀善眯子，你快到城里医院里去照片子，看你贩银圆是不是贩得脑心多出了一个窍。你为何不再收点茶水费？不再收点进门费？你老人家变成了千年古尸，起码也是一个兵马俑，是吧？我们来看一眼也要买门票，是吧？老子——"他两只牛眼珠差一点暴出眼眶，"恨不得一丁公，锄得你脑壳从屁眼里出来！"

从这一家回来，他再次虚火上升，肿了半边脸，在门前劈一竹筒发出毒誓："老子要是还理他，下一辈子就去睡青石板。"

这意思是下一辈子去做猪。

他为此还迁怒整个洋教，一篙子打翻一船人："你看他们神不神经？一有事就对着壁头叽里咕噜，就算是做功课了，连香火也没有，连个菩萨也没看见。那只是一个壁头啊，未必你信的是壁头教？"又说，"什么这一诚那一诚，有什么新鲜？不就是三大纪律八项注意么？不就是摸着胸口办事么？一句话不好好讲，不照实讲，背上一个簸晒盘装乌龟啊？"不料这话得罪了自己的姑妈——他后来才知道，姑妈一家也是信了"壁头教"的。

这些话，皮道士倒是很爱听，有时候还在一旁乘机落井下石："他们信耶稣菩萨的不吃血只吃肉，还不是尽拣好的吃。"

但日子还得过下去，还得在这个地方过下去。善眯子的房子就戳在这个村，不是一个船可以划走的；善眯子的田和山也睡在这个村，不是几片波浪可以流走的。老三既为一村之首，怎么可以躲得了善眯子？躲得了初一又怎么躲十五？初春时节，一挂鞭炮炸响，善眯子的婆娘从娘家回来了，抱回了第三胎，一个喊声特别脆亮的男娃。按规定，这种违反计划生育政策的偷生和超生，至少罚款五千元。善眯子当然舍不得掏票子，缠了老三好几趟，一会儿拼命往对方衣袋里塞香烟和板栗；一会儿是站在门口高声威胁："我今天一起床就磨菜刀，看哪个敢同老子结子孙仇！"

老三不怕菜刀，但也学会装聋，"啊"几下，"哦"几下，没有什么下文，一捉住机会就闪身出门，欺他善眯子眼里少了油。善眯子说着说着，发现面前没有动静，仔细瞅一瞅才知自己一直在对着墙壁说话。

可以想见，他闹到乡上的时候，累得黑汗滚滚，气不打一处来，一根竹棍打得窗台啪啪响，也不大记得在胸口画十字求上帝了。"哪个要灭我的族，我就要绝哪个的后！我不怕你们头上有角，有角老子也要拔！我不怕你们皮上长刺，有刺老子也要锉！就算你们是九头鸟，我何子善今天也要剜下你的蛋子下酒喝……"他冲着乡长大骂一通，后来发现对方不是乡长，不过也是一个穿红色球衫的胖子，据说是来讨债的什么砖老板。

任乡长终于出现在他身后："喊什么喊？道士门前鬼唱歌啊？你是不是超生？"

"超……是超了一点点……"

"一点点？计划生育是基本国策。你有几个脑袋来对抗国策?"

善眯子真见到乡长，气劲已耗去大半，口气稍稍放软一些："五千块也太吓人了吧？你们何不剐我的肉，不抽我的血？"

"霸王价，一口清！"

"农资公司卖水泥也打得折的。"

"那你去找农资公司。"

"你怎么说也得给我减免两三千。"

乡长懒得理他，向秘书要钥匙什么的。

"那……你们就让我赊一半。"

"你以为政府是饭店？是小卖部？"

"你们不减又不赊，那就是逼我一死！"善眯子狠狠地一咬牙。

"好啊，中国什么都缺，就是吃饭的多了。河里没罩盖子，你赶紧去。绳子到处有卖，你赶紧去。"

善眯子没料到乡长一书生，居然句句话是下刀子。忍不住全身一软，坐在台阶上，闭着眼睛哇哇大哭起来。天呀地呀，爹呀娘呀，你们看看这些当官的，欺侮我一个病人呀。我几十年的贫下中农，从没挂过牌子，站过台子，今天是冤深似海呀。你们都睁眼看看，那个娃根本不是我的，凭什么要我交罚款？他们不去抓野老公，反过来要抢我的钱啊？他们当官不为民做主啊……他哭得泪一把涕一把，一只鞋子也踢出去了，左右抽打自己的耳光，大骂自己是畜生，是蛆虫，是粪渣子，惨得旁观者有点看不下去。

事情的另一方面，是哭诉之词让人大为吃惊，更让几个乡干部忍俊不禁。他们听过各种抗罚理由，说前一个娃是聋子啊，说避孕环不管用啊，说老爹抱不上孙子就要上吊啊，说自己刚刚遭遇虫灾或者盗贼啊……说什么的都有，还就是没有归罪野老公的。这一理由看似好笑，却有点麻烦。照理说，冤有头债有主，事情如果真是他说的那样，你能找出一个他必须顶罪的理由？

"你说你婆娘那个，那个……有什么证据？"乡秘书也一时不知说什么好。

"你们也不去看看，那样白的皮，那样尖的鼻子，怎么会是我的种？"

秘书差一点笑出声："那……这样吧，你把野老倌说出来，我们就去找他。你要是说不出个人，那就对不起！绿帽子也好，黑帽子也好，戴多少顶是你的事。"

"我是要找出这个白皮鬼。"善眯子嗖的一下跳起来，用头巾撸了两把汗，恨恨地再补一句，"我今天还真不信这个邪！"

说着说着，他就把在场者一个个开始打量，特别是把肤色稍白者打量仔细，眯眯眼差一点压到对方鼻尖上。这种显微镜式的紧盯细瞄不怀好意，照得对方先是想笑，继而不无恐惧——这家伙怎么到处找野老公？有这样的找法么？他不会胡言乱语血口喷人吧？财政所所长大概是想到自己的皮肤，想到老婆就在不远处洗衣，已经吓得往后退："何子善，你看清楚点，这种事不能乱开玩笑，我与你前世无仇来世无冤……"

还好，善眯子的目光离开他，盯向别处了。

另一个也急了："善眯子，我是才调来的，你看什么看？"

还好，捉奸者的目光也离开他了。

片刻之后，善眯子在乡政府大院转了一圈，所到之处无不人心惶惶如临大敌，直到他回到了乡长的办公桌前，顺手把门关上。

"算了，我今天不麻烦别个，只找你。"他摇摇杯子找水喝。

"出去，出去！"乡长正在接电话。

"你莫给我装蒜，慧梅这笔账你赖不掉的。"

"慧梅？什么慧梅？"

"去年在你们这里帮过厨的，你敢说不认得？"

"帮厨？梅嫂吧？她就是你……老婆？"

"当然是我老婆！我出了彩礼的，办了酒席的，雇了面包车装来的。任家的，人做事要凭良心。你鱼肉吃多了，想娱乐一下，其实不算什么大事。但你好汉做事好汉当么，还要别人倒贴钱，就太不义道啦……"

"你胡说什么？"

"你做都做了，人家还不能说？"

"你——你他娘的找抽啊？"乡长居然动了粗口，居然拍了桌子，顺手抓起一本书就砸向对方。

善眯子逃出房间时大喊救命，更无聊的口号随即响彻大樟树下："你们看啊，什么世道啊？野老公打家老公啊……"

大院里已成为迫害与反迫害的战场，只是正邪定位一时还不大分明。乡长满腔怒火已经高压临爆，一张白脸憋成了粉红色，再憋成猪肝色。他冲到派出所去喊人，不料后来没什么结果，原因是对方觉得口角毕竟不是打架，实在不便出警。他掏出手机再找县里什么人，不过没叫通就自己挂了机——这种事闹到城里去，七嘴八舌，风言风语，也不大好看吧？直到这时，他才发现事情严重，痛悔自己今天没下村去，没关起门来上网下棋，碰上了这么个烂货，惹上一身腥臊。不错，那个帮厨的大嫂是帮他洗过两次衣，可他连对方姓名也不大清楚，怎么就要对她的肚子负责？善眯子，王八蛋啊！是不是觉得大学生好欺侮？是不是想敲一笔竹杠？是不是知道他一贯铁脸办案，这是一次有组织、有计划、有目的的挟私报复？……

幸亏其他人把捉奸者暂时拉走了，"野老公"之类全方位高音广播暂时消停。但从人们交头接耳指指点点来看，王八蛋的威慑和捣乱已有效果，真是一石激起千层粪——乡长不能保证没有人信谣，没有人看险，没有人恶作剧，没有人但求自保。即便有些人愿意帮他擦粪，即便是擦干净了，他也会臭烘烘的余味难消吧？

他开上小面包车来到医院，发现自己并不是想来这里。一打方向盘改了道，在路上蹭过一堆乱糟糟的茅竹，刮出了汽车面板上刺耳的声音。走进老三家门时，他一把散发耷拉在额前，看上去已经老去十多岁。

老三提来一壶茶，做出很着急的样子："不得了，你还真是白脸皮、尖鼻子，同他家三娃仔比较配套的。"

"胡说！我坐得端行得正，怕什么怕？验个血，验个DNA，一切就会真相大白！"

"但要是她说你摸了她，掐了她，抱了她，如何验？再说，野老公也不一定都下种，没下种的不一定不是野老公。"

"她她她……总不能无中生有吧?"

"你们两个人的事,何为无,何为有,如何说得清?"

"何大万同志,你这样说太没良心!"

"我是想帮你啊。不过这事……还真是个死案。"

大学生此时肯定想起了烈士和冤狱,恨不能扒开自己的胸口,一腔冤屈和一生清白苍天可证。他是一头身在陷阱的咆哮雄狮,走过来又走过去,每一步都踏着悲愤,最后指着门外大骂:"小人——刁民——你看我怎么收拾你——"

老三很想大笑,实在忍不住,假装去了一趟厕所。他甚至假装接了个电话,说自己坚决不相信乡长犯错误,坚决又坚决地不相信乡长有野种,坚决更坚决地不相信乡长夫人会寻死寻活……其实这都是高声大气说给乡长听的,让他知道电话那头的流言沸腾已到了何种程度。刁民?哈哈——乡长大人现在也知道刁民了?恐怕还不知道刁泥鳅、刁老鼠、刁虱子吧?平时下指示的时候,你指挥棒敲得嘣嘣响,就没想到下面一堆乱麻,一个刺窝,一片大泥潭,具体办事有多难。一辆汽车冲过来冲过去威风凛凛,一副黑眼镜摘下来戴上去牛气冲天,你小胖子也有被一根烂绳子绊倒的时候?

他从厕所出来,发现乡长已经走了,震怒和绝望的发动机声远去。他再次幸灾乐祸地大笑,哼着小调去后山割牛草,只是割到第二捆时,忍不住还是打了个电话给国少爷。他为什么多出这一事,事后自己也不大明白。

他以两包烟为许诺,让国少爷去善眯子家跑一趟。一两个时辰以后,善眯子果然就慌慌地来敲门了。

"……你看现在的人无不无聊！"他一进门就口水四射地告急，"街上那个郑瞎子、罗瘸子，还有那两个白粉鬼，都无皮无血地要来认亲子！"

老三知道国少爷已经把事做到位了，只是佯装不知，故意好奇："看不出，你家慧梅还有这么大的本事！"

"听他们放屁！我家慧梅，好规矩的人，怎么会同那些家伙扯皮绊？她到镇上卖几次菜，都是拉她嫂子一起去的。"

"管他呢。只要有人来认账，就有人帮你交罚款，你不就省钱了？你反正是个不要脸只要钱的货。"

善眯子一跺脚："他们还要抱娃走！"

"抱娃？那倒也是……"老三挠一挠脑袋，"这事有点难办了。你想啊，你下了黄瓜种，黄瓜就是你的。你下了萝卜种，萝卜就是你的。照我们山里的规矩，我山上的竹子要是跑根到了你山上，在你山上当了一回野老公，长出来的竹子还是我的。是不是？因此的所以，还有的而且，你家那个三娃……"

"慧梅是我的啊！她十月怀胎，东藏西躲，做贼一样，容易么？"

"慧梅当然也有贡献，那是事实。国少爷没告诉你么？那些街痞子说了，不抱娃走也可以，但有一个条件……"

"什么条件，你说。"

"唉，我还不好怎么说。"

"说，你只管说。"

"那我就说了？"

"爷哎，你要急死我了。"

"配种费。"

善睬子没怎么听明白。

"他们要收配种费。明白了吧?你想啊,良种站来上门服务,配一头猪是多少钱?配一头牛是多少钱?今年就不是去年那个价吧?这配人,价格就更不好谈了。像郑瞎子、罗瘸子那样的还好说,一般品种,要架子没架子,要肉膘没肉膘,要面相没面相。碰到任乡长那号大学生,高级干部,跨世纪人才,威武得像戏台上的,几十年都是吃的精米细面,就算拿到联合国去鉴定也是超级良种,天乖乖,这个数恐怕还得翻一倍啊……"

老三晃了晃三个指头,吓得善睬子结结巴巴,半边脸抽搐:"如何能这样打比方?我家慧梅又不是一只猪,一头牛……"

"你到处喊喊叫叫,出她的丑,未必是把她当人?"

要不是主人赶快给客人灌下一杯茶,再掐掐人中,揪揪耳朵,善睬子两眼翻白,差一点就瘫倒在门槛上了。

善睬子这天回家还真是走不动了,真是一步三喘了。第二天,任乡长高兴地给老三打来电话,说善睬子已老老实实交了罚款,什么话也不说,不知被什么魔法给治了。他想问问情况。老三不是不想说情况,但一听电话里得意的口气,重新出现的拉腔拉调,就一阵"喂喂喂",似乎手机没电了。

他关上手机时冷笑一声:"卢州的鱼只能卢州人钓的。你懂个屁啊!"

他现在最重要的事情,是让莉疯子带两个婆娘去看住慧梅。那女人失了面子,又没省下钱,可千万不要想不开。

好容易有了次出名的机会

后来的有一天，老三万分不幸，被查出是个假党员。

没错——假党员，就这么回事。事情的起因，是任乡长一高兴，把他推荐到县里开什么会，表彰他带头修桥、开路、化解纠纷一类优秀事迹。没料到喜事办成丧事，县里说党员名册上根本没他的名字，乡上随后的清查也让人目瞪口呆：当了五年书记的这家伙确实没有任何入党手续——这玩笑也开得太大了吧？用财政所所长的话来说：他收了头房又讨二房，抱了儿子又抱孙子，到头来发现自己是个阉太监。

事情可能是从老三他爹那里错起，这是很多人后来的看法。那一年，他爹去砍树，大概是碰到了老树精，明明已经锯透了，但老家伙吱嘎吱嘎只是叫，硬挺着不倒。到最后倒是倒了，但左跳一下，右撞一下，踩出了梅花步，闹腾好一阵才哗啦啦惊天动地，垮塌出一片刺眼的天空。人们听到了一声"哎哟——"，扒开枝叶赶过来看，发现老三他爹一只脚已被树干砸成肉泥，当时就痛晕过去。

他醒过来后，再也无法下床和出门，但他是一个老党员，能背诵好多革命口号和领袖语录的，把光荣责任看得特别重，经常到东家说一通"三天不学习，就赶不上刘少奇……"到西家说一通"只有落后的干部，没有落后的群众……"再到南家说一通"内因是变化的根据，外因是变化的条件……"说得大家迷迷瞪瞪，似乎受到了很深刻的教育。现在，他觉得人残志不能残，人在阵地在，遇到党员开会，他不能去，就叫三儿去；到了交党费的日子，他不能交，就叫三儿去交。如果党员们组织突击队去打山火或者筑堤坝，他不能上阵，就叫三儿去上阵，反正不能让突击队里有一个空岗。幸好老三很孝顺，不想去也还是去，特别是一听到旁人叫好，挖土一定拣大钯头，挑土一定拣大箢箕，每次都累得张开大口出气，在手上或脚上留下伤痕。老爹对三儿很满意："老大被罗医师的针打坏了，耳朵不灵便，不适合开会。老二呢，气虚，身上不着肉，不适合下力。只有老三什么都顶得上，给老子当党员算了。"

当党员就当党员，有什么了不起？老三在初三那年辍学回家，一干就是十几年，全面接管了老爹的柴刀、牛鞭、破算盘以及全部党务，包括该鼓掌的时候鼓掌，该举手的时候举手，该发言的时候发言，还去乡上光荣了一回，在台上戴了大红花，领回了一顶新草帽——他后来以为那就是入党，至少是再次入党，其证据是草帽上明明写着"优秀党员"四个大红字，不可能是开玩笑吧？但那一次到底是什么，村里人也没怎么闹明白。有人说那次是"总结"，有人说那次是"比赛"，有人说那次是"吃肉饭"，有人说那次是"领草帽"，还有人说那次只是"领毛巾"——因为当时草帽不够分，后到的只领到一条小毛巾。但不管怎么样，大家都觉得那一回很热闹，热闹就是好事。

老三他爹是八年前去世的。不过在那以前，村党支部开会点名，也只习惯性地点到老三了。有时候发现老三没来，便理所当然地奇怪，然后派人去找，或打开广播器在喇叭里喊，把他从被窝里或电视前揪过来——倒是把他爹忘得差不多了。"你作为一个党员明天绝不能睡懒觉……"这一类派给老三的说法不胜枚举。这样，改选支部书记的时候，在大家一阵起哄之下，老三只觉得自己读书少，一张嘴说不出四言八句，再加上鼻炎发作时的呼噜呼噜有失体面，倒没在其他方面谦虚。

玉和爹当时有点生气："你爹瘫了十几年，靠集体补助养大了你兄弟几个，还欠了几千块钱医疗费。这事你看着办。"

老三想到这笔人情确实不小，只好不再嘴硬。

他回头咨询过姑妈。姑妈说："玉和爹开了口，你得给人家面子么。当年你爹出门吃个饭，喝个酒，都是靠人家玉和背进背出和背上背下，好不容易的。"姑爹也在一旁插嘴："没文化怎么的？皮二结巴读了多少书？他当得了道士，我看你就当得了书记。"表妹在一旁更是加油鼓劲："好多战斗英雄没有手、没有腿了还是一往无前，你鼻炎算什么？顶多是一个轻伤员。"

这些道理很有说服力，事情就这么定了下来——只是多年后任乡长听到这一过程，如听天方夜谭。

"事情果真就是这样？"

"你们没记错么？"

他向知情人一问再问，问得对方有些紧张，东拉西扯反而更说不清了。到底是不是有个女乡长特别赏识老三，是不是档案资料在那年洪水冲击之下全部丢失，是不是老三在外地打工时入过党，都变得闪闪烁烁莫衷一是。

乡长知道少数农村基层组织不甚规范，甚至听说有的人以为入党就可领工资，或者以为退党就可以拿赔款，但还没听说过这种假党员的荒唐。显而易见，这足以构成全乡、全县乃至全省的重大丑闻。正是考虑到这一点，他采取紧急减灾措施，一是派人去县里收回已报资料；二是派人清理、修补以及重建档案；三是向下面发布封口令，严防新闻媒体借题炒作——秘书今天早上已经告诉他，外面已有很多电话打进来了，那些平时八人大轿也抬不来的记者，眼下比老鼠还窜得快，肯定是来者不善，要来大淘粪渣子！

乡长没料到的是，老三不觉得大难临头，倒是像一只乐颠颠的大公鸡，一只以为自己可以下蛋的大公鸡，梳了头，刮了脸，可能还抹了头油，穿上新崭崭的西装，差一点飞到树上去扑打翅膀表演一番产后打鸣。掏出手机时，他还耍起了京腔，提前进入外事活动状态。"……你顺着公路跑，向南，再向东，再向南，一条笔直的弯路，翻一个小小的大山，就到了。"他正在给什么记者指示路线，只是不知道对方能不能理解他"笔直的弯"和"小小的大"。

他家厅堂已经打扫干净，摆上了茶水和糖果。老婆正在厨房里杀鸡。"乡长你来得正好。等一下一起吃个便饭，你帮我陪陪客。"他乐滋滋地说。

"你以为你十分光彩？"乡长有点气急败坏，"这件事捂都捂不过来，你还要到全国去打锣？"

老三眨眨眼："你是说……这事不能说？"

"有什么好说？人家做假还只是米啊，油啊，烟啊，酒啊，我们造出了假党员、假书记，名声很好听是吧？"

"不是这样说的吧？乡长，不就是我给你们党员帮了一下工么？在我们这里，你家要建房，我给你帮一手。我家要割禾，

194

你给我帮一手。多帮一点，少帮一点，不算细账的。"

"怎么成了帮工？你知道入党是多么严肃的事！哦，一个菜园子，你想进就进，想出就出？"

"我哪一点不严肃？我偷了你们党员的钱？睡了你们党员的婆娘？"

"你是真不明白还是假不明白？"

"怪事，怪事，我给你们糊里糊涂多帮了十几年工，你还找我的癫子。"老三摇着头，又接电话去了。

如果现在下跪能解决问题，乡长愿意下跪。如果现在喊祖宗能解决问题，乡长愿意喊祖宗。面对这个油盐不进的猪脑袋，乡长差一点急得要抱着对方去跳崖，宁可来一次同归于尽。同来的秘书更觉使命重大，立即向乡长偷偷建议，敬酒不吃吃罚酒，干脆把老三抓起来关几天，罪名就是赌博——他未必没打过牌？未必在牌桌上没有输赢？这事一逮一个准，绝对不会有冤情的。乡长说，这个不靠谱，老三平时还真不怎么打牌。秘书又说，赌一次是赌，赌十次也是赌，你管他呢，过了这几天再给他宽大就是。乡长还是犹豫，说就算他赌得多，这样做也不大服人吧？也过于阴损吧？秘书挠挠头，只好回头再找老三，又是递烟，又是拍肩，又是毫无必要地给对方整衣领，还猛夸对方的新西装特时尚，然后摆出沉重和悲痛的全套表情。哎呀呀你老三当然没有癫子，但事情是这样的啊，这样的啊，这样的啊，出现假党员毕竟是工作上的大差错，让乡领导的脸面往哪里放？还有县领导、地领导、省领导的脸面往哪里放？你是最义道的人，总得考虑一下全局吧？至少的至少，不要毁掉任乡长的政治前途吧？他在这里干了整整六年，六年，不容易啊。每次开村组干部会，他说卖裤子也要办好招待，肉不能少，酒不能少，对你们可是够意思的吧？年关送温暖，他哪个山角落都跑到了，鞋子都磨烂哩。那次打山火，他头发都烧焦一块，衣衫都挂破两件。这些你也都看见了。还有搞蔬菜大棚，搞野猪家养，虽说不是太成功，但没有功劳有苦劳。如果这件事一曝光，一炒作，一惹上面生气，你说任乡长这六年不就……

乡长听得有些鼻酸，扬扬手："不说了，我们回去！"

"任乡长家里还有一个守寡半辈子的老娘呢……"

"听见没有？"乡长大喝一声，"回去！"

老三看见乡长眼里的泪花，听到对方沉重而悲壮的深呼吸，似乎明白了，似乎又没明白："你是说，要我帮他一下？"

秘书说："就算……就算是这么回事吧。你刚才不说帮工么？对，帮人就帮到底，救人就救到头。"

"那你们怎么不早说？真是！"

老三是个好商量的人，愿意给面子的人，尤其吃软不吃硬，遇到人家砸过来几顶高帽或灌下来几盆米汤，可能先晕了一半，最容易大拍胸脯豪情满怀两肋插刀。没说的，多大的事，封口就封口吧——尽管这实在是忍痛割肉。用老三事后的话来说，他看了十几年电视，从未上过一次电视。这次好不容易盼到机会，差一点要当上名人啦，偏偏被乡领导拆了台。他女儿翠萍在外地打工，只是个吊车司机，也上过两次电视，这叫当爹的如何有面子？据翠萍说，当名人好处多得很哩，进馆子吃饭可能被店家打折，上中巴、坐的士还可能免票，到学校去更是被学生娃娃围着要求签名和照相……老三眼看就要实现的这一梦想，居然被乡干部搅成了猪尿泡。他们——也真下得了这个毒手啊？

根据乡上的安排，他叫婆娘关了大门回娘家，自己上山躲了几天，就像被警察盯上了的贼，就像生育不遵计划的大肚子超生婆。他孤零零待在一个守野猪的草棚里，被蚊虫咬得心烦，被歪风斜雨打得冒火，翻来覆去睡不着的时候，忍不住翻肠子倒胃地号叫了几声，然后给乡长恨恨地打电话："喂，那个茶园的事……"

这是指当年乡上解散集体茶场时截留的一片，多年来小湾村一直要求退还。老三已经纠缠过乡领导多次。

乡长知道对方找准了要价的时机："这样吧，你书记是当不成了，但乡企业办或者林管所那里，不是不可以安排……"

"不，我什么都不要，就要几片茶叶。"

"要不然就给你一次性补偿？"

"不行，你莫吊胃口，我就要几片茶叶。"

"你不再考虑考虑？"

"不行，我这里蚊子咬死人，烟也快抽完了……"

"好好好，"乡长怕他擅自下山，急急地说，"你得给我一点研究的时间吧？你就待在那里，我马上就派人给你送烟去。"

知道对方的让步已成定局，老三喜不自禁，搔耳挠头，想了想，又打去一个电话："喂喂，你就挂什么机？上次我同你说过修桥补贴的事……"

"你得寸进尺啊？"对方差一点叫起来，"胃口也太大了吧？

你是不是想搞垮乡政府？那你明天就带着推土机来——"

对方关机了，气得老三直骂娘。

几天之后，记者们终于不再来了，假党员一事有惊无险，总算大体上掩盖成功。小湾村悄悄换了书记，如此而已。老三被一棒打回原形，从此只能专心务农，经常赶着一匹马，用他的话来说是成天闻马屁，为一些东家驮运水泥或电器进山，驮运树木或药材出山，一线马铃声零零散散地洒落山林中，播入一缕缕白色云雾。

他太熟悉这一片山地啦，闭着眼睛也能翻山越岭，收收鼻孔就能嗅得出脚下是何地方。前面是箕子沟，那里的井水最甜。再前面是霸王庙，那里的野杨梅最大。再前面是老云界，那里的石头又粉又韧，随便取一块都是上好的磨刀石。再前面是雁泊湾了，那里的野鸡最憨最笨，你在草丛后拉屎也可能顺手捞上一只。从雁泊湾往上就是蘑菇砚，那里最怪的是只长公竹，一根母竹也没有，一山的光棍竹子哗哗地开会。从蘑菇砚往下三里半就进了赵家坊，那里已经迁走大半人口，到处是空空的老屋，但一个叫五妹佗的大嫂还住在水磨边和垂杨下，经常在出门不远的小溪前举槌捣衣。她最会唱山歌，一开嗓门就是百鸟噤声，流水止步，人不知今夕何夕。老三的几段"黄色歌曲"都是从那里学来的——其实是指民间情歌。

丈夫打我你莫慌，

娇姐越痛越想郎，

剃了脑壳还有颈，

剐了肝肺还有肠……

这样孤独的"黄色歌曲"唱得真是山河黯然，让老三伤心不已，听完或者唱完以后一次次揪鼻涕。

不唱歌的时候，马道上有些马伙计曾找老三打趣。比如说："你怎么也来闻马屁？一个尿壶不冒充酒壶了？"

老三笑道："你以为那是什么好酒壶？喉咙里都结了蜘蛛网，几年里没唱歌了。我的娘，出门就要带两个肚子，一个肚子装饭，一个肚子装气。头上还要顶三把糯谷草，任人捶来任人踩。"

对方说："少说乖巧话。当初是哪个天天抹头油？还到处说矮子上楼梯，一级硬是一级？"

这时候的老三咧开河马大嘴嘿嘿一下，没词了。

又过了几天，乡政府让小湾村得到了他们的老茶园。据说新任支部书记放了一挂鞭炮，提议办几桌酒席，唱一台大戏，酬谢老三多年来的谈判之功。老三说，红包就算了，大戏就算了，如果大家真要奖励他和高抬他，真要了他一个心愿，那就资助他与几个老伙计去韶山看一下毛主席的祖坟。

要得，要得，很多人都想去看那个祖坟。他们虽然说过老人家的一些坏话，但乡政府这次发还的茶园，还有其他田土山林，不都是老人家当年给穷人们争来的？这个恩德还不大上了天？有些人最喜欢看战争片，最近看了什么电视连续剧，对老毛指挥三大战役佩服得五体投地，认定真命天子毕竟是真命天子，他家那祖坟一定非同寻常大有奥秘。

出发的那一天，庆呆子的大儿子开车，莉疯子在一旁陪驾兼指挥，老三和另外几个汉子在卡车厢里抽烟，喝啤酒，嚼饼子，打扑克，身旁是他们备好的大香大烛。

任乡长在路上遇到他们，上前看了看香烛，嗅了嗅车厢里残留的石灰味和猪尿味："你们怎么不去看深圳，不去看广州？那里的高楼大厦比山还高，肯定看得你们花眼。"

老三兴冲冲地说："先看祖坟，先看祖坟。"

乡长皱皱眉，纠正对方的说法："你应该说，去了解伟大领袖毛主席的革命事迹。"

"事迹？他的事迹我们一清二楚，这次就是去看祖坟。"

"你至少应该说，是去观赏一下韶山的美丽风光。"

"风光？哪里没有好风光？这次就是去看祖坟。"

"你为什么一定要说看祖坟？"

"这句话又说不得？"老三睁大眼，"你们清明节不都是去看祖坟？也没看见政府把清明节废了啊。"

乡长叹了口气，没话说了。他有一个要好的同学在韶山当官，本来可以打个电话去，让对方招待一下这群老少疯子，但看老三那模样，怕又闹出什么大洋相，只好打消了掏手机的念头。他挥挥手走了，回头对开车的秘书只说一句："看祖坟也就算了，我怕就怕他们下一次到天安门去敬香。"

2009 年 7 月

*最初发表于 2009 年《人民文学》杂志，2010 年《人民文学》杂志年度优秀作品奖，2011 年获首届萧红文学奖。

女女女

一

因为她，我们几乎大叫大喊了一辈子。昨天楼下的阿婆来探头，警告我，说我家厨房的下水道又堵住了，脏水正往她那里渗哩。我大叫一声对不起，惊得她黑眼珠双双对挤。我似乎觉得有点什么不对劲，却无法控制自己，又声震耳鼓地请她坐下来喝茶什么的……结果她终于慌忙把头缩回门外，差不多是逃走。

唉，我总是叫喊，总是叫喊，总是吓着了别人。在餐桌边，在电话筒前，甚至在街头向妻子低语的时候——尤其当着面皮多皱头发枯白的妇人，我一走神，喉头就嘎的一下憋足了劲，总把日子弄得有点紧张，总以为她们都是幺伯，需要我叫叫喊喊地尊敬或不满。

其实，她们几乎都不是幺伯。不是。

幺伯就是幺姑，就是小姑。这是家乡的一种叫法。家乡的女人用男人的称谓，我不知道这究竟是出于尊重还是轻蔑，不知道这是否会弄出些问题。正如我不知道幺姑现在不在我身边这件事，对我将有什么意义。已经有无边无际的两年，世界该平静了，不需要我叫喊了。我怀疑眼下我的听力是不是早已衰退，任何声音已经被我岩层般的耳膜滤得微弱，滤得躲躲闪闪。幺姑莫非也是这样聋的？据说她爹的耳朵也不管用，而祖爹五个兄弟中，也有两个聋子……这真是一个叫叫喊喊得极为辛苦的家族。

听不见，才叫喊？还是因为叫喊，才听不见呢？

两年了，世界上还有她遗留下的那双竹筷，用麻线拴着两个头，蒙有一层灰垢，在门后悬挂着，晃荡着，随着门的旋转，不时发出懒洋洋的嗒嗒数声。这就是幺姑永不消逝的声音。记得那一天，我最后一次寻寻常常地冲着她大吼："你切了手吗？"我赶进厨房，看见她山峰一样弯曲凸出的背脊，软和的耳垂，干枯的白发，还有菜刀下的姜片小金币似的排列——什么事也没有发生。

就是说，没有发现地下有手指头。但刚才我总觉得她嚓的一声切了手指。当时我正在隔壁房里读着哲学。

她惊了一下说："水就快开了。"

"我是来看看你的手……"

"嗯，就烧热水，洗手的。"

聋子会圆话。她敏捷而镇定地猜译我的声音，试探着接上话头，存心要让人觉得这世界还是安排得很有逻辑和条理。我无意纠正她，已经这样习惯了，装得若无其事地回到自己房间里去。

那声音还在怯怯地继续。已经不是纯粹的嚓嚓——嚓，细听下去，又像有嘎嘎嘎和嘶嘶嘶的声音混在其中。分明不像是切姜片，分明是刀刃把手指头一片片切下来了——有软骨的碎断，有皮肉的撕裂，然后是刀在骨节处被死死地卡住。是的，这只可能是切断手指的声音。她怎么没有痛苦地叫出来呢？突然，那边又大大方方地爆发出咔咔震响，震得门窗都哆哆嗦嗦。我断定她刚才切得顺手，便鼓起了信心，摆开了架势，抡圆了膀子开剁。她正在用菜刀剁着自己的胳膊？剁完了胳膊又开始劈自己的大腿？劈完了大腿又开始猛砍自己的腰身和头颅？……骨屑在飞溅，鲜血在流泻，那热烘烘黏糊糊的血浆一定悠悠然顺着桌腿流到地上，偷偷摸摸爬入走道，被那个塑料桶挡住，转了个弯，然后折向我的房门……

我绝望地再次猛冲过去，发现——仍然什么事也没有。她不过是弓着背脊，埋头砍着一块老干笋，决心要把那块笋壳子也切到锅里去。

我也许是有毛病了。

她瞥见我，慌慌忙忙眨一下眼睛说："开水么？刚灌了瓶，几多好的开水。"

我刚才根本没有问话，与开水毫不相干。在她的心目中，也许我的很多沉默并不真实。她以为我说过这些或那些话，一直把我幻觉着。不过，她是否幻觉过我也有这种漫不经心的自我屠杀呢？

曾经给她买过一个助听器。那时候还很不好买，价钱也贵。我拉着她的手钻过好几辆公共汽车，穿过好几条繁忙的街道，去找这种小匣子。她上街特别紧张，干瘦的手总是不自主地要从我的手里挣脱。要是在车上，没有找到空座位，她在乘客中东倒西歪，一到车子启动就会吓得蹲下去，大叫我的乳名，弄得我很不好意思。她没命地伸开双臂四处抓拉，搜寻着椅子、地板、墙壁等等任何可以抓拉的东西。有时胡乱揪住旁边一条挺括的西裤，自然会招来裤子上方的咒骂和白眼。横过街道时，她也不顺从我的牵引，朝两头一张望，就会显出毫不必要的慌乱，拉扯着我往前冲或者往后冲，气力大得足使我偏偏欲倒。有时我稍不留神，她就拿出罕见的奔跑姿态，轻巧快捷如青年，朝突如其来的一辆汽车啪啪啪地迎头撞去，像要同它拼个你死我活——那种聋子的自信和固执常使司机们吓得半死。我曾经怯怯地寻思：哪一天她真会丧命于车轮之下的。可怜的幺姑。

买回了那种小匣子，她却时常扭着眉头埋怨："毛佗，没得用的。人都老了，还有几年活？空花这些钱做什么？没得用的。"我说怎么会没有用呢，我测试过的，效果不错。然后过去检查那小匣子。果然，不是她没有打开开关，就是音量被她扭在最小的刻度上。"开那么大，费电油（池）呢。"她极不情愿地接受着指导，而且只要我一离开，保准又机灵狡诈地把音量恢复到原状。等到下一次，再来理由十足地重复她的埋怨："毛佗，没得用的，我说了没得用的。人都老了，还空花些钱做什么呢？你去把它退了，一对电油（池），买得几多豆腐。"

在她那里，有了豆腐就有了世界的美好，我们全家都是靠豆腐养大的，一个个长得门长树大。

于是，助听器没有再用，放在她缝制的小小布袋里，深藏于一个当作衣箱的烘箱里。耳塞上有一圈浅浅的污垢，好像还带着一位聋子的耳温。

而我们继续辛苦地叫喊着。

不知道她是怎么聋的，她没有说过。我问父亲，父亲说她小时候大病了一场，一发烧就这样了……什么病呢？病就是病，记不清了。

前辈们总是把往事说得很含糊，好像这就显示了教导孩子和维护社会的责任感，就能使我们规规矩矩地吃完红萝卜和阿司匹林。直到那年我第一次回到老家，在渡船上，在山水间，我才发现往事并非迷雾，而是一个个伸手可触的真切细节。

在一片肥厚的山脉里，有很古老的深绿色河流，有很古老的各色卵石。据说以前河边都是翳暗的林木，常有土匪出没打劫商船。不知什么时候，官府派人伐倒沿江的林木，铰掉土匪的屏障，才有了一条谨慎躲闪的官道和车马的通行。又不知什么时候，官府派人在这里建起了一道边墙，分隔苗汉两区，图谋阻截匪乱。这道南方的小长城眼下当然已经荒废，只留下几截废墟，一些披着赭色枯苔的砖石，像几件锈物遗落在茅草丛中。还有几条土墩被风雨磨得浑浑圆圆，看上去像牙齿脱落的牙龈。

同船的有一位阿婆，脸色黝黑，布满蛛网般的皱纹，身体又薄又矮，似乎一口气也能把她吹倒，一个背篓可以装上三四个这样的体积。她的眼睛和嘴巴只是几条裂缝，像是一块老木薯上随意砍出的几道刀口——其中有两道红鲜鲜的艳丽，含着浑浊的一汪泪水，当然就是眼睛了。

她似鹰又似人，操着极地道的家乡话，谈了些似乎与幺姑有关的旧事。在这一瞬间，我强烈地感受到家乡是真实的，命运是真实的，我与这块陌生土地的联系是真实的——这有阿婆与幺姑的面容相似为证，有幺姑与我的面容相似为证，有我一走入家乡就发现很多熟悉的鼻子、眼睛、嘴巴、脸型等等为证。

现在我回来了，身上带着从这里流出的血与脸型。

阿婆身边立着一个高大后生，满脸酒刺，大概是她的儿子。真难相信她可以生出一个体积比自己大两三倍的生物来。

"幺伯么？吾识的，吾识的。"阿婆两道红鲜鲜的缝把我打量了一下，"先前几多灵秀的女崽呵。那年莫家老二死了，有人就说她是蛊婆，开祠堂，动家法，逼着你爹爹去点火烧死她。唉，好造孽呵。"

"阿婆，您记糟了，我姑姑不是你说的……"

"哦，是尹家峒的幺姐么？"

"尹家峒。"

"淑婴么？"

"是淑婴。"

"吾也识的，也识的。这团转百十里的姊妹，哪个不识哟。难怪你还与她有点挂相哩。她是庚申年的吧，比吾只小月份。她男人不就是那个李胡子么？那个砍脑壳的，又嫖又赌，还骑马，还喜欢喝这个——"她跷起拇指和小指，大概表示鸦片，"上半年他兄弟回来了，说是从九州外国来，来找一找老屋。吾在街上视了的。"

我看着她红红的裂缝，那里面根本无所谓眼珠，是泪囊炎，是结膜炎，是日照烟熏……抑或是来自太多往事的辐射，灼得眼球腐烂了？

"她也是没得法子。生你大表哥的时候，生不出呵。那时候又没郎中，没医院，就请满贵拿菜刀来破肚子，杀猪一样。可惜，奶崽还是没留下来。她哭呵，哭得黑天黑地，耳朵就背了……"

"是这样？"

"她还在长沙么？"

"还在。"

"享福了。可惜，听说她就是没有后人。"

"她退休了，想回来住一段。"

"老屋没有了，回来做什么？又没有一男两女，回不来的，回不来啰。"她轻轻叹了口气，擦了擦眼睛。

我后来才知道，本地人把生育看得十分重要，没有后人的妇女就是死了也不能葬回故土，以免愧对先人和败坏风水。为此，她们生前经常裸体野卧，据说南风可使她们受孕，又经常吃蜂窝与苍蝇，大概是把繁殖力最强的昆虫当成了助孕的神药。如果这些法子还是不奏效，耻辱的女人们要么自杀，要么远走他乡。幺姑当年进城去当保姆，大概就是迫于这种无后的舆论压力。在我的想象中，她当然也是坐过这样的船远行，看到过船下的波纹，水草，倒影，还有晃晃荡荡的卵石——这条河流几千年来艰难生育的蛋卵。

小船已经摇进了一片树荫。船身偏斜，锚声叮当，船客脚步声已啪啪离船上岸。一群背着竹篓的女子突然你挤我靠地发出一阵亮笑，不知道她们在笑什么。

二

老黑也没有后人，她是否会自杀或远走他乡？当然不。她能生，这是她自己宣布的。生他一窝一窝的不在话下，生出白的黑的也不在话下。为了向她婆婆证明这一点，她去年就一举怀上一个，然后去医院一个手术"拿掉啦"，说起来同玩玩似的。

她婆婆气得要吐血。

她丈夫气得同她又打架，又离婚。

她也得玩玩离婚。用她的话来说，不离上三五次婚，那还算个女人么？不是白活了老娘一辈子？她以前玩过革命和旧军装，眼下赶上好时代，开始玩录像带和迪斯科，玩化妆品和老烟老酒。身上全洋玩意儿，没有国货。上面用乳罩一托，下面用牛仔裤一兜，身体的重心好像就提高不少，两条长腿橐橐橐地朝前冲去，如踏在云端腾腾欲飞。这样的女人，当然可以伸出女巫那种干瘦的手，下巴得意地一摆，"拿掉啦"。

她当然要拿掉那血糊糊的玩意儿。不然，她可以一气跳上四十个小时的迪斯科然后大睡三天吗？她可以喝得头疼脑涨然后半夜随意叫上一个男人陪她出去散步吗？她可以骑着摩托撞倒警察然后扬长而去吗？可以叼着一根烟不管与男士们辩论什么问题都非得占个上风吗？她可以把腼腆少年或昏聩老头都调戏得神魂颠倒，然后从他们那里要来钞票，在高楼上或峭壁上细细撕碎，看碎片向苍茫大地飘去，自己兴奋得母驴般地号叫起来吗？

幺姑当保姆，十几年带出了这样一个干女儿，实在有点奇怪。而且我觉得，幺姑终于去洗澡肯定与老黑的甜甜一笑极有关系。那天幺姑炒了一碗焦焦的火焙鱼，定要给干女儿送去，说黑丫头最爱这一口。其实老黑早就没有这个嗜好了，我向幺姑说过多次。每次她都诺诺地表示明白，可一炒上火焙鱼，又顺理成章地坚定起来：黑丫头爱吃的。

不知她什么时候出门，什么时候又回来了。回来后她一直心神惶惶，问我知不知道一个姓宫的大个子，问那人品质如何，家里有些什么人。

我知道幺姑有了误会。老黑即使再结一百次婚，大概也不会看上姓宫的。她同我说过，姓宫的远远慕名而来，她让他哭，让他跪，让他脱衣，让他舔鞋子和卫生巾，总之戏弄和蹂躏够了，再喝令他滚出去。"男人真是死绝啦，怎么一个个都是这样的草货？"可她周围又不能没有草货。她半是厌烦又半是喜好草货们的恭维，以及草货们的互相嫉妒。没有男人为她互相嫉妒的日子终究不能容忍。

幺姑听了我吼吼叫叫的担保，哦了一声，似乎相信了。可是她后来闲散没事的时候，总是闷闷的，抑制不住对那个大个子的疑惑和愤恨，自言自语地咕哝："那个人，一看就晓得不是正派人……"

"那个人，说是三十六，我看起码有五十大几了……"

"那个人，肯定没个正经的工作……"

那个人那个人。

她从容复习了一遍对那个人毫无根由和想象丰富的恶意揣测，便洗澡去了。我早就该料到，洗澡是最容易出事的。楼东头住的李师傅，还有附四栋的凤姑娘，都是在洗澡时中风或煤气中毒。大概人赤条条地来，也想赤条条地去。澡盆张开大嘴，诱人脱下衣服，看上去实在不怀好意。

幺姑前一天才洗了澡，这天说身上痒，又一个劲地烧热水。

好像还忙碌了些什么，我没在意，也不会在意的。天知道她哪有那么多事可忙。除了做饭菜，补衣袜，嘀咕一下什么人，还有收拾小东西的嗜好。比方说瓶子，哪怕一个墨水瓶她也舍不得丢出去，那么酒瓶、油瓶、酱菜瓶和罐头瓶就更不在话下，全收集到她的床下和床后，披戴尘垢，参差不齐，组成了一个瓶子的森林，瓶子的百年家族。她还特别喜欢纸片。每当我把一个小纸团扔进撮箕，她准会乘我不备，机警地把它捡起来，抹平纸片的皱折，偷偷地加以收藏。一些报纸、包装纸、废旧信封纸，一旦积累到一定的程度，就会被她集中起来，折成一个个四四方方的纸包，压在她的枕下。她的枕下已经膨胀了，于是新的收获就塞到床尾，以至平平的床垫已经两头隆起，升起好些突出的丘峦，使她的生活充实了不少。实在没事的时候，她就忙着对钟点，发现电视屏幕一角有了闪闪的数字，马上去瞅她那架旧闹钟：或是差十分，或是差五分，情况十分严重。她赶忙把旧闹钟扭几下，直到自己的生活与公共社会准确统一，才稳稳地把旧闹钟供回宝座——一个用胶布条复杂维系着的玻璃盒。

如果发现她的钟走得很准，便会惊喜一番："毛佗，对的，钟蛮准呢。"

"是的，很准。"

"一分都不差。"

"是的，不差。"

我甚至也被她感染了，也有了这种追求准确时间的爱好。有时听到广播里的嘟嘟报时声，也会情不自禁地大喊："十点了，你的钟准不准?"

"对的，蛮准的。"

于是我也觉得很安心。

今天，好像她没有来对钟点。我本应该有所警觉，可我陪着来访的朋友，照例吞吐香烟，照例开开玩笑，照例第一百次地谈谈社会小道消息，再不就对某个熟人的劣行进行一百零一次的嘲讽——好像这样度日就十分有模有样，就与身后的书橱和壁画十分协调，与幺姑收藏纸片和闹钟对时的勤奋也有了什么区别。

朋友留下一堆烟头，走了。我准备睡觉，但觉得还有什么事没做。想一想，原来是屋里太安静了——要是平时，我总能听到幺姑熟睡时轻轻的鼾声。

"幺姑!"

我四下里看看，没有找到她。待我奋力挤开浴室的门，才从窄缝里看到里面满是白腾腾的雾气，凶猛而狰狞地涌出来。

完了，我看见了雾气中的一只手。

医生说她中风，十分危险，催我们大把大把地往医院里砸钱。接下来的中医和西医，大医院和小医院，对这种中风偏瘫都只是摇头，都只说"试一试"。也许我还得去看电线杆上的招贴，找找江湖神医；或者还得去火车站查查车次，准备把她送大城市的医院。那就需要更多的钱。但我翻遍了幺姑的枕下和那只烘箱，没发现存折和现金，只发现一对不知何时留下来的废电池，已经发霉了。还有不知哪位女子抛弃不用的小半瓶雪花膏。除此之外就是纸片和纸包，是一捆捆旧棉絮和一些旧衣服，包括我给她添置的围巾和棉鞋，散发出霉味以及某种老妇人身上特有的枯萎气息。我像是翻遍了她整整神秘的一生，才找到了一只值点钱的金耳环。

记得她厂里那个会计曾对我很有信心地盯过一眼："是的，她是老工人，也确实当过劳模，我们会补助的，不过——她这些年会没有点积蓄吗？"当时我也被对方盯得有些心虚，似乎自己隐瞒了万贯家财，一时竟不知说什么好。我真傻，为什么不同那个戴黑呢帽的婆娘大吵呢？我嘴笨，不会吵，更不擅长要钱，要是换上老黑就好了。那次她陪着幺姑去厂里报销药费，为了两瓶脉通能不能报的问题，唇枪舌剑无人敢挡，吵得厂里天翻地覆。明明是她摔坏了人家的算盘，但她硬说算盘扎伤了她的手，还要找人家赔医疗费。

幺姑曾偷偷向我嘀咕，说同事们借过她的钱，几块或几十块，乃至上百块，借走就没有了，连个说法也没有。我说应该去催一催，问一问。她惊吓得如同要杀她的头，下巴往里缩，嘴唇抽搐，长长地咦了一声："去不得，去不得。"

又笑了："丑呵！"

"欠债还钱。天经地义。"

"怎么能自私呢？要学焦裕禄呵。"

那是很久以前。是我父亲鼓励她学习焦裕禄的。我还给她读过报上有关焦裕禄以及其他模范人物的报道——在我努力显示自己能够读报的年纪。那时，我只知道幺姑是一个工人，为一个当工人的姑姑骄傲。我不知道她那个工厂那样黑暗，那样狭窄，与想象中的工厂完全不一样，只在湿漉漉的小巷里占用一个旧公馆，有闪闪黄铜门环的黑森森大门，一旦吱吱扭扭张开，就一口把我吞了下去。走廊里垒着一个个横蛮的大货包，随时都有可能垮下来似的，只给昏暗中的男女留下侧身钻挤的空间。被叫作食堂的那间破旧棚子，缩在天井后头的一角，水泥层已经龟裂和剥落，露出了油腻腻的黑土。窗子是用锈铁条钉起来的。案板上有潮乎乎的生肉和生菜味，还有两钵黑黑的东西。我走近才听得嗡的一声，黑色散碎成苍蝇，显露出黑色曾经盖住的两钵米饭。这种钵饭出自蒸笼，因此每一钵饭的硬壳表面还有凹形圆圈，是另外一个钵底压出的，像盖上了一个公事公办的印章。

有几位女工围观这两钵饭，这个端来嗅一嗅，那个凑上去看一看，都收缩着五官，摇头走开。她们痛快淋漓地打嗝和揉鼻子。

"馊了吗?"

"臭了。"

"泼远点，老子在这里吃饭。"

"可惜了。一角五分钱呵。"

"快些去喊罩聋子来。"

"你以为她会买?"

"三分钱卖了它，她肯定要。"

"你肯定?"

"嘿嘿，我打赌。只要便宜，狗屎她都会要。"

"那她要发大财了。"

"发财留给哪个? 带着票子进火葬场?"

"留给王师傅呵，老王不是对她蛮不错么?"

"哈哈，要死了，你这个鬼!"

有人狠狠地拍大腿，发出了啪啪声。

她们不认识我，即算认识我也不会在乎我，都在快活地议论着幺姑，为大口咀嚼的饭菜增添一点味道，一点兴致。有一张大嘴里闪着一颗铜牙，已经磨穿了薄薄铜皮，露出里面白铅的层面——我一看见它就永远忘不掉了。我觉得那是一颗子弹，打中了我的全部惊讶和耻辱。

也许她们从来都是这样痛快淋漓地打嗝和揉鼻子，找幺姑借钱的时候，借了钱又赖账的时候，支派她去扫地的时候，唤她去倒马桶而她没听见于是对方大为恼火的时候。后来我把这一切告诉老黑，老黑哭了。我不相信她还有如此明净的泪水。她还恨恨地说：真他妈想抢一挺机关枪，给她们一人掏几个洞。

我对幺姑怒火冲天。在那间地板条子此起彼伏的女工集体寝室里，她要我坐她的床，我偏坐对面的那一张。她塞给我饼干，我偏把它们捏得一块块纷纷落地。她给我积攒了很多好玩的木线轴，可以做小车的，也可以把它们竖起来，想象成国王、士兵、强盗什么的，让它们展开大战，我却偏偏把它们弄得乱乱的，滚到床下或屋角去横尸遍地。看见幺姑惊得脸色发白，双手直哆嗦，我还觉得委屈，还觉得不解恨。我太想把她床头那面小圆镜远远地扔到大街上去。

我不知道我这是为什么。

她不无茫然地苦笑，弓着背去洗碗筷，没忘记把一点凉凉的剩菜，小心拨进一个褐色的小瓶子，稳稳地旋好胶木盖，放在床头柜的黑色烘箱上，虔诚地保留着。

她常常用这个小瓶子装着菜，下班后来看望我们，带给我们吃的——比方工厂食堂里打"牙祭"时，有了点猪肉或者咸鱼。

尤其在我父亲死去之后的日子里。

三

父亲终于还是走了。这个在履历表上永远与我有着联系的人，总爱东张西望和嘀嘀咕咕。碰上同事来了，朋友来了，老乡来了，包括幺姑来了，他就打发我们出去玩，然后关上大门，在门那边一个劲地嘀嘀咕咕。我悻悻地看着这张门，看着铁门扣以及曾经带有门扣的扣座以及连扣座也没有了的几个锈钉子眼，不知道这间房子换过多少主人，而那些主人是谁。从此我就觉得合上的门都十分神秘——是它们将父辈们关锁得衰老下去的。

后来我才慢慢知道一点父亲嘀咕过的事。他逼幺姑与那个男人离婚，教导她一个受压迫的妇女应该如何决裂如何觉悟如何与反动阶级划清界限。当幺姑颈皮松弛鬓丝染白之后，父亲又认真地发现我们与她之间也有着什么界限。比方，他不让我们作文《记一个熟悉的人》一类时再写到幺姑，叮嘱妈妈不让我们再去幺姑那里玩耍。甚至有一年的除夕，幺姑带着一大篮子年货高高兴兴来我们家团圆，父亲硬是让妈妈送她回工厂宿舍去了。那一天我耳朵特别灵，听见了妈妈的哭泣，听见了爸爸对妈妈说的一些古怪字眼，什么"革命"，什么"阶级"，什么"立场"……因为有这些古怪字眼，姑姑就没法在我们家过年了，就只能孤零零地回工厂里去。

但他对我们说："幺姑今天还要去值班。明天，你们上街可以顺便去看看她。"然后他走出门去，碰上一个什么同事，谈起天气什么的，努力地哈哈大笑。

那个年真是过得让我害怕。而且从那以后，我一见到大人们嘀嘀咕咕，就知道绝不会有什么好事。因此我夜里极怕被尿憋醒，极怕起床。因为每次醒来我都在黑暗中听见父母在大床那边低声嘀嘀咕咕什么，并不像我临睡时所见的那样各自忙碌庄重寡言。这非让我做噩梦不可。

但父亲终于还是走了。我本来以为他活得像排比句一样规规矩矩，像大字典一样稳稳妥妥，像教科书那样恭恭敬敬。我以为每个周末之夜他都可以拧开温暖的台灯，抚摸着我依偎在他胸前的脑袋，悠悠然唱上一首《蜀道难》或《长恨歌》——他说是吟，我说是唱。然而他终于去了，留下了家里空空的床位。

我后悔，后悔在那个夏天远行。我居然不知道机关里也有了大字报，居然还邀同学们一起下乡，去那个小山村车水抗旱。我也许早该认真地想一想，为什么近日来父亲晚上总是给我搔背，让我舒舒服服地入睡？为什么父亲突然变得细心，把我的每一本书都包上封皮？为什么父亲会突然关心家里的食品安全，总爱去戳那个老鼠洞？——家里老鼠确实多，常常吱吱地在门边柜下探头探脑，或在屋顶哗啦啦列队奔驰，把什么棉絮、豆腐干、十九世纪史、曹雪芹和语法修辞，吃得津津有味，咬得粉渣渣的，揉挤成一个鼠窝。

这些老鼠早被我们用夹子打死了，家里早已平安无事，但父亲为什么还要去戳那个干枯的鼠洞？为什么还不时叹气，说："时候不早了。"——什么意思？

我终于没有去细想，以至于我背着行李兴冲冲从乡下回家时，一推门，只见抱成一团的幺姑和母亲突然分开，泪痕亮亮地都冲着我瞪大眼："你爸爸没有去找你？"

　　"找我？"

　　"他没有到你那儿去？"

　　"什么意思？他到我那里去干什么？"

　　"那他到哪里去了？到哪里去了呢？"

　　妈妈哭了，幺姑也哭了。不一刻，两三位邻居来了。有人另作猜测，说他或许是去了一个姓李的人那里，或许去了一个姓万的人那里……我马上意识到这几天之内发生了什么大事，而这间房子里空去了许多许多。

　　"他什么时候走的？"

　　"四天，四天前！他说去理发，就没有回来了。他只从我手里拿走了四角钱！"这是妈妈的话。

　　我们徒劳地找了七八天。每天晚上，我入睡时都缩在床尾，很懂事地伸开双臂，把妈妈和姑姑的脚抱紧，让她们感到我的温暖和我的存在。我觉得她们的脚都很冷，都干缩了，像一块块冬笋壳子。

　　父亲终于被找到，是机关里两个中年人从派出所回来，让我们辨认一张照片。上面有一颗模模糊糊的人头，放出光亮，赫然涨大，把每一条肉纹都绷得平整，像吹足了气的一只大皮球。照片上的表情很古怪，是一种要打喷嚏又打不出来时不耐烦的那种表情。

　　我心惊肉跳地瞥上一眼，再也没有去看他。那就是他么？

就是我的父亲么？不知为什么，我永远记不清他的面目了，大概是最后一眼看得太匆忙，太慌乱，太简约，太有一种敷衍应付的性质。印象模糊到极处的时候，我甚至怀疑——他是否存在过。当然这也没什么。叫祖父的那个人，我甚至见也没见过哩。那么祖父的父亲，祖父的父亲的父亲……他们是些什么人？与我有什么关系？他们的面容以及嘀嘀咕咕，同我现在牵着小孩去买泡泡糖，同现在笼罩着我的阳光，同我将要踢到的那块小卵石，有什么关系吗？老黑就从不想这些问题，所以她衣袋里总有那么多零食，嘴里总有那么多脏话，她还可以很得意地把下巴一挺，说："拿掉啦。"

后来，幺姑常到我们家里来，总是在傍晚，总是在节假日的前夜，总是沉沉地提着那个草编提篮。提篮是通向市场的一张大嘴，源源不断地吐出一些鸡蛋、蔬菜、水果、布料、鞋袜、刚领到的工资等，吐出一切即将转化为我们身体和好梦的东西，吐出了我们一家人整整几年的日子。那真是一个取之不尽的聚宝篮，直到最后丢在我家厨房的门后，装着一些引火的炭屑，蓬头垢面，破烂不堪。

她从篮子里还总是取出一份小小的晚报。她一直遵守着父亲关于订报的严格家训，甚至在很多党团组织也退订的时候。

于是，有时她就放下报纸，从眼镜片上方投来目光，满腹心事地感叹一两句："毛佗，越南人民真是苦呵。"

或者说："非洲人民真是苦呵。"

"毛佗，哲学真是个好东西，哪么会有这么好呢？学了人就明白，事事都明白呵！"有时她也这样说。

停了停还说:"私心要不得呢。你看看,焦裕禄的椅子都烂了,他还革命到底。要是人人都没得私心,这个世界就几多好。毛佗,你说是不是?"

我自然大声吼出我的附和。

我没有太多工夫去理会她。倒是老黑细心一些,以干女儿的身份依偎在她膝边,大声向她讲解高尔基的《母亲》和雨果的《九三年》,有时也说说知青点的趣事,还说未来一定是美好的,只要革命胜利了,就会有洗衣机、电视机、机器人,人人都享清福,家务也无须幺姑干了。

幺姑大惊失色,半晌才讷讷地嘟嚷一句:"什么事都不干?那人只有死路一条!"

我们都笑起来,不觉得这句话里有什么警世深意。

幺姑无事的时候,就呆坐,不愿上街,不愿去公园,不愿看电影看戏,也不愿与邻居串门交道,甚至六月炎天屋内火气烘烘,她也极不情愿抽张椅子出门歇凉,宁可闭门呆坐,警觉地守护这一房破旧家具和几坛酸菜,守护自己的某种本本分分的恐惧。门一关,她的毛巾也就很安全了,那是不知从哪条旧裤子拆下来的一块蓝布,用粗针粗线绞成。她的茶杯也很安全了,那上面覆盖一个用针线绞了边的硬纸壳权当杯盖,杯里有厚厚一层泡得又肥又淡的茶叶,可能是哪位客人走后,幺姑偷偷从客人杯中捞到自己杯中去的。她的伞也很安全了,那把黑布伞永远撑不满也永远收不拢,上面补丁叠补丁,光麻线也许就不下二两——而我给她买的不锈钢折叠伞,照例又无影无踪。

她坐着坐着,许久没有了声响。我看一眼,她正抄着袖筒瞌睡。脑袋缓缓地偏移，偏移到一定的角度，就化为越来越快地往下一栽。她猛然收住，抹去鼻尖一滴清清的鼻涕，嘴舌一磨一挪，咽下一点什么，又重新开始闭眼和偏移……

我碰碰她，催她去睡。

"嗯，嗯。"她力图表示清醒地回应两声，不知是表示同意还是不同意，抑或表示一下应答也就够了。

"你——去——睡——吧——"

"哦哦，火没有熄吧?"

"睡——觉——听见没有?"

"对对，我看看报。"

她又打开手边的报纸，硬撑着眼皮看上两段。不知什么时候，报纸已经从她手中滑落，她又开始闭眼和偏移，鼻尖上照例挂有一滴冰凉的鼻涕，晃晃荡荡地眼看就要落下。我的再一次催促显然有点不耐烦，使她不好意思地揪一把鼻涕，抹在鞋跟上。"毛佗，你不晓得，睡早了，就睡不着的。"

可她刚才明明白白是在睡。

也许在她看来，过早地躺到那个硬硬的窄床上，实在是一种罪该万死的奢侈，以至她必须客气地推让再三，才能于心安稳地去睡上一盘。

她买回几个臭蛋，喜滋滋地说今天买得便宜，还特意把这些蛋留给我吃。我哭笑不得，筷子根本没有去碰它。这倒没什么，但事情坏就坏在我开始说话，而且说得如此恶毒。我说这些蛋根本不能吃，根本不该买，买了也只能丢掉。我一开口就明白事情坏了，但已经来不及，幺姑如我所料地迅速洞察形势

220

和调整布局。她愣了一下，立刻把臭蛋端到她面前，说她能吃，说臭蛋其实好吃。事情还坏在我居然执迷不悟，竟敢对她流露出体贴和担忧，不由自主地说出第二句："你会吃出病的。"

她的客气由此而得到迅速强化，笑了笑："则是，则是。"

"怎么则是呢？"

"费了好多油盐的，哪么不能吃？"

"你这不是花钱买病？"

"吃蛋也吃出病来？诳讲！"

为了证实这一点，她满满夹起一箸，夹进柔软而阔大的口腔，吃得我头皮直发炸。

我终于把那只碗夺过来，把剩下的倒进了厕所，动作粗鲁野蛮。她气得脸色红红，噘起嘴巴，在厨房里叮当啪嗒摔东打西——锅盆碗碟都是重拿重放。她把家务都做了，甚至没忘记为我烧上洗脚水，但她冷眉冷眼，大声数落："哪有这样的人，哪有这样的人？看我不顺眼，拿把刀来把我杀了算了。我也不想活了，活了有什么意思？有什么用呵？白白消耗粮食……我早就想钻个土眼，一了百了，安静。就是没得土眼给我钻呵……不光是人家看不上眼，自己也看不上眼。是没得用呢，连个蚱蜢都不如，连个苍蝇都不如……这老骨头死又不死，我自己恨得没法，没法呵……"

一连几天，都是这样诅咒自己。为了弥补某种损失，她大张旗鼓地吃尽各种残汤剩菜，连掉在地上的菜叶也捉来往嘴里塞，只吃得自己头发烧，步子软，眼皮撑不起来，像烈日烧枯了的茅草。这当然又牵带出一连串我与她之间的激烈对抗，关于她吃不吃药，关于她喝不喝开水，关于她坐在床上时背后塞不塞枕头，关于她背后应该塞枕头还是应该塞旧棉裤……我惊讶地发现，她对利与害的判断十分准确，然后本能地做出有害选择。为了保证这种自我伤害步步到位，这位软弱妇人依靠她刀枪不入无比顽强的客气稳操胜券。不用说，这种昏天黑地的客气大战，经常把事情弄得莫名其妙，双方的初衷不知去向。

我的胡须更多了。

四

我看见了蒸汽中的一只手。

然后我看见了软软的手臂，其实只是裹着一圈老皮的两节瘦骨。老皮并不很粗糙，倒是有一层粉粉的细鳞，如同冬蛇的一层蜕皮。然后我又看见了头发散乱、太阳穴和眼窝都深深下陷的脑袋。这种下陷，连同偌大一个突出的口腔，使整个脑袋离未来的骷髅形态并不太远。她的头发湿淋淋地结成片，还带着肥皂沫，向一边拥去，发根处暴露出白白头发，使人突然觉出女人的神秘全在于长发，而她们的头皮同样平常以至粗陋，与光头莽汉们并无多大差别。然后，我又看见了一个平瘪的胸脯，肋骨根根块块地挺突，大概用不了多久，就能把薄薄的胸皮磨破。两颗深色乳头马马虎虎地挂在骨壳子上，大概是一种长期等待孩子吸吮的希望，使它们伸展得如此瘦长，而现在终于绝望地低垂。顺着骨壳边沿塌下去的，是裤带勒出的深浅肉纹，是空瘪的腹腔，还有两轮陡峭山峰般的盆骨。倒是小腹圆鼓鼓的，拖累得整个腹囊下垂，挤压出一轮轮很深的皱折。我当然还看见她腰间的几处伤疤，看见了她尖削臀部的一个锐角侧面，还有稀稀的阴毛，从大腿缝中钻出来，痉挛着向四处张扬。令人奇怪的是，她的两腿仍然算得上丰满，有舒展的曲线，有大理石的雪白晶莹，几乎与少女的腿无异，似乎还够格去超短裙下摆弄摆弄。

我突然发现她少一只手，定神细看，那只手却还在。我使劲地挥赶着蒸汽，让自己看得更清楚。

这是我第一次见到幺姑的身体。这条白色的身影让我感到陌生、惧怕、慌乱，简直不敢上去碰触。好像从未做过母亲的这位女人，还有一种处女的贞洁不容我亵渎。一瞬间，我脑子里掠过幺姑年轻时的模样。我看过她的一张照片，黄斑交叠的那种，上面隐隐约约有几位妖娆女子，抹了口红，穿着旗袍，踏着皮鞋。我很难辨认出谁是她，很难知道那口红和旗袍联系着另一个怎样神秘的世界。她们不也有过青春吗？是不是也有过爱情乃至风情万种？

老黑也有两条很好看的腿，还曾逼着我评点这样的腿，追问我为何面对这样的宝贝居然不犯错误。你不会有什么问题吧？她甚至在我裤裆摸了一把，检查我的生理，显得特无耻。

她哈哈浪笑的时候肯定没有想过，她就不会老去？在暗香袭来的全身洋货里，她的身体是否也将要长出皱纹和粉鳞？

老黑说过："幺姑么？——must die！"她冲我挺了挺下巴："她这样活得太受罪。让她结束，绝对人道。"

"你这话是什么意思？"

"我们弄出个自杀的现场，根本不成问题。"

我的心差点变成了一个空洞，每个细胞几乎都砰然爆炸："你在说什么？"

"你明明听懂了，装什么孙子？"她冷笑一声，"你也明明知道，她这样活一天就是受罪一天，但你就是要让她受罪。为什么？因为你要博一个好名声，你要别人说你孝顺、善良、有情义，思想觉悟高。是不是？你要把你的善名建立在她痛苦的基础上。你不觉得自己太自私了？做人做到这一步，累不累呵？"

我不知道该如何回答。"你是说我伪善？好吧，伪善就伪善……"

"但一个伪善者总比杀人犯好吧？"她倒替我说了。

"对，是这个意思。"

"那不叫杀人，叫安乐死。"她耸耸肩，"你爱听不听。这事反正与我没有关系。你不要指望我帮你什么。对不起，我根本不会帮你。看在青梅竹马的分上，我这是为你好。"

她冷笑一声，瘦肩一耸一耸，囊囊囊地冲走了，从此再也没来过病房。我知道，她这几天大汗淋漓地帮着幺姑擦身喂饭塞尿盆，甚至对邻床的陌生病人也有求必应，是真的。但她不会再来了，也将是真的。她什么时候想起幺姑来大哭一场，同样会是真的。动情和无情，在她那里都很真实。可真实地杀人也值得把下巴一挺一挺么？幺姑是她的奶妈和保姆且不去说，她以前的手表，以前的毛衣，还有当知青时往返城乡的路费，也全是幺姑给的，但现在她居然视感恩报德为庸俗可笑，甚至还可以说出大篇深奥哲学来证明自己无懈可击，就像平时谈起气功，谈起声乐，谈起性，总要居高临下地灌来几句"你不懂"。然而现在根本不是一个理论问题，不是。把这件事打扮成一个理论问题，就不那么真实了。她不必自居侠女地把香烟抽得那么老练。

她以前不是这样的。那次她从城里返回乡下知青点去，说是要磨炼革命意志，故意不坐车，准备花十天时间独身长征。这个消息真把我们吓坏了。我们接到电报后上路接了三次。最后一次，从村里跌跌撞撞迎出去五十多里地，才在一片白雪茫茫的大山里，发现公路尽头一个隐约闪动的黑点——她身穿破棉袄，几乎挪不动脚了。她当时扑到我的怀里放声大哭。

现在她根本不愿谈起这些陈谷子烂芝麻的事，包括她的父母，那两个吊死在一根绳子上的老干部。没意思啦，别烦我好不好？她眼下只愿意谈谈钱，谈谈男人和女人。她可以旁若无人地闯进客厅，不管在座的有什么人，单刀直入各种咸味话题。她评论起女士的眼睛、鼻梁、脖子、胸腰、手足、屁股，无微不至，常有独特心得，先领男人的神会，于是有时搔搔头自嘲："真好笑，你们看我这眼光——我简直要成个男人啦。"接着她又可以大谈男人，一直谈到男人也无法谈到的水平，再扬扬自得地取笑诸位面红耳赤的听众："不行，不行，你们男人的神经太脆弱啦。受不了吧？好，换个频道，谈别的。"

幸亏么姑耳聋，不知她嘴里喷吐出一些什么，否则根本不用等到进浴室，脑血管早就啪啪啪爆裂千万次无疑。

不过她不会在乎么姑的好恶。正如她从不在乎什么领导，说不上班就不上班，说不开会就不开会，连请假条都没有。她也不在乎公园告示牌，带着她那个班上的中学生偷花，偷橘子，偷小卖店的饮料，乐得一派天真眉飞色舞，而且一次游玩如果没有这类冒险，就简直他妈的味同嚼蜡。她满口粗话却让孩子们觉得很开心，很崇拜，很迷恋，一个个不叫她"老师"而叫她"老黑"或者"黑姐姐"，把她当成了黑社会的巾帼老大。她几乎同所有的同事吵过架但又交友众多，交际圈覆盖到作家、画家、导演、歌星以及高官子弟，外国的白人或者黑人。这就是她不会在乎幺姑也不会在乎上述所有人的资本——她经常宣布社会太肮脏，号称她每天回家都洗澡，于是湿淋淋的头上支着许多夹子，像一根狼牙棒。

她果然再没有来病房。我去学校找过她，想问一问她是否听说过一个叫珍婆的人，因为幺姑近来经常叨念着这个名字。

她的门上钉着很多留言条，落款者有姓张的、姓马的、姓M的等等。一个提着大旅行皮箱的大胡子守在门边直瞪我，似乎我根本没有权利在这里搓手和皱眉头。我只好知趣地离开。

我找到她时，电话有故障，她的声音微弱得像来自月球。"……珍婆？是发粮票查电费的黄婆婆吧？"

"好像不是。"

"那我就不知道了。你还有事？"

"你也不问问幺姑？"

"她还活着？"

"活着。"我回答得居然不怎么理直气壮。

"没钱到姐儿们这里来拿。在抽屉里。门钥匙在老地方。"她补上这一句就把话筒挂了。

我知道她用钱倒是不算小气，至少在很多时候是这样。可我不需要钱。

我需要什么呢？我也不知道。幺姑躺在家里，又咚咚地开始捶打着床边的小桌了。我赶紧找尿盆，还有小孩们常用的那种尿片，刚被烤得暖烘烘的。

"不是。我饿了，饿呀。"

她又在催饭，可我看看手表，其实还不到十一点。

"想吃什么菜？"我征求她的意见，努力保持自己的镇定，不去思索她口角的白沫。

"肉！"

她又随手一捶，捶得桌面咚的一声如惊雷劈顶，留下余音嗡嗡嗡，搅得我脑袋里乱糟糟的，各种部件都裂缝和错位了。

她近来很能吃，一餐三碗米饭，还要大块大块地吃肉，尤其对肥肉，可以像吞豆腐一样顺顺溜溜。这使我很奇怪。她以前从不吃猪肉，还说当年小镇上常挂着几颗示众的人头，待绳子腐烂，人头就跌落在地，被猪猡啃得滴溜溜地转，四下里滚去，不时滚到幺姑门前的水沟里。她说从那时起，她一见到猪肉就胸闷欲吐。

而现在她爱上猪肉了。热腾腾的猪肉端上来，她立即精神大振，贪婪的大口咀嚼，油水从嘴角挤出来，落在衣襟上却不自知。她还老埋怨我们不给她吃肉，舍不得花钱，对她太小气，又反复声明她一个老家伙是吃不下多少的。更令人难堪的是，她住医院那一段，她总是控诉保姆偷吃了她的猪肉，我们送去的猪肉她全没吃到——其实连邻床的病友也笑着证明，她确实是吃了的。不用说，保姆气得整日拉长着脸，有时还偷偷抹眼泪,说从未见过这样难侍候的刁老婆子。

不管我们怎样解释幺姑的从前,保姆总是不相信。

不管我们怎样说好话和增加酬金,保姆还是气冲冲地要走。

幺姑一连气走了四个保姆。她似乎已经变了,从那团团蒸汽中出来以后就只是形似幺姑的另外一个人,连目光也常常透出一种陌生的凶狠。我对此不寒而栗,怀疑这不过是造物主的险恶阴谋,蓄意让她激起一切人的厌恶,把人们对她的同情统统消灭掉,非如此不离开人间。我感到这个阴谋笼罩天地,正在把我死死地纠缠,使我无法动弹,只能一步步顺着阴谋行动下去,却不知将走向何方。一只乌鸦总在窗外叫,一只蝴蝶总是飞入窗口,一个卖冰的老汉常常朝门里探一下头,这一切隐含着什么意义?上天的神秘启示,我无法猜破。

也许,幺姑在蒸汽中那个反倒好了。我一想到这点就怵然心惊,就想去洗菜或扫地。其实老黑在一个月零三天前就说过类似的话——一个月零三天,就是我与老黑的区别么?

幺姑打了个嗝,扭着眉头,说猪肉一点味道也没有,最好是弄点火焙鱼来吃。

我估计她又会这样,决计装作没听见。

"要加饭吗?"

"火焙鱼。"

"要不要点白菜?"

"火焙鱼呵,寸把长的。"

妻子坚持不下去了,接上她的话头,把嘴凑到耳边:"火焙鱼,没有卖——"

"有买？那就好，那就好。"

"没——有——卖——"

"没得卖？诳讲。太平街有，我去买过的，你们去看看，就在那个太平街呵。"

"那是老——皇——历——"

"你们多跑几趟呀。毛佗，你莫舍不得钱。幺姑人老了，吃不了好多的。你莫舍不得钱。你们要帮助我呵，你们要学焦裕禄呵。呵?"她好像看透了我的什么心思，诡秘地笑了笑，看我们将如何无地自容。

然后，她斜靠在床上，闭了眼，昏昏睡去，不一会儿就发出轻轻的鼾声，吹得嘴皮蜂翼般的震颤。她脸上有鲜鲜红润，几乎要斑斑点点地渗出皮层。

我还是买来了火焙鱼，蹬得自行车的踏脚螺丝都掉了，在街上又撞倒一个人，还同他大吵了一架。但不出我所料，这还是不会令幺姑满意。她先是说鱼里没放豆豉；待妻子加上豆豉，她又说少了大蒜；待妻子加上大蒜，她又说少了盐；待妻子加上盐，她仍然只是随意戳几筷子，就放下了，照例眉头打结，闷不吭声。问她为什么，她嘟哝着说还是先前的火焙鱼好吃，哪像今天这些木渣渣。这一定不是在太平街买的，一点味道也没有。

那时候她确实常去太平街，有时为了买到我最爱吃的臭腐乳，为了买到老黑最爱吃的火焙鱼，她撑着破雨伞，一去就是半天，哪怕走得自己头昏眼花偏偏欲倒——为的是省下八分钱的公共汽车票。她对太平街的好感刻骨铭心。

她对火焙鱼的猜疑转化为极度不满，尤其是对妻子的警觉。妻子去帮助她大小便，她绷着一张脸，手脚都僵硬，暗中运力，决计不从，直到一不留神把屎尿大大方方拉在床上，弄得家里的烘架又丰富厚重一次，妻子手忙脚乱大口喘气。如果换上我去，情形还好一点，她脸色较为开朗，有时还笑一笑，只是接受大便前复杂的按摩程序时有点撒娇，一个劲地哼哼。妻子偷偷说，是不是因为她过早守寡，对男性还有一种撒娇的欲望？

当然无法知道。

我不在家的时候，或者我忙得顾不上她的时候，她就时常烦闷地敲打桌子。日长月久，大概敲得很顺手，很熟练，很惬意，大概感觉到自己能制造出可爱的动静，她就越敲越频繁，越敲越粗重。小桌原有一层黑漆，居然被她敲溶了一块，露出桌面白生生的本色，像鼓面由鼓脐向四周辐射出鼓芒，形成一个多角状的闪光体。到后来，连闪光体都被她敲得微微塌陷，眼看就要变成一个木色混沌的扁盆。我十分惊异，她那只瘦硬的手，一根竹节般的骨头，竟有如此坚强，能把木头都敲得塌陷，而自身却不曾有一丝消融。嗵，嗵，嗵，嗵——我觉得这声音越来越肿大，越来越老辣，带着血腥味充塞于天地。

敲得我们的房门引人瞩目了。开始还只是有人探探头，或者敲敲我们的窗子，或者在楼下大喊我的名字，表示不能忍耐这种肆无忌惮的噪声。当他们知道这是根本无法阻止的必然存在时，也就只能横眉撇嘴地将就了。他们还是可以过他们的日子，吃饭，浇花，做藕煤，修自行车，搭个油布棚办丧事，或者打扑克麻将——几位老人为了凉爽总是抬着牌桌追随大楼的阴影，一天下来，几乎由西到东骨碌碌转了一个圈。设想某一天，牌桌边少了一位常客，再也见不到了，我就会相信那是旋转的离心力把他甩出去了，甩到那边办丧事的油布棚里去了。

房管所来了人，把这栋老砖楼房里外看了看，判定为危房，开了个什么单子，计划加以整修。我暗自歉疚，总觉得几十户房子的破损全是我家嘣嘣嘣敲出来的。

我开始脱头发，每天早晨醒来，枕上都有稀稀散散的青丝，拢起来足有一小撮。我也开始喜欢戳老鼠洞，围着楼房机警地巡查，竹竿火钳一齐用上，还叫妻子挽起袖子帮忙，热火朝天轰轰烈烈地大干。而且我开始更多地与别人吵架。那天国骏来找我，头发光亮亮的，照例说起他们单位里糟糕的官僚主义。我本来想附和他，这是毫无疑义的。他一定是猜到了这一点才说得口若悬河长驱直入，把瓜子嗑得那么响亮。可我一开口，自己也不相信自己的话。我说民主真他妈的可笑，说民主不就是群氓压制天才吗？说开明的皇帝比浅薄的民主要好上一万倍，不是吗？……我说这些的时候，还恶狠狠地瞪了他一眼，似乎早就看出了他根本考不上研究生，也无法买到他渴望的进口电视机。

国骏脸色发白，惊慌地走了，连伞也忘记带走。妻子瞪了我一眼，收拾着茶杯和烟灰缸，责怪我何苦要同客人这样争吵。

"我同他吵了吗？"

"怎么没吵？你看国骏都气成那样了。"

"国骏？你说国骏？他刚才来过了？"

嘣，嘣，嘣——幺姑又在敲打桌子，还有娇声娇气的呼唤。

我立即异常灵活地去拖便盆和扯下烤得暖烘烘的尿片。

一阵忙乱终于过去，家里沉静下来。妻子悄悄把头靠在我肩头，想说什么。

"去看看炉子吧。"

"这是没有法子的事。"

"你先睡。"

她轻轻叹了口气："幺姑这是在讨账。"

"讨账？"

"铭三爹说的，她先前给了别人多少恩，现在就要给别人多少难。一笔笔都要讨回去的。这叫讨账癫，是治不好的病。"

"还有香烟吗？"

"铭三爹说，没讨完账，她不会死的。"

"你去睡吧。"

我再次拿起那份报纸，却记不起刚才看到哪里来了。那份报纸在我眼前一片黑，发出轰轰轰的呼啸。

五

凭着门后那个草编提篮，我不应憎恶幺姑。这不公平，太不公平。可一切都无法挽回，当团团蒸汽把隐匿多年的另一个幺姑擦拭干净，推到我的面前，一切就再也无法挽回。

依然名叫幺姑的这位妇人——我只能这样说——已经丧失了仁爱、自尊、诚实以及基本的明智，无异于一个暴君，对任何同情者和帮助者都施以摧残。她的残酷在于，她以幺姑的名义展开这一切，使我们只能俯首帖耳和逆来顺受。她的残酷更在于，有关幺姑的记忆因此消失殆尽，一个往日的幺姑正遭受遗忘的谋杀。我能怎么办？

这位妇人总是恶狠狠地看我一眼，控诉保姆偷吃了她的猪肉，控诉我们不给她买猪肉，控诉我们串通一气，存心要饿死她。我买回五个闹钟，也无法保证每天晚上准时帮她排尿。我们家里满屋子蓬蓬勃勃的尿臊味，总是使保姆们惊慌辞工。现在请保姆太难了，家政服务介绍所门前那黑压压一片女人，都在打听哪个商店在招工，打听八小时之外加班有多少奖金。我一走进那叽叽喳喳的声浪，就觉得自己是个乞丐，无耻地算计着她们的钱包。

不知为什么，我一大清早就敲开了老黑的房门。她探出脸来眨眨眼："就天黑了？我还没吃晚饭哩。"

门里同时涌出狂乱的打击乐声响。

我一听到这别致的早安问候，就觉得说不出话来。看着墙上一把日军指挥刀和一个旧钢盔，只能沉默。

"你要的民歌磁带，我借来了，但忘在家里。"我没话找话。

她把半个冷馒头往桌上一摔："乔眼镜有什么了不起，老娘与他势不两立！"

我说："你要民歌磁带做什么？"

她说："真怪，床下老是嘣嘣地响。"

"你这个房子，该装修一下了。"

"你会不会修洗衣机？我的洗衣机总不进水。"

我朝那床下瞥了一眼，那里除了几个油画框子和一双男人的臭袜子以外，空空的什么都没有。

我们说了一些话，但没一句可以对接，没有一句自己事后能明白意思。我只能悻悻地回家。

我只得另想办法。我终于从一位远亲那里打听到，珍婆是么姑几十年前结拜的一个妹妹，眼下还在老家乡下。我对妻子说，可以考虑把么姑送到珍姑那里去。当然，这个，就是说，可以这样理解，换句话说，没有什么不好。落叶归根，不正是老人们的心愿吗？乡下新鲜的空气和水不更有利于治病康复吗？乡下的住房不是更宽敞而且人手不是更多吗？……我们可以找出足足一打理由来说服自己，证明这种念头的高尚实质。

我把苹果削好，给路过我房门前的邻家小孩吃了。我不知道他们父母的眼中为什么会透出诧异，是不是我热情慷慨得有点突兀？

我当然从未见过珍姑，甚至从未见过老家乡下来的人，以至在我的想象中，老家在一个比月球还要遥远的地方，不知那里的太阳是否逼真得有点可疑，是否就是我们共有的这个太阳。

乡下回信了，也来人了，是珍姑的两个儿子，用绑在两根竹杠中间的躺椅，拉拉扯扯地把么姑抬走。么姑竟一把鼻涕一把眼泪地不肯走，骂我没有良心，骂我们将她卖给人贩子。幸亏这一骂，我酸楚的心情突然变得冷漠和强硬。

是你有意这样开骂的吗？是你存心要让我变得冷漠和强硬从而不再对你有所牵挂？么姑，你为何要把我最后一线牵挂也强行剥夺？

我躲在厕所里大哭了一场。

后来，听说她在乡下还过得不错。

后来，我们谈到她的时候越来越少。

我感激珍姑，这个天上掉下来的阿婆。我不知道幺姑与她是在什么时候结拜，又出于什么因缘而结拜为手足的？这里面是否藏着平淡无奇或惊心动魄的故事？正如我不知道为什么家乡人总是说祖先是一只蜘蛛，不知道那里的女人名字里为什么大多带有"婆"字，不知道家乡人为什么常常对一切女性统称为"婆"而不区分伦常——有学者说这是原始制度在语言中的遗痕，令我暗暗吃惊与疑惑。

因为幺姑，我才知道有一个珍姑，曾经能舞马弄枪，参加过抗日游击队，当过妇联会长。因为有这个珍姑，我才有机会回到家乡，看到我身上血液的源头。这是一个坐落在小河边的村寨。一栋栋苍黑的木楼两厢突出，正堂后缩，形成口袋形的门庭，据说可以吞吃和威慑妖怪。家家大门上都悬有一块镜片，据说那代表海，代表远祖的发源地，也可镇服阴邪之气。跨入大门时，眼睛好半晌才能适应黑暗，发现神龛赫然耸立在面前，上面供奉着列祖列宗及一些不见于经传的神鬼。

很多木楼都左偏右斜，不似砖房那样挺直端正。似乎木材从山里砍伐来以后，还有生命，还能生长，在一段时间的挣扎之后，已让楼房生长出各个不一的形态，生长出五花八门的表情。这些木楼前常有美丽花朵，红艳艳的牡丹或芍药，砰然击穿了绿色的宁静，却不大被山民们注意。

沿着小河一路下来，两岸经常可以看见山上错错落落的寨子，如停息山头的三两黑蝇，一动也不动。丰沛的河水漫江横涌，下行的篷船飞滑如梭。突然，船两旁的水声变得激烈，水面开了锅一般暴出狂乱水花。不用说，船正在"飚滩"了。船家十分紧张，瞪圆两眼选择水路，把艄的和掌篙的都手脚暴出青筋，互相吼着一些船客不易听懂的行话。水面形成了陡峻坡面，木船简直是在向下俯冲，任大片大片的浪帘扑进船舱，溅湿船客的衣服。但在船家大声呵斥之下，船客暂时不得乱动，也怯怯地不敢叫唤，因为船头正向一个池塘般大小的漩涡撞去。哗的一声，小船居然没有倾覆，而且把漩涡甩到了身后。待耳边水声逐渐敛息，船客们回头一看，不知何时船已过滩，刹那间把苔迹斑斑的孤塔甩下了好几里。

遇到水势更猛的险滩，船老板就必定放空船下滩，请船客们上岸步行一段，这样比较安全。顺着残堤一路走去，船客们可闻采石建桥的叮当声，大概公路不久就要伸入这片群山了。船客们可闻伐木扎排的笃笃声，山民们正准备将黄柏木和楠木一类解成木板放出山去。有时，还可在沙哑的唢呐声中撞见一队少年，各捧一个木盘，盘中有红纸，红纸上或是玉米，或是稻谷，或是一张张铺排齐整的纸钞，却不知是什么意思，在进行何种仪式。

船进入碧透长潭，则水平似镜。前面的两岸青山缓缓拉开，撕出一道越来越宽的天空。而后面的数座屏峰正交相穿插，悄悄把天空剪合。这就叫山门吧。船至门开，船离门合。一座座不动声色的山门，把人引向深深的远方，引向一片绿洲或一片石滩，似乎有一个人曾经在那里久久等待的地方。

船家请船客们抽烟和喝茶。要是你愿意，还可爬进篷舱，钻入船家黑油油的被子里睡上一觉。船家说起同行们捞沙的好收入，说起自已少年时的种种奇遇，还指着右边山头，让我们看边墙。他说他祖爹当年曾经被招募去修墙，当时筑墙一丈可得银一钱二分哩。他说那时候营哨林立，兵丁不论晴雨日夜都要接替传签，沿墙巡视。有一年又闹土匪，游兵每人揣一颗熏烤干制的人心，用以壮胆。

船身摇晃，船客都争着探头去看小长城，欢呼看见了看见了。

但我颈脖扭得酸酸的，眼睛盯得干干的，却什么也没看见。真是怪事。眼前明明只有一片青翠山林，一些黄色的蝴蝶明明灭灭于草浪当中。不仅没有边墙，甚至不像有任何大事曾经在这里发生。

看见了——他们看见什么了？他们的眼睛莫非和我的不一样？

我登上岸，拾级而上，看见前面有几个伙棚，两个白光闪闪的银匠挑子，还有老墙上的一些布告。有熙熙攘攘的家乡人，三两聚集低声言语。其中伙棚里几位老人，又瘦又黑，言语腔调都酷似我父亲，不由得我心头一震。他们或吮着竹烟管，或端着小酒盅，胸有成竹地盯了我一眼，又嘀咕他们自己的事去了。从他们的神色来看，他们是在嘀咕多年前游兵们巡墙的事？

我总觉得身后有人叫我，回头看，是一个黑脸汉子喊他的丫头。一位店老板笑了笑，问我是哪里来的，要办什么差事。听过我的自我介绍，他眼光发直地呵了一声，立刻猜出我是谁家的公子，并熟练道出我父亲的姓名——看来乡下人对我的家族了若指掌。几位老人也立刻冲着我露出黄牙，点点头，向座中一位外乡人，慢条斯理地介绍我父亲是谁，介绍我幺姑是谁——据他们说，幺姑曾是这里有名的美人。

在小店的对面，在一条干枯水沟的那边，是一个大操坪和低垂欲跪的篮球架，还有一栋青砖平楼以及砖墙上的石灰标语。孩子们正玩得很快活，叫叫嚷嚷，跑得热灰扬起来，使墙根都糊上一层黄乎乎的尘垢。店老板告诉我：这里原来就是我家的大宅，三进三出，跑马楼，后花园，老照壁，画栋雕梁，十分威风。老房子是建学校时推倒的，只留了旁边几间杂屋。以前佃户送租谷，上了岸以后都走后门进仓，现在右边杂屋旁边那条光滑滑的小径，就是由佃户们踩踏出来的。

我确实看见了那光滑的小径，很凉，很轻，很薄，镶有青草与绿苔，让我有一种奇怪的熟悉感。我当然从未见过这条小径，但这条小径曾吸走河里一船船的稻谷，养活了我的家族，包括一直活到现在的我。我明白了，父亲以前一直不让我回老家，一定是害怕我看见它。

店老板接着谈起我的五叔爹。我知道，那个玩枪玩马玩麻将的老手，确实是一枪被起义农民给崩掉的。跪着陪斩的还有好几位，祖父就是在一声枪响之下吓聋了。而这种聋，后来竟传给了幺姑。当然，也许聋史还可以追溯到更早的时候，上一代，上两代，上三代……那时候发生过什么事？

"你跟我父亲熟么？"我突然问。

老板笑了笑："哪能不熟？不是乱说，他上省里念书，还是坐吾的船，船上几天都是吃吾的饭。那时候，你家里败啰，成天只能喝粥了。你幺伯不是还被李胡子一索子抢去了么？不就是当了人家的小妾么？你家父还是八字硬，有次去打老鼠洞，在夹墙里三戳两戳，嘿，戳出了两筒光洋……"

"戳老鼠洞？"

"是戳老鼠洞。他喜癫了，抱着就跑。你大伯二伯也不晓得是哪么回事，赶也赶不上。"

"后来呢？"

"后来，不就是搭伴那两筒光洋，他哪么能念上书？哎哎，还是你家祖坟位置好。修路迁坟时，挖开坟一看，里面尽是蛇，尺把长一条，足足装得半箩。"

"他后来回来过没有？"

"回来过的。吾只听说。"他转向屋里的那一圈人，"覃六爹的老三后来回来过吧？"

一位光头老汉咳了一声，毫无表情地咕哝："回来过的。那年他好革命呵，把六爹亲自押回来，交给农民协会。"

现在我的瞳孔已经适应阴暗，把几位长者看得更清楚了。他们全身油光光地黝黑，而这种黝黑一直深入到指缝、耳背以及头发根的深处。他们如同刚出大油锅，坚硬，精粹，滑腻，紧实，小疙小瘩，沉甸甸地打手。他们审视着我，目光在我脸上刻着，剔着，划着，要掘出一个他们熟悉的人影。这种目光太尖锐，差点掘得我的皮肤喳喳响，差点要把我的脑盖骨掘得粉碎，一直掘进脑髓那糊糊涂涂的深处。我想，只有看惯了枭首、剥皮、活埋、寸割、枪毙的人，他们和他们的后代才会有这种你不堪久遇的目光吧。

我悄悄地为他们祝福，为这里所有陌生的人祝福。我是来看望家乡，看望幺姑的，可怜的幺姑，曾经身为小妾和劳模的幺姑,已经死了。我前天刚刚收到电报,这次可是真的,不像前一次,珍姑的大媳妇没弄清楚便误传噩耗。也许有过了那一次荒唐的悲痛,这一次我心里平平实实,没有预期中的号啕,似乎号啕不合适进入预期,而悲痛也是定量物品,付出一分就会少一分。收到电报以后,我只是马上请了几天事假,马上去借钱。想到乡下那种丧事的繁文缛节,我不能不多准备一点钱。

我离开杂货小店,走进一片柳树林。路边杂草摇着尖尖的叶片。

小路这样寂静,仿佛有个人刚从这里离去。

六

幺姑的味觉很灵敏也很精细。她想吃兔肉,珍姑的老大一早就摸黑骑着自行车往镇上赶,蹦蹦跳跳十几里,看能不能碰上一两个卖兔的猎手。她想吃黄鳝,珍姑的老二就扎脚勒手,提着木桶下田,踩得泥浆呱嗒呱嗒,有时踩倒了人家的禾,免不了还要挨咒。兄弟俩弄回了美食,全家人都不吃,只是熏的熏,腌的腌,留给幺姑匀匀地吃。可她吃不了多少,戳几筷子就沉下脸,头扭到一边去哎哟哎哟。

她还有什么不满意呢?是不是闷得慌?兄弟俩又商量了一下,一个去找竹床,一个来搓麻绳,在竹床两头各扎一个绳圈,权当简易担架。他们抬着老姨子出门去散心,看禾场,看河水,看鸭群和蝴蝶,看寨子里某一户养的长毛兔。

天天收工之后,都得陪老人这样玩上一趟。竹床吱吱呀呀地响，麻绳往肩头的皮肉里扣。兄弟俩总是玩得背上汗湿一大块，汗湿的衣又沉又凉，在背脊上扑打扑打。他们弯曲的食指连连刮去脸上的混浊汗珠。

"呜呜——"幺姑终于高兴了。

她尤其喜爱货郎挑子，见了就要凑上去，脸盘被琳琅百货所反射的日光抹得飞光流彩。她冲着一个彩纸风车轮眯眯笑，又撮起尖尖的嘴唇呜呜："大毛，买一个咧，莫舍不得钱，我有钱，买咧。"

于是就买了。

她确实有钱，除了退休工资和我们寄给珍姑的辛苦费，还有一百元，压在她的箱底。她对此记得十分清楚，有时把钱摸出来，要兄弟俩给她一个接一个地买风车轮。有一次，珍姑从那笔钱里借走了几十，买粪桶和猪崽。她发现后很不高兴，成天咕咕哝哝，见到谁都横眉怒目，说有人偷了她的钱。一赌气，她把屎尿狠狠地拉在床上，还按部就班地捶打床沿，直捶得床板一翘一翘，嘣嘣声把猪栏里的畜生都惊得大呼小叫。

珍姑气得脸盘都大了："你捶命呵？捶命呵？哪个偷你的钱？不是说借几天用用吗？你怎么就不记得了？"

珍姑只得另外去借钱，把钞票塞回烘箱，眼里泪水汪汪："吾前世没欠你，没亏你，你哪么要这样来磨人呵？菊花姐也来磨吾，四姐也来磨吾，幺姐幺姐，眼下吾也只有你这一个姐姐了，你要磨死了吾，有哪样好哇……"

幺姑也流泪，好像还懂点什么事。

想必她能听懂这些话。

珍姑常说，好几个姊妹都是由她来送终，幺姐的后事也肯定落在她头上。她现在不能扛枪打仗了，也不能下河打鱼和下田种粮了，侍候人的气力还是有的。她就是想受些磨呵。想起以前的患难交情，她不被姊妹们磨一磨，往后的心里如何好受？这些话是她对邻居们说的。她爱串门，爱说笑，口又无遮拦，甚至自己老倌少年时偷女人的丑事，甚至自己当年在游击队里的相好，都曾在她嘴里四下里广播。她说到恨处就骂，说到乐处就笑，走到哪里都是惊天动地。不过，现在她不能常去串门了，她收养了三个孤儿、一个残疾人，一点老革命战士的生活津贴全贴补在这里。尤其是把幺姑接下乡来以后，几乎每天都有满满一脚盆沾屎带尿的衣裤需要她洗刷，几乎每天都需要她来帮幺姑翻身，擦身，喂食，喂药，包括抹滑石粉以防褥疮。她累得眼睛都黄了，牙痛得更加厉害，常捂着半边嘴骂老倌。

　　两个亲儿子着急，只得暗中策划，这一天联系好一条船，突然要把幺姑送走。珍姑得知后脸一沉，把半瓶农药揣在怀里说："走也则是，吾横直也不想活了。要送就把我也送走，把我们两姐妹都送到火葬场去。"

　　老二气得直揪头发，拔腿冲走，住在朋友家好几个月没有回来。

　　老大两口子斗不过亲娘，但他们爱动心思，便设法让她省些气力。他们终于想起一个办法：在幺姑的床板中部挖一个洞，对垫褥也依样改造。洞上加一活盖，洞下接一尿盆。这样，只要床上的人能及时扯去活盖，将尖尖臀部挪入位置，就能顺利地排便了。

幺姑似乎对那个洞颇为不满，一到内急之时，总是眼珠朝四下一睃，毫不犹豫地照样拉在床上，宣告阴谋对她无效。

老大两口子继续改进工艺，把床榻索性改造成栏垫。这样做的好处，一是通风透气，免得病人生褥疮，二是容易清扫，不论病人如何乱拉，屎尿大多滑下栏垫，落入床下的草木灰，侍者事后只消将草木灰清扫出去便是。至于被褥，当然也得相应改造，变成比较厚实一些的开裆裤。

这样做像是养猪，对病人不大恭敬，不过细想之下又有什么别的办法？

改进还在继续。比方说，把病人头发全部剃光，是怕头发里生虱子。用木槽代替瓷碗，是怕病人打破碗以后用瓷片割伤身体。这些新办法都颇为有效，不仅减少了屋里的臭味，而且幺姑的褥疮渐渐结痂，生出粉红色的新肉。接下来，她饭量增加了，身体也胖了些。但随之而来的问题是：她精力也更充沛。为了满足一个聋子的耳朵，她经常更加猛烈地捶击床沿，更加响亮地叫喊："毛佗——"她盯着屋梁呼唤，"毛佗，你来呵——我看见你了，你想躲我是不行的——"

她把乡政府的一个干部总是当作了城里的我。那后生下户来检查外来人口，来慰问当年的革命老战士，曾穿过她的房，被她一眼看见，就确认是毛佗不疑。还责怪珍姑存心把毛佗藏起来，不让她知道。

她显出一种兴奋，发出一种不无娇气的哼哼，渐渐又转为咬牙切齿的辱骂和控诉："……你们这些没天良的，去找毛佗来呵。他躲在外面做什么？你们告诉他，我要吃药，要吃药呢。

他去想点办法呀。他读了书的人，是个会想办法的人呀。你们要他到上海去，到北京去，去找呀。我要吃药，人有病就要吃药，不然就会有矛盾呵。我头晕呵，要吃药呀，你们怎么不给我药呢？你们去找他来，要他不要舍不得钱，不要太小气，去帮我找药呵……"

一直叫到重新呼呼地睡去，大嘴硬硬地张开着。

珍姑知道，碰到这种情形，绝不能去理睬她，否则她会更加激动和震怒，双目发直，脑门上青筋暴出来像一条条蚯蚓，一只手因仇恨而变得灵活异常，尽力叉开和痉挛的五指不由自主地如蛇信子突伸突收。

寨子里已有了很多议论。有人说幺姑患下如此恶疾，莫非是因为前世造孽必得恶报？他们碍于珍姑的权威，不敢把这个无后的女人逐出村寨。但他们谈得心惊肉跳以后，还是忍不住想看看一个疯子的景况。珍姑对此非常气愤，常常守在门口，绝不让那些贼溜溜的目光扫进门槛，也不让幺姑撑着小椅子拐出门去。眼角边有了什么动静，她顺手抄起一根竹竿，眼明手快地扑打过去，啪——幺姑必定缩回地上一条炭画的黑线那边——她曾经命令过，幺姑的身子任何一部分都不得越线。

她惩罚了姊妹之后，又朝自己的赤脚扑一竹竿，表示对姊妹的罪过已得到了赎还。

幺姑渐渐体会出竹竿的权威。头几次，她还尖尖地哎哟一声喊痛；到后来，哼哼两下就算完事。最后的结果是完全驯服，见有竹竿在，便规规矩矩不再乱动，蜷缩在黑线的那边，缓缓舔一舔嘴唇。

"回去，上床去！"

"呜呜。"

"穿起开裆裤，蛮装相是吧?"

"呜呜。"

"你那毛佗没有来。你明白吗？他公事多，哪么有时间来睬你这个疯子？他不会来，不会来的！"

"呜呜呜。"

她像个自知有错的孩子，讨好地笑一笑。

珍姑也渐渐体会出竹竿的作用，碰上幺姑不愿拉屎尿，不愿吃饭，只要把竹竿扬一扬，对方就立即规规矩矩。

不过她得照顾其他残疾人和孤儿，也不能老捏着竹竿条子，全天候守着幺姑这一个。这一天她寻思半晌，冲着老大吆喝："大毛，还给老娘做件事，打个笼子来。"

我后来见过竹竿，就丢在墙角，竿头一端已碎裂。我也见过笼子，或者叫笼床吧，除了滑滑的栏垫，都是一根根粗大的杉木，在人们不常触摸的地方，积有黑黑的泥垢，显得笼子更加沉重。木头接榫之处，楔背被锤得开了花，给人一种牢不可破的稳固感。这个足以制伏豹子和老虎的笼子，眼下关锁着无比实在的一团空寂。

幺姑竟然可以在这里面生存下去，实实使我惊讶。是不是因为她几乎从未生育，才有如此强旺的精血和生命？听珍姑的老大说，她后来简直神了，不怕饿，不怕冷，冬天可以不着棉袄，光着身体在笼子里爬来爬去，但巴掌比后生们的还更暖和。在她生命最后的一段时光，一些奇事更是连郎中们都无法解释——她越长越小，越长越多毛，皮肤开始变硬和变粗，龟裂成一块块，带有细密的沟纹。鼻孔向外扩张开来，人中拉得长长的。有一天人们突然觉得，她有点像猴。

她继续小下去，手足开始萎缩，肚子倒是一直膨胀。如果随意看一眼，只见她一个光溜溜的身子，还有呆呆的两个大眼泡。人们又有新的发现，觉得她像鱼。

这条鱼成天扑腾扑腾的，喜欢吃生菜，吃生肉，甚至吃笼床边的草须和泥土。吃饱了，便常常哧哧哧地冷笑，却不知道她笑什么。如果不让她这样生吃，她就不高兴，就用貌似手臂的那只肉槌一个劲地捶打，制造出嘣嘣嘣的生命乐音。不过，人们已经熟悉这种乐音，熟悉到不再注意这种乐音。成人们来珍姑家串门，从不在乎这种乐音的强大存在，比方说并不会伸头探脑地朝里屋看看。只有娃崽们还记得她。他们几次好奇地想潜入发出乐音的那个房间，都被珍姑骂得四下逃散。后来的一次，待珍姑和两个儿子下田去了，他们又偷偷摸摸聚在一起，互相鼓励和怂恿，来探寻乐音的秘密。他们搭成人梯，爬到窗台上，朝墨墨黑的屋里张望，终于看清了笼子，还有笼子里一个活物。

"那是什么东西？"

"兴怕……是鱼人吧？"

"它咬不咬人？"

"娃娃鱼咬人，鱼人不咬人的。"

"你敢摸它吗？"

"有什么不敢？"

"我还敢摸它的鼻子。"

“它在叫哩。”

“它是肚子痛起来了吧?”

“它是要出来玩么?”

……

娃崽们觉得那小个头活物理应是自己的朋友。他们顺着墙根,溜到后窗,从那里跳进屋去,打开笼门,打开大门,甚至毫无必要地打开所有的门,开出了一个四下通畅无碍令人舒放痛快的自由天地。然后,他们把活物连抬带拖地弄出大门,情不自禁地充当父亲或母亲。他们先打来一盆水,帮活物洗了个澡,特别注意洗净屁股。又用一根红布条子,将活物头上几根稀稀拉拉的白发,扎成一个冲天小辫。大概扎辫子时没留心,扯得对方的发根头皮很痛,活物哎哎哟哟地哭了。娃崽们愣了愣,纷纷想法子止哭,让活物高兴。一个女崽威胁:“不准哭,白虎鬼来了,谁哭就会把谁装进篓子拖走。”一个男伢又想出更妙的办法,率先去搔活物的胳肢窝。

咯咯咯,娃崽们先笑,接着活物也嘀嘀嘀呵呵呵笑了。显著的效果使娃崽们信心大增,兴致大发,都争先恐后地去露一手,搔腿搔腰搔颈搔脑袋,一头头黑发聚在一起,此起彼落地拱动……活物终于发出一声大叫,眼里充盈着浊泪。

据说她还嘟囔了一句什么,但无人听清了。

我又听说,有人还是听清了,说她嘟囔着一碗芋头。另一个版本稍有不同:有人说她嘟囔着自己的头晕。

我不知道么姑是不是就在那一天死了。反正我从乡亲们嘴里听来的就是这些,以后的事无人提及。她是怎么死的,比方是不是乐死的？是不是死于全身脏器衰竭？我也不知道。我坐在珍姑家的火塘边，听着山乡寂静的黑夜，捧着晚饭前必有的糖茶。桌上有四个小碟，分别装有玉米、南瓜子、红薯片、米糖杆。小碟被珍姑收走以后，她又端上大钵的肉块，都是出自瓦坛的腌制品，有鱼酸、牛肉酸、猪肉酸、麂肉酸，此外还有酸辣子、酸蒜苗、酸胡葱、酸萝卜、酸蕨菜，琳琅满目。看到一串串黄溜溜的东西，我初以为是酸藤豆，后来才知是酸蚯蚓，而蚯蚓下面的一颗颗硬物，则是酸蜗牛。老家人爱吃酸，我早有所知，但今天还是大开眼界。

我看了珍姑一眼。这位老游击队员年近七旬，仍然腰板挺直，头发熨帖，声音响亮，大脸盘子被柴火映得金光闪闪。她大手大脚，大声大气，大襟衣，大奶子，大鼻头，全然一种爽爽朗朗的大，一下就能笼罩你和感染你。她不由分说地给我夹菜，老是问我一声"苦不苦"——我知道这就是问菜咸不咸——家乡话里咸苦不分。

她又夹起两块猪肉，眼圈红了，说这只猪是幺伯看着捉进来的，看着长的，幺伯还帮忙斩过猪草哩。可惜幺伯命苦，没赶上吃肉。她把猪肉送入我旁边那只空碗，含含混混地说："幺姐，你尝尝。"

碗边，是一个空虚着的位子，是整个黑夜的边沿。

幺姐，苦不苦？你尝尝。

位子还是空虚着。

她撩起衣角按按眼角，声音碎碎瘪瘪地从喉头挤出："你幺伯，想苦了，把肠子都想绿了，想黑了，想枯了，就想你来……你幺伯命苦呵。她以前是这里最标致的。一上街，后生就追着看。来提亲的人，把门槛都踩烂。"

我点点头，觉得听懂了她的话，以及她没有说出来的话。我大口喝下苞谷酒，觉得全身热起来，头重脚轻，动作有些飘忽。我看着火塘升起的闪闪火星，急匆匆向黑色屋顶扶摇而上，一颗颗在那里熄灭。我觉得它们熄灭在宇宙的深处。

更要命的是，在这最需要眼泪的时候，我仍是两眼干干。

七

我起得太早了，伸手不见五指，掩门时珍姑还在熟睡。

其实赶场用不着去这么早，杀猪的和炸饼的一定还没有去，可我总觉得应该早一点，去走走月光泼湿的山路，第一个看到太阳。

我深一脚浅一脚走进墟场，暗中被什么东西撞了一下，大概是树干，或是伙棚的柱子。我瞪大眼睛仔细搜寻，终于看清了残月，还有月下一道黑森森的陡岸——那当然是小镇的连绵屋脊。

不知为什么还不见灯火，不闻鸡鸣与狗吠，以及人们开门时的吱吱呀呀，莫非现在还是深夜？是我的手表欺骗了我？我摇摇表，喘喘气，继续向前摸去。忽然，一脚踩着了个软乎乎的东西。在迅速缩脚的一瞬间，我感到它是个肉溜溜的活物，忽的一下窜走了，想必是一条蛇。我退了一步，可另一只脚又同样踩到了软乎乎的东西，那东西大概出于惊慌，一扑腾，从鞋底下挣脱，竟顺着我的裤腿往上蹿，小爪子细细碎碎地一路扎上来直至腰间，幸亏我手忙脚乱地扑打，它才通的一声回到黑暗中。我冷汗大冒，背脊发凉，两腿软软的再也不敢移步。

憋住呼吸细细听去，似地面发出隐隐约约的潮涌之声。我低头一看，发现一团团黑影飞掠而过。天哪，老鼠！这么多老鼠！这么多老鼠在列队飞奔！

我记起来了，这些天上面来了一些人，抄着三脚架水平仪一类，寨前村后地一个劲忙碌，又召集群众大会，问大家是否发现了鸡飞树丫、井水升涨等异兆，同时嘱咐乡民们统一警号，轮流放哨守夜，住砖房的尽可能搬进木房等等，于是人们便纷纷议论地震这件事。那么眼下莫不是要地震了？不然为什么有这么多老鼠跑出洞穴？它们是不是已经预感到地表以下一场轰轰烈烈的战争正迫在眉睫？

很久以后，我才想到么姑曾预言过这场地震。她生前常常觉得头晕，还一再说到"地动山摇"这个词——那当然是暗指地震了。她眼下已经消失。那天的葬礼上鞭炮叭叭炸响，在空中绽开一簇簇瞬时生灭的金色花朵，把白日炸得千疮百孔，炸出一股股焦煳味。唢呐沉沉地起调，又沉沉地落下去，飘滑于身前身后不可触摸的空处，缓缓地锯着颤抖的阳光。吹唢呐的是几位汉子，有的驼背，有的眼瞎，有的瘸腿，脸上都毫无表情，或望着眼皮下一块石头，或盯着路边一棵小草，埋头互不搭理，甚至目光也从不交遇。只是听到锣鼓默契的启导，便悠悠然各自舔一下嘴唇，腮帮鼓成半球形状，抱起唢呐锯将起来。他们随着前面摇摇晃晃的棺木，随着扑扑翻卷的招魂旌幡，缩头缩脑登山而去，在一片油菜地里踩出凹凹凸凸的脚印。更有意味的是，幺姑的棺下垫了一层密密的鼠尸，就像我后来在镇街上看到的那种，不知是出于什么习俗。

地震？地震啦——我终于发现，自己的喉管根本没有发出声音。我把自己的手捏了一下，看是否在梦中。我还发现，小镇到处都是房门紧闭，对我的叫喊毫无反应。只有很远的一栋楼房迟迟亮起了一星灯光。不知那是学校还是镇公所。我着急万分，听出窸窸窣窣的声浪越来越大，看见一串串老鼠从门缝里、树洞里、小巷里以及菜园里蹿出来，汇成巨流，盖满一街，漫向墙基和水沟，此起彼伏你蹦我跳，形成遍地的朵朵黑浪。我想提脚让开它们已经没有可能。一路走去，脚脚都踩着老鼠，软塌塌的，滑溜溜的，人就像踩在棉垫上摇摇晃晃，又像踩在一片散木滑滑溜溜。无论我怎么跳跃和怎么选择，也踏不到一个稳定落点。更奇怪的是，被踩的老鼠既不叫唤，也不反击，只是从鞋底扑腾挣扎而出，继续它们慌乱的奔跑。它们顶多是被踩晕了头，在你的腰间或者肩头盲目地蹿上一圈，又跳下去追随自己的队伍。它们比肩接踵，一往无前，庄重地信守着一个你无法知道的计划。

就这样，我一直在鼠河上踏浪而行，在鼠群的包围中左冲右突，在鼠群的腥臊味中差点晕了过去。我东偏西倒地跑一阵，又走一阵，又跑一阵。我捶打着每一张门：地震啦——

前面是一段石阶。鼠流到了这里以后就形成鼠瀑，顺着石阶滚下去，滚成一个个鼠球和一个个鼠筒，直到滚落阶底才溃散开来，露出一些灰白色的小肚皮。鼠瀑的力量是如此之大，已经把前面一伙棚冲倒，一块门板，几根木头，还有木桶和稻草什么的，都在鼠河上旋转一圈，漂荡而去。遇到前面街口的狭窄小巷，鼠流便陡然增厚，淹至居室的窗口。有几只黑鼠甚至跳上屋顶，继续朝预定的目标奔行。我已经看见了码头与河流，看见河面反射着残月的薄光，透出潮润的寒意，扬起丝丝缕缕的白雾。但鼠流没有在河岸停止，也没有折回，竟沙沙沙地一直向河里倾泻而去。整个鼠流如一匹长卷地毯，一直铺下码头，被河水毫不费力地收束，溅起的浪花声如同广场上的欢呼。前面的老鼠沉没了，后面的老鼠还是踏着沉没者向前。后面的老鼠又没顶了，再后面的老鼠踩着没顶者继续向前。从水里翻出来的黑鼠湿津津的，水淋淋的，乱抓乱跳，拼命挣扎，以致不少黑鼠递相咬尾，五六只连成一串，在水中浮动翻腾如一条黑鞭。遇到木船的黑鼠则争相攀高，顷刻间船篷、船杆、船舷、船桨上都驻满黑鼠，宛若一座河中的鼠岛。

但那不是鼠岛。我看清了，它是一只盛满炭屑的草编提篮，幺姑的提篮。

大岭本分盘古骨，
小岭本分盘古身。
两眼变兮日和月，
牙齿变兮金和银。
头发变兮草和木，
才有鸟兽出山林。
……

252

招魂师唱起来了，你们也跟着唱起来了。我感谢你们眼中的泪水以及义重如山的一程相送，更感谢你们原谅我的两眼干干。我给你们下跪。你们将一把把白米抛撒，让它们纷纷落向墓坑，跳动一下就不再动弹。在你们的歌声中，远山变得模糊而柔软，倾斜的岩层在缓缓起伏蠕动，如凝固了的汹涌浪涛又开始了汹涌，要重演洪水滔天的神话。一切音响都被太阳晒得透明，晒成静静的盐，在浩荡的波涛上闪耀。

气化风兮汗成雨，

血成江河万年春。

在你们的歌声中，有大地震晃，山岩崩塌，远古突然迫至眼前。地震啦——天书已翻展，弓弦已张开，血淋淋的牛头高悬于部落的战旗之下，你将向哪里去？苦蕨似的传说遍布整个世界，惊醒每一个时间黑洞之梦，在大漠，在密林，在月色清秀斑驳的宫廷，我究竟在哪里？远古一次划出天地界限的临盆惨叫，使炎黄之血浸入墙基和暗无天日的煤层，浸入阴谋般纠结撕咬并嗡嗡而来的象形文字，你将向哪里去？呵呵，洪水滔天洪水滔天，一个人死了，地震了，墙垮了，谁也不能救她。太阳终是遥远，流星落入彩釉，以眼还眼悄声碎语终是须臾，唯时间在年年的谷穗上昭示永恒和太极之圆满那究竟是为了什么？一次次死亡结成人类的永生，指向玉树琼宫，香花芳草，粮山棉海，鸾凤和鸣，善男子善女人携手联袂人面桃花欢歌如潮，那无比实在的辉煌你将向哪里去？从来就有高原，从来就有星座和洞穴，从来就有剑戟相拔和野渡空舟，从来就有枯涩的儿童之眼和不孕妇女的老镜而蝼蚁般的人流你将向哪里去？墙垮了，地震了，纵使每一页日历都是千万人的忌日，纵使每一条道路都没有终点，纵使禁锢和放纵都行将变质，但难道不因此而觉得岩层中渗出的回答甘之如饴？善男子善女人在残碑上历历在目以沉默宣喻万世之箴言：一切播种都是收获不是收获，一切开始都是重复不是重复，金木水火土那长出了青苔的隆隆人类之声你将向哪里？

> 小岭本分盘古身，
> 两眼变今日和月。

人们还在唱着和唱着。

终于地震了，后来人们说连山上的边墙都震得全无，最后一点残迹也被扫荡干净。我去看过，是真的。

八

老黑刚从派出所回来，没落个刑事拘留已是万幸。为了帮一个姐儿们出气，她用酒瓶把一个男人砸得头破血流，是英雄还是暴徒，没人能说得清楚。我见到她的时候，她刚出浴室，头发湿乎乎的，全身鲜润热气从衣领里溢散出来，乖态可掬地蜷缩在沙发里。随着一转头，她脖子上一根什么管子挺突得很厉害："哥们儿，刚才你递鞋子进来，没想到要把门推得更开一些吗?"

我笑了:"你要调戏我,也得用点新招吧?"

"臭王八蛋!"她两眼一瞪,"别他妈假正经。哪天我叫上一俩姐儿们把你强奸了,废了你的假牌坊。"

"那你多有面子? 不是更加惨透了?"我笑得更厉害。

她这次没有笑出来,肯定被我说着了,说痛了,只是朝我背上一拳狠捶。她已经有了灼灼白发,脸也像干裂土地正分布皱纹——想象她还经常向别人表演气功,昏昏灯光下一定很有巫婆风采吧。她为什么还要那么颠来颠去地逛时装店? 为什么还那么喜欢在男人面前作痴作娇作高深作刻薄同时不失时机地媚笑? 笑一经过设计,就会有问题,过早绽出皱纹是自然的。何况谁都知道,她那张薄唇小嘴通向一套被烟草熏得焦黑的肺叶,还有过多杂食散发出恶臭的肠胃。

这确实有点惨。人总会老的,很难无往不胜。而且胜了又怎么样? 有一次她自言自语地溜出一句:"真没意思,男人一关门都说同样的话,怪不怪?"

当时她正在擦皮鞋,望着鞋尖凄婉一笑。

于是她打电话把我请来,大概想让我填补她周围的空白。她一定是看准了我正被单位上的改革弄得灰头土脸疲惫不堪,相信我已虚弱得不堪一击。如果是这样,那就更惨了,我竟然用手抹了一把脸,轻轻拍了拍沙发的扶手:"该走了,我还有事去。"

大概男人们溜走时也说着同样的话,借口有同样的可疑。

"走吧,你们都滚,滚远点!"她气概非凡地一甩下巴,但停了停又嘀咕着该去买点方便面。其实她不这样嘀咕，我不会认为她送我一程是如何卑微。她该怎样做就怎样做，不必太花心思研究自己的理由。

"今天的天气真好。"我说。

"他妈的，我要买安眠药。"她说。

"你晚上多梦？"

"床下老是嘣嘣地响。"

"没查出什么原因？"

"有什么原因？肯定是干妈找上门来了。"

"你也信这一套？教师同志。"

"什么信不信？这是事实呵。我欠了她的，她不磨我还磨谁？我都花钱给她做了超度，她还是不满意……"她说起和尚与道士的超度，还有昂贵的法事费用。

"你也许该去外地散散心，或者换个工作，你比较感兴趣的工作。"

"算了，我早把一切都看透了。"

"包括把看透也看透？"

"不要给我上哲学课。你不觉得可笑？"

"你一直在享受着很多人的好心，这并不可笑。"

户外的阳光如此强烈，使我微微眯眼。一回头，看到她夸张蓬松的发型，我突然觉得她头重脚轻，再加上两只大眼泡——她居然也像一条鱼。

我没敢说出来，匆匆告辞走了。摩托车的后视镜里，闪过一辆辆卡车和繁忙的大街。一栋栋大楼正待竣工，好像要从脚手架和安全网的蛹壳中挣脱出来，伸展美丽的翅膀腾飞而去。一座大桥仍然紧张地拉开弓弦，使我驶向桥顶蓝天时不无担心，担心顷刻间弦响弓颤，大桥会把我弹入太空。万吨万吨的金光，此时正从太阳那一孔捅开的炉门中涌出来，咣当咣当地浇泼给城市。

　　一个小伙子不知为什么又叫又笑，蹬着一车水果以及一位少女，被我甩在后面。他上身那铜浇铁铸般的肌肉，鼓起一轮轮一块块的，令我忍不住羡慕地回头，盯一眼他的脸。我觉得这一身生气勃勃的肌肉是个好兆头，也许能使我在前面的路口遇见什么人——我从不相识但一直等待着的一个人。

　　我正逼近那个平凡的路口。

　　我将要看见什么？曾经等待过什么？

　　我终于避开那个路口，朝另一条街道驶去。

　　时间已经不早，回去首先是吃饭，吃了饭就洗碗。生活就是这样。生活就应该这样过。记得幺姑临死前咕哝过一碗什么芋头，似乎在探究人生的某种疑难。这句话在我胸中哽塞多时，而现在我总算豁然彻悟，可以回答她了：

　　吃了饭，就去洗碗。

　　就这样。

1986 年 1 月

　　＊最初发表于 1986 年《上海文学》杂志，后收入小说集《诱惑》，已译成英文、法文、西文、韩文、荷文等。

报告政府

一

　　那天晚上闷热。警察把阿龙送进2号仓，把我带到9号仓。我还在回想阿龙刚才回头时恐怖的眼光，就听到一声大喝："进去！"

　　身后有关门的吭当巨响，把我一个趔趄送进了黑暗。我在黑暗里摸索，瞳孔好一阵才慢慢适应昏黄光雾，渐渐看清了这里的砖墙。房子高得像一口方方的竖井。沉淀在井底的一些活物醒过来了，纷纷坐起来，或者站起来。二三十颗人头中，年轻人居多，也有几张皱纹脸。他们大多剃着光头，目光一齐落在我身上，透出一种发现猎物时的饶有兴趣。

　　"又来了一盘菜。"有人打着哈欠。

　　"带了什么危险品？"这句话像是问我。

　　我摇摇头，也不知道该不该摇。

　　"你是不是冬瓜头的人？"

　　我还是摇摇头。

　　没有人踹我一脚或者给我一耳光。这就是说，我刚才摇对了。也就是说，刚才这些话确实是问我的。

有人拽走了我腋下的棉毯。还有人开始翻我的衣袋，又在我的腰身和胯裆里摸了两把，一直捏到我的脚跟。他们肯定很失望，就像刚才搜我的警察一样，一边搜一边骂骂咧咧，气不打一处来。我此时真希望身上复杂一点，比方有成千上万的赃款被他们一举查获，起码也要有点凶器或者白粉什么的，让他们搜得顺心一些。我固然清白无辜，但总不至于乞丐一样可怜吧？

可惜，我眼下偏偏就像个乞丐，很没面子，很没内容，只有刚领到的旧棉毯，一支牙刷也只剩半截。警察警惕一切金属物品，担心牙刷把也可以磨尖，长度足以抵达心脏，只给我一个没把的牙刷头。

"脱鞋!"这一命令好像也冲着我来。

我的鞋子肯定也让他们扫兴。鞋底里没有什么夹层。一双胶鞋不是什么名牌，好几个月没洗了，一定臭气冲天。

"对不起了，各位兄弟，我今天什么也没有，很不好意思。不过，过几天家里人会来看我的。我知道该怎么办。我一定不会让你们各位失望。今天请你们多多包涵……"我的声音哆嗦。

"还懂规矩么。"一个小脑袋对我阴阴地一笑，"不过你今天搅了老子的好梦，早不来晚不来，老子一梦到表妹你就来。"

这能怪我么？

但我得为此事抱歉，得为此点头哈腰。我从没见过这么多光头，没见过这么多邪恶的笑。也许是太拥挤，还刚进夏天，他们全光着油汪汪的大膀子，喷出一团团酸汗气，像一种半生半熟夹须带毛的咸肉刚出蒸笼。他们生活在蒸笼里，脾气想必高热和膨胀，哪怕是一句好话出口，都是凶狠狠地烙人。目光这么一盯，就能在我的身上戳个洞。咧开大嘴一笑，热浪就能在我脸上燎起火泡。想一想，这些阎王爷要收拾我的话，那还不就是捏死只蚊子？

"各位兄弟，各位大爷，我确实是冤枉，确实倒了大霉。是他们抓错了人。我不过是偷看了一下妓女。"

"这家伙偷看妓女！"有人大叫一声，引起再一次哄笑。

"我身体不好，从小就贫血，三岁得过脑膜炎，八岁得过肺结核，十八岁时的体重还不到一百斤。我今天从早上到现在还没吃过东西……"我信口胡编，想引起他们的同情。

"少啰唆，你在外面打什么工？"

"记者，实习记者。"

"那你是大学生？"

"当然。"

"偷了文凭吧？"

他们又笑："有意思，记者也坐牢，教授也坐牢吧？什么时候抓几个教授来，让我们也听听教授放屁，看是玫瑰屁还是茉莉屁。"有人这样说。

二

我注意到他们当中的一个人，一直伏在大床台的那一端，旁边有两个人正小心侍候他，一个给他打扇，另一个在他背上按摩，把他侍候得皇帝一样，只差没站上几个太监和嫔妃了。

这个人一身精瘦，撅着颗小屁股，背上和胳膊有刺青文身，是梅花或鳄鱼什么的。一只眼混浊不明，还有点斜视，因此两眼放出的目光处于交错状态，一道正面射过来时，另一道朝右上方斜过去了，照管着墙上一个堆放杂物的隔板。我注意到，犯人们笑过以后都把目光投向他，似乎在恭候脸色和指示。

他懒懒地哼出一句："说话乖巧，鹊子嘴。会唱歌吧?"

我不知道他交错的目光到底是在看哪个方向。

小脑袋立即冲着我大吼："问你话呢! 聋了?"

"是问我么?"

"当然是问你。"

"是问……唱歌?"

"就是! 问你能不能唱歌! 快说!"

"能，当然能。"

"唱一个听听，唱那个……莫斯科。"

床上又丢来一句懒懒的圣旨。

我还是犯糊涂，不仅没法对接发令者交错的目光，而且不大相信自己的耳朵。莫斯科，是指《莫斯科郊外的晚上》吧? 这是什么意思? 枪战片突然切换成烹调节目，夜总会里冷不丁分发儿童课本，一定是视频信号乱套了。但几个犯人不容我检查视频，又冲着我大吼: 大哥要你嚎春，你耳朵打蚊子? 你娘的敬酒不吃吃罚酒? 是不是要我们给你提提精神呵? ……有人揪住我的耳朵，朝我屁股踢了一脚，让我把腰伸直一点，把胸挺高一点。他们只差没有塞来一支话筒并且升起大幕。

可这哪是唱歌的时候? 哪是唱歌的地方? 这里没有舞台也

没有伴奏，甚至没有一口干净清爽的空气。这还是在地球上吗？我的母亲我的未婚妻我的朋友们是否知道我在这个鬼地方？这还是在人世上吗？我的母亲我的未婚妻我的朋友们此时正在何处？一天来的逃跑、抓捕以及审讯过去了，录像带快进式地让人眼花缭乱。我突然定格在这昏暗的灯光下，一头扎进这个汗气滚滚的蒸肉堆里，已经身软如泥和心如死灰，哪还有心情走向莫斯科手风琴声声的郊外？

> 深夜花园里四处静悄悄
> 只有树叶在沙沙响……

我不能不唱，不能不打开僵硬的口腔。眼下就算是要我在粪池里扎猛子，好汉不吃眼前亏，我也只能闭着眼睛捏住鼻子往里扎了。我的音色和腹部共鸣一定镇住了他们，刚唱出两句，斜视眼就眼睛眨巴眨巴，一条缺水的鱼，在歌声的滋润和浇灌之下重新有了活气。他兴冲冲地在床上一跃而起，推开打扇和按摩的小伙计，找出一个笔记本，在本子里翻找着什么。也许是找到了熟悉的地方，兴起的地方，他情不自禁地跟着嚎上一嘴。虽然我紧张得有些气短，声音有时也飘忽，但他并没有什么不满。后来我才知道，相对于我的跑调，他的声音更是完全大撒把，一声嚎上去，又一声嚎下来，再一声嚎上去，一台没有方向盘的坦克，在人口稠密区横冲直撞，一再把我的旋律碾压得粉身碎骨。

"唱！再唱！还有第三段，妈妈的你唱呵——"

他碾得很开心，眉开眼笑地再点一首《亚洲雄风》。等我唱起了头，照例不由分说地上来添乱，每嚎出一拍就重重跺出一脚雄风，发出叭叭的响声。这还不够，他把几个塑料饭瓢翻过来当作架子鼓，筷头在上面敲出鼓点，一扬手，筷头敲错了地方，敲到周边的脑袋上，敲得那些人吐舌头，做鬼脸，也嘿嘿嘿地跟着他发癫，放出一些牛喊马叫。

《妹妹你坐船头》更使他心花怒放，一身皮肉浪荡。他把一条毛巾缠到头上，又用衬衣在衣襟里塞出两个大奶子，在床台上扭腰肢，撅屁股，抛媚眼，抹刘海，再加上一些洗澡搓背或者骑马扬鞭的动作。有个犯人把一只鞋子递给他，他就把鞋子当作话筒，拿出大歌星的爱心，与台下听众一一亲切握手，包括把我的手也捏住摇了两下，赢得了满场的大笑和鼓掌——犯人们抓住任何一个机会拍他的马屁。

我没料到监仓里有这种疯狂，但庆幸他们已经忘记了我，入牢时免不了的毒打，看来让我躲过去了。

高高监视窗上传来一声怒吼："闹什么闹？"

"报告政府，我们……在歌颂祖国和伟大的党。"不知是谁在讨好。

"吃多了是吧？伙食标准太高了吧？"

大家朝窗口看了一眼，突然收声，各自偷偷溜回自己的床位。我还有半支歌在喉管里，也只能吞回去，迅速关机。

谢天谢地。我关机了。一台多功能多碟位的肉质CD总算可以撒尿了。我喉干舌燥，头昏眼花，找到了我的旧棉毯，找到了我的一只鞋和另一只鞋，开始寻找厕所，再寻找今夜的容身之处。我没有料到的是，当我跨过一些头脚交错的人体，蹑手蹑脚来到水池边，哗啦一声，两个纸包砸在我的脚跟前。

回头一看，是小脑袋冲着我一笑："大学生，强哥赏你一个夜宵！"

哇——周围几个面黄肌瘦的汉子都有狗鼻子，唰的一下坐起来，嫉妒的眼光在那些纸包上生根，口水的吞咽声丝丝入耳。

"对不起，对不起，我今天从早上到现在还没有吃东西……"我看看他们，来不及犹豫，更无心慷慨，两眼一鼓，喉头一滚，两块方便面，还有两根火腿肠，顷刻间就在我嘴里不知去向，连嗝都没有一个。我不相信自己已经吃过了，更无法知道方便面与火腿肠有何区别，只知道眼前的包装袋里确实已经空了。这就是说，我刚才吃过了。

"纸！"一个汉子大喝，指着我的纸袋。

我不知什么意思，把纸袋给他。

他接过纸袋，伸出灵巧的长舌，把纸袋里的面屑和油渍舔得干干净净。

到这时，事情算是完结了，一点希望也没有了，其他汉子这才怏怏地躺回去。其中有一个大概馋得恨恨不已，装作伸懒腰，把我狠狠踹了一脚。

我痛得好半天没有透过气来。

三

当时的监仓里又破又脏，简直是个垃圾站，既没有后来才有的电视和电扇，也没有后来才有的电视监测眼。在大部分时间里，这里是没人管束的自由世界，打架放血是家常便饭，拉帮结伙弱肉强食是必然结果，牢头也就应运而生。新犯人入仓，先得饱挨一顿杀威拳，从此服服帖帖效忠牢头，是第一堂必修课。

我听说过这种不成文的规矩。从进门第一刻起，我的膝盖就一直在发软，背没有伸直过，好几次差一点尿裤子。我没料到几首歌把最恐怖的第一夜混过去了，没料到牢头是个世界上最不懂音乐的音乐狂，没有什么心眼，刚好掉在我的饭碗里。也许我可以继续用唱歌稳住他，套住他，让他忘记杀威拳这回事。

第二天早上，我睁开眼，看见了一个陌生屋顶，不知自己在什么地方。过了好一阵，我才确证这是一个屋顶，是我往后天天要看到的屋顶。我拍拍脑袋，明白了自己身边不会有床头灯和电视遥控器，不会有牛奶和苹果，更不会有未婚妻的留言字条……倒是有一只男人的大脚，带着一圈脚气病白花花的皮屑，还有脚趾间触目的黑泥，横蛮地堵住了我的嘴。

你他妈的脚往哪里放？我正准备开骂，突然想到昨晚上猛踢过来的脚，就是这只脚吧？莫不是一个杀人犯的脚？这一想，我再次避开它，宁可忍气吞声，不能惹是生非。

在脚的那一边，亮了一整夜的那盏昏灯之下，人影晃动着。有洗脸的声音，水盆相撞的声音，还有各种骂人的粗话，更有大小便噼里啪啦的喧器。我忍不住鼻子一酸，心想事情怎么成了这样呵？我好歹也是个大学生，好歹也是个发表过作品的歌坛新秀，甚至还快混成局长的乘龙快婿了，怎么一晃眼就睡在这大小便的声音里？我不会永远睡在一个公共厕所吧？

天啦，我当初不该去华天宾馆。我不了解小余他们，真以为他们只是去看看妓女，不知道他们是冒充警察敲诈勒索。我看见他们从宾馆大门里仓皇逃出，在一片"抓骗子"、"抓骗子"的喊声中跑得比老鼠还快。其实，当时我应该继续挑选我的歌带，继续喝我的可口可乐，不该跟着他们乱窜。我没诈钱，跑什么跑？有必要跟着他们跑吗？那一刻我肯定吃错了药，无异于做贼心虚，自跳火坑，送目标上门，刚好被真正的警察抓了正着。要命的是，我皮包里有一支走私手枪，虽然只是玩物，虽然在我手里从没真正用过，但成了这个案件最重要的物证。我跳到黄河里也洗不清了。

有两个同案犯逃脱了。在把他们抓获归案之前，在他们能够证明手枪的来龙去脉之前，我浑身长满嘴也没有用。我现在唯一能做的事，就是时刻祈祷他们早一点落网归案，虽然这种祈祷很不义气，很卑鄙小人，但此时此刻我别无选择。我一失足成千古恨，不可能回去关闭我的电饭锅了，只能听任桶里那只小乌龟活活饿死了，也没有机会把门钥匙柜钥匙箱钥匙交给未婚妻了。我捶自己的脑袋，掐自己的皮肉，但无论怎么掐也没法把时间掐回案发之前，没法把幸福的时光掐回去，让地球倒转一个圈。

"开饭啰——"

门外传来吆喝，还有走道上木桶和竹笋拖动的声音。其实，早上是不开囚饭的。只有那些在加餐卡上存了钱的人，有亲属

266

心疼着和资助着的人，才可以吃上私费加餐，否则就只能饿着。我看出来了，这里的大部分人同我一样，只能舔舔舌头，吞吞口水，准备把空空肠胃扛下去。我还看出来了，牢头当然是例外。不管是谁点来了面包还是牛奶，点来了油条还是面条，首先都得贡献在他的面前，任他挑选和享用。等他吃饱喝足了，包括他的左右副手也跟着吃饱喝足了，剩下的才属于进贡者。只有到了这一步，他们终于等到了牢头的一个眼色，从远远观看的位置走过来，把残汤剩饭端回到那个角落，弓着背，缩着头，饭勺在饭盆刮出哗哗声响，不会有任何怨言。

我现在知道他叫黎国强，9号仓的一个统治者。仓里所有人的钱都是他的钱，所有人的财富都是他的财富。

他瞥见了我，把我叫过去，笑眯眯地丢来一个面包，让我受宠若惊。

"你说，谭咏麟算不算得上一条腿？"

"应该说，当然……"我揣度着他的意思。

"你实说，坦白从宽！"

"那还是……算得上的……"

"为什么？"

"人家音质好，呼吸控制得不错，有美声的底子。"

"不愧是记者！"他高兴地转向众人，"你们听听，我说谭咏麟是条吃菜的虫，不会比张学友差。你们这些猪耳朵还不服？"

有几个犯人应付了一丝干笑，表示认下了这猪耳朵。

他斜斜地瞥我一眼："你以后就是我们这里的谭咏麟，是我的收音机。懂不懂？不过，昨天晚上我困了，没顾得上打你。"

我一口面包卡在喉头没吞下去，呆呆地盯住他，不知道他是什么意思，不知道他的分叉交错的目光里何处藏有真意。

　　"开学教育是不能免的。"

　　"求求你高抬贵手，放过我吧。"

　　"我第一次进仓，被别人放血，躺了三天。"他半躺在床上，架起一条腿，目光投向屋顶。

　　"大哥，我求你，我得过肺结核，还有脑膜炎后遗症……"

　　"要是怕挨打，那你就去打别人。"

　　"我从来不会打架，从来没有打过架，你看我这手杆，同鸡爪子一样，一打肯定骨折。"

　　"那怎么办呢？"他目光发直，"你以为这里是国宾馆？要你挨打，你又怕痛。要你打别人，你又手杆子细。好好好，这样吧，你就冲着这墙壁撞头，撞两下可以，撞一下也可以，咚咚咚，撞昏就行。这总可以了吧？"

　　我不敢相信还有这种优待，还没撞墙，两眼已经发黑："你行行好。我以后天天为你唱歌行不行？说实话，我可以教你发声，教你识谱，教你唱气声。我会唱谭咏麟的《都市恋歌》《雾之恋》《曾经》《永不想你》《水中花》……"我把能想到的歌名都想到了。

　　他不耐烦了，再一次转向众人："读书人就没有四两骨头，胯里不长毛，天天要阿姨喂奶吃。"

　　仓里的人大笑。

　　"他还不如老子的那条狗！"

　　要打！要打！要打！犯人们都兴奋起来。他们已经看出了

268

领导的意图，纷纷举手请战。强哥，把他交给我！黎头，我好久没锻炼身体了！大哥，我昨天输了三根烟，正憋着一肚子火哩，再说我还从来没打过大学仔，今天得尝尝鲜了……毫无疑问，这些家伙都挨过打，都有一肚子冤情和苦水，眼下好容易找到报复的机会，找到了恶毒施暴的对象。何况昨晚上我一个人独享夜宵，刚才又吃面包，差不多是无功受禄越级提拔，正使他们妒火熊熊群情激愤。

牢头一个面渣团子射出去，正中一个人的鼻尖，算是指定了打手。

四

打手就是那个小脑袋，昨天晚上给我夜宵的汉子。我这才发现他又黑又瘦，好像被人拧干了水，晒上几天，再拿去酱腌火熏，就成了这样的腌腊制品。他的嘴巴看上去没有嘴唇，不过是割了一刀，又薄又紧的皮层因此炸破，嘴巴就永远炸成了一个半开。要是笑一笑，他半张脸上都是牙。

我希望他不要过来，但他走过来了。我希望他们只是说说而已，希望小脑袋突然一笑，或者是牢头突然一笑，然后气氛完全缓解，大家接下来该干什么干什么。但我发现没有人笑。恰恰相反，小脑袋眼里透出满足和快活，兴冲冲地一步步向我放大。所有的人都跟着他拥了过来，你推我挤地争抢最佳观赏位置，似乎要细看我如何挣扎和扑腾，如何成为一只被放血的小鸡——这只鸡已经被对方一把揪住了领口，来了个全身向上的伸展运动。

"你是要长痛呢，还是短痛？是要多留只手呢，还是要多留只脚？"我没有听懂小脑袋的这句话。

"对不起了，我们前世无冤来世无仇，今天只是公事公办。"他叹了口气，"看你白嫩白嫩像个女仔，我也不想下重手。要不这样，你喊我三声老爸？"

仓里一阵狂笑，还夹着拍掌和跺脚的声音。不，要他做狗爬，要他钻胯，要他吹鸡巴！要他吹鸡巴！要他吹……

安静了。

其实不是安静了，是我在重重一掌之下失去了听觉。我感觉到自己在空中飘游，眼前只有几道黑丝静静飞旋，有些小虫子在爬动。在那一刻，也许我太恐惧，太绝望，太悲愤，一掌之下已经昏了头。不过昏了倒好，恐惧没有了，一下打没了，倒是有了魂飞魄散时全身上下的自行其是。我事后才知道，我不敢反抗但事实上反抗了，不敢出手但事实上出手了，虽然毫无获胜的自信但事实上一拳捅向了小脑袋的裤裆，操起一个饭盆又砸向他的脑袋，还飞起一脚猛踢他的胸口——这都是人们事后告诉我的，是我不怎么相信的。他们还说我把小脑袋的头揪着撞墙的时候，声音竟像擂大鼓，但我也没听见。他们说我一口咬破了小脑袋的手，但我回忆不起这个血淋淋的情节。

总而言之，一段任人填补的空白记忆之后，我鼻孔里鼓着血泡，扶着墙喘了好半天，勉强伸直了腿。我以为事情还没完，以为脑袋和背脊还要迎接更沉重的打击，但不知道为什么没有人向我动手。我把目光聚焦，把几个人影看清了，发现小脑袋不见了。左右看了一阵，最后发现他躺在地上翻白眼，正被几个人用凉水冲洗。

他怎么了？他是被我打倒的么？我不知道，只知道自己嘴里咸咸的，一吐，咕噜一下吐出一颗牙。

我摇晃着走向水池的时候，犯人们都给我让路，给我递毛巾，给我舀水，还有人给我塞鼻子的棉花团，争着大献殷勤。还有人朝旁人大喊："你妈妈的欠打？还不快点去拿盐来！"我突然意识到，他们是在为我冲盐水。这就是说，我胜利了。的确胜利了。我胜利了所以也就是人上人了。我从此在这里也是个不好惹的角色了，不需要再看这个那个的脸色，不需要再弓着腰避让着这个那个。我终于用一颗牙和满口血泡泡的代价打出了面子和威风，他娘的想怎么咳嗽就怎么咳嗽想怎么吐痰就怎么吐痰！我吐出一口血，用冷水毛巾久久捂住自己的脸，把嘴里的突然冒出来的一声大哭捂住，捂住，捂回去。

没有人知道我的泪水。

"谁再来试试？来呀！来呀！"我疯了似的大叫。

我只听到一片掌声。

可怜小脑袋过于轻敌，竟一个跟头栽在我面前，被我打得无脸见江东父老。他从此失去了在仓里的原有地位。不仅大家都笑他这一身伪劣皮肉，这一条无用的尿胀卵，黎头也只能顺从民意，觉得他连一个读书仔都降不住，便废了他的要职，不再负责保管方便面和火腿肠。他还受罚洗厕所一个月，受罚滚下了床台，搬到厕所边去开铺——那是全仓最差的位置，又潮湿，又脏，又臭。

他从此沉默寡语，偶尔咳嗽，背也弯了几分，只是很负责地擦洗茅坑。人家说那里已经擦干净了，他还是闷闷地擦。人家邀他玩扑克，他摸着摸着牌，一不留神又溜去擦茅坑，弯曲的背脊线在隔墙那边一冒一冒，让人莫名其妙地好笑。

他就没机会再把自己的尊严和地位一架打回来？据说他犯的是伤害罪，一铁铲把老婆的奸夫拍出了个脑震荡，又把自己的老婆一铲砍断了腿。这罪照说不算太重，他自己以前也不当回事，口口声声出狱以后还要追着狗男女再打，要一剪刀阉了那两个骚货。但自从擦上厕所以后，他就像换了个人，成天嘀咕着什么。旁人仔细一听，才知道他嘀咕着老婆要来害他，嘀咕着老婆会串通这个那个来害他，包括串通奸夫那个当县长的舅舅。某警察对他白了一眼，高墙外突然来了一部汽车在叫，某个犯人无意间绊了一下他的脚，在他看来都是他老婆串通正在成功的证明。

他还嘀咕着自己肯定没法活着回去，为此惶惶不可终日，总是注意着日历。据说每到重大节日之前，警察总是要毙几个罪犯，那么他肯定逃不掉。他还总是注意着伙房那边的动静。据说每到杀人之前，伙房里就会半夜里起来早早做死囚饭，切得萝卜或者南瓜嘣嘣响，那肯定是为他准备的。

每到这个时候，他就睡不着了，早早地起床，洗脸，抹身子，换上他一件皱巴巴的酸菜西装，是他当优秀售货员时的奖品。他还要对着水池里的倒影刮胡须——可惜监仓里不可能有剃刀，他找来一块玻璃片，在脸上刮来刮去。胡子没刮干净，脸上倒刮出了一道又一道血痕，像几道胭脂没有抹均匀。

这个胭脂脸站在仓门前候着，一候就是一两个时辰，直到仓门打开时，警察是来提别人问话或接见，不关他什么事。

但下一次，一听到伙房里大清早嘣嘣嘣地切菜，他又会去水池边刮脸。

最后，警察也觉得他有点问题，带他去了两次医务室，又把他调到了另外一个仓，看换换环境对他是不是有好处。我再也没有见过他，只知道他姓朱，外号贵八条，不知是什么意思。我曾经向送餐人员点了一份红烧肉，指定送给16号仓的他，但我不知道他吃到了没有，吃到了多少。我希望那个仓的牢头能够多少给他剩一口。我更不知道这份肉会不会吓住他——他不会以为这是警察送来的死囚饭吧？

五

有很多这样萍水相逢的人，让我至今没法忘记。我还认识一个人，是个真正的死刑犯，外号"大嘴巴"。

那年头的死刑犯，一审宣判后就要上枷——不是戴脚镣，更不像现在戴那种五公斤以下的轻镣。脚枷又名脚棒，有传统文物的味道，粗大笨重，工艺简单，有点像铁路上的枕木，由前后两半合成。枕木中挖出了两个洞，枷住犯人的两只脚，使犯人无法走动，甚至难以站立，确有画地为牢之效。枕木两端有螺丝紧固，只能用特别的工具才可拧开。

这种脚枷可以防止死刑犯自杀，做出狗急跳墙的什么事，保证行刑的子弹在法律规定的那一天不会嗖嗖嗖地扑空。

大嘴巴一进仓就戴上了这种大脚枷，让我感觉到胸闷和胸堵，心里一阵阵发毛。当时警察带来两个"劳动仔"，就是那种已经结案的轻罪犯人，可以参加劳动的那种——警察让他们帮助大嘴巴洗澡，换衣，喂水，乒乒乓乓地上枷。大嘴巴还听老警察说了一些宽心的话，神情比较稳定，频频点着头。老警察分派我给他写上诉书时，他朝我淡淡一笑，算是感谢。

　　突然，警察发现脚枷的一个螺帽不见了。"螺帽呢？还有一个螺帽呢？谁拿了，赶快交出来！"他冲着大家吼。

　　没有人回答。

　　"不交出来是吧？搜出来罪加一等，你就死定了！"

　　还是没有人回答。

　　警察的目光投向小斜眼："看见螺帽没有？"

　　黎头不满这种目光，懒懒地说："你搜么？"

　　对，搜！搜！搜吧！搜出来就剁爪子！搜出来就挑脚筋！搜出来以后坐老虎凳灌辣椒水！……光头们幸灾乐祸地大叫，好像都与这事无关，一心帮着警察愤慨。

　　警察有点疑惑，把大家的脸盯了一遍，大概估计这里一池浑水不浅，只好大事化小，自己找台阶下，带着两个劳动仔扛上脚枷走了。

　　不一会儿，他们扛来另外的一副，是一副旧枷，大概是用的时间长了，两个脚洞久经磨损，已经变大了，也润滑一些，戴枷人会比较舒服。

　　看着大嘴巴面色舒展了一些，我才明白螺帽是怎么回事——肯定是刚才有人对那副新枷恨恨不已，与警察暗中斗法

274

略施小计。

我不知道这事是谁干的。一直到我一年多以后离开这个鬼地方，也不知道这事是谁干的，就像我不知道监仓里很多秘密，按规矩也不能打听这些秘密，永远也不能说出这些秘密。比方我不知道为什么看守所有那么高的围墙，拉了那么多的电网，装了那么坚实的铁门，连一只蟑螂都混不进来，但居然还有蜡烛、香烟、味精、酱油、白酒混过了关卡，甚至有锉子、钉子、刀子、淫秽画片这些严重违禁品混进仓来。有的女犯竟然还在这里受精怀孕——这是一池永远不会澄清的浑水，你没法明白其中的全部故事。

六

警察带着劳动仔走了。大家一窝蜂凑到了大嘴巴面前，打听着他的来历和案情，原来他是个挖煤工，被矿主克扣了两年工资，往上告状，没把对方告倒，反而被矿主派人毒打了一顿，脑袋上的伤口缝了八针。他就是这样起了杀心。

他倒也不怎么后悔，说柴收一炷烟，人活一口气，他这一口恶气是出足了，值！太值了！法官曾告诉他，他只杀了六个人，不是他夸大的七个，因为有个孩子并没有死。他一听就惊讶："怎么没杀死呢？我补了一刀呀。"法官给他出示受伤者的照片，逼他承认杀人不够七个的事实。他看着照片直跺脚，扇自己的耳光："他不是那个伢吧？他怎么会是那个洪家老三呢？他活得好好的呀。老天！我要是没有斩草除根，他长大以后肯定会欺负我家笑梅！"

黎头历来敬佩杀人犯，听完案情以后两眼放光，给大嘴巴一个劲打扇，只是在后来的日子里，一激动就把大嘴巴"吴大哥"错叫成"高大哥"或"赵大哥"，叫错名字的时候不少。他命令手下人给大嘴巴喂饭，给大嘴巴揉脚和揉背，让死刑犯享受与自己差不多的上等人待遇。抬着大嘴巴去茅坑的时候，他干部参加劳动，撅着屁股，抬着脚枷的一端，一二一二一二地喊着口令，让大家步伐协调，防止东拉西扯。其实，他有点过分地多事。他不用这么吆喝，大家也能走得整齐的。看大哥便秘的时候，他表情再多也帮不上什么忙，一个劲地咬牙切齿，人家还是拉得出就拉得出，拉不出就拉不出。

"对不起，得罪你们了，我只能来世相报。"大嘴巴微微撅起屁股，让我屏住气息给他擦拭。在那一刻，我发现他突然汗如水洗，大概对别人擦屁股这一点紧张万分羞愧不已。

"说什么屁话！我们谁跟谁？"黎头不习惯他的客气。

大嘴巴不哭，不呕吐，不失眠，不拒食，不狂喊乱叫，没有死刑犯通常有的那些毛病，甚至对上诉也不感兴趣。他戴着脚枷端坐，只是经常呆望着高高的窗口，呆望着窗外的一孔天空，惦记着自己的家，特别是一个刚满八岁的女儿。一见日头偏西，他就说这个时候他家笑梅要放学了。一见太阳东升，他就说他家笑梅要上学了。这些话说了无数遍。他还说他以前每次从矿上回家，笑梅都要在村口等他，因此现在一闭上眼睛，就能看见女儿远远的眼睛。高墙外有一丝小孩的叫声传来，他都会浑身一震，然后说："这个伢可能也是八岁左右，是个女仔。"

这些话说得我心酸。

有一次，黎头给他一袋五香牛肉。他把小小真空袋放在手里搓捏好半天，正反两面反复看，说笑梅还没有吃过这新鲜玩意儿。他希望我以后找人把它带出去，捎给他女儿。

"你自己吃吧。"

"不吃了。再过三五天，我就要走了，还吃它做什么？"他摇摇头。

我听出"走了"一词不是去指散步或逛街或上班，吓了一跳，极力安慰他："你不要胡思乱想。你的上诉会起作用的，高院会考虑的，他们不是已经来问过话了吗？有个记者不是还说要为你说话吗？……"其实，我也知道这些安慰空空洞洞，我替他写的那份上诉毫无说服力。

他苦笑一下，说他杀人太多，杀得太毒辣，说上天，说下地，也是该抵命的。人民政府不杀他就是太无道理了，太不像个政府了。是不是？他只是有点怕死的时候太痛，样子也太难看。他听他老爹说过以前枪毙土匪的事，据说一梭子弹打过去，土匪的天灵盖就飞起几尺高，像旋出一顶什么圆帽子。还有一个女土匪，一阵枪声之下，两只漂亮的眼珠蹦上天，最后挂在树梢上，在太阳光下晶晶发亮，被小孩子当作野葡萄。

他问我："你说，人有灵魂吗？"

"我不知道。"

"我要是哪一天死了，能看见已经死去的亲人吗？"

"我不知道。"

"我要是能够投胎，能投到黄柏县高井乡去吗？你晓得吧？我家笑梅怕狗，上学不方便。我要是能变条狗，就可以护一护她。你说是不是？我要是变条狗，就可以在她门外转来转去。你说是不是？"

我激动地抓住他："来日方长，有朝一日我出头了，一定去看望你女儿。只要我碗里有，就不会少她一口。你放心吧。"

"你是大恩人。我在阎王那里也天天为你烧香。"

他挣扎着要给我叩头。因为木枷绊住脚，他攒得咔嗒一声，没法站起来，只是额头在手铐上点了一下。

七

他走的那一天清晨，铁门突然咣啷大响，把我从睡梦里惊醒。几只白炽强光灯照射过来，使我什么也看不清。好容易躲开了强光的直射，我看见小脑袋又被来人推到一旁，看来今天还是不关他的事。他的胡须又一次白刮了，新衬衣也是白换了，早早起床也是白费工夫了。

几个武警士兵知道自己的目标，一进门就径直奔向大嘴巴，没等他洗脸和刷牙，就把他连人带枷抬起来，缓缓向门外移去。

大嘴巴转动颈根，朝我斜斜地看一眼，算是最后告别。

"兄弟，兄弟，你慢慢地走呵。"我鼻子一酸，轻轻地说，也不知道他听到了没有。当时仓里太乱，脚步声和吆喝声响成一片。因为牢门窄，脚枷长，士兵们无法把他平抬着出门，就将枷举起来倾斜了一个角度。这使他的最后出门是一种杂技动

278

作，四肢舒展，在空中慢慢翻旋，有一种太空人遨游天宇的姿态。他叫了一声"哎哟——"大概是脚踝被重枷整痛了。我事后回想起来，这一声轻得像蚊子叫，却是一个人留给9号仓最后的声音，真真切切地扎在我心里。

"你们手脚轻一点。"我忍不住请求那几个兵哥。

"听见没有？手脚轻一点！"有人却在我身后大吼。

仓里一片寂静。兵哥们回过头来，几只白炽灯到处照，寻找着叫声的来源，最后照在斜视眼的脸上。他抄着手靠在墙边，对白炽光既不退让也不躲避。

"你凶什么？想造反吗？"一个当官模样的人冲上去，手枪狠狠对准了他的前额。这等于给出一个信号。室外突然发出一片哗啦啦子弹上膛的声音。我到这一刻才发现，高高的监视窗外，全是武警士兵们警惕的眼睛，还有黑洞洞的枪口。放风室那边也是一片应声而起的子弹上膛声。原来那里的天窗盖早已掀开，监仓像一口竖井暴露在旷野，井口周围布满岗哨，只是我们刚才并不知道。一见这边有反常事态，那边开始紧急增援，井口上整整一圈射灯全部打开，白炽光铺天盖地倾泻而下，刺得我们睁不开眼睛，照得连任何一只蚂蚁也无处藏身。井上的兵哥们纷纷大吼："不准动！不准动！两手抱头！全部蹲下去！都蹲下去！……"

我们都吓得抱头蹲下去了，只有黎头还是横着一只眼，额头紧紧顶住手枪，甚至顶得军官退了一步："我要你们手脚轻一点！这是抬人，不是抬猪！"

"反了你？对抗执法，格杀勿论！"

“你杀呀！杀呀！孙子！”

“你以为我不敢杀你？”

“老子今天就是想死！你不在我脑袋上打十个洞，我同你没完！”

黎头今天已经疯了。

他断不会有好果子吃的。我的心已跳到了喉头，怕军官一气之下，稳不住指头，黎头的脑袋就真要穿个洞，透透风，一注鲜血喷上墙。如果再加几个当兵的稳不住指头，我们大家今天也会一阵狂舞乱跳，落下全身的筛眼。幸好此时有一警察插上来：“强仔你疯什么疯？找死吗？你有几颗脑袋？今天要不是没时间了，非整你个出屎不可！”他哗啦一声把黎头双手铐住，算是搅了局，然后招招手让兵哥们离开。

一道道白炽电光也渐次熄灭，门外和屋顶的嘈杂脚步声陆续远去。但我们都没说话，也没话可说，一直等到天放亮，等到一块方形霞光从监视窗斜斜地照进来，然后在砖墙上移动，拉长，变形，变成不规则的长锥形，最后变成一束稀薄而涣散的斜线。高墙外有远远的一声牛叫，吓了我一跳：是大嘴巴报来什么消息吗？大墙外又有远远的几声打桩机轰响，又吓了我一跳：是大嘴巴咚咚的心跳吗？还有一个声音，初听像小孩叫声，细听像小孩叫声，听来听去，发现它确实是小孩的叫声。

我发现，原来任何一种熟悉的声音都会变得陌生。

送餐人员来吆喝了，但没有人打门要餐，也没有人拿自己的东西来吃。我们只是呆呆地坐着，说不清自己为什么难受。

这一天我做了个梦。我梦见自己把一支粉笔当作香烟，把粉笔的一端蘸上红墨水，就成了点燃了的烟头。我叼着这支假烟，很像一个便衣警察，大摇大摆地往门外走去。警察们没看出我嘴上的假烟，没看出我狡猾地隐藏在一支假烟之后，一个个都向我微笑，点头，打招呼，傻乎乎地纷纷让路，听任我迈着八字步走出了第一道大门，走出了第二道大门，一直走到了大街上的人海里，一路上如入无人之境。

我醒来以后，不知这个梦是什么意思。

八

那时候没有室外放风制度，只是每个监仓配一间放风室，两室之间有门相通，像个左右套间。遇到天气好的时候，警察揭开放风室的天窗盖，差不多是掀掉整个屋顶，让阳光穿过粗大的钢筋栅栏投射下来，散一散室内的潮气和臭气，就算是放风了。这比室外放风要安全得多，简便得多。警察们肯定是这么想的。

一般来说，水池与厕所也在放风室里，不过看守所超员羁押，每个放风室总是躺着密集人肉，相当于客厅和厕所都成了卧室。

除了去接见室或者谈话室，我们被六面墙团团包围，从不能越牢门半步，眼里既没有草木和泥土，更没有以前生活中的人面。接见室里墙上的一个圆家伙，是叫挂钟吧，很像一个挂钟吧，经常能陌生得让我吓一跳。我发现自己差一点忘记了挂钟，于是紧张地试着回忆以前一切熟悉的人名、地名、物名，试着想象那些东西的形状、颜色以及气味等等，担心这一切会变得模糊涣散，在这个六面墙的洞穴里逐步消失，漏到地底下去。

放风室里那一块方形天空，如果能够向我们开放，就是我们平时唯一能看到的世界了。那里可能有一只麻雀停栖，一只蝴蝶停栖，或者是蓝天里有一丝白云悠悠飘过，让你忍不住要东想一下，西想一下，其实什么也没想。我总是试图抓住这块天空中的任何一丝变化，努力推想外面的季节、环境以及可能的生活情景，确证这个洞穴还在世界上，还没有被世界抛弃，没有坠向太空中越来越远的深处。

别看有些人嘴硬，其实没有人不怕坐牢，没有人不怕自己落在这一块方形天空之下。一到了这里，眼光有极度的饥渴，灰色的日子漫长得让人发疯。哪怕是最硬的汉子，从接见室里回来，在半夜里醒来，都可能忍不住两行泪水。哪怕是最文雅的书生，为了半碗剩饭，或者一个烟头，都可能在这里勃然大怒大打出手，越活越像头野兽。

打架在这里是常事。很多时候，你不知道光头们为什么而打，甚至不知道是什么人打什么人，只知道仓里一眨眼就地动山摇昏天黑地，像夯地机一通电就开始抽疯抓狂。有时候你甚至觉得每个人都在向其他人开战，每个人都是见人就打，没有什么营垒和阵线，打来打去也没有目的。一场恶战下来，有人少了几撮头发，有人的手腕换了个角度。但完成这一切以后，大家一哄而散，该睡觉的睡觉，该搓脚的搓脚，如同什么也没发生。

警察们对这些差不多司空见惯，有时候抓两个打手到院子里教训一番，也管不了下一回。他们甚至问不出什么结果。不光是打赢了的不会说，挨打的也绝对嘴紧，总是露出一脸茫然，与囚友们面面相觑，好像这里一片祥和太平，没有什么事值得政府操心。至于他们嘴边的血污，肯定都是自己"摔伤的"或者"碰伤的"，不值一提。

世界上有很多动物园。但这里是人的动物园，是人们恢复利爪、尖牙、尾巴以及将要浑身长毛的地方，是人们把拳头和牙齿当作真理的地方。你不服气吗？还想来点喷上了香水的什么人格呀、尊严呀、民主呀、法制吗？还想像抹了胭脂口红的少先队队员那样来呼唤爱心与和平？拉倒吧。我在一本书上读过：猴子有猴王，蜜蜂有蜂王，鱼群里也有头鱼，没有平等可言。特别有意思的是，头鱼大多数是残疾，不是身经百战伤痕累累，就是有点神经分裂症或者更年期综合征，因此特别顽强和凶猛。养鱼人知道这一点。他们通常会故意把某条鱼搞残疾，这样它就可能成为头鱼了，就能使鱼群得到秩序和安定了。没有头鱼的鱼群，只是苟活一时的零食。

我们的头鱼也是残废。我看过他接到的起诉书，给他写过上诉材料，知道他刚满二十岁，是乳臭未干的小毛头，照理说只合适在街上卖卖报纸，擦擦皮鞋，扛一桶矿泉水爬上高楼，是赚点小钱的那种人。但他居然当过大街上的菜刀队队长，在南门口到新新商厦一带颇有名气，断过两根肋骨，背上有三四条刀伤，可说已身经百战。这一次入狱的事端，就是一刀捅进人家的胸脯，只因为刀子被骨头卡住了，实在拔不出来，才没有再捅一刀，留下了对方一条性命。

不过，从我认识他起，我倒没见他动过手，大概他人小威大，一般用不着自己亲力亲为。我曾经好奇他的威从何来，老少犯人们也说不大清楚，甚至觉得这个问题很奇怪。这样说吧，他敢于在枪口之前与警察叫板，言人之不敢言，为人之不敢为，就是一种大威。他可以把图钉尖朝上，然后一巴掌把图钉拍进自己的手心，也是一种血淋淋的威。他还可以与人打赌，一口气吃下两袋味精，吃得嘴唇都乌了，两眼发直，全身有一种触电后的痉挛，脑袋不由自主地朝两边甩，那当然更是一种疯狂的威。

他还吃过一斤生猪肉。据说他喂养过大狼狗，给大狼狗喂生肉，发现吃生肉的狗最勇猛，最凶悍，自己也就跟着吃。

凭着这一切，小斜眼享有至尊的地位和无边的权力，在监仓里咳嗽一声，就有全仓的鸦雀无声。不仅早上有人替他打水和挤牙膏，不仅晚上有人替他铺床，他喊一声"电扇"，就有人给他大摇蒲扇，他喊一声"收音机"，我就得放下手里的事情，赶紧给他开机和选台——虽然少了一颗门牙，但得播放出各种男声和女声，高声和低声，再加上前奏和过门的各种音乐。包括沙锤、钢鼓、长号以及萨克斯，全都行云流水上天入地并且闪耀着伟大艺术的光辉。我捏住一只鼻孔大摇手掌，摇出的二胡颤音，自己也觉得十分动听。

"我也见过苏什么，苏芮吧？"他淡淡一笑，"那次我在广州同几个弟兄扯扑克，吭吭吭，把他们打得两眼黑，一个个滚到桌子下面。听说有苏芮的演唱会，我招了一部的士直奔越秀公园。我到那里发现没有票了，咔嚓，老子给门卫一个眼色，唰，两张纸往他口袋里一塞……"

我发现他描述往事时，一高兴起来，最喜欢用象声词，就像话语里夹进一些打击乐。比如递眼色是"咔嚓"一声的，塞钱是"唰"的一声的，还有灯光亮了是"吮当"一声的。他的开心事都是铁罐子木桶子，在脑子里碰撞出一路的声响。我相信，他的偶像一定更热闹无比。刘欢是大胖子，出场想必是轰隆一下。程琳是瘦小精灵，出场想必是吱溜一下。费翔英俊潇洒，目光肯定锐利得唰唰唰。邓丽君小甜妹的脚步呢，必是咿呀咿呀在心窝子里揉。

"你怎么一嘴的打击乐？"

"什么打击乐？"他睁大眼。

"也就是递个眼色，咔嚓一下做什么？"

"我咔嚓了么？"

"你刚说的，自己就忘了？"

"你胡说。"

"我怎么胡说？要是有个录音机，啪啪啪，全给你录下来！"

事后一惊，我也学会了象声词"啪啪啪"。这真是没办法，同他一起混久了，我脑子里也多了些莫名其妙的动静。

他虚心地向我学唱音阶，学识简谱，还记下了很多歌词，记在两个笔记本上。笔记本花花绿绿，一些歌星头像的剪贴，来自破报纸旧杂志。一些用彩笔描出来的山水、花朵、青松翠柏什么的，装点着各种歌词。其中大部分是流行歌，无非是爱情呵泪水呵小雨呵花朵呵昨天呵黄昏呵孤独呵，粉红得厉害。

他的错别字太多，总是让人连蒙带猜，硬着头皮看甲骨文。

但他的五音不全一次次让我失望，糟践艺术的恶习更让我经常气愤。《恰似你的温柔》在他嘴里恶声恶气，成了掐死你的温柔。《酒干倘卖无》开头两句本来是："多么熟悉的声音，伴我走过了多少风和雨……"但他心里一邪，常常唱成："多么恐怖的声音，陪我多少次抽脚筋……"还有一首《听妈妈讲那过去的事情》，里面有两句："我们坐在高高的谷堆旁边，听妈妈讲那过去的事情……"他一高兴就唱成："我们坐在高高的骨灰缸边，听妈妈讲那锅里的烧饼……"

他有时还强迫大家一起来糟践艺术。有一个福建籍的老光头，把任何歌曲都当安眠曲，谷堆旁也好骨灰缸也好，他一听就呼呼入睡，放出尖锐的鼾声，使歌手觉得大煞风景。

黎头对他从来没有好脸色，看他上厕所就脚下使绊子，有一次还借口那家伙把"馒头"发音为"慢猴"，对闽南方言勃然大怒，说这老货进仓两个月了还不会普通话，简直不是个人，命手下人扇他两耳光。

"到底是馒头还慢猴？你说！"小斜眼揪住对方的耳朵。

"馒头，馒头！"

"再说一遍。"

"馒头！"

黎头这才松手。

说实话，这里不是播音室，普通话就那么重要？何况黎头自己的京腔也是狗屎团子。但大家敢怒不敢言，身处牢头的淫威之下，折磨着自己的口腔舌头，还是尽力挤压出一句句中国外语，反而让人没法懂。

同样道理，监仓也不是军营，把口杯放成一条线，毛巾挂成一条线，棉毯折得四方四正有棱有角，这些黎头立下的规矩也十分可笑。他一时心血来潮，是不是要把我们统统培养成纪律严明的特种部队？是不是要争创模范卫生单位？我后来也蹲过别的仓，当劳动仔时还到过其他仓干过活。我发现很多监仓一点组织纪律也没有，犯人们吃饭时分成三国四方的这一"锅"那一"锅"，有了纠纷时找不到联合国，找不到维和部队，一口饭都吃不安稳。那些监仓更没有卫生执法和语音学执法，文化档次太低了，经常乱得像狗窝猪圈。这样一比，9号仓虽然也是奴隶社会，但至少是个比较整洁有序的奴隶社会。我对此似乎不应有什么怨言。

九

因为会嗷春，黎头对我比较器重，有时拍拍我的肩，赏我一支烟，或者一个没吸完的烟头，让我止止瘾。他经常对我没头没脑傻笑一下，没有什么下文。见我胡子长了，觉得我不讲卫生，面容很不艺术，拿来一个牙膏皮做成的胡夹子，定要为我夹胡子。他不知为什么对夹胡子有极大兴趣，曾在很多人脸上操作这种手术，并且享受了充分的快感，因此绝不会放过我这个工件。但他哪里是夹，分明是扯，是揪，是野蛮施工，夹得我的两腮一阵阵麻辣烫，实在痛苦难当。但再痛这也是领导的关怀，再痛也比挨打要强么，我只能忍着，说他夹得好。

他有时也要我给他夹，指导我操作牙膏皮的技术。奇怪的是，不管我如何夹得重，他眉头都不皱一下，从没什么感觉。

夜晚太漫长，仓里有时会举办晚会，叫花子穷快活一下。他在这时总是把我叫他身边坐下，权当是他的艺术参谋长，行使评审节目的大权。其实这些节目都算不上什么，除了唱唱歌和讲讲笑话，剩下的就是瞎胡闹。一个叫"老猫婆"的走走猫步。一个叫"唐老鸭"的学学鸭叫。一个叫"老鼠"的就在人缝里钻来钻去，在旁人的膝盖下或胯下"打地洞"。一个叫"雄鱼头"的没什么好表演，就在地上翻筋斗，嘴里胡乱吼上一通，听上去不像是雄鱼倒像是林子里的狗熊……这些动物名字都是黎头派定的。他觉得张某某胡某某这些名字太复杂，叫起来也没意思，不如一律简化为动物，或者简化成"收音机"、"电扇"、"楼梯"一类工具，世界就简单得多了。他觉得世界上有动物的名字和工具的名字，就足够了。

如果节目出尽时间还早，他就要大家摔跤打架。

锻炼身体，保卫祖国！
锻炼身体，建设祖国！

动物们和工具们高喊口号，各就各位，摩拳擦掌，一边号叫一边撕咬和扑打——这就是9号仓以武会友的每月擂台。黎头一高兴，召集我这样的评委，评出一等奖、二等奖、入围奖什么的，相应地奖出饼干或者香烟。说实话，有了这种物质刺激，没有哪个不会眼睛红红地发起猛攻。

这一天我们疯过头了，只顾着跺脚和鼓掌，没注意牢门不知什么时候开了，更没有注意鬼子偷偷进了村。当时我们取笑一个败下擂台的麻子，正在大声背诵一首骂麻子的民谣：筛，天牌，烘篮盖，雨打沙台，虫子蛀白菜，石榴皮翻过来，长街烂泥走钉鞋，满天星斗无云遮盖……我突然看见坐在对面的几个人空张着嘴，一脸的表情凝固，这才领悟到我身后发生了什么。

　　回头一看，是车管教那一张阴沉沉的脸。

　　要死，今天怎么这么巧！他脸上也有两三颗阴麻子。

　　"念呵，怎么不念了？"他笑着问大家。

　　我们不敢吭声。

　　"普通话说得比我还说得标准么，朗诵也很整齐么。是不是想到北京去汇报演出？"

　　有人急忙献上两个苹果，想讨好或者通融一下。"报告政府，我们是笑邱麻子，绝对只笑他一个人。我们对您是无限尊敬和无限热爱的，吃了豹子胆也不敢同政府作对。我们觉得政府今天好靓丽，好光彩……"

　　这真是越描越黑，揭疤抹盐，气得车管教一脸通红，啪的一下打掉苹果。"聚众喧哗，违犯监规。说，谁带的头？"他把我们的脸一张张看过去，指着我们的电棒一直在颤抖，"好吧，你们不说，你们有种，给老子玩邪的。把这里当成了渣滓洞和白公馆？想玩一盘宁死不屈永不变节是吧？要迎接解放绣红旗是吧？嗯，想得好，很好。只是都没睡醒。"

　　他嘴皮包住两颗龅牙，一个小脑袋支着两只招风耳，一看就是个机灵人，阴毒主意不少的人。老犯人都说他平时惩罚人的方式花样百出，一只蚊子专咬你的脚踝骨，一根刺专扎你的指甲缝。这一次，他的想象力还不算丰富，没有罚我们到院子里的水泥地上暴晒，也没有罚我们去跪瓦片渣子，只是用电棒逼着我们继续玩游戏。玩法当然要改一改：围坐一圈，击鼓传花一样打耳光，算是互相醒脑，集体受教，不用他来动手。

"不打不成人呵。"他语重心长地说。

大家对新玩法不很适应。一耳光打给下方，下方本能地跳起来反击，耳光就没法往下传，整个规矩就乱了。只是经车管教再次教练，大家才慢慢克服本能，眨眨眼，想一想，弄明白自己出手的方向。这样，一阵噼噼啪啪下来，总算把耳光传得很顺利，但人已经晕了一半。

在他叫停之后，我几乎没听清他说什么，只听到最可怕的一句：再玩！

又是几轮耳光传递，大家都头昏眼花，渐渐有点看不清人了。天旋地转之中，我觉得旁边有个家伙的上身与下身已经错位，另一个家伙的脸则窄成了一条线，黎头则在一个劲冲着我笑，身子一张纸片似的在风中飘摇。我肯定也是傻了，大祸可能就是在这一刻铸成。

不知什么时候，有了锁门声，是车管教走了。我还没来得及高兴，扑通一声来了个狗啃泥。

"你这个臭杂种没王法了！"我听到黎头在大叫。

我后来才知道他是骂我。我后来才知道事情是这样的：刚才我坐在他上方，耳光都扇在他脸上，早已使他怒不可遏。一不留神就把他打重了，更使他狂怒无比。可我有什么办法？我也是受害者呵，被我的上方打得更重呵，左脸早成了一个热面包。我那一刻只惦记着身后晃悠的电棒，哪还管得住自己出手的轻重？

他揉着自己的腮，狠狠地啐了我一口。动物们和工具们立即遵令上前，一张棉毯蒙住了我，对我来了一通黑打。这些王八蛋落井下石，冤不找头债不找主，把我当成了今天的出气筒。

十

黎头是个半文盲加法盲。他的上诉书我根本没法写。如果我告诉他，杀坏人与杀好人都是杀人，在法律上同罪，没有什么不同，他一定会惊讶得两眼圆睁，好像我是一个火星来客，头上顶着鹿角，两腮支着鱼翅。

如果我告诉他，法律就是法律，一般不考虑强盗在打杀时是冲在最前还是躲在最后，在逃跑时是溜得最快还是撤在最后，在分赃时是比较贪心还是比较大方……法官不会在强盗中评选劳模，而且越是有劳模品格的强盗，有时越会遭到法律的严厉打击。他对这种说法肯定更会惊讶得缺氧，好像我不光是个火星来客，而且一步步精确计算，硬是把一加一算成了一万。

这样说吧，他也许知道什么是犯罪，但脑子里另有一套歪理邪说，出口就是胡言乱语不着边际。比如他看不上贪污受贿，不是因为别的什么，只是因为它武不武，文不文，只是依仗权势和关系，不劳而获欺世盗名，好汉不为也。他也看不上盗墓、扒火车、撬井盖、割电线，不是因为别的什么，只是因为它们太累人，简直是重体力劳动，搞得一个个黑汗水流，气喘吁吁，就像乡下的农忙，一点都不爽。用他的话说，可以流汗的地方满世界都是，那些鸟怎么喜欢流汗？怎么不到祖国大西部去搞开发？

他最蔑视的罪行要算嫖娼了，尤其是"因公嫖娼"——这是一个嫖娼犯的说法，指消费公款的公关接待活动。

这个嫖娼犯是个山东大汉，堂堂仪表，算得上小帅哥。他刚来我们仓时，对门14号仓的牢头还通过劳动仔捎来口信，说这家伙有钱，是老七的好朋友，要黎头多加关照。黎头还算讲规矩，一开始就让嫖娼犯当上了上等人，可以随牢头一起进餐。对方也够朋友，面子大，一来就获得管教批准，带来了四箱饼干和面包，两箱鱼干和咸鸭，外加两箱矿泉水，差不多满满堆了一个屋角，让全仓的伙食标准大大提升，令众人喜出望外。只有雄鱼头有点悲从中来，美美地咬了一口咸鸭，感叹他儿子没跟着他享上福，恨不得儿子也来蹲仓。

"哎呀，他上次帮别人销赃，本来是可以进来的。后来就是工商局插一杠子，只判了个罚款！"雄鱼头遗憾地说。

不过，嫖娼犯太多话，一旦吃饱喝足就开吹，说这个城市最大的立交桥就是靠他引进资金建起来的，说这个城市的新机场也是靠他的关系才得以立项。他还认识市长、厅长、中央军委秘书、国务院副总理的媳妇等，同他们三天两头就要在一起吃饭的。尤其是同黄副省长一家人，几十年来从不分你我，五粮液一喝就是半箱，一瓶瓶地吹，咚咚咚，开五粮液就像开矿泉水。他说形势发展太快了，他现在正操心两个新项目。一是要把港口整个卖给美国，一共卖十二个亿，一个子也不能少。这事已经谈得差不多了。二是要把整个城东区的改造承包给日本公司，由他来做第二轮主谈代表，这样不仅可以在这里再造一个香港，还可以解决十五万人的就业问题，让全市的经济增长至少增加两个百分点……说到这里的时候，他还捡一块枯泥，在地上画出新开发区的轮廓，说金融区在哪里，电视塔在哪里，哈佛大学的分校在哪里，迪士尼乐园在哪里，沿湖绿化带是什么模样。一些犯人围在他身边，撅着屁股看规划，对画在地上的新生活啧啧惊叹，充满了无限向往。不过有时也问出比较愚蠢的问题，比如迪士尼是什么意思呢？这让嫖娼犯一阵好笑，不过最后还是耐心给予解释。

当时，小脑袋还没有结案，一直以为自己是死罪，虽然听不懂嫖娼犯的话，但模模糊糊知道是好事来了，还知道模模糊糊的好事与自己无关了，于是更加悲哀，一连两天没怎么吃饭。

很多人已经看出嫖娼犯的身份不凡，忍不住凑到他身边，向他打听一点有关法院和官场的情况，希望他帮个忙，关心一下小弟的案子。他倒是个热心人，有求必应，不仅详加询问和指导，还闪烁其词地许诺，比如说："你的案子我会注意的。"或者说："你放心。我事情再忙，时间再紧，该管的事还是一定要管。"或者说："你不要急。你在这里安心改造。等我出去以后，我看看，我看看……好像王处长是管这一方面的吧？要是王处长不管，刘处长肯定会管。"他没有说明王处长和刘处长是谁，没有说明他找姓王的或姓刘的要干什么，但这一类含糊已经足够，已使很多人深受鼓舞。

"你说这事还要等多久呢?"有人这样问。

"唉，不会太久了，不过要紧的是政策还没有落实到位呵。"这种回答不知所云，只是让旁人一头雾水，又不好再问。

黎头本来也想去问问案子，但一直没怎么听懂对方的话。"市场化的体制框架还要进一步完善"，"这件事必须经过党委的集体研究"，"普法教育一定要落实到基层"，这一类奇怪的话灌下来，黎头只能目光迷离哈欠连天。

对方说到什么单位和人，还总是不忘了指明级别：看守所，顶多是个副科级吧；建设银行的分行，顶多是个副地厅级吧；福海寺的智海法师，算什么呢? 他有什么样资格坐 2.0 的广州本田? 怎么可能有那个待遇? 这个事，宗教局也不来管一管，都是白吃饭的官僚，太不应该了，太不应该了! ——他愤愤地把矿泉水瓶子狠狠地摔向墙角。

黎头吓了一跳，回头对我说:"这家伙脑袋进水了吧?"

"听他口气，倒像是个干部。"

"干部就这样子? 那还不把老百姓统统搞蠢?"黎头十分困惑，也十分不满,"这号鳖，只有用扫把抽屁股，用鞋底抽耳光，逼他每天挑一百担大粪，他就会讲人话了!"

我从黎头的眼里看出，有什么事情要发生了。

十一

黎头夹光了胡子，梳齐了头发，以水代油把头发抹亮，换上一件洗过的衬衫，兴冲冲地召集众人审案。这种审案其实也是娱乐，无非是让犯人们各自交代案情，可能的话，还要表演案情，比如盗劫犯表演撬锁盗车或者飞檐走壁，诈骗犯表演假钞调包或者扑克调包，扒手则表演两指神功，包括在开水盆里取硬币——没等你看清楚，五分钱硬币硬是从水盆里夹了起来，手指还真没烫着。这一切让我大开眼界。

在我看来，这些老老少少其貌不扬，其实是高手如云，在这里岗位练兵，经验交流，犯罪综合素质必将大大提高。

见大家已经表演完毕，黎头把目光投向嫖娼犯，意思是现在轮到你了。

嫖娼犯一惊，有点意外地红着脸，浑身上下不大自在，假装糊涂地朝身后看一看，发现身后没有人，实在没有可以拿来误解和搪塞的东西，就说时间不早了，睡觉吧，睡觉吧。

黎头巴掌一抬："怎么？看弟兄们不来？不给弟兄们面子？"

"兄弟，我那点事能做不能说的，怎么上得了台面？再说你们也肯定看过黄色录像带，还能不知道那点子事？"

"我们今天就是要看录像带。"

"看立体录像带！"有人追了一句。

"我年纪这么大了……其实要不是为了公家利益，要不是为了引进外资，我会去干那种事？"

"你是不是一胯的梅毒疮，怕我们看见吧？"

"别开玩笑，别开玩笑……"

大家笑了。我这才听出，黎头今天出言不逊，有点来者不善，大概是存心杀一杀对方的气焰。其实，嫖娼犯牛皮烘烘，但为人不算太坏，至少对弟兄们还算大方，黎头为何没有容人之量？我不敢把这话说出口，只是看着嫖娼犯插翅难逃，不敢抗命，忸忸怩怩好半天，马马虎虎脱了一下裤子，算是应付差事。黎头见大家都笑了，没再说什么，抽完一支烟就去睡觉。

还算好，小斜眼今天没有太为难对方，大概是顾及对方的年龄和身份。但接下来的日子里，嫖娼犯颇有挫折感，不怎么说招商新项目了，好像当众脱过一回裤子，暴露了一下小如蒜头的玩意儿，让众人大为惊异、失望以及蔑视，实在很没面子，再谈改革开放就不大合适。他探头探脑，坐立不安，只是频繁与警察和律师交涉，一天之内去接见室好几次，有时在门口与车管教嘀咕一阵，很神秘的样子，还借对方的手机打过一次电话。

他打过电话以后很高兴，满脸笑容哼着戏腔。我问他为什么这样高兴。他连连搓手，说他的律师很得力，他的朋友也很帮忙，花了几万元捞人跑案，也就是为他疏通关节。现在形势大好，副省长的大公子都出面过问了，他大概过几天就能出去了。他喜不自禁地夸耀：他一出去就可以上狗肉馆喝啤酒。世界上只有狗肉最好吃，尤其是那种小狗，从笼子里揪出来，毛茸茸的，一棒一个，打得它口吐鲜血，马上剥毛下锅。

要不是我一个劲给他使眼色，他可能还会大冒傻气地憧憬下去。我事后告诉他，黎头正好喜欢狗，尤其喜欢大狼狗，

黎头这时正巧走过来了，不过没有说狗。

"你说你过几天就出去了？"

"嗯啦，快了快了。"

296

"到底过几天?"

嫖娼犯赔上一个大笑脸:"估计……也就是三五天吧。"

"三五天? 三天还是五天?"

"可能……五天吧。"

"这是你说的。"

"我估计,估计是这个数。"

黎头哼了一声:"好,我就给你五天。你记住了,你要是五天之内没出去,你就是撕毁合同。"

对方不太明白这话的意思,看看我。我也不大明白,看看牢头,发现他吹着口哨又去了墙角,再次练起了俯卧撑。

仓里的气氛变得有点沉闷。大家感觉到了什么,对老嫖客表现得有些疏远,至少不大怎么同他套近乎。这一点嫖娼犯自己也感觉到了,眼里总是透出不安和疑惑:到底会发生什么事? 一天接上一天,接上一天再接上一天,当他发现自己的饼干也没人吃的时候,也没人找他说案子的时候,试着去讨好牢头,要送给对方一件毛衣,说好歹是个患难与共的纪念。

这件毛衣看来质地还不赖,对方倒没怎么拒绝。

第五天晚上,嫖娼犯在厕所里洗完澡,抹了点头油,提着毛巾兴冲冲走出来,突然发现仓里鸦雀无声,几十个光头围成一圈,都盯着他。

"你们……"

"不玩扑克呵? 来来来,扑克在哪里?"他见没人回应他的笑,不知该怎么办。

"矮下!"有人突然发出怒吼。

更多人的吼声跟进：矮下！矮下！矮下！……吓得嫖娼犯一个趔趄，还没看清眼前是怎么回事，两膝就已经扑通一声着地，刚抹上油的头发耷拉在前额。

"你今天怎么还赖在这里？还在这里冒领人民政府的囚饭？"黎头厉声问。

"我是要出去的，是要出去的，只是……"

"你欺骗了我们各位弟兄，让我们很生气，很悲痛，知不知道？"黎头用错了一个形容词。

"各位兄弟，各位好兄弟，有话好好说。"

黎头不理他，对我使了个眼色，要我拿出一张皱巴巴的烟盒纸开读：

> 魏孝贤，非男非女，四十八岁，山东烟台一鸟人，因嫖娼罪被市公安局拘留收审。

> 魏犯孝贤身为国家干部，在建设社会主义现代化的伟大热潮中，在深化改革扩大开放的大好形势下，在全国各族人民团结一致万众一心振兴中华的康庄大道上，一贯玩弄妇女摧残幼女，是可忍孰不可忍。该犯在收押期间还拒不改造，对抗法律，信口开河，胡说八道，大搞权钱交易，利用关系网跑案，用小恩小惠拉拢腐蚀我革命犯人，妄想逃避神圣的法律制裁，实属目无王法，罪上加罪，情节恶劣，影响极坏，不打不足以平民愤。

> 为了严肃法纪，奖罚分明，按劳分配，善恶有报，根据中华人民共和国××省××市看守所第九号仓刑法第一

千零一条，现判决魏犯孝贤苦役半个月，每天洗厕所三遍，擦地两遍。附加刑：剥夺政治权利终身，用梳子打手指关节五十下。

这封判决书当然是我的奉命之作。当时黎头还要列举更多罪行：吹牛皮，讲屁话，经常假笑，大吃山珍海味，残害未成年狗仔等等，但这些欲加之罪没有什么法律依据，算不上什么罪，在我的强烈反对之下，才没有往上写。很多狗屁不通有辱斯文的词语，由于我的坚决抵制，最终未能进入文件。

老魏哭笑不得："你们别开玩笑了，我是有心脏病的人……"

"哪个开玩笑？我只问你：上不上诉？"

"请各位不要乱来。多个朋友多条路，多个仇人多堵墙么。我们同是天涯沦落人，同室操戈，相煎何急？我不是说过了吗？本大哥是最有责任感和同情心的人，一定重重回报各位。你们的案子我都牢记在心。我同这里的车管教雷管教刘管教都是好朋友，我也认识新来的所长。不是我吹，我一定可以帮上你们的大忙……"

"你不上诉是吧？"黎头打断对方，对唐老鸭勾勾手指，让对方按计划出场担任辩护律师。但唐老鸭是个做假酒的农民，只读过小学，哪知道什么辩护？他抹了一把鼻涕，说魏犯孝贤长得白净态度和气，还算是说了些优点，但与案情毫无关系。他然后说到嫖娼的合理性："他大鱼大肉筑了一肚子，不骚一下又如何办？他吃饭不要钱，喝酒不要钱，坐车也不要钱，那屋里那一堆堆发霉的票子如何花得完？不从鸡巴里出来，还怎么出得来？娘哎，你们再急也没有用，你要他的票子出得来呵！……"这些话听似辩解，实是责骂，甚至比控诉还阴毒。"老子做假酒，一年到头提心吊胆累死累活，也只做得一栋屋，只讨得一个老婆，哪比得上他娘的天天做新郎，到处有岳母娘呵……"说到这里，就更离谱了。

在这种辩护之下，判决结果可想而知。9号仓人民法院的判决书不但没有减刑，反而把梳子打手指骨节的次数由五十加重到一百，让老魏一听就脸色惨白地倒下去，全身如一团烂泥。

在一片狞笑和欢呼之中，执法开始了。他被众人七手八脚架起来，拖到床台边，让他继续跪着，伸出两只手，平摊在床台上，就像暴露在砧板上等待刀斧。雄鱼头操起小小的梳子，对梳子背吹吹气，一梳下去狠击他的指关节。一下，两下，三下，四下，五下……旁人每齐声数一下，老魏就哎哟大叫一声。才打了十多下，他的几个指头已经充血，肿胀紫黑，如同酱萝卜。

看他的衬衣透湿，说实话，我有点暗暗同情他。我发现，不光是我，还有几个人的脸上也有隐隐的不安。连雄鱼头也回过头来请示牢头："三十五下了，算了吧？要不就罚他一点款？"

"是呵，是呵，罚他两箱咸水鸭！"有人附和。

牢头大喝一声："拍加河！"

这一刻他已经气得忘记了普通话。据事后有人解释，这是他老家方言中"打死他"的意思。

十二

老魏的惨叫声继续，直到声音虚弱下去，渐渐变成了一种哼哼，变成了一种似有似无的嘘气。他的几根指头已经血肉模糊，隐约露出森森白骨。

黎头还不算太狠，经大家再三劝说，给老魏免了几十梳子。他这次也没让老魏"烤乳猪"——那是一种更毒辣的刑法，逼受刑者脱光了裤子蹲马步，在他屁股下点燃一根蜡烛。一旦他蹲不住了，两腿颤抖，屁股下垂，就会被火苗灼出一声惨叫。像这样烤过几回的乳猪，屁股上留有一块块焦皮，半个月内肯定没法坐，只能哎哟哎哟地躺在床上。

黎头也没让老魏"练芭蕾"。我听说隔壁10号仓不久前查出一个贼，众人大动家法，把那人的两个大拇指缠起来，吊在窗户栏杆上，不高不低，刚好让受刑者可以踮脚落地，时时保持着芭蕾舞引身向上的姿态。不用说，不到一会儿，受刑者踮不住了，体重每一分钟都像在成倍增加，两个大拇指先是被勒得钻心痛，最后成了两团黑肉。

奴隶社会的毒刑就是这样惨绝人寰。但蹲过仓的人都明白，这些毒刑半是惩罚，半是游戏，又不可认真对待。在这个没什么好玩的地方，在手指脚趾都被无数次玩过的地方，每一寸光阴都如太平洋辽阔无际需要你苦熬和挣扎，鲜血有时就成为红色玩具。瘌子说过：这是人类最大的玩具，已经玩过好几千年了。

瘸子是从 7 号仓转来的一个犯人，走起路来一踮一踮，右肩高左肩低，有一种特殊的持重风度，好像右腋总是紧夹着什么，比如夹着一本不可示人的无形秘籍。他很少说话，不参加抢菜或者抢水，如果别人吃了他的饭，他还是不吭一声，脸上毫无表情，轻轻地坐到一边去，因此好几天过去以后，他在大家印象里还是一片似有似无的影子，从某一条人缝里飘来，又朝某条人缝里飘去，完全不占地方。

不过，自他到来以后，仓里不知何时有了些变化。比方墙上多了一个圆钟，是用硬壳纸做成的，不光可以指示日期，还可以记月和记年，让大家不至于忘了时间的运行。这是谁做的呢？厕所里还多了个淋浴喷头，是用一个矿泉水瓶底做的，上面扎了一些小眼，套在水管上，使水雾变得柔软和均匀。这又是谁做的呢？……人们感到新生活悄悄来临。

当时老魏已经释放走人，仓里的咸鸭味和鱼干味渐渐消失一尽，经济形势正是危机之时，吃饭又成了大问题。一餐一个水煮菜就不说了，一星期只摊上两三片肥肉也不说了，就说好端端的青菜，伙房里偏偏拿去煮黄了，煮黑了，同喂老母猪的一样。有时菜里面还夹着一条蛆，两根稻草，几粒老鼠屎，说不定再给你藏一缕糊糊涂涂的卫生纸，让你浮想联翩和肠胃翻涌：下一次不会吃出避孕套吧？

在这艰难岁月里，瘸子再一次让人惊奇。不知什么时候，他不声不响地开设伙房，更准确地说，是开设一间魔术室。他从不担心警察搜走打火机和火柴，把棉絮或毛絮搓成索，使劲用木板搓压，就能点着火。他把几支牙膏皮捶平，拼起来，再用饭粒封住接缝，就成了一口可以煮汤和下面条的铝皮锅。一个蚊香架子，在他手里可以成为切菜的刀。一个罐头盒子，填入烂棉絮和碎蜡烛，在他手里就成了小炉灶。他居然可以用纸锅烧汤，居然只用一支蜡烛就烧出了鲜美的三菜一汤，烹出宫保鸡丁红椒鱼头拔丝苹果！你想想，这同一个穷国自力更生艰苦奋斗发明了原子弹有什么不同？

伙房里万分可疑的水煮青菜，在他手里也绝不浪费。他打来一盆清水，把菜叶子一片片洗了，倒回锅去加工，加上油和盐，加上几滴酱油和麻油，照样美味可口，完全是化腐朽为神奇。

照理说，监规是严禁烟火的，但瘸子偏偏能在管教的鼻子下瞒天过海。他带着一两个帮手，在厕所里做菜，因为那里比较偏僻，一堵半矮的隔墙多少挡住了来自监视窗的视线。只要有烟冒出来，就有人大力扇风，使烟变得稀散，不会形成刺鼻或者触目的目标。若放风的人发现敌情，一声口哨，厨师赶快熄火，不会让路过的警察有所察觉。

这样，其他仓常常有人犯事，被警察拉到院子里去罚晒或罚站，但我们仓一直平安，有时还能在卫生评比中评上先进，得到政府的表扬。

到了这一步，大家都尊瘸子为"博士"。但他还是不大说话，不说自己的案情。据说他一直不承认自己犯罪，只承认自己初中毕业以后自学成才，有很多发明创造而已。他确实也没杀人，没放火，只发明过一种喷剂，叫"一步倒"，比古典小说里的蒙汗药还厉害，朝什么人的脸上扑哧一下，那人立刻眼光发直地倒下去。劫犯们就是拿着这种喷剂在宾馆和银行里猖狂作案。他还有一个绝密化学配方，据说可用很低的成本，在普通中学的实验室里轻易配制出"逍遥散"，其功能相当于冰毒。若是美国大毒枭们知道了这一点，还能不求上门来？客户不拍下二十亿美金，岂能买到他的科研成果？

但是，这就算犯罪吗？这是犯了哪一门罪？你们想清楚了，你们把本本拿出来看清楚了：他并没有直接抢劫和直接制毒。他只是发明，发明而已，对发明成果的误用却没有任何法律责任。他曾振振有词地质问预审官："原子弹杀了人，但爱因斯坦是罪犯吗？"果真把对方问得一愣。

他对自己的案子信心百倍，还曾在7号仓绝食三次，吞过洗衣粉，嘴里鼓出一堆堆白泡沫，情形很是吓人。但警察对付这一套有经验。一个新来的冯大姐不但不救人，不但不让其他警察救人，还把另一袋洗衣粉甩到他面前："好吃是吧？你再吃，再吃，把这一包也吃完！你不吃完老娘就不答应！"这一逼，瘸子反倒不吃了。

到这时，女警察才把他揪到水龙头前，用胶皮管子接上水，对着他的嘴猛灌，一直灌到他嘴里和屁眼里两头出水，白泡沫逐渐稀释，这才算完事。

我曾经向他求证这些传闻。他只是笑了笑："教训。教训呵。我在洗衣粉里掺了好多面粉，但还是太轻敌了。"

"你也失败过？"

"成功者别无所长，最善于总结自己的失败。"

"你是个天才，一个化学脑袋！与你认识真是我三生有幸。

不是我吹你，将来你出去以后，肯定要干大事的，肯定要当个真博士!"

"博士?"

"是呵，博士!"

"只是当博士?"

我不知道他是什么意思。

他淡淡一笑："同你说吧，我这一辈子有三大目标：一是要当博士生导师，二是要当千万富翁，三是要当省部级高官，生前能上新闻联播，死后能进八宝山。"他朝我挤了挤眼皮，"你等着吧。"

看着这个一踮一踮走远的瘸子，我简直不相信自己的耳朵。但我静下心来时不得不承认，这一切为什么不可能？八宝山也是人进的，中央台的新闻联播也是人上的，世界上好多大人物不也是从牢里走出去的？说实话，瘸子身上确有一种说不清的魔力，凭着他的克己、热心、勤奋、手巧、足智多谋、眼睛眨巴眨巴、苍白脸上淡淡一笑，还有沉默中无形的谦虚和威严，不论走到哪里都可以不露痕迹地赢得交情、尊重甚至某种敬畏。你稍加小心，就能在任何一大群人中把他这样的面孔轻易辨认出来。他们身上的影响力和征服力，透过平静的目光弥漫和辐射，在任何一个地方都不可抗拒。

雄鱼头可惜就是不明白这一点，才去偷他的奶粉。他肯定不明白大家为什么特别义愤，不明白大家为什么铁了心向着瘸子。不论瘸子如何息事宁人，大家还是要搜查，要审讯，非要查出家贼不可。这样，半包奶粉终于暴露，是雄鱼头有口难辩的铁证。几个犯人齐刷刷扑过来。唐老鸭一脚就踢得他捂住肚子弯下腰去。他的头发随即被另一个人揪起来，脸皮成了擦墙的抹布，哧哧哧，立刻有了几道血痕。

要不是瘌子相救，雄鱼头这块抹布今天肯定要磨透。瘌子说："各位请息怒。我也偷过他的馒头，今天两下扯平吧。"

雄鱼头哪里丢失过什么馒头？但从今以后，别说是馒头，就是自己的心肝肚肺，只要瘌子想要，他雄鱼头恐怕也愿意割出来了。见瘌子用盐水给他清洗伤口，他感激的泪水一涌而出。

十三

像其他犯人一样，黎头也对瘌子有了兴趣，对他的智能犯罪刮目相看。什么洗钱、虚假注资、伪造信用卡、骗取出口退税等，在他们看来简直是神话，居然可以不费吹灰之力，就让白花花的银子流进自己的账户，甚至还可骗得官员们迎来送往，骗来警察的摩托队呜呜呜在前面开路，那是何等的威风和惬意！现在，价值二十亿美金的配方更是让牢头目瞪口呆，觉得自己的武打简直一钱不值。

不过，他并不去打听出口退税和药物配方，大概觉得自己没读过多少书，对那些学问高攀不上。他凑到瘌子那里，只是问问美国最新的飞机和坦克，问问塑料地雷和神经毒气，打听那些可以杀人如麻的武器，然后惊叹一番，向往一番。他不得不承认他的菜刀落后于时代，看来是不行了。

他还讨教些小问题。比方说，他好几次深夜里听到窗外有橐橐橐的高跟鞋走过，但没见到半个人影，那里也不可能有人，这是为什么？是不是有自动走路的鞋子？还有，他好几次听到地下有人叽喳叽喳说话，只是听不大清楚，但那水泥地下根本不可能有人，这又是为什么？是不是石头也可以录音？他还说到监仓区院子里的一盆白玉兰，据说是镇仓之木，从来无人敢动。前不久新来的所长不知情，要清理环境，派人把白玉兰搬走，让好多警察惊恐无比议论纷纷。结果这一搬，真搬出事来了，搬出大事来了。女仓那边一天疯一个，每天夜里都有人狂呼乱叫，甚至有人宣称自己是毛主席的亲生女。旁人拿绳子捆绑，拿毛巾塞嘴，都没法让这些疯子安静。到最后，新所长只好派人又把白玉兰搬回原地，重新镇仓，让疯子们恢复了原态——兄弟，你说说，这又是为什么？这看守所里还真有妖怪？

我第一次听到这样的奇闻，吓得把监仓四处看了又看，对仓顶一道奇怪的声音格外警觉，觉得那不像是石头滚过的声音。

瘸子笑了笑，解释了一下物理学和心理学，说到了磁场、太空以及什么气功，说得我们似懂非懂半信半疑。

"大嘴巴没有走之前，天天锁在脚枷里，但他每天晚上还去帮他老娘挑土做屋！"黎头不相信什么物理。

"这不可能！"瘸子说。

"怎么不可能？他天天早上醒来，鞋子都是湿的，还沾了外面的黄泥，明明是挑过泥巴的样子。"

"不是幻觉就是谣言。你们中间谁亲眼看见过那鞋子？闻过没有？鞋子上面到底是水还是尿？"

这种说服还是不够有力。

但瘸子的科学算命最后让大家不服也得服。因为他不但会看面相，看手相，看足相，还可以远距离算命。办法是这样：你请他给什么人算命，你就一个劲想着那人的面相——这就等于锁定目标，气功已经发射给那个人。瘸子用一只手握着你的一只手——这就等于他已经与你接上气，通上电，把你当作天线开始发功。他闭目养神的时候，采录和分析各种信号，然后一一说出那人的模样、性格、大致经历，乃至疾病和寿命，简直是一台不可思议的人生雷达。说来也奇怪，这台雷达还真说准了黎头的父亲：他家的大门一定是朝北而不是朝东的。这一条没错。那男人一定是黎头的继父而不是亲父。这一条也没错。那继父喜好赌博和酗酒，对黎头母子俩没什么好脸色，曾经被黎头操着菜刀赶出门等等。这些也都没有错。如果最后一条错了，把那老家伙的肺结核说成了乙型肝炎，那也不是瘸子的错，原因是黎头这根天线出了问题，一度脱离了目标。兄弟，你自己想想，是不是这么回事？

黎头事后一想，只得承认这一点，说有一瞬间他打喷嚏，确实想到车管教那里去了。

瘸子遗憾地说："还不是？你不配合，信号就大大减弱了。"

"那我们重来，重来。"

"每次断电以后再接通，要重新调整频率，很不容易的。再说目标也可能进入死角，比如在隧道里，有电梯里，你就没法接通。要是目标在大的电器旁边，也会有电磁信号干扰。"

我在一旁暗想：这发功算命也就是打手机呵？

十四

黎头一高兴，给瘫子一外号："瓦西里大师"。没有人知道，他是从哪部电影里听到过"瓦西里"这个名字。更没有人知道他为什么觉得这个洋名特别好，应该戴在尊敬的瘫子头上。

瘫子要转仓离开的前一天，黎头代表 9 号仓人民政府授奖，在瘫子胸前挂了个啤酒盖子。这一天，瘫子用酒精、味精、糖、洗衣粉一类东西勾兑出来一种酒，或者说一种像酒的液体。黎头只喝了两三口，就变得舌头大和眼光直，刚才还在说瓦西里，转眼说成西瓦里，等一下又在他嘴里变成了瓦里西。人家说他叫错了名字，他只是傻笑，半醒不醒的样子。人家抓住这个机会哄骗领导，要他同意把库存的白糖拿来分光吃光。他还只听到一个开头，没听清对方在说什么，就豪迈地挥挥手："同意！我同意！……"

幸好只是一点白糖。如果此时是一个仇人要割他的头，他大概也会没听清就抢先同意的。

不知什么时候，他死死抓住瘫子的手，突然有点异样，嘴里碎碎瘪瘪的词语，让我们辨出他的笑脸其实是一张哭脸："兄弟，你不能走呵。你要是走了，我早上一起来，一看见墙上的钟，一看见淋浴的喷水头，一看见你做的菜锅汤锅，我心里……哗啦哗啦，会好难受呵……"

面对这张似笑实哭的脸，瘫子也有些激动："强哥，我没有走，不还在大墙里面吗？说不定哪天冤家路窄，又在哪个仓碰上了。"

黎头还是伤感:"大嘴巴走了,唐老鸭也走了,癞蛤蟆也走了,鳄鱼头他们都走了。老猫婆也走了。你们都不管我了哇。你们再不给我敌敌畏了哇……"

他是指手里的自制液体。

敌敌畏!喝敌敌畏!他操着空杯子见人就敬酒,见人就说大嘴巴走了唐老鸭走了癞蛤蟆走了鳄鱼头走了老猫婆他们都走了哇——还几次强拉牢门,不知牢门是拉不开的,不是可以由他来拉的。

他即使拉开了牢门也不可能再见到大嘴巴唐老鸭癞蛤蟆鳄鱼头老猫婆他们了。弟兄们见他一直横着眼,已基本上属于弱智,把他扶到墙角去了。

好半天,还听见他在那里哭,不过是哭上了别的什么事,旁人听不明白。他哭火柴盒,说他糊了二十万火柴盒还是没读上书。他哭自己被人家抢了馒头没还手,被人家抢了帽子没还手,被人家砸砖头还是没还手,但还是没有读上书。他还不如一条狗,他是个一骗就上当的傻鳖哇……

他渐渐地安静下来。不知何时又突然爬出窝,把我当成了瘸子,一把抓住我的手:"你不能走,你走了我的心里会难受呵……"

这天深夜,不知他肚子里有什么不消化,先是放了几个屁,然后噼里啪啦一阵,发出打水枪和扯烂布的声音,使整个监仓都弥漫着奇臭,臭中有酸,酸中有辣,辣中有腥,呛得我首先夺路而逃,周边的几个犯人都从棉毯里跳出来,捂着鼻子大骂。

因为昏暗中有脑袋或手臂被踩了，更多的犯人跟着叫喊。大家一致声讨领导的不法罪行：黎头，黎哥，你吃了什么冤枉？你核试验也太厉害了吧？这日子还让人活不活？你要毒死几条人命呵？你再给我们煮八宝粥，我们就坚决要求转仓……

此刻的黎头酒醒了大半，自觉理亏，有点威风扫地，不敢差遣别人，自己夹着裆，一手提着裤头，撅着屁股朝厕所逃窜。他在厕所里发现没带纸，从隔墙后摇动着求援的手："各位，各位，做做好事……"说实话，我第一次看到他这么狼狈，看到弟兄们这样尽情地辱骂他，觉得十分快意。

"没有纸啦，撕你的歌本吧？"我故意为难他。

"撕布，撕毛巾，求求你啦，爷哎……"

"不行，这里只有歌本可撕！"我把一张废报纸撕开，一小块一小块递过去，每一次都磨磨蹭蹭，消受这家伙的百般焦急和苦苦求助。

十五

瘸子最终没有转仓，甚至没有活着走出仓门，是我始料未及的。这件事据说与女仓的犯人有关。

我们在这里一般看不到女人。有时候去谈话室或者接见室，有机会跨出牢门，眼光越过绿地庭院，一眼看到对面某个窗口晾晒着的乳罩或者头巾，免不了心里一软——那里就是女仓了。但那里关了些什么人，发生了哪些故事，我们根本不知道。我没法让自己的目光像一只只幸福的蟑螂，沿着肮脏的下水管道，偷偷爬入那些窗口。

听人说，这个所有八个女仓，关的人大部分是妓女和妈咪，也有杀夫犯或者儿童拐卖犯。天气热的时候，有些女犯毫不含糊，光着上身纳凉，顶多挂一个乳罩，面对监视窗口的男管教或者劳动仔，毫无羞耻之色，反而以疯作邪，故意浪荡地大笑，把狗奶子往上掀，搞得男人们一个个脸红地溜之不及。还听说有些女犯无聊撒野，有一次故意把电灯线扯断，然后大喊大叫要电工来修理。一个负责电工活的劳动仔不知底细，老老实实去修电灯，刚爬上人字梯，几个女犯一声吆喝扑上去，七手八脚把他的裤子扒了，吓得他面无人色地滚落下来，狂呼救命呵救命。要不是女警察闻声前去营救，那几个疯婆娘说不定就集体施暴了。

　没有我的日子里
　你要自己搞自己……

这是女仓的浪声远远飘过来了，男犯们像中了吗啡一样兴奋，通常会扯开嗓门嚎上一曲：

正月那个初一，
小姐姐去赶集。
碰上那个好弟弟，
拉着进了高粱地。
走进了高粱地呀，

脱裤子又脱衣。

（白）小姐姐，味道怎么样呵？

哎呀呀，真是甜蜜蜜……

这还哪像看守所？差不多就是个妓院吧？但警察们不太在意这些，尤其是男警察，有时装得没听见，甚至还哈哈一笑。只有新来的冯大姐有洁癖，对此大为生气，好像去高粱地的是她家的千金娇女，刚才被几个臭犯人活活糟蹋。"哪个嘴臭？哪个嘴臭？"她的嗓门最大，一开腔就是敲响一面锣，敲得全所鸦雀无声。

"9号仓的，听见没有？要我拿马桶刷子来戳两下，是吧？"

她是个老管教了，把一张铁仓门玩得特熟，插钥匙，开锁，摘锁，拉闩，推门……五六个动作可以融为一体，在咣当一声中完成，是一种迅雷不及掩耳的突然袭击，使任何人的违禁勾当根本来不及掩盖，一次次暴露在她的眼前。但这一张铁门还有其他玩法，比如她一看见你满脸淫邪，认定你是个下流坏子，就会在你进仓的当口，咣的一声，让大铁门不早不迟不偏不歪，准确地打在你的脚后跟上，打得你眼泪直流但又无话可说——她打你了吗？没有。她关门不对吗？很对。怪只怪你自己的后脚提慢了。

有些犯人跟着这个五大三粗的冯管教回仓，还没走近仓门，就两腿发软迈不开步子，蹲下去求饶："冯姐，冯姐，你慢点关门好不？"

"起来起来，快点走！"

"我就是怕你走在后面。"

"少啰唆。"

"我再不唱流歌了，再也不唱了，再唱你就割我的舌头。"

冯姐哼一声，撇撇嘴，算是放过对方一次。

不用说，冯管教的铁门功让很多强奸犯恨恨不已。虽然她帮过很多人的忙，比方帮很多人修改上诉书，改正错别字，解释法律知识，甚至还掏钱给一些穷犯人付律师费，但有些人还是摸着脚后跟，恨恨地叫她"绊脚鬼"。她为改善伙食出过力，曾在伙房里拍桌打椅骂管理员，说饭食是猪吃的，狗吃的，你们自己给我吃一口看看！她还大骂那个姓王的副所长，说你要是没贪污鬼都不信，这油到哪里去了？豆子到哪里去了？三千多斤黄豆，化屎化尿也要填满两大池吧，怎么就不见了？……这些话从伙房里传出，在离伙房较近的监仓可以听到，也在犯人中悄悄流传。但有些强奸犯还是余恨难消，走路一跛一跛的时候，一次次咒那个绊脚鬼将来出门要被汽车撞，吃饭要被鱼刺卡，哪一天要瘫痪在床上不得好死。

如果听到开门声拖泥带水，有三没四，七零八落，犯人们就可以断定，绊脚鬼今天没有来。确认了这一点，男犯们才有了轻松和解放，才斗胆开始发情，包括此起彼伏地尖叫，没有什么含义，没有特定对象，只是情不自禁地亢奋一番，像动物在野地里的寻常勾当。

黎头这一天也跟着叫，然后夹胡子，梳头发，抹头油，爬向监视窗口——这需要坐在一个人的肩上，还需要下面的人坐在另一个人的肩上，形成三节人梯，才够得上监视窗的高度。

我们仓就有两个名叫"楼梯"的犯人专司这种公差。他们一次次结成人梯，把牢头高高地顶起来，让他独占满窗的风光，寻找饱餐秀色的机会。

黎头探头窗外，大多时候都很失望，说根本看不到什么。他说有一次看见一个老太婆，比他妈的年纪还大。后来还看到一个女犯跟着警察低头而过，但连个正面也没有看到，是麻子还是瞎子也不清楚，顶多看清了一双皮鞋是两个样子，颜色也不同。

这一天，他总算有些收获，不但撞见了一盘刚进 23 号仓的嫩菜，还同那个货说上了话。

"喂！喂——"

"是叫我么？"

"安妮！"

"我的名字是安妮吗？"

"他们说你就是这个名字。"

"假名。"

"你真名是什么？"

"真名么，藏在李白的《长相思》里，你去猜！"

"我没文化，猜不了。你多大？"

"你土鳖呵？对女士也可以问年龄？"

"你不说，我也看得出。"

"告诉你也没关系。扣除睡眠，我四千三百多天了。"对方嘻嘻一笑。

"我看你六十岁了。"

"讨厌!"

"我怎么看见你有皱纹?你过来,走近点,让我仔细看看。"

"呸,我不上你的当!"

黎头后来知道,这盘菜刚见了检察官,心情不太好,经管教特别批准,在院子里坐一坐。她摘了几片草叶,捉了一只蜻蜓,不知不觉靠近男仓了。"大哥,你知道吗?我在这里好好寂寞,好好孤单的。"她一脸港台流行式悲伤,"我好想有一对蜻蜓的翅膀……"

"我在这里疗养,舒服得不想出去啦!你信不信?"黎头历数自己这几天的幸福,早餐吃过了什么什么,昨天晚上吃过了什么什么,昨天中午吃过了什么什么,还有昨天早上……

"大哥,我们来玩个游戏吧。"对方说。

"玩什么?"

"玩——恋爱,怎么样?"

"恋爱?怎么玩?"

"这样,你先叫我一声么,叫得甜蜜一点。明白吗?"

"就这么叫?"

"当然就这么叫。"

"一叫就同你恋爱了?"

"讨厌,游戏嘛!"

黎头一气放出个炸雷:"安妮——我爱你——"

他发现对方没回话,仔细一看,原来对方头转到另一边去了:"喂,喂,我已经喊了,下一步做什么?"

对方终于把头转过来,满脸泪水吓了黎头一大跳。

"你怎么啦?"他问。

"对不起,好久没听到这样的话了,"她泪脸上挤出一丝笑,用衣角擦着眼睛,"一听,心里……好难受。"

黎头不知道该怎么办,不知道恋爱有这么危险和这么繁重。他想说点安慰的话,不料轰隆一声,自己偏偏在这个时候落入黑暗,在地上砸了个四脚朝天。原来是刚才的两节"楼梯"实在撑不住了,大汗淋漓,额冒青筋,口挂涎水,加上顶端的人剧烈扭动,重心失去平衡,人梯就呼啦啦散了架。

十六

黎头痛得哎哟哎哟直叫,揉着自己的脑袋和腰身,跳起来狂骂,逼楼梯们爬起来再接上。不过,等他再次爬到窗口,庭院里已空空荡荡,叫安妮的那盘菜不见了,只有两只蜻蜓在阳光下飞绕。

车管教走过来一声冷笑:"强仔,长本事了?有进步呵!油头粉面的,还知道调戏女犯啦?是不是要戴镣长街行,唱一出《天仙配》和《十八相送》?"

小斜眼冲着车麻子横了一眼,黑着一张脸不吭声。等对方走远了,走出监区大门了,才对着空空庭院补上一嚷:

妹妹你大胆地往前走

往前走,莫回头……

他从窗口下来以后，有些闷闷不乐，躺在床上翻来覆去，爬起来问我"感"字怎么写，"铲"字怎么写，最后索性要我代笔，帮他写一封信，托劳动仔捎到女仓去。说实话，我一听给女人写信就比较有灵感，脑子里有各种小星星在闪耀，有各色小花朵在开放，有各种三角帆漂向蓝色海面的远方，根本不用找参考书，很快就写出一大堆形容词：花容月貌、仪态万方、羞花闭月、沉鱼落雁、婀娜多姿、亭亭玉立、倾城倾国……相信大多数通俗文学作家都会在这封信前自愧不如，大多数无知少女都可以在这封信前动容。

黎头不知道这是些什么意思，脸上毫无表情。待我逐一解释，他才有点腼腆："太啰唆了，太啰唆了，呸，哪来这么多屁话！"

"那你要我怎么写？"我很委屈。

"只要告诉她：哪个同她过不去，啪啦，给大哥递个话来。我就去铲了！"

他要我撕了重写。

深夜，我睡在他旁边，发现他还是动静很多，一直没消停，最后坐了起来长长地叹气。我也没睡着，问他有什么心事。他说他做了一个梦，梦见一个老头，长得活像他亲生父亲，在窄窄的铁路桥上遇到一列火车，连忙避让，但一脚踏空了，忽悠悠落入万丈深涧。后来他赶到桥下去营救，发现老头已经死了，不过，老头的帽子下面不是脑袋，只是一个闹钟。你说怪不怪？

又沉默了一段，他又叹了口气，在昏灯下第一次说起家事。他说起他生父去世早，母亲改嫁，把他带到了周家。但继父对母亲并不好，三天两头打得母亲头破血流，有一次深夜了，正逢外面下大雨，还立马要把母亲赶出门。当时只有八岁的他，跪在继父面前，哀哀地求他留下妈妈。但继父哪里会听他的？那个王八蛋还说，祸根子其实就是他，他吃周家的，穿周家的，还要周家供他上学，这样一个无底洞，如何填得满？花了万贯家财，不过是养一个野崽子。肉中一根刺，肯定长不到一起的。

强仔记住了这些话，以为继父只是舍不得钱，以为只要自己少花钱，继父就会对母亲好一些。他从此学会了捡垃圾，学会了卖报纸和糊火柴盒，碰上两个街上的弟兄，还学会了偷自行车和摩托车，学会了拍砖头和抢菜刀。但这一切努力都没有结果，拿钱回家也是白搭。不仅继父还是没有好脸色，而且正是在他的威迫之下，母亲把亲儿子举报了。母亲甚至还去送烟酒，托人情，说好话，说什么也要请政府从重法办，把这个不孝之子绳之以法。

他被警察带回家取衣物用品的那一天，母亲没有在家，或者是不想回家。只有周家姐姐为他收拾衣物。咯嗒一声，一个小相框从衣柜里滚出来，正是他亲生父亲的照片，是他一直偷偷保存着的唯一旧物。他把相框拾起来，目光触及父亲的容颜，那个经历太多凝视然后线条开始模糊的容颜，鼻子一酸，咬紧牙，忍着，忍着，最后还是没忍住，流出了眼泪。他听到身旁也有抽泣，抬头一看，是周家姐姐泪光闪闪地看着他。

"弟弟，照片交给我吧。我会帮你好好地保存。"

他扑通一声跪下去，给周家姐姐叩了头。

不用说，他的普通话就是来自周家姐姐。我记得他以前说过，他有个不同父也不同母的姐姐，靓得很，牛得很，是学校广播站的播音员，还到省里参加过中学生朗诵比赛，拿回来一个金光闪闪的奖杯。

十七

警察不在监区的时候，犯人们常常搭着人梯，爬到窗口"打电话"，就是朝其他窗口远远地喊话。包括与自己的同案犯串串供，或者是找熟人聊聊天，传播一些重要消息，比如女仓里又来了一盘什么菜，叫什么名字，长得如何，如此等等。

有一次，斜对面的某仓打来电话，说他们那里刚来了两个小毛贼，呜里哇啦只是叫，听不懂本地话也听不懂普通话，看上去可能是越南人或柬埔寨人，是一对苦命的国际朋友。没料到警察有办法。车管教对另一个警察说，不知道他们是哪里来的，审不了，遣送不了，养着吃饭更不是办法，干脆把他们活埋了。车管教拿来两个麻袋，又找来一把铁锹在院子里铲土挖坑，吓得两个小毛贼立刻开口："警察叔叔饶命！我们交代！我们交代还不行吗？"

大家这才知道他们是本地人，刚才只是装聋作哑。

这些小毛贼想同车管教斗心计，还真是嫩了点。

十八

天气暴热的那一段，黎头背上生了个大毒疮，体温烧得他

320

一度昏迷不醒，还咬牙切齿口口声声要自杀。绊脚鬼天天来帮他换草药，脓呀血的，沾满她一双手。她一个女人，在光膀子男人的肉堆里进进出出，在晾晒着的男人短裤之下来来去去，在明明蹲着男人的厕所前打开龙头取水，从不害怕。即便看见什么人的大裤衩里支帐篷了，或者是大裤衩下走火了，她一般来说视而不见，到了忍无可忍的程度，才会一只鞋子突然砸过去，来个精确打击，警告对方自我检点。"喂喂喂，文明点！自己的东西自己管好！"有时她会大喊一句，喊得大家心知肚明。

她领着医生来给黎头打针，没料到这个杀人犯杀过人，但晕过针，最怕打针，又喊又叫的，死死揪住自己的裤头不放。绊脚鬼火了，不由分说，哗的一声扯下裤头，在对方露出的半个屁股上猛击一掌，意思是要小斜眼老实点。三下五除二，真把对方治得服服帖帖。

有个小光头一直盯着女警察滚圆的膀子，还有肥厚和跳荡的胸脯，在她的大屁股周围蹭来蹭去，对黎头早已羡慕不已，叫叫嚷嚷称自己也有病，脑壳闷，肚子痛，不打针是不行的。还没等医生诊断，他急急地褪了裤子。本来只需要露出屁股的一角，但他一呼噜把裤子从腰差不多褪到了膝盖。绊脚鬼摸摸对方的额头，说是有病，还病得不轻呵，说着从医生手里取过注射器，没上药，也没消毒，朝着白屁股上狠狠一扎，扎得对方歪了一张脸，哇啦哇啦鬼叫。

"明天再给你打！"绊脚鬼说这一个疗程要打五针，吓得小光头五天之内再也不敢见她，听见她的脚步声，就躲在远远的墙角，紧紧把守住裤腰带。

她只是有点粗心，不大像个女人。有时开门进来找人，找来找去没找到，大吃一惊，才发现自己看错了门号，把我们仓当作另一个仓了。有次给黎头换药，她还把一只手机遗落在地没有带走，被我捡到了。我送还她时说："要是我拿这只手机打119，把全市的消防车都叫来，你怎么办？"

"我们无仇无冤，你小子不会这么坏吧？"

"要是我瞒下它呢？"

"我消了号，你拿了也没卵用。"她居然有粗口。

"我刚才已经接了你的一个电话，是你老公打来的。"我骗她。

"是吗？"

"他一听是个男的接电话，还以为老婆出问题了，哇！"

"放什么屁？老娘拍死你！"她瞪大眼。

"嘿嘿，同你开个玩笑。对不起，对不起。"

她缓了口气："你没跟他通报姓名？"

"通报姓名干什么？"

"我同他还说起过你。"

"你……说起过我？"

"是呵，说起过呵。我说你会唱歌，唱女声还真像，把我都骗了，比宋祖英还唱得好听，哪天到电台去骗骗人。你不知道吧，我那一口是电台党委书记，有点小威风的。他说我不懂音乐，好像只有他才懂。呸，我以后还真要带你去给他看看。别以为我们看守所没人才。我看他们那里才臭鱼烂虾哩。"

我的心里一热。

她没注意我的眼睛："你以后总要出去的吧？到时候要是找不到工作，说不定我还真可以搭上一只手。"她接过手机开始打电话，把我晾在一边，没工夫再理我。

我从此不再叫她绊脚鬼，管她叫冯管教，冯大姐，冯姐。黎头自从毒疮收疤以后，只要是冯姐来训话，不论说得如何不中听，也不再拉长一张狗脸，比以前和顺了许多。以前他根本不愿意上诉的，现在也打算见律师了。

十九

恐怖之夜就是在这一刻来临。眼下我一遍遍回忆当时的情景，还是很奇怪。那一个夜晚极其普通，极其平静和安详。如果说窗外有一群麻雀突然惊散，那不能说明什么问题，只是高墙外有什么人惊动了它们。

开始有一个仓又打来电话，没说什么要紧的事。后来，有几个犯人开始打扑克。另有一个犯人用自制的竹针穿纱线，埋头缝补自己的裤裆。还有三个四川佬是刚来的，嘀嘀咕咕凑在一堆，肯定是对老犯人有所不满，但也没办法，只是间或怯怯地瞥我们一眼。

就是在这个晚上，我与瘸子一连下了三盘棋，虽然他每次都少用一半车马炮，但还是保持常胜纪录。其中有一盘，如果不是走一步瞎眼棋，我差点就要赢了。我要悔棋，但手腕被他紧紧抓住，架在空中无法下落——我这才发现这家伙虽然单薄，但一只手像铁钳，一身功夫不露形迹。

"落地生根，不能悔!"他平静地坚持。

"这又不是国际比赛，就悔一次么。"

"好狗不吃回头屎。"

"不就是玩玩么?"

有人担心我生气。其他弟兄嫉妒瘫子的常胜纪录，也一致拥护我悔棋：是呵，玩玩，莫太认真，法律都可以改的。

"棋场即战场，岂能儿戏!"

瘫子固执不让，眼中透出了某种狠劲和杀心，是一刀子定要插到位的那种精确和冷静。我终于恼羞成怒，既然架在空中的手落不下来，便一脚踹了棋盘。这并没有使他生气，也没有使他松动。他默默地把棋子一一捡回来，看了我一眼：

"三比零。你输了。"

这一天晚上不欢而散，我迟迟才入睡。第二天，我们起床后洗脸刷牙上厕所，发现瘫子还在蒙头大睡。又过了一阵，送餐的来了，有人邀他起来一起喝粥，他还是蒙头一动不动，似乎对嘈杂声响充耳不闻，这才让人觉得有点反常。有人喊了两声瘫子，去揭他的棉毯——恐怖的尖叫就在那一瞬间发出，叫得我眼球胀痛，血往头上涌，脑颅里一片空白。几个警察冲进仓门，发现瘫子的头上套着一个紧紧锁口的塑料袋，全身有一种僵硬，裤裆里是湿的。

冯姐翻了一下他的眼皮，说快快快，抬出去!

门外是走道和庭院，空气要清爽许多。冯姐挽起衣袖，蹲在瘫子的腹上，双掌叠压在他的胸口，一声嘿，做起了人工呼吸。有两个小犯人平时最喜欢听瘫子讲故事，眼下见瘫子成了这样，吓得呜呜呜地只是哭，被冯姐一声喝，才撅起屁股俯下去吹气。一个小犯人对着瘸子僵硬的嘴，一口长气吹进去，使瘸子的胸脯鼓起来，再由冯姐一把一把地挤压，把胸腔里的气排出。

医生也赶来了，手忙脚乱打针，但说这鼻孔里耳朵里都见血，强心针打了也是白打。

冯姐很不耐烦："打了再说，能打多少打多少！"

车管教也来了，探了探瘸子的鼻息，查了查瘸子的瞳孔，说至少三个钟头了，不用白费工夫了。

冯姐更生气："就是个石头也要救一把再说吧？你怎么知道就救不活？要是你家的人你不救？你还会在这里屎少屁多？"她想起事故的责任就更气，"你们这些臭莴笋，昨晚值班时干什么去了？打牌去了？喝酒去了？看电视去了？早就要你们注意 9 号仓，你们就是不注意！要你们找人摸摸情况，你们就是不摸！现在好，没盯住，出大事了吧？你们这些饭桶饭桶臭饭桶——饭碗不想要了吧？也想蹲蹲仓吧？"

她一气骂了个狗血淋头，骂得姓车的脸上红一块白一块，满头冒汗，张口结舌，当着犯人的面真是栽得厉害。他手足无措，丢了烟头，只得老老实实去给瘸子搓手和搓脚，似乎想把血流搓动起来。

"给 9 号仓全部上镣，查出凶手——"车管教大叫。

二十

我想起前一天晚上的象棋，还有前一天晚上瘸子说的"你输了",不相信眼前这一切是真的。一个大活人就这样没了,在一个小小的塑料袋里窒息而去。一个有体温、有表情、有动作、有脾气的人突然成了一堆任人搬弄的呆肉,不知何时在我们熟睡之际不辞而别,在近在咫尺的地方一步步冷却和僵硬——生命真是脆若悬丝,死神在我们耳边又一次悄悄掠过。

我捡到了一只熟悉的鞋,把它偷偷套在瘫子冰凉的脚上,一只混乱场面中谁也没注意的裸脚。

问题是,严重的问题是:他为什么会死?是自杀?是他杀?然而自杀或他杀是出于什么原因?我回想这几天来的每一个场景,每一个细节,每一个词语,还是没法嗅出空气中的阴谋和恶毒。直到事隔很久以后,我才有了一个疑点:记得小斜眼曾低声问过我一句:"要是有人想整死你,你怎么办?"

"拼个鱼死网破。"当时我随口一答。

他看了我一眼。

"你什么意思?"我问他。

"没什么,随便问问。"

我后来回忆得更清楚了:就在他问话的前后,他不唱歌,不做俯卧撑,也不要人按摩,只是独自睡觉,但钻进棉毯的那一瞬,眼角里泄出一道余光。我看清楚了,余光虽然只是投向墙上的纸挂钟,却隐隐藏着凶狠——如果我没记错的话。

警察也不相信瘫子是自杀。仓里的人都被叫去受审,包括才来两天的三个四川佬。几个杀人犯和流氓犯更是重点怀疑对象,受审时间总是很长。尤其是黎头,一去就三天,直到一个深夜才被两个劳动仔架着回仓。他气息奄奄,浑身汗湿,虚弱得话都说不出来。车管教把他的一只手铐住，另一端铐在仓门的门闩上，让他只能站着，顶多只能半蹲，没法坐下来。只有半天，牢头的两腿就肿如木桶，加上门口的风大，两手已经冻得铁一样冰凉。大家找来些纸盒和棉毯，塞到他屁股下，让他能够坐一坐。他不从。弟兄们送来吃的喝的，他也一直紧咬着嘴唇，还是不从。他有一种要与手铐拼到底的劲头。最后，大概是发现没希望了，他突然破口大骂，每骂一句，脑袋就朝墙上猛撞，整个人疯了一般。顷刻之间，他满脸盖着血，已经不见脸了，只有红色中两只眼睛眨巴眨巴。

我们大惊失色冲上前去，七手八脚将他抱住和按住，用一床棉毯包住他的头。但我们不知他哪里那么大的力量，不但甩得我们东偏西倒，不但继续往墙上撞头，而且身上所有没有被我们按住的部位，一团团的肉都突突跳动，都在向外爆炸。

"要死人啦！"

"救命啦！"

我们恐惧万分地大喊，喊来了警察。他们也被一个血淋淋的脑袋吓坏了，商议了一下，给他解了手铐。

我也是癞子的交往密切者，因此在提审室待了很久。我想洗脱自己，帮助警察迅速地破案，但我没法供出密谋的过程和动手的情节，更没法供出他们想象的棍棒、刮刀、毒药一类物证，使警察们很不满足，连冯姐也对着我瞪眼大拍桌子，根本不把我视为什么人才。另一个警察接班，同样对我没有好脸色，口口声声要把我丢出去喂狼狗。又一个警察来接班，虽然没有威胁，但始终不让我闭上沉重的眼皮，一连十几个钟头折腾得我痛苦不堪。这种车轮审讯的最后一站是车麻子。我怕他，一心想让他满意，于是忙不迭地挖空心思，把早已成为枯渣的回忆再来一次榨挤。我说瘸子做过很多数学题，不知是什么意思。麻子听后并不满意。我又说瘸子给我们讲过《圣经》，讲过洪水滔天毒疫流行之类阴冷可疑的故事，麻子听后更不满意，认为我故意糊弄他。

他用电棒戳戳我的衣袋："这里面没有白粉吧？要不要我今天给你搜一下？给你加判个七年八年？"

我知道他的意思，气愤地大喊："你，你不能栽赃陷害！"

"还知道怕呵？那就好，那就好，那就态度老实一点！"

"你打死我，我也只知道这一些。"

"想骗谁呢？你同他臭味相投，交往密切，经常合伙加菜。有人还揭发你们走后门！"他是指同性恋。

"那是血口喷人！无聊！"

"人家的笔录上有白纸黑字！"

"是你们搞逼供信！"

"好，就算没有走后门，你们混在一起也不光是下棋吧？不光是讲故事吧？不光是思考中国革命和世界革命吧？9号仓里就这几团毒，你不知情还有谁知情？你以为我们公安局是粮食局，都是吃饭的？"

他用电棒指定一个台灯架，一按电门，棒头立刻噼啪一响，白中带蓝的光团爆出，震击得台灯架一跳。我知道，下一步我肯定就是这个台灯架了。我看见他的电棒头已经逼近过来，逼近我的鼻尖，知道自己马上要发出一股焦煳味，就要头发竖立和眼球外突，整个身子跳到天花板上去。

我果真大叫一声，晕了过去。醒来的时候，我发现自己躺倒在地，满面流着冷水，眼中是车麻子朝下俯瞰的一张脸，有些模糊和变形。

我听到他哈哈一笑："我没有按电门，你小子晕什么晕？你还没学会视死如归呵？"

二十一

有一个管教好色，看中了一个女犯，值夜班时常把这个女犯叫去谈话，进行思想教育，然后要对方按摩，吃她一点小豆腐。他没料到对方按摩时偷听他打电话，察觉了他的一个圈套。他当时受人之托，正设法给瘸子减刑，要为瘸子制造一个立功机会。他的这一招很阴：据说是让瘸子去鼓动黎头越狱，假模假式提供锉刀一类工具，但准备在案发之前及时举报，一举制止越狱事件。这不就立功了？减刑不就有了可能？

按摩女郎把这事偷偷告诉了两个囚友，于是另一个女犯把风声透给了黎头。不用说，黎头心一横，先下手为强，就有了后面的故事。

这是一种说得通的说法。当然，关于瘸子的死还有其他说法。有人说他的哥们儿统统招了，让他始料未及大为悲愤。他是个心高气盛之人，眼下制毒证据确凿，身为主犯罪大恶极，最好的情况下也会判个无期。听检察官和律师都这么说，他不愿在监狱了此残生，便断然结束自己。

这样说也似乎合情合理。不管出于哪种情况，他的死都让我深为可惜。他一个初中毕业生，做出那一堆堆的高等数学题，一直让我惊叹学海无涯。他对生活的看法，虽不被我全部接受，却使我深深震撼久久难忘。有一天夜深，他迟迟没有睡下，嚼着嘴里的一根干草，一口咬定这个世界已经无药可救了："……贫困和权势都是犯罪的条件，你要是没碰上它们，当然很容易做好人。"他冲着我冷冷一笑，"世界上的大多数人，其实只分成两种，一种是你说的好人，其实是没有碰上犯罪条件的人。另一种是你说的坏人，不过是犯罪以后没有悔改机会的人，比方说没时间了，不能重新开始了。"

我怯怯地说："你的意思是，大多数人不是潜在的罪人，就是后悔的罪人，是吗？"他点头："对，我们都是迷途的羔羊，罪孽深重。"

我辩不过他，没有他那么多学问，更没读过他动不动就提到的《圣经》。但我已察觉到他白里透青的脸上有一种死亡气息——那一夜他是不是对厄运已有预感？

多少年以后，我从老魏那里知道了安妮的行踪，一心想找到安妮，想知道她是不是那个给黎头透风的女犯，或者说她知不知道那个女犯——这关系到黎头在我心中永远的一个疑点。当时老魏已经离开机关了，公司又破败了，办公室里堆了半个房间的旧货包，一台传真机据说是坏的，冰箱里只有西红柿和几包方便面，桌上和地上还有薄薄灰尘。看来这里没有安妮那样的小秘书来侍候老总了，也没有多少谈判和会议了。但这并不妨碍老魏打开公文包，拿出一沓沓豪壮的项目书，一个劲向我描绘公司的大好前景。这也并不妨碍他看在囚友的面子上，慷慨接纳我，要我当营销部经理。

"日本贷款还没到位，因此我暂时不能给你工资，但公司的股份给你10％，或者12％，你看怎么样？"

我很感动："魏哥，你对我真是太好了。"

"我是最念旧情的人。与你共过一次患难，对你还是够朋友吧？虽说事后没把你们那些弟兄都捞出来，但看守所面貌的彻底改变，践踏人权现象的基本杜绝，还不是靠我魏总？那两个去考察的著名作家，都是我哥儿们。他们把内参一写，把政协提案一交，公安局就得来乖乖地整改。我本来还想搞个记者团去好好曝它一下光！"

这似乎是事实。

手机响了。从他突然融化如水的五官来看，从他立刻扭动腰肢和翘起小手指的青春活泼来看，手机里想必有女人的香风扑面。他乐呵呵地说不行不行，时间这么晚了，他刚见了中央一个领导，还要等两个美国的传真，实在没时间呵。他又哟哟哟几声，被一只蝎子咬着了似的，说好吧好吧，宝贝，我联系一下美国再说。

他收线了，气恼地摇摇头："唉，都是我大观园里的一帮妹妹。好厉害！现在没多少客人了，天天把我的手机打爆，要宰我的冤大头！"

他无可奈何地带我去了一个夜总会，一进门碰上领班就吆喝："还有哪些没上台的？都来都来，都算我的！"

七八个花枝招展的女子一拥而出，雀跃欢呼又饿虎扑食，把我们严密地押进了一个 KTV 包厢。其中有一个还坐到他腿上，攀到他的肩上，差一点就要骑到他的头上。不过，她们今天有点高兴得太早了。老魏确实是来收容她们，不过日本贷款没到位，今天不能给现金，只能开白条。

花蝴蝶们哪吃这一套？她们柳眉倒竖，翻脸不认人，咸鱼小贩的粗话脱口而出，七手八脚把魏总来了个围抢。不仅搜走了他身上的发票和几张小钞，还搜走了他的手机。放在茶几上的一副太阳镜也被人抢走，大概是便宜货，被那个女子看了看，又给甩了回来。一只手表还没解下手腕，已陷入三个疯婆子的争夺之中。

"你们欠打不是？"魏总一脚踢翻了茶几，这才吓得花蝴蝶们一哄而散，"你们也不看看你们自己的样子，眼睛画得熊猫一样，衣服穿得咸菜一样，一看就是个卖甘蔗的，没一点品位，也想在这里混钱？"

看她们低眉顺眼，嘬着嘴嘟嘟囔囔，气焰不再嚣张了，他把散乱的头发抹了抹，气平了一些："叫花子嫌饭馊，还想要现金。哪来那么多现金？现在是文明社会，中国要申请进入WTO，各行各业都要讲道德，要建立现代企业制度，你们首先就要端正服务态度不是？不要唯利是图急功近利不是？不要把一个钱字顶在额头上。钱钱钱，俗气！知道不？别说你们这些破冬瓜烂茄子，就是国色天香来了，也不能开口就是钱！你——"他指着一个女子，"要你去矫正牙齿。为什么不去？一嘴桂林山水，还不把客人吓出十万八千里？"他把对方气得哇的一声哭着夺路而去了，又指着另一个胖丫头，"你们也站好！

你——讲话最没有礼貌，一点文化都没有，还口臭！只唱得了几首港台歌，连英国在哪里都不知道，美国在哪里也不知道。这样的素质怎么行？你们白天有的是时间，为什么不读读书？像唐诗、宋词、元曲，总要知道一点吧？像国家的基本法律和政策，还有最新发生的国家大事，总要知道一点吧？"

他的政治教育和人生指导看来没完没了，我把一个点歌簿翻过好几遍，最后装作上厕所，溜出了空气混浊的包厢，来到了大街上。

二十二

眼前的街口靠近华天宾馆，有一个贴满小广告的邮局报亭，居然还是三年前的老样子。三年前我就是在这里被抓的，当时被警察反剪双臂，额头顶住了一个肮脏的垃圾桶，屈辱的牢狱生活由此开始。我曾经在监仓里狠狠掐自己的大腿，想把时间掐回到这个垃圾桶，掐回到我到达垃圾桶之前的一刻。

现在我回来了，对着垃圾桶忍不住泪流满面。我的两个同案犯后来终于落网，使案子得以审结，我可以获得轻判和出狱。但我不知道自己得到这一消息时，到底是高兴还是不高兴，就像经过旷日持久的排队，总算排到商店柜台前了，却不知道自己到底要买什么，不知道柜台里的东西是否物有所值。母亲的床上已经空去并且积有灰尘。未婚妻的床下已经有了另一双男人的皮鞋。朋友们的电话号码大多已经改变——我现在应该往哪里去？我当然还能慢慢地找到朋友，听他们谈 GRE，谈技术移民，谈欧二标准，谈真人秀，谈上网灌水，谈党校中青班，还有台阶和助巡……这都是我听不大明白的，就像我当初听不懂犯人的黑话。

他们拍拍我的肩，给我加上葡萄酒和巴西烤肉，约我下一个周末去打球，看他们如何赢下 350 杆的耐克或者 300 杆的登喜路……这又是我不懂的黑话，再一次让我额头冒汗，手心发凉，一肚子话说不出来了。他们像我当初见到的犯人，对我这个新来的家伙饶有兴趣。

我不是一直在向往这样的自由吗？不是一直向往这样的明亮和舒适吗？为何一落到自由里反而一身哆嗦？

是的，我自由了，听不懂上等人的黑话但还是应该高兴自由的降临。我一遍又一遍说服自己，我现在不必担心陌生的男人和女人，不必担心任何保安和警车，就是荷枪实弹的武装警察队伍开过来，我也可以在这里吹吹口哨。我没犯法，没有案情。你应该明白这一句话的意思。这就是说，我可以在这里自由地看看天色，挠挠头发，挖一挖鼻孔。我既可以上中巴车又可以招的士，既可以看广告又可以看橱窗，既可以摸电杆又可以摸墙壁，既可以踢一个饮料纸盒又可以踢一块小石子，既可以走进一家小酒吧又可以走进一家理发店……我再一次确认头上没有四方形的天空，确认自己可以在这里幸福地打滚，翻筋斗，做广播操——我曾经昼思夜想的一幕。

我给安妮打了个电话，告诉她这个电话号码是老魏告诉我的。

"我怎么不认识你呢？"电话里口香糖的咀嚼声，还有歌舞厅嘈杂的喧哗。

"我是收音机，你不记得了?"

"什么收音机?"

"我是9号仓的男高音呵。"

"有这样的事吗?"

"我当劳动仔的时候，帮你递过不少条子，还替你到外面补过鞋。"

"我怎么越听越糊涂?"

"你不是安妮?"

"对不起，我不叫这个名字。"

"你又改名了?"

"国家机密，不告诉你。"

"不就是藏在哪首诗里吗? 怎么不藏在性病广告里? 藏在老鼠药广告里?"

我有点生气，也生自己的气。我今天打这个电话做什么? 是要与她分享自由的幸福或者沉重? 是要与她分享回忆的辛酸或者快乐? 还是要找个女人唱上一支《红河谷》然后蹭她一顿饭，再蹭她两支烟? 我已经重返生活，正在与人们相忘于江湖。方形天空下的往事一去不返，不再需要我暗暗坚守。

"喂喂，"她打断我，"你小子怎么这样嘴臭? 不是想来绑票吧? 你这个人，想绑票也得先引诱引诱吧。你小子听着，你要是说借钱给我，要是打算送我什么金项链玫瑰花，就再打这个电话。"

啪，对方挂机了。

我像挨了一记大耳光，悻悻地走出电话亭，把门上掉色的"中国电信"四个字看了好久，好像我还能镇定自若。我看了看天，那片无限开阔的云天，被城市灯光映照得一块块发红，如同一片片无人扑救的大火。大巴车在疲惫地喘息，出租车在鬼鬼祟祟地逃窜，自行车屏住呼吸蹑手蹑脚，像是在跟踪前面的自行车。三两成群的街头闲人看上去在观望与等待，等待着一片无人扑救的大火之下某个事件的发生。

　　我被三个黑影围住了，退到了墙根。这里离路灯较远，我看不清他们的面目，但脖子下凉凉的刀刃，表明了他们的来意。我有点好笑，因为提包里只有两件臭烘烘的衣裤，我身上也没有手机、手表、钱包以及金戒指，仅有十几块钱还是老魏刚才借给我的，只能让他们白忙活一阵。但他们发现了我手臂上的刺青文身，都是当初用瓷片扎到皮肉里去的：有一条小龙，是我的属相。数字1994612——是我被捕的日子。

　　"唐家河出来的?"一个黑影这样问。看来他也蹲过仓，知道看守所就在唐家河，知道唐家河这个俗称。

　　"当然。"

　　"哪个仓的?"

　　"9号，12号。"

　　"刚出来吧?"

　　"三天了。"

　　"刚出来的日子不好过呵。这么晚了还轧马路? 提了个包，跟真的似的!"黑影生气地把什么东西往我衣袋里一塞。

　　等他们走远，我掏出衣袋里的东西，发现是一张五十元的钞票，大概是他们一气之下，勒令我打车滚回家去！

二十三

　　很多结案的犯人没法"投劳"——即投放劳改单位。这是因为劳改单位大多人满为患。我的刑期是四年，抵掉看守所里的两年，所剩不多，所以我就当上劳动仔，算是在看守所就地服刑。

　　劳动仔住的监仓要好一些，仓门白天也不上锁，这样说吧，这相当于从三等舱搬进了二等舱，乡下户口转成了郊区户口。因为参加劳动，我们这些劳动仔也有较多自由，有时甚至能跟着警察出外买菜或者运垃圾，看一看市井的繁华，嗅一嗅汽车废气或女人头发的美好气味。但一般来说，我们都不会借机逃跑，谁也不会干那种因小失大的傻事。我们有的种菜，有的帮厨，有的喂猪，有的打扫卫生或者修汽车，分成了若干劳动小组。其中修车组经济效益最好，地位也就最高，不但可以吃香喝辣，组员们有时还能请一两天假回家探亲。

　　我不会修汽车，但毕竟是大学生，可以帮所里写标语出墙报，还可以给警察的子弟们补课。我后来得到减刑的宽大，就是因为把两个警察的小崽子辅导得不错，让他们一举考上了重点高中——可怜这些小伢仔，跟着家长住在这破郊区，实在碰不上什么好学校和好老师。我记得学生中最差的是车小龙，车管教的大公子，读到四年级了，九九表还背不全，"甲"字也总写成"由"字。我有一次问他什么是被除数，他只是傻笑。等我

337

再问，问急了，他才一举揭穿我的伪装："老师，你其实什么都懂，还来问我做什么？"

我当时差一点气得晕过去。

我对这些警察从此多了一份同情。他们别说管管孩子，就是逢年过节也没法休假，充其量只能轮着回家吃顿饭。在这样的高墙下一待几十年，岂不等于判了个无期？他们虽说拿着工资，但吸最劣的烟，喝最粗的茶，碰到伙房里杀猪分几斤肉，还高兴得屁颠屁颠地有哼有唱，这份日子恐怕连好多犯人也要笑翻吧？

眼下，我是他们的希望，是他们下一代人走出刑期的希望，因此大受器重，有头有脸，趾高气扬，一高兴，堂而皇之换上一件新衬衫，到值班室去看看电视，甚至同管教打个招呼，到大门外的小街上吃两个冰激凌，顺便给弟兄们夹带点香烟进来。有一次，一个探监的家属把我当成了便装警察，一把拦住我，求我批准他同儿子见上一面。我耐心地给对方解释政策，把制度是不能违反的云云说了一大通。

我帮看守所出墙报的时候，还经常出入管理区的房间，参与警察们的一些闲聊，甚至参与他们的学习讨论。有一个老人，捡垃圾为生，在车祸中断了双腿，活在世上实在受罪，要朋友帮他一把，把他背到桥上再丢到河里去，算是他投水自杀。朋友也是捡垃圾的，想成全这事，没料到一上桥就被路人扭送派出所，最终被法院判刑六年，罪名是杀人未遂。警察对这一判决意见不一。车管教是站在我这一头的，说法院全是胡闹，人家要自杀，自杀就自杀呗，硬留着做什么？不是留着人家来慢慢地害吗？至于那捡垃圾的朋友是受人之托和助人为乐，算得上什么罪犯？冯姐虽然不赞成我们的看法，但说服不了我们。

后来他们在打人问题上又争议不休。车管教说恶狗服粗棍，新加坡那么发达的国家不也有鞭刑么？他由此认定，抓到罪犯，特别是那种没有大罪的，最好不要关，打一顿屁股扔出去，再不就割耳朵、剁指头，额头上烫字，既能增强法律的威慑力，又不伤人命，还省了国家的钱财和警力。更重要的一点：免得罪犯们关在一起互相学坏呵。我在这一点上坚决反对车管教，与冯姐站在一头，强烈抗议野蛮执法论。

姓车的说不过我们，一口恶气最后撒在我身上："哎哎哎，你来瞎搅和什么？这里有你说话的地方？"

"你……你……你刚才还说我说得好。"

"好个屁，你他娘的是哪个裤裆里拱出来的？"

我气得眼泪都要出来了："你有话好好说，骂什么人？"

"骂你怎么了？你以为教了几页书，就上天了？人模狗样骂不得了？呸，要不是我以前修理你，你小子有现在的出息？"

他不说也罢，一说就勾起新仇旧恨，顿时气炸了我的肺："姓车的，难怪你那儿子也是个木瓜脑袋。你有什么了不起？干了几十年还是个小警察？你今天可以横，可以凶，但我总要出去的吧？你就不怕你以后老眼昏花的时候在街上碰到我？"

我没说出的话是：你就不怕碰上我的奔驰600？

"稀奇，稀奇，今天是国民党上台了么？"

他跳出椅子，怒气冲冲去寻手铐，但冯姐拍了我的脑袋一下，一把拉着我出了办公室，算是给我及时解围。

她偷偷对我说，车管教的老爹病了，他老婆又在老家的木器厂下岗，闹得他最近脾气很坏，疯狗一样见人就咬。你不要招惹他。

二十四

有一次，我跟一个管教出外买菜，在菜场里遇到了贵八条那件腌腊制品。他见我衣着整洁，戴了手表，惊得半天合不拢嘴，把我上上下下看了好几遍。

"你现在是干部了?"

"没有，劳动仔，也就是当个组长。"

"组长也是干部，差不多的。兄弟，这事全靠你了，你一定帮我去找政府们说个情。"他的"政府"是指警察，他的事就是要回来当劳动仔。

"出去了还想再进来?"我觉得太阳从西边出来了。

"你们看在老交情的分上，总得给我一口饭吧?"

"你没饭吃?"

"吃什么饭? 不瞒你说，我天天在这里捡烂菜叶子，晚上就去翻垃圾桶，一张脸皮早就甩在地上，踩了好几脚，不要了。兄弟，你不知道呵，像我这样的人，年纪大，没文化，又是唐家河出去的，人家一听就怕。谁要呢? 现在没有工作的大学生都一抓一大把的。"

"你肯定是懒，上班打瞌睡。"

"天地良心，我做事的时候连尿都不屙。"

"据我所知，所里现在不缺人手呵。"

"我就打打杂，不行吗？我洗菜切菜是把好手，扫地拖地也是把好手，就是喂猪淘粪也行。你们不想做的事都归我了！不行吗？"

我不能支持他的异想天开。我就算衣着整洁像个便装警察，就算在政府那里有点小面子，也没有能耐把他抓到仓里去就业。我摇摇头，不能接受他一个打火机的贿赂，也不知道那打火机是从哪里捡来的。

我拉着一车菜走了，听见他在我身后大骂："你们见死不救？你们一个个都良心喂狗哇？老收鳖——"他只记得我的外号收音机，"你去告诉他们，他们放了我就不管我了，将来老子去杀人，老子去放火，莫怪我丑话没有说在先呵……"

他其实是个胆小的人，后来并没有杀人和放火。我听人家说，他刑满释放以后，老婆早已经跑了，一个女儿也不认这个劳改犯父亲，过年都不来与他见面。他到乡下养过鱼，喂过猪，但不巧鱼发了瘟，猪也不怎么长肉。他后来借钱买了一部三脚猫，就是那种吐着黑烟的三轮车，在小街上钻来钻去送客。城管队扣下了三脚猫，说这家伙破坏市容，又是无证黑车，不但要没收，还要车主交罚款五百。他百般求告没有用，自扇耳光没有用，下跪喊爹爹也没有用，一气之下，解下车架上挂着的一瓶汽油，把三轮车一把火烧了："你们没收呀！没收呀！拿去吧！拿去吧！哈哈哈……"

这一故事最后的情节，是他把剩余的汽油淋在自己身上，一划火柴，一个众人围观之下的火球就跳跃着，奔跑着，旋转着，从大街上烧到花坛里，又从花坛里烧到人行道上，又从人行道烧到墙根，直到火焰渐渐熄灭，冒出缕缕青烟，一个黑乎乎的活物还在那里抽搐。街上来来往往的男女，对这个火球大感惊慌。

但没有一个人来灭火。没有一个人来扑打火焰，没有一个人去寻找灭火器或者水桶，最后只有一个老乞丐，用一床烂棉袄捂灭了他身上的余烟。

幸亏汽油不算多，没把他烧死。人们这样说。

在他的一个侄儿闻讯赶来之前，只有老乞丐在街上抱着他老泪横流号啕大哭……人们还这样说。

二十五

每次走过9号仓和12号仓，我都有一股庆幸感和优越感油然而生，也有一点没来由的惭愧，好像我正独享荣华富贵，把幸福建立在弟兄们的痛苦之上。这样，我拖着大木桶给9号仓和12号仓打菜时，勺子总是往菜汤面上削，好歹多刮一点油花子，或者勺子尽量往底下沉，好歹多捞一点有分量的干货，以表示一点心意。如果他们要我递字条，只要不是太出格的，我也尽量通融，包括把一些错别字连篇的字条传去女仓。

我同各个仓的关系都搞得不错。我悦耳的口哨或哼唱，常常激起这个或那个仓里的掌声。

女仓的人越来越少了。自从上面对肃娼有了新要求，一两个避孕套已经不能成为证据，定案难度大大提高，警察们就不大往这里送女人了。待这里的女仓空空荡荡，由八个减到两个，男犯们的字条也就大大减少。监区也冷清了许多。

不知道是不是因为这一点，男犯们更加容易焦躁不安，一个个炸药包碰上火星就炸。一个四川佬，不过是两个月无人探视，就绝望得轻生自杀，吞下了铁钉，痛得自己满地打滚。管教把他抬到伙房，让我们找来一些韭菜，用开水烫软了，再用筷子撬开了他的嘴巴，把一缕缕韭菜塞到他的嘴里去，忙得我们大汗淋淋，后来还一直苦守着他的肛门，看韭菜能不能裹住钉子从那里排出。还有一次，不过是打扑克时输赢几张纸片，一种硬壳纸剪出来的假光洋，几个犯人居然争执不已，继而大打出手，把全仓人拖进了一场恶斗，打得五个人骨折或脱臼，又一次让医生和我们忙得喘大气。

9号仓的越逃是不是也与此有关，也不得而知。我一直没有察觉到任何先兆，从未在黎头眼里发现过异常。据说有一家伙去预审室受审，偷偷从谈话室的窗台下拧下一支风钩，带回了仓里，小斜眼就用它来挑剔砖缝。几天下来，果真挖掉了一匹砖。无奈的是，砖那边是厚厚的混凝土，铁一样硬，实在挖不动，他们只得悻悻罢手。但他们不甘心，后来细细考察监仓的每一个角落，终于发现仓里的三道裂缝中，有一条最有价值：监视窗的窗框有些吱吱的松动，是个最可能利用的破绽。他们把床单撕成布条，再搓成布绳，绳的一头锁紧窗框，另一头由弟兄们轮番上阵，进行冲击式的拉扯，忙活了三四天，终于靠着水滴石穿的精神，拉开了窗座部位的一条长长裂缝。看来，只需要再加一把力，整个窗框就要连根拔起，轰隆一声垮塌下来，自由与清新之风就要从缺口一拥而入。

他们喜出望外，暂时不再拉了，让窗框悄悄回位，让墙缝重新合拢，看上去不大明显。为了遮人耳目，他们每天还在那里挂一件衣，好像是晾晒，其实是掩盖现场，让警察看不出什么。

他们现在需要等待一个合适的行动时机，需要更多的观察和准备。说来也怪，那一段我去过9号仓，收垃圾和喷药水什么的，从没注意窗上那件晾晒的衣。管教们也去那里检查卫生评比先进，早晚还各有一次人头清点，但也没人注意窗上那件衣。

隔壁8号仓的闹事险些坏了他们的大计。8号仓的犯人馋肉，指责所里的伙食近来油水太少，一个星期两次吃肉也都是吃些肥肉片，一点都不爽。他们在八一建军节那天突然闹事，强烈要求纪念建军节，说七一党的生日那天加过肉的，为何建军节就不能加肉呢？难道看守所要大家爱党不爱军不成？……他们觉得这一吃肉的理由理直气壮，大义凛然，气吞山河，于是表现出对人民军队的无限深情。也不知是谁，弄到了一支口红笔，在每个人的额头画出一个大大的红五星。

热烈庆祝中国人民解放军建军节！中国人民解放军万岁！坚决抗议看守所不准我们庆祝建军节！决不容许任何人贬低和丑化中国人民解放军！决不容许任何人对抗我伟大的钢铁长城！军民团结如一人，试看天下谁能敌！人民军队爱人民，人民军队人民爱！……他们把能想出来的口号都想出来了，吼得慷慨激昂，甚至有点悲愤和悲壮，好像他们的拥军之心受到了可耻的践踏，好像他们突然都成了威武不屈的英雄战士，身上还带着弹片，脚上还缠了绷带，刚刚经历二万五千里长征或国内战争三大战役，刚刚从英雄的火线上撤下来，一回到后方竟被几个小管教无端欺压。

> 向前向前向前，
>
> 我们的队伍向太阳，
>
> ……

8号仓这么一唱，其他仓的犯人也心领神会，于是脚踏祖国大地肩负人民希望的雄壮军歌立即激荡整个监区，只是唱得比较乱。记不住歌词的时候，有些人把"我们的队伍向太阳"当成全部歌词，翻来覆去只有这一句，一直唱到"向呀么向太阳"才住嘴。警察们如临大敌，荷枪实弹全面警戒，但他们冲着炸了锅的军歌有点犹豫，大概觉得唱乱了的军歌也是军歌，冲着军歌下手是不是有点不妥？

结果，伙房里给大家加了肉，算是大事化小。

但警察们咽不下这口气，为了修理一下8号仓，车管教带着人对这个仓来了次突然搜查。他们想找点把柄，比如找到香烟一类的违禁品，借机严惩闹事者，让他们知道人民军队是不好当的，吃进去的冤枉肉是要吐出来的。

不料这一搜，竟搜出了半条锯片，吓出警察们一身冷汗。要知道，锯片不是一般的违禁品，足以威胁到镣铐、铁锁以及窗户的铁栏，足以造成重大的越逃事故，进而砸掉好多警察的饭碗！全体警察紧急行动起来，不仅严查锯片的来源，而且对其他各仓也一一大搜查，消灭任何可能存在的隐患。他们简直是挖地三尺，把棉毯草席掀个底朝天，每一条墙缝和每一个衣角都不放过，连瓦片石块鞋带裤带一类也统统收走。

照理说，小斜眼他们很难逃过这一劫。奇怪的是，他们似乎有准确的预感，那支风钩不翼而飞，那块脱落的砖头复位如旧，挂在窗口的衣衫摘下来了，但墙缝被饭粒填充和黏合，居然骗过了警察的眼睛。他们只是损失了几块瓷片，损失了一副纸团与饭粒捏成的麻将，还有黎头的两个大歌本——警察对他一直不放心，觉得他的东西无不可疑，无不散发出毒气。

时间到了农历七月半这一天。七月半，鬼门开，家家户户都接鬼祭祖，尤其是车管教这种农村来的人，午后都请假回家去了。看守所特别安静清冷，只有墙根的蟋蟀叫一声没一声。

晚上十二点左右，监区里传来沉闷的轰隆一声，但混在附近人家接鬼祭祖的一串鞭炮声里，几乎没有人听到。这天是冯姐值夜班，顺便在管教队办公室里写份材料。她上厕所的时候，路过监区大铁门，眼角的余光里有几个人影晃动，但没怎么引起她的注意。直到她走出了十多步，才觉出有点不对劲：今晚既没有提人问话，也没有劳动仔打扫卫生，院子里怎么会有那些人影？

她大惊失色，跑回大门一看，天啦——果然是一伙犯人出了窝！

事后有人说，如果冯姐处事冷静一些，就不会吃那么大的亏。她当时明知警力不够，又不知对手的底细，第一件事应该是检查监区大门，确保大门已经上锁；第二件事就是赶紧检查管理区大门，确保这道门也上锁。有了这"回"字形的两道高墙固若金汤，再拉响警报，打出电话，急调警力前来增援，事情就糟不到哪里去。但她偏偏忘了这些，似乎是急昏了头，连电棒都没有操一支，打开监区大门就冲了进去。一个女流竟想弹压一群暴徒，还能不被人家活活包了饺子？

事后人们还说，如果不是另一个值班管教头脑冷静，赶紧把监区大门重新锁住，暴徒们就完全可能从大门一拥而出，可能迅速控制管理区的电话、警报器、各种钥匙，还有武器和管理区那最后一道大门。事情若到那一步，一切就不可收拾。

冯姐赤手空拳对付三十多个犯人，完全没有胜利的可能，就算是带了枪，也根本没法阻挡越逃者的滚滚洪流。几个对她怀恨在心的强奸犯，一见到她，冤家路窄，几个回合的格斗下来，靠着人多势众，狠狠掐住了她的脖子，加上砖块重重一击，把她当场拍昏倒地。大门外的同事看见她一头鲜血倒下去，急得跳脚，但顾及敌众我寡，不可能开门去救她。

枪声响了，但手枪火力小，射程也不够，不过是放几声闷屁。从大门外射击，又被值班室和医务室挡去了一大片空间，对越逃者不构成什么威胁。

警报器也响了，响出了监仓的一片骚动。每个窗口都冒出人头，贴在栏杆后面，显得兴奋不已。"找钥匙！找钥匙！要跑兄弟们一起跑呵！"有人这样央求。"快去抱棉被来！没有棉被如何爬得过电网？"有人这样指导。当然也有人表示忧虑，说9号仓的蠢鳖活得不耐烦了，今天硬要鸡蛋碰石头。

越逃看来是有充分计划的。小斜眼首先带人占领了监区内的值班室，大概是想找钥匙打开所有的仓门。一旦发现没有钥匙，他们就操起椅子，把电路总闸和配电箱砸得稀烂，监区的电灯全部熄灭，顿时黑寂寂一片。他们的计划当然也有漏洞，比如监区的电灯虽然灭了，但监区外有另一个电路系统，依然完好无损，使警报器还在响，岗亭上的探照灯还在扫射，高墙上的电网也还通着电。有一个犯人被电网打出一声惨叫，掉下了人梯。另外的犯人抱来棉被和值班室的化纤窗帘，把它们递上墙用来隔开电网。时间一秒秒过去，他们眼看就要爬过高墙，但被岗亭射来的一梭子子弹，吓得也缩了回去。小斜眼较有经验，从值班室拆下一个蚊帐架子，撑起一件衣服，不断冒出墙头招摇，吸引着岗亭射来的子弹。岗亭上的武警果然中计。他们没料到今晚上出事，没有准备足够的子弹，加上一紧张，手指一颤，一夹子弹就嘟嘟嘟嘟打光了，甚至都打到天上去了，几个弹夹很快就成了空夹。他们在岗亭里急得团团转，眼看着犯人们正一个个越过高墙。

就在犯人们哇哇哇地欢呼的时候，就在第二道高墙也要被人梯突破的时候，谢天谢地，远远的警车呼啸，增援警力终于来到。指挥官用电喇叭指挥行动，敦促越逃者投降。管理区和监区的两道大门都被打开，黑压压的武警和警察一拥而入，潮水般扑向每一个角落。手电光柱交叉横扫，刺刀寒光闪闪，所到之处都有越逃犯人的鬼哭狼嚎。人梯最下面的一个犯人被电棒击中了，身子一折，上面的两个就呼啦啦栽下墙来。还有两个犯人刚用破布条结成一根新绳，一见阵势不对，立刻高举双手。

"报告政府，我是被迫的……"

"报告政府，我不跟着跑就会被打死的……"

"报告政府，我刚才没有跑，一直坐在院子里等你们。我现在告诉你们，他们往哪里跑了……"

犯人们在刺刀面前都吓得变了声，知道这次祸闯大了，一个个急着开脱自己，做出无辜羔羊的可怜模样，或者是里应外合喜迎友军的激动姿态。

管教们把他们集中起来，在院子里排成一线，抱着头蹲下。人数已经清点过：除了三个受伤，三十八个犯人还差八个。

管教们再次惊慌失色，忙去清查9号仓，清查其他监仓的门锁，清查管理区的每一个房间，查得大家一个个声音发颤：他们难道插翅飞了不成？他们不是没有爬过外墙吗？

所长突然一拍脑袋："我知道了！"

所长带着大家赶往公厕，在公厕后面找到一个废水池。池边果然有踩倒的青草，池里果然有刚刚泛起的一层泡沫，旁边是一个洞开的污水管。

他们冲出看守所，来到墙外的野地，在离高墙大约一百多米的地方，找到了一堆废石料。大家确定位置以后，把石料搬开，暴露出下面一个沉沙井的水泥盖。水泥盖再打开，手电筒一照，下面果然有两只闪动的眼睛。

出来！出来！统统出来！警察们大喝。

"不要开枪……"里面好像有人声。

两只眼睛出来了，又有两只眼睛出来了，又有两只眼睛出来了……一共八对眼睛爬出了井口，一对也不少。他们眼睛以外的一切部位都是粪泥，黑乎乎的看不清楚，而且恶臭扑鼻。

这真是谁也没有想到的结果。事后听人说，几天前有个农民在这里拆房子，拆下了一些石料，临时堆放在路边，刚好压住了看守所的这个沉沙井盖。人算不如天算，就凭这个极为偶然的堆放，越逃犯人们顺着污水管爬到这里以后，拿出吃奶的气力也没法顶开井盖，真是喊天不应叫地不灵。污水管太窄逼，他们也没法循原路返回，更没法掉头，只好在这里卡成了一节节臭肉灌肠，耐心等待着束手就擒。

两天后，警察们敲锣打鼓，放一挂鞭炮，给拆房子的农民送来了一箱酒，让农民觉得莫名其妙。

二十六

生活，是一张网
生活，是一堵看不见的墙

墙上有几行歪歪斜斜的字，不知是谁留下来的。我正在看着这行字，屋檐上掉下来一只大飞虫，有气无力地扑腾，已经是半死。我身旁的一个劳动仔骂道："娘的，谁要倒霉了。"

我知道是谁要倒霉了。囚车已经停在大门外，十几个武警士兵已经在那里严阵以待。"严惩暴动越逃首犯"一类标语是我前一天张贴上去的。伙房里照例早早地做饭，特地做了一份红烧肉，一份炒鸡蛋，一份油炸带鱼，还有一盘小菜。当我把这些菜端去办公室时，好几个仓的犯人大概闻到了菜香，大概是听出了我脚步声里的沉重，于是传出粗粗哑哑的歌声：

人们说，你就要走向刑场，

我们将怀念你的微笑。

你的眼睛比太阳更明亮，

照耀在我们的心上。

走过来坐在我的身旁，

不要离别得这样匆忙；

要记住唐家河你的故乡，

还有那白发苍苍你的爹娘。

　　歌声一浪一浪地荡漾和涨涌。我知道这一首改词的《红河谷》是为谁而唱。小斜眼被三个警察押着，已经坐在办公室了。他双手戴了手铐，脚上挂着铁镣——所里最近已经取消了脚枷。他听见脚步声，抬起头来，冲着我淡淡一笑。

　　"强哥……"

　　他看了饭菜一眼，摇摇头。

　　"强哥，你多少吃一口。"我差点要哭了。

　　"你去帮我找件衣服吧。"

　　我看了车管教一眼，得到他的默许，慌慌地走向自己的监仓。我失神地跑了起来，跑得耳边风声嗖嗖，跑得身边的窗口都拉出了扁平和倾斜。其实我不知道要跑到哪里去，甚至忘记了自己眼下要去干什么。我真希望脚下的路有十里长，百里长，千里长，万里长，绕过地球一圈又一圈，永远不要有终点，永远让我像箭一样狂奔不止，让我真正地飞扬起来撞入太空……

　　我取回了自己最好的一件深褐色夹克，还带来了梳子，头

351

油，外加从女警那里借来的摩丝发胶，回到办公室里，把强哥稍加收拾打扮，使他的刺猬头又湿又亮，看上去有香港小歌星的模样。

"谢谢你。"他看了我一眼，眼神分明是在说：还是你了解我。

门外不时有人走过，但脚步声让他的目光一次次黯然。我知道他在等待一种脚步声，一种我们都熟悉的脚步声。我们这些蹲过仓的人对脚步声都有特殊辨别力，能从脚步声中辨出是谁来了，能辨出此时来人的脸色、心情、脾气、想法。一个负重的人，走路决不同于一个空手的人，一个前来找麻烦的人，脚步声决不同于一个前来报喜讯的人。

小斜眼目光跳了一下，好像听到了什么，但我什么也没听出来。他的目光更明亮了，有一种全身毛发竖立的神态，但我还是什么也没有听到。直到最后，我才不得不佩服他的狗耳朵：一种熟悉的脚步声果然从寂静中潜出，由远而近，由近到更近，风风火火撞开大门。"不是说九点半吗？怎么提早了？"冯姐一进门就冲着车管教直嚷。

冯姐自从越逃事件以后，因为脑部严重受伤，又因处置失误受到批评，调去交警部门已快一个月了。

"我怕见不到你了。"小斜眼对她一笑。

"我说了来，肯定就会来的。"

"你能答应来送我，谢谢你，真的。"

冯姐叹了口气："国强，你是不是有什么话要同我说？"

"我就是怕没机会同你说了。"

"你慢慢说，我听着。"她抽了一张椅子，与他面对面坐下，紧紧盯住对方的眼睛。

"上次越逃……是我挑头，但我不知道是你值班，也没有要他们打你。我只是没管住……对不起了，冯姐。"

"事情不是过去了么？我知道你不会害我。"

"不，我得让你知道这一点。我不能对不起你。每年中秋节的月饼，是你送给我的，不是我妈送的。我知道。"

"这些小事还说它做什么？"

"我知道，今年春节那双鞋，也是你买的，不是我妈买的。"

"谁买的不都一样？"冯姐有点慌乱。

"你用我的名义给我家里写信……"

"是这样吗？我写过么？……"

"冯姐，你不要哄我。我不是小孩子，心里一直很明白，只是软话说不出口，没说惯。我知道你是怕我伤心，怕我孤单。其实我不怕孤单。我说出来怕你不相信：我不怕别人对我坏，只怕别人对我好。别人一对我好，我就欠了账，就还不起了。"

"你不要这样想。"

"你听我说。我知道，这几年我妈从来没有来过一次，这几年我妈从来没有给我送过任何东西，我妈从来没有我这个儿子。这样好。这样我就少欠她一些。我虽然长得像她，但我是她不该生出来的孽种，我是一个不该有妈的野人，畜生！"

"你妈也许是病了，也许有别的什么原因……"

"不，我不配有妈，根本不配！只是我以前不明白这一点。那一次，"他深深地吸了口气，"那王八蛋要赶她出门，我怕没了她，从被子里爬出来，跪着求那王八蛋，抱住那个王八蛋的腿，求他不要把我妈赶出去，说外面又下雨又冷，妈妈能到哪里去呢？当时我只有八岁，八岁呵——"小斜眼全身一震，喉头被什么卡住了似的，停顿在一个呕吐状，嘴巴大张，满满咬住了一口气，好一阵没声音。

冯姐眼圈红了，把僵硬的他搂在胸前，轻轻地拍着他的背："国强，你不要说了，不说了。你错误犯得太多了，几件重案在身，活下去也没什么意思。是不是？你就安心地去吧。像俗话说的，好汉做事好汉当，胸膛一挺，眼睛一闭，就那么回事。早去早投胎，来世重新做人……"

"我下辈子不想做人了！冯姐，我要做狗，做猪，做老鼠，做臭虫蚂蚁，绝不再做人！"

"你要相信，你下辈子一定会有个好妈，一定会换一个好妈……"

"我不要妈，再也不要妈！"

我事后记得，在场的两个警察也红了眼睛，连车管教也捏了捏鼻子，转过身去，两手插在裤袋里，看着墙上一排镜框里的监规公示。

门外的汽车喇叭一叫再叫，大概是司机等得不耐烦了。一个警察用对讲机与外面低声联系。强哥擦了擦眼睛，把头抬起来，平静了一些，有如释重负之态，脚镣哐当一声，他站起来向明亮的门外走去。

在出门的那一瞬，他略略回了一下头，看着地上，意思是再见了。

没有人回话。

"有个小礼物要送给你。"他是冲着冯姐说的，但对我使了个眼色，要我去看看他的鞋跟。

我摸到他的鞋跟，摸到了一个隐蔽的夹层，小指头在那里一挑，挑出了两块小铁片。从凹凸不平的齿边来看，是私下磨制的钥匙。

蹲过仓的人都明白，这是对付手铐和脚镣的暗器。这就是说，他刚才突然改变主意，放弃了途中越逃的可能。

我把钥匙交给冯姐，发现她的手哆嗦着，差一点没有接住铁片。我看见她捂住嘴，圆圆的娃娃脸上泪水双流。

二十七

我听到一个管教的脚步声远去，渐渐消失在夜色里。但只要我竖起双耳，屏息静气，紧紧地咬住它，守住它，跟住它，它就不会完全消失，虽然在耳膜里微小如尘若有若无，但一直波动在那里。它来自水泥地上，沙地上，泥地上，木板上，新木板或旧木板上，音色并不完全一样。我甚至能从它微弱的偏移或稀薄，听出那双旧皮鞋是踩歪了沙粒，还是踩倒了青草，或是碰到了木楼梯。我有些惊讶和兴奋，甚至相信只要我这样全神贯注地守住，我就如同在两只鞋底上装了窃听器，能远远地听出行者的一切，听出他到了哪些地方，见了哪些人，做了哪些事，包括放出什么样的哈欠和发出怎样的长叹……我可以把他的一切秘密了如指掌，哪怕他在一百面高墙之外。

我摸摸额头，估计自己是病了。

二十八

就像老魏事后夸耀的那样，他那两个作家朋友来访以后，写了份内参，又写了什么提案，狠狠参了看守所一本。加上不久前的越逃事件引起震动，上面终于决定把这个破旧不堪和管理不善的监所推倒重建。这样一来，在押人员开始分流，我与其他 9 个劳动仔，还有 30 个已结案犯人，将去省拘留所代管半年。我好端端的幸福日子，被两个多事的文人给搅了。

这一天，两辆警车和三辆囚车开到了所里。十来个警察灰头土脸地下车，大骂这是什么鬼地方，今天这一路真是倒大霉了，一人少说也吃了半斤土。其实，最近这里修路，路确实难走一点，但不值得他们发这么大的脾气，一来就没有好脸色。他们大多拿出手机打电话，电话里大多是骂骂咧咧，没工夫与前去迎接他们的管教们握手。他们拍灰，洗脸，抹头，刮鞋泥，上厕所，又嘲笑这厕所里还养着猪，连个卫生纸也不准备，差一点逼着他们拿竹片刮屁股，真是有浓厚的乡土气息呵！

他们喝茶时也不顺心，说这里居然还用着搪瓷杯，也没有一次性的纸杯，革命传统好是好，就怕染上什么病。犯人家属来了也是用这些杯子吧？犯人家属里就没有口臭、肝炎、痢疾、肺结核以及艾滋病？

一个大个子警官，看上去是个领头的，扯了一张钞票给车管教："兄弟，我们不熟悉附近的情况，烦你去提一箱健力宝，要不矿泉水也行。"

车麻子把热水瓶和所有的搪瓷杯收走，没有说什么，又大汗淋漓地扛回两箱饮料，一张马脸拉得长长的。

交接程序其实不复杂。管教叫一个名字，一个犯人就出列向前，经省城来的警察对照表册验收，然后上囚车待着。

轮到我上车的时候，大个子警官指着我手上的可口可乐瓶子："什么东西?"

我说是茶，路上喝的。

"扔掉!"

"这四五个钟头的路程……"

"就是再长的路程也不准喝! 喝多了就要撒尿，一撒尿就搞名堂。想脱逃是吧?"

"天气这么热……"

"热怎么了? 是请你们去当官，还是请你们去出国观光?"

"这是车管教同意了的。"

"车管教? 你飞机管教也不行呵!"

他的同伴笑了。我回头瞥一眼，发现本所里的管教都没有笑，车麻子更是黑着一张脸，不过还是没说什么。

"婊子养的!"车厢里有人嘀咕。

大概是顺风，一声嘀咕竟然被大个子听到了，听得他突然一愣:"谁在说话? 说什么呢?"他把头探过来，把车上几个人的脸色一一看去，一眼就锁定刚才的嘀咕者，"你——就是你——你下来!"

嘀咕者当然不愿意下去，只是往人后躲。我们也用腿暗暗拦住他，不让他吃眼前亏。这把那警察气坏了，他叫了几声没有结果，恼羞成怒，挥舞着警棍跳上车，一棍敲在我头上，一巴掌就把嘀咕者抹倒在地。"你给我再说一遍，再说一遍！"他的皮鞋和警棍一齐下去，车厢里立刻哇哇乱叫，乱成一团。为了夸张警察的粗暴，不但是挨打者，就是我们这些旁人，没事也会大声惨叫的。

车管教突然大叫一声："住手！"

大个子气喘吁吁回头："什么意思？"

"到这里发猪头疯么？"

"你……你才发猪头疯哩。"

"屙屎也要看地方，打狗也要看主人。这里是你撒野的地方？你耀武扬威惯了吧？称王称霸惯了吧？一点规矩都没有，眼里根本没有我们这些王八蛋，是吧？"

"我打坏人，你心疼什么？"大个子警察跳下车，"奇了怪了，你叫什么名字？你同这些人渣什么关系？难怪说你们唐家河黑得很，乱得很，原来我还不相信，今天可算是开眼界了。警察强盗亲如兄弟呵，打断了骨头连着筋呵，平日里红包什么的没少收吧？……"

"你小子胡说八道，小心我撕了你的臭嘴！"

"你敢！"

"你再说一遍！"

"我说！就要说！你能把我怎的？"

双方都不是省油的灯，双方都有铁哥儿们，不管有理没理，先向着自家人再说话，绝不能胳膊肘往外拐。他们先是争吵，接着是推推攘攘，最后一个大盖帽打飞了，不知道是谁先出手，一支手枪亮出来，另一支也亮出来，一支支全出了套，一支顶着一支，一支咬住一支，成了互为目标和互加钳制之势，你中有我，我中有你，全都落在火力网里。省城警察的两支微型冲锋枪也顶上火。没有带枪的警察操起警棍，或顺手拖来一把铲子，举起一把椅子，拾起一块砖头，随时准备投入战斗。连伙房里的一条狗也紧张地发出狂吠，把车上和车下的犯人全都吓得目瞪口呆，根本不相信自己的眼睛——共军打共军的枪战眼看着一触即发。

场面僵住了，呼吸都声声可闻，谁都不敢妄动。省城警察清一色的钢盔和武装带，清一色的年轻小伙，面对老少不齐着装杂乱的本地管教，简直是宪兵队碰上了团丁。但宪兵队毕竟人少势单，在枪口的团团包围之中，只能自己下台阶。

大个子首先收了枪，说有话好好说，有话好好说，自家人刀兵相见，像什么话。他一挥手，他的同伴都把枪垂下来了。这头的人见对方退了一步，也只得把五花八门的武器收敛。大个子把车管教拉到一边，又是递烟，又是打火，又是拍肩膀，叽叽咕咕说了好一通，使对方终于和缓地吐出一口烟。

车管教还是黑着一张脸，走到囚车前，冲着大个子说："你听清楚了，这四十个人今天交给你，半年之后由你们送回来。这是上面的命令，不是我们求着你们扶贫救灾。你不想接，找上头说去，有气不要冲着我们发。是不是？你们省里的水平高，谱大，好，但不要把唐家河的人不当人，明年把这四十个人送回来，谁缺个胳膊少个腿，缺个牙齿少颗痣，你们损坏照赔，休想赖账，到时候莫说唐家河的门槛不好跨！"

他又瞪了我们一眼："你们也听清楚了，一张张臭嘴给我刷干净点！一个个乌龟脑袋给我缩进去点！出去惹是生非，坏了唐家河的牌子——莫说老子不给脸！"

我们使劲地点头。

我很想更使劲地点头。

"拿着！"他把路边那个装着茶水的可口可乐大瓶捡起来，抹一抹上面的灰，往我手里一塞。

囚车咣的一下关了门，上了锁，起动了。我们挤在小小的后窗，争着把手举起来，伸向窗口，好让车管教看见。我看见他抽着那支烟，弓着背脊，吃力地推着大铁门，甚至没朝我们看一眼，一眨眼就消逝在车后扬起的土黄色尘浪中。不过，即使他朝这边看，他也不可能透过满是尘垢的小窗，看见我们告别的手，看见我们眼里的泪花。我在摇晃的车厢中，很快就想不起他的面目了，似乎往事摇着摇着就破碎了，匀散了，没有了，再也无法聚合出原型。我摇着摇着只记得收拾办公室垃圾时，发现他的烟屁股最惨，每根都烧到了过滤嘴，甚至烧焦了过滤嘴。我摇着摇着摇着还记得他手腕上经常缠着一根红布条——肯定是避邪的迷信把戏，说不定是被监区那盆神秘白玉兰吓出来的。当时我还猜想过他是不是成天穿着一条红短裤。

我把自己的手腕狠狠咬了一口。

2005 年 5 月

＊最初发表于 2005 年《当代》杂志，后收入小说集《报告政府》，已译成越文。